Noël surprise dans les Highlands

SARAH MORGAN

Noël surprise dans les Highlands

ROMAN

Traduit de l'anglais (Royaume-Uni) par
GAËLLE BRAZON

Titre original :
ONE MORE FOR CHRISTMAS

Ce livre est publié avec l'aimable autorisation de HarperCollins Publishers, LLC, New York, U.S.A.

HARPERCOLLINS FRANCE
83-85, boulevard Vincent-Auriol, 75646 PARIS CEDEX 13.

www.harlequin.fr

ISBN 978-2-2804-5706-4 — ISSN 2271-0256

Pour Ele et Si, avec toute mon affection

« J'honorerai Noël au fond de mon cœur,
et je m'efforcerai d'en conserver le culte toute l'année. »

CHARLES DICKENS, *Un chant de Noël*

Gayle

Quand Gayle Mitchell avait accepté d'être interviewée en direct dans son bureau, elle n'avait pas imaginé que sa vie se déliterait de façon aussi spectaculaire devant des millions de téléspectateurs. Habituée comme elle l'était à donner des interviews, elle n'avait aucune raison de penser que celle-ci pourrait tourner au désastre. Assise, elle patientait, détendue, au bord de l'ennui, pendant que l'équipe préparait la pièce.

Comme toujours, les lumières étaient aveuglantes et dégageaient assez de chaleur pour rôtir un cuissot de bœuf. Malgré la climatisation glaciale, le tissu de sa robe noire ajustée lui collait aux cuisses.

En contrebas des immenses baies vitrées de son bureau s'étendait ce qui était à ses yeux la ville la plus captivante sur terre. Et aussi l'une des plus chères… Bien sûr, ces temps-ci, ce n'était plus vraiment une source d'inquiétude pour Gayle.

À une époque, cette ville avait bien failli la tuer mais, entre-temps, de l'eau avait coulé sous les ponts. Ce souvenir n'était pas pour rien dans le degré de satisfaction qu'elle éprouvait désormais à se tenir ici, au sommet du monde, à contempler ce panorama depuis le cinquantième étage, son territoire. C'était comme planter son talon aiguille dans le corps d'un adversaire : un symbole de victoire. *J'ai gagné*. Elle était à mille lieues de ces gens qui se hâtaient dans les rues de Manhattan, froides et encaissées comme des canyons, luttant pour survivre dans une métropole qui dévorait les faibles et les vulnérables. Depuis son bureau d'angle, elle voyait l'Empire State Building, le Rockefeller Center et, au loin, l'immense tache verte qui correspondait à Central Park.

Gayle changea de position dans son fauteuil, tandis que quelqu'un vérifiait sa coiffure et son maquillage. Le réalisateur était en train de discuter angles et éclairage avec le caméraman. En face d'elle, la journaliste junior de l'émission matinale compulsait ses notes avec une attention fiévreuse.

Rochelle Barnard. Elle était jeune. Vingt-deux, vingt-trois ans ? Quelques années de plus que Gayle lorsqu'elle avait touché le fond.

Rien n'attisait plus l'intérêt de Gayle que le potentiel à l'état brut, et Rochelle en avait à profusion. Il fallait savoir où regarder, bien sûr… or Gayle avait cette capacité. Les signes étaient là, dans les yeux, le langage corporel, l'attitude. Et cette jeune femme dégageait une chose que Gayle recherchait en permanence : la soif d'aller plus loin.

C'était le moteur le plus puissant de tous, et personne ne le savait mieux qu'elle.

Elle n'avait pas seulement éprouvé cette soif, elle avait été affamée. Et désespérée. Mais, en général, elle parvenait à oublier cette partie-là. Elle n'était plus la même personne. Et elle était désormais en mesure de tendre la main à une femme qui avait besoin d'un coup de pouce.

— Dix minutes, mademoiselle Mitchell.

Gayle regarda l'éclairagiste régler le réflecteur. Dans un sens, ne faisait-elle pas la même chose que lui ? Elle mettait en lumière des gens qui seraient restés dans l'ombre sans son intervention. Elle changeait des vies, et elle était sur le point de changer celle de cette femme.

— Posez donc ces notes, conseilla-t-elle. Vous n'en avez pas besoin.

Rochelle releva les yeux.

— Ce sont les questions qu'ils veulent que je vous pose. Ils me les ont données il y a seulement cinq minutes.

Parce qu'ils veulent te voir échouer, songea Gayle.

— Est-ce que ce sont les questions que vous auriez choisi de me poser, vous ?

Feuilletant ses papiers, la journaliste fit la grimace.

— Franchement ? Non. Mais c'est ce qu'ils veulent voir apparaître dans l'interview.

Gayle se pencha vers elle.

— Faites-vous toujours ce qu'on vous dit de faire ?

— Pas toujours, répondit Rochelle en secouant la tête.

— C'est bon à savoir. Parce que, si c'était le cas, vous ne seriez pas la femme pour qui je vous ai prise lorsque je vous ai vue présenter ce sujet à Central Park la semaine dernière.

— Vous avez regardé ?

— Oui. Vos questions étaient excellentes, et vous n'avez pas laissé ce petit bonhomme sournois les esquiver.

— C'est cette interview qui vous a poussée à me réclamer aujourd'hui ? J'étais curieuse de savoir pourquoi.

— Il m'a semblé voir en vous une jeune femme dont le potentiel n'était pas exploité.

— Je vous remercie de me donner cette chance, déclara Rochelle, avant de se redresser et de lisser sa jupe. Je n'en reviens pas d'être ici. En général, c'est Howard qui s'occupe de toutes les interviews de célébrités.

Pourquoi autant de personnes étaient-elles prêtes à accepter aussi facilement des circonstances défavorables ? Pourquoi mettaient-elles autant de temps à prendre conscience de leur propre pouvoir ? Bien sûr, le pouvoir allait de pair avec les risques, et la plupart des gens n'étaient pas à l'aise avec la prise de risques.

— La vie continue son cours tant qu'on ne la change pas, affirma Gayle. Soyez audacieuse. Décidez de votre avenir et prenez les choses en main. Si ça signifie contrarier quelques personnes en chemin, tant pis, foncez.

Elle ferma les yeux pendant qu'on replaçait une mèche de ses cheveux et qu'on la fixait avec de la laque.

— C'est l'occasion pour vous de me poser les questions auxquelles Howard Banks ne penserait même pas.

Ce qui ne devrait pas être trop difficile, pensa-t-elle, *étant donné que cet homme est aussi imaginatif et attrayant qu'un bout de pain rassis.*

Lorsque Howard l'avait interviewée dix ans plus tôt, il s'était montré condescendant et paternaliste. Gayle était ravie de savoir qu'en insistant pour être interviewée par cette journaliste junior elle l'avait contrarié. Avec un peu de chance, il allait piquer un coup de sang, et un vaisseau éclaterait dans la partie la plus précieuse de son anatomie. Chez lui, c'était probablement son amour-propre.

— Si je ne leur donne pas ce qu'ils attendent, je risque de perdre mon travail, remarqua Rochelle.

Gayle rouvrit un œil.

— Pas si vous leur donnez quelque chose de mieux que ce qu'ils attendent. Ils ne vont pas vous renvoyer si ça fait grimper l'audimat. Qu'y a-t-il sur leur liste ? Laissez-moi deviner… Comment je concilie mon travail et ma vie privée ? Comment je gère le fait d'être une femme dans un monde d'hommes ?

C'est d'un ennui…

La jeune femme se mit à rire.

— Vous vous y connaissez en interviews, c'est clair.

— Pensez aux gens qui nous regardent. Posez les questions qu'ils me poseraient s'ils étaient dans cette pièce. Si vous étiez une femme désireuse de changer sa vie, que voudriez-vous entendre, vous ? Si vous aviez du mal à progresser au niveau professionnel…

Ce qui est le cas.

— … si vous étiez freinée en permanence par ceux qui vous entourent, que voudriez-vous savoir ?

Rochelle prit les papiers sur ses cuisses et les plia posément.

— Je voudrais connaître vos secrets. Savoir comment vous arrivez à gérer tout ça. Comment vous vous y êtes prise au début, avant d'avoir tout ce que vous avez maintenant. Vous êtes partie de rien. Vous avez fait vos études universitaires tout en occupant trois emplois à la fois. Et vous êtes devenue l'une des femmes les plus influentes dans ce milieu. Vous transformez les entreprises et les individus. Je voudrais savoir si l'une de vos expériences pourrait m'être utile. Si vous pourriez me transformer, moi. J'aimerais, à la fin de l'interview, me sentir inspirée au point de vouloir appeler l'émission pour les remercier.

— Et vous pensez qu'ils vous renverraient si vous demandiez tout ça ?

La femme la dévisagea.

— Non, je ne crois pas, répondit-elle, avant d'abattre ses papiers sur le bureau. Mais qu'est-ce qui ne va pas chez moi ? J'ai lu tous vos livres plusieurs fois et, pourtant, j'allais vous poser les questions qu'on m'a données. Dans votre dernier livre, vous comparez les attentes des autres personnes à des rênes qui nous empêchent d'avancer. Ce passage est un de mes préférés.

Elle pressa la paume contre sa poitrine.

— Vous étiez notre modèle à la fac. Vous rencontrer est le plus beau des cadeaux de Noël.

— Noël ?

— Plus que quelques semaines à attendre. J'adore les fêtes de fin d'année. Pas vous ?

Gayle n'aimait pas la période des fêtes. Elle n'aimait pas que tout soit fermé. Elle n'aimait pas les rues bondées ni les décorations kitsch. Elle n'aimait pas les souvenirs pénibles qui se collaient à elle comme des bouts de ruban adhésif.

— Vous n'avez pas passé l'âge de vous emballer à propos de Noël ?

— Jamais ! répliqua Rochelle en riant. J'adore les grandes

réunions de famille. L'immense sapin. Les cadeaux devant le feu de cheminée. Vous voyez le genre…

Gayle reporta son attention sur la maquilleuse, qui brandissait un tube de rouge à lèvres.

— Pas cet affreux marron. Du rouge.

— Mais…

— Du rouge. Et pas un rouge insipide et délavé. Je veux un rouge qui attire les regards. J'ai la couleur parfaite dans mon sac à main.

Après avoir fouillé dans son sac, elle en tira le rouge à lèvres adéquat et resta immobile le temps que la maquilleuse termine son travail.

— À vous de jouer, Rochelle. Saisissez cette chance à bras-le-corps et allez jusqu'au bout. Si vous faites sensation auprès du public, vos patrons ne parviendront pas à vous retenir.

Et voilà. Mission accomplie.

Gayle avait le pouvoir de lui donner un coup de pouce et elle l'avait utilisé. Elle aimait donner aux gens le genre d'occasion à laquelle elle n'avait jamais eu droit. Ensuite, le reste ne dépendait que d'eux.

— Cinq minutes, mademoiselle Mitchell, annonça le réalisateur en observant les étagères murales. À la fin de l'interview, on prendra peut-être quelques photos dans un but promotionnel.

— Bien sûr, si ça peut être utile.

Si son histoire aidait les gens, alors elle était contente. Elle voulait que les femmes comprennent la force et le pouvoir qu'elles avaient en elles.

Rochelle se pencha vers elle.

— Au cas où je n'aurais pas l'occasion de vous remercier comme il faut tout à l'heure, je voudrais vous dire à quel point je vous suis reconnaissante de votre soutien. Vous n'imaginez pas combien c'est motivant de savoir que vous vivez la vie dont vous parlez dans vos livres. Vous êtes authentique. Vous êtes au sommet de votre art, mais vous prenez quand même le temps de vous intéresser aux autres et de leur donner un coup de main.

En voyant ses yeux se mettre à briller, Gayle ressentit une pointe d'inquiétude.

Elle donnait des coups de main, mais elle ne distribuait pas de mouchoirs. Il n'y avait pas de place pour les émotions dans la construction d'une vie. Elles compliquaient la prise de décision et influençaient l'entourage. Les employés de Gayle avaient le bon sens de laisser les émotions à l'écart de la conversation.

Donnez-moi des faits, donnez-moi des solutions… surtout pas de sanglots.

Mais, ça, Rochelle ne le savait pas.

— À la fac, on avait un mantra : « Que ferait GM ? »

Elle rougit.

— J'espère que ça ne vous dérange pas qu'on vous appelle comme ça.

Gayle songea que, pour certains, GM voulait dire Gros Mental. Pour d'autres, c'était Gourou du Management. Au sein de son équipe, quelques-uns pensaient que cela signifiait Génétiquement Modifiée, mais personne n'avait le courage de le lui dire.

De l'autre côté du bureau, Rochelle continuait à lui manifester son admiration.

— Vous n'avez peur de rien ni de personne. Vous avez été une telle source d'inspiration pour nous. La façon dont vous avez conçu votre carrière, votre vie… Vous ne vous excusez jamais des choix que vous faites.

Pourquoi devrait-elle s'excuser ? Et auprès de qui ?

— Profitez bien de cette occasion, Rochelle. Mon assistant vous a-t-il donné un exemplaire de mon prochain livre ?

— Oui. Dédicacé.

Rochelle semblait avoir enfin maîtrisé son enthousiasme de fan.

— Et je trouve ça vraiment cool que votre assistant soit un homme.

— J'emploie la meilleure personne pour ce poste. Dans le cas présent, il s'agit de Cole.

Du coin de l'œil, elle observa les bureaux de ses cadres dirigeants. Billy Keen et elle étaient les seuls membres de l'entreprise à avoir des espaces individuels. Les autres travaillaient dans l'open space lumineux qui occupait toute la largeur du bâtiment. De temps en temps, Gayle contemplait son domaine depuis son oasis vitrée et pensait : *J'ai construit tout ça moi-même, avec pour seuls outils mon cran et un instinct de survie inébranlable.*

Le crâne chauve et luisant de Simon Belton était tout juste visible par-dessus la cloison de son box. Il était arrivé avant elle ce matin, ce qui l'avait mise de bonne humeur. Il travaillait dur, même s'il manquait d'idées vraiment novatrices. Marion Lake était installée à côté de lui. Gayle l'avait engagée l'année dernière comme directrice marketing, mais elle commençait à penser que ce recrutement était une erreur. Ce matin, elle avait remarqué la veste négligemment placée sur le dossier de la chaise, indiquant que Marion se trouvait quelque part dans le bâtiment.

Gayle pinça les lèvres. Quand elle donnait sa chance à quelqu'un, elle s'attendait à ce que cette personne la saisisse. Même aujourd'hui, après toutes ces années, les gens la sous-estimaient constamment. Pensaient-ils vraiment qu'en voyant une veste sur le dossier d'une chaise elle allait en conclure que sa propriétaire était présente sur les lieux ? Il n'y avait pas de gobelet sur le bureau, or Gayle savait que Marion était incapable de fonctionner sans café. Et l'open space était aussi animé qu'un cimetière. Marion avait la voix qui portait et la fâcheuse tendance à s'en servir fréquemment. Un défaut qui était peut-être lié à la quantité de café qu'elle ingurgitait. Si elle avait été dans les parages, Gayle l'aurait forcément entendue. Elle pensait souvent qu'elle aurait fait une excellente détective.

— Direct dans trois minutes, déclara un des membres de l'équipe.

Tout en s'installant plus confortablement dans son siège, Gayle composa son visage.

Elle avait fait des centaines d'interviews, aussi bien en direct qu'enregistrées. Elles ne lui inspiraient aucune inquiétude. On ne lui poserait aucune question qu'elle n'avait pas déjà entendue cent fois. Et s'il y en avait une qu'elle n'appréciait pas, elle se contentait de répondre à une question différente. Comme pour toute chose, c'était une affaire de choix. Elle était maîtresse de la situation, pas eux.

In petto, elle fredonna quelques mesures de l'opéra de Puccini qu'elle avait vu la semaine précédente. Somptueux. Spectaculaire et tragique, bien sûr… Mais c'était la vie, n'est-ce pas ?

Rochelle se lissa les cheveux et se racla la gorge.

— Direct dans cinq, quatre, trois…, lança l'homme.

Il leva deux doigts, puis un. Gayle reporta son attention sur la jeune journaliste. Pourvu que ses questions soient bonnes… Elle ne voulait pas découvrir qu'elle s'était trompée sur elle.

Rochelle s'adressa directement à la caméra, d'une voix claire et pleine d'assurance :

— Bonjour, je suis Rochelle Barnard. Je me trouve dans les bureaux de Mitchell et Associés, au cœur de Manhattan, pour interviewer Gayle Mitchell. Celle que ses employés et ses nombreux fans surnomment tout simplement GM est l'une des femmes d'affaires les plus puissantes et célèbres du pays. Son dernier livre, *Le Choix, pas la chance*, est resté douze mois dans les tops des ventes. Son prochain livre, *Le Meilleur de toi*, paraît la semaine prochaine. En plus d'être une sommité en matière de changement organisationnel, Gayle est réputée pour ses activités philanthropiques. Et, surtout, elle est reconnue pour son engagement envers les femmes. Cette semaine, elle a reçu le prestigieux Star Award de la femme d'affaires la plus influente lors d'une cérémonie glamour qui a eu lieu ici, à Manhattan. Félicitations, mademoiselle Mitchell. Quel effet cela fait de voir votre contribution reconnue par tous ?

Gayle inclina légèrement la tête de côté, de façon à présenter son meilleur profil à la caméra.

— Je suis honorée, bien sûr, mais le véritable honneur, c'est d'aider d'autres femmes à atteindre leur plein potentiel. On nous met si souvent dans la tête qu'on ne peut pas rivaliser, Rochelle. En tant que dirigeante, mon rôle est d'encourager les autres femmes à contester ce point de vue.

Elle sourit, veillant à paraître aimable et accessible.

— Vous êtes connue pour être une ardente défenseure des femmes sur le lieu de travail. D'où vient un tel élan ?

Gayle s'exprima avec facilité et naturel. Rochelle enchaîna avec quelques questions auxquelles elle répondit avec la même aisance.

— Soit on vous adore, soit on vous déteste, remarqua la journaliste. On dirait qu'il n'y a pas de juste milieu. Cela vous inquiète-t-il que certaines personnes vous jugent impitoyable ?

— Je suis coriace, et je ne m'en excuse absolument pas. Il y aura toujours des gens qui se sentiront menacés par le succès d'un autre et des gens qui redouteront le changement. Pour ma part, j'accueille le changement à bras ouverts. Le changement, c'est le progrès, et on en a besoin. C'est grâce au changement que nous allons de l'avant.

— Dans votre entreprise, vous proposez un programme de stage avec un panel d'avantages parmi les plus généreux du marché. Vous offrez aussi des bourses. Pourquoi avez-vous décidé d'investir dans ce domaine ?

Parce qu'à une époque, il y avait de cela bien longtemps, quand elle était seule et désespérée, Gayle s'était promis que, si elle était un jour en mesure d'aider quelqu'un comme elle, elle le ferait.

Mais elle garda cette confidence pour elle. Une telle explication pouvait être interprétée comme un aveu de faiblesse. Et comment auraient-ils pu comprendre ? La fille assise en face d'elle n'avait jamais senti la morsure glacée de la peur. Gayle savait à quel point ses mâchoires pouvaient s'enfoncer profondément. Sous l'emprise de la peur, on était figé, incapable d'agir, et on devenait prisonnier. Ce n'était pas facile de s'en libérer. Elle était prête à donner la clé à quelques individus méritants.

— Je considère ça comme un investissement…

Tandis qu'elle parlait un peu plus de ce qu'elle faisait pour aider les défavorisés, elle vit les yeux de Rochelle se remplir d'admiration.

— Certains estiment que vous avez eu de la chance, déclara la jeune femme. Que répondriez-vous à ça ?

Rien de poli.

La chance n'avait joué aucun rôle dans la vie de Gayle. Elle avait fait des choix mûrement réfléchis, dictés par la raison et non par l'émotion. Rien ne lui était arrivé par hasard. Elle avait conçu sa vie, et cette vie ressemblait désormais exactement à ce qu'elle voulait.

— Juger que quelqu'un a de la chance est plus facile que d'admettre qu'un individu détient en lui le pouvoir de changer les choses. En qualifiant quelqu'un de « chanceux », on rabaisse son mérite, et le besoin d'agir ainsi est souvent dû à un manque d'assurance. Le fait de croire à la chance est une façon de se décharger de toute responsabilité personnelle. Peu importe comment on mène sa vie, quels que soient les objectifs qu'on se fixe, ce qui compte, c'est de faire des choix actifs.

Elle tourna les yeux vers la caméra et reprit :

— Si votre vie ne vous satisfait pas, prenez tout de suite un morceau de papier et écrivez toutes les choses qui vous dérangent. Vous n'aimez pas votre vie ? Agissez ! Vous enviez quelqu'un ? Qu'a-t-il que vous n'avez pas ? À quoi voulez-vous que votre vie ressemble ? En prenant cette décision, vous ferez le premier pas vers le changement.

Rochelle hochait la tête.

— Votre dernier livre, *Le Choix, pas la chance*, a changé ma vie. Et je sais que je ne suis pas la seule dans ce cas.

— Si vous avez une anecdote personnelle, nous serions tous ravis de l'entendre…

Gayle intégrait son public virtuel à la conversation, comme elle l'aurait fait si elle l'avait eu en face d'elle. Elle le savait, en cet instant, dans les salons et les cuisines du pays, des femmes étaient collées à leur écran, dans l'espoir d'entendre une formule magique qui réparerait leurs vies. Le téléphone sonnerait dans le vide, les bébés ne seraient ni nourris ni changés, les visiteurs resteraient à la porte. Une bouffée d'espoir surgirait en elles, et la brève vision d'un avenir différent balaierait la fatigue et les désillusions.

À la fin de l'interview, la plupart de ces femmes replongeraient dans leur quotidien mais, pour le moment, elles étaient avec elle. Elles voulaient trouver l'inspiration.

— Toute expérience personnelle peut être motivante et instructive pour ceux qui l'entendent. Mon approche de la vie est pertinente dans tous les cas, qu'on gère une maisonnée ou une entreprise.

— J'ai rompu avec quelqu'un.

Rochelle lâcha un rire nerveux, comme si elle était surprise d'avoir fait un tel aveu à la télévision à une heure de grande écoute.

— Après avoir lu le chapitre « Les obstacles à l'ambition », j'ai couché sur papier tout ce qui m'empêchait d'atteindre mes objectifs. Le garçon avec qui je sortais était en haut de la liste. Et ce chapitre sur le fait de réévaluer ses amitiés ! De faire le ménage dans ses contacts ! Fantastique ! Et cette question essentielle : « En quoi cette relation me rapproche-t-elle de mes objectifs ? » J'avais envie de vous le demander, GM : est-ce que c'est quelque chose que vous avez vous-même mis en pratique ?

— Bien sûr. Mes livres constituent en quelque sorte le modèle selon lequel je mène ma vie, mais ce modèle peut s'appliquer à n'importe qui. La principale leçon à tirer du *Choix, pas la chance* est la nécessité de se mettre au défi. *Le Meilleur de toi* est axé sur notre peur innée du changement et sur la manière de l'affronter.

Et voilà. Elle avait réussi à glisser une allusion à son nouveau livre et, comme c'était en direct, ce ne serait pas coupé. Son éditeur serait content.

— Je veux que toutes les femmes – de la barista qui me prépare mon café le matin à la femme qui gère mes investissements – se sentent maîtresses de leur destin.

Elle adressa un regard intense à la caméra.

— Vous avez plus de pouvoir que vous ne le croyez.

Rochelle se pencha en avant.

— Vous dites souvent que, dans la vie, on ne peut pas tout avoir. Avez-vous fait des sacrifices pour votre carrière ?

— J'ai fait des choix, pas des sacrifices. Des choix. Savoir ce qu'on veut. Se donner les moyens de l'obtenir. Ne jamais s'excuser.

— Et vous n'avez jamais eu de regrets ?

Des regrets ?

Le monde de Gayle vacilla légèrement. Jusqu'où cette femme avait-elle poussé ses recherches ?

Elle se redressa et se tourna vers la caméra.

— Aucun regret.

Et, sur ces mots, l'interview s'acheva.

Rochelle ôta son micro.

— Merci.

— Je vous en prie, répondit Gayle en se levant. Comment avez-vous fait vos débuts à la télévision ?

— Après la fac, j'ai multiplié les candidatures, mais j'ai joué de malchance chaque fois.

À présent que l'interview était finie, la journaliste était détendue et bavarde.

— Ensuite, on m'a proposé un stage au studio. J'ai commencé par suivre un reporter, puis on m'a laissée présenter un peu, parce qu'on me trouvait télégénique. Alors on peut dire que je suis tombée dedans, en quelque sorte.

Gayle fit la moue. On tombait dans des congères, pas dans des emplois.

— Aujourd'hui, vous êtes à un carrefour. Ça va vous ouvrir des portes. J'espère que vous saurez les franchir.

— Merci, GM. Je n'oublierai jamais ce que vous avez fait pour moi.

Rochelle jeta un coup d'œil vers les techniciens, puis reporta son attention sur Gayle.

— On a besoin de quelques photos pour promouvoir l'interview sur notre site et sur les réseaux sociaux.

— Bien sûr.

Gayle s'approcha des étagères. Elle adopta ce qu'elle savait être une pose flatteuse, tout en veillant à ce que ses deux livres soient inclus dans le champ, couvertures face à l'objectif.

Savaient-ils que c'était son anniversaire aujourd'hui ? Non… Comment auraient-ils pu ? Son équipe numérique avait effacé d'Internet toute allusion à sa date de naissance, afin que son âge soit enveloppé de mystère. Ses anniversaires passaient comme les saisons : sans célébration et sans aucun désir d'y penser. Elle préférait se concentrer sur ses réussites.

Le photographe jeta un coup d'œil autour de lui.

— On pourrait faire une photo avec la récompense ?

La récompense ?

Gayle leva les yeux. Le trophée avait été rangé tout en haut de la bibliothèque qui occupait la totalité du seul mur plein de son bureau. S'il avait été joli, elle l'aurait peut-être exposé à un endroit plus visible, mais il était d'une laideur sans nom. C'était la création de quelqu'un dépourvu d'inspiration et de talent artistique. L'étoile dorée qui donnait son nom à la récompense était neutre, mais elle avait été fixée à un socle particulièrement affreux. Lorsqu'on lui avait présenté cet objet, la veille, Gayle avait aussitôt pensé à une pierre tombale.

Son opinion ne s'était pas améliorée au cours de la nuit.

Elle regarda à nouveau la récompense. Elle la détestait tout autant que la veille, même si elle avait souri et affiché une mine ravie au moment de la recevoir, bien sûr. À quoi bon être photographiée avec un objet aussi dépourvu d'attrait esthétique ? Quel message cela allait-il envoyer ? Qu'elle était bonne pour le cimetière et avait déjà choisi sa stèle funéraire ?

Elle glissa un regard à l'extérieur du bureau. Cole, son assistant, était censé être assis là pendant les interviews au cas où elle aurait besoin de lui. Où était-il ? Il aurait dû anticiper cette requête et préparer le trophée.

Soit elle attendait son retour – autrement dit, l'équipe de télévision allait s'attarder dans son bureau –, soit elle récupérait ce fichu truc elle-même.

Agacée, elle se déchaussa et rapprocha son fauteuil de la bibliothèque.

Le photographe se racla la gorge.

— Je devrais m'en occuper, mademoiselle Mitchell. Je suis plus grand que vous, et…

— Les chaises ont été inventées pour que les femmes puissent monter dessus en cas de besoin.

Elle était sur le point de maudire Cole pour avoir posé la récompense sur la plus haute étagère quand elle se rappela lui avoir demandé elle-même de le faire.

Une fois debout sur le siège, elle tendit le bras.

Pourquoi avait-il poussé l'objet aussi loin ? Cole le trouvait sûrement aussi affreux qu'elle.

Alors qu'elle se haussait sur la pointe des pieds, elle sentit le fauteuil osciller sous elle.

Saisissant la récompense de la main droite, elle se souvint alors qu'elle avait eu besoin de ses deux mains pour la tenir d'aplomb quand on la lui avait remise la veille. Au moment où elle la soulevait de l'étagère, le siège vacilla à nouveau, et elle perdit l'équilibre.

Quand elle comprit qu'elle allait tomber, il était déjà trop tard. De sa main libre, elle s'agrippa à la bibliothèque, mais, au lieu de l'aider à se rattraper, le meuble bascula vers elle. Elle eut une fraction de seconde pour se noter de virer l'incapable qui avait oublié de le fixer au mur, puis elle poursuivit sa chute… L'une des branches de l'étoile dorée la frappa à la tête, et elle atterrit lourdement sur le sol de son bureau.

Elle resta consciente assez longtemps pour regretter que le décorateur n'ait pas installé une moquette bien épaisse. Puis tout devint noir.

Elle n'entendit pas Rochelle hurler et ne vit pas la caméra tourner.

Pendant un bref instant, elle n'eut aucune notion du chaos qui éclatait autour d'elle.

Elle revint peu à peu à elle, complètement désorientée. Elle percevait un bourdonnement sourd, un ronronnement dans sa tête. Était-elle morte ? Probablement pas, si elle parvenait à entendre des choses.

Elle entendait les gens paniquer autour d'elle, alors que la panique était une émotion formellement interdite dans son bureau.

— C'est pas vrai ! Elle est morte ? Est-ce qu'elle est morte ?

— Non. Elle respire, c'est sûr.

Gayle fut soulagée d'en avoir la confirmation par une source extérieure.

— Mais elle est inconsciente. J'ai appelé les secours. Ils sont en chemin.

— Est-ce que c'est un trou qu'elle a dans la tête ? Je crois que je vais m'évanouir.

— Ressaisis-toi, ordonna une voix d'homme un peu rude. Tu as tout filmé, Greg ?

— Ouais, c'est dans la boîte. Les auteurs de gros titres vont s'en donner à cœur joie. Je mets mes billes sur « SOUS UNE MAUVAISE ÉTOILE ! »

— Vous ne pourriez pas faire preuve d'un peu de compassion ?

C'était la voix de Rochelle, qui semblait traumatisée.

— Vous parlez gros titres alors qu'elle est gravement blessée !

Ils ne semblaient pas se rendre compte qu'elle les entendait, songea Gayle. Pourquoi les gens étaient-ils aussi inattentifs ? Elle ignorait pendant combien de temps elle avait été inconsciente. Une minute ? Une heure ? Un jour entier ? Non… Si ça avait duré une journée, elle aurait été dans un lit d'hôpital en ce moment même, reliée à plusieurs machines bruyantes.

Elle avait mal à la poitrine. Pourquoi sa poitrine lui faisait-elle mal ?

La mémoire lui revint. La bibliothèque était tombée en même temps qu'elle.

Quelqu'un avait dû rattraper le meuble, ou le soulever pour la dégager. Quant au sort de la récompense, elle n'en avait aucune idée. À en juger par la douleur, l'objet était peut-être encore encastré dans sa tête.

Les portes de son bureau claquèrent bruyamment. Gayle essaya d'ouvrir les yeux pour fusiller quelqu'un du regard, mais ses paupières étaient trop lourdes.

Elle entendit d'autres voix, cette fois fermes et assurées. Sûrement celles des secouristes.

— Comment s'appelle-t-elle ?

Pourquoi demandait-il son nom ? Ne la reconnaissait-il pas ? Tout le monde savait qui elle était. Elle était une légende. On venait de la récompenser parce qu'elle était une source d'inspiration. Même s'ils ne voyaient pas la récompense en question, ils ne pouvaient sûrement pas passer à côté de l'empreinte qu'elle avait laissée dans son crâne.

Elle allait écrire aux organisateurs afin de suggérer une broche pour la prochaine lauréate.

— Gayle, vous m'entendez ? Je m'appelle Dan.

Pourquoi s'adressait-il à elle par son prénom alors qu'ils ne s'étaient jamais rencontrés ? C'était soit Mlle Mitchell soit GM. Les jeunes d'aujourd'hui n'avaient aucun respect. Voilà pourquoi elle insistait sur le formalisme au bureau.

Ce Dan aboya quelques instructions à son collègue, puis commença à évaluer ses blessures.

Gayle se sentit tâtée et examinée sous toutes les coutures.

— Sa famille a-t-elle été prévenue ? Ses proches ?

— Ses… quoi ?

C'était Cole, dont la voix exprimait le stress et la confusion.

— Ses proches. Sa famille ou ses amis, précisa le secouriste en pressant quelque chose sur la tête de Gayle.

— Je ne crois pas…

Cole se racla la gorge, avant de poursuivre :

— Elle n'a pas de proches.

— Elle doit bien avoir quelqu'un.

Dan souleva les paupières de Gayle et éclaira ses pupilles avec une lampe.

— Ça doit être la première fois depuis longtemps que quelqu'un la regarde dans les yeux.

Très drôle, pensa Gayle. Jusqu'à maintenant, elle ne s'était pas rendu compte que Cole avait le sens de l'humour. Dommage que ce soit à ses dépens.

— Pas de compagnon ?

C'était à nouveau Dan. Il faisait quelque chose qui semblait destiné à soutenir son cou.

— Non. Le travail, c'est tout, répondit Cole. Elle adore son métier.

— Vous êtes en train de me dire qu'elle n'a personne dans sa vie ?

— Eh bien, il y a Puccini…

— Super. Alors passez un coup de fil à ce Puccini et dites-lui ce qui s'est passé. Il pourra nous rejoindre à l'hôpital.

Gayle eut envie de lever les yeux au ciel, mais elle avait trop mal à la tête. Pourvu que ce secouriste soit plus calé en traumatismes crâniens qu'en culture…

— Puccini était un compositeur d'opéra, déclara Cole. GM

adore l'opéra. Mais les gens ? Pas vraiment. La famille, ce n'est pas son truc. GM est mariée à son travail.

Dan fixa quelque chose au bout du doigt de Gayle.

— Waouh… C'est triste.

Triste ? Triste ?

Elle dirigeait un cabinet de conseil spécialisé, l'un des plus prestigieux de Manhattan. Elle était une conférencière prisée. Elle avait écrit un best-seller, voire deux, à en juger par les précommandes. Qu'est-ce qui était triste là-dedans ? Sa vie faisait envie, pas pitié.

— À vrai dire, comme employeur, c'est une garce, marmonna Cole. Je n'ai pas pu aller à l'enterrement de ma grand-mère parce qu'elle avait un rendez-vous à 10 heures et que je devais être présent.

Cole estimait qu'elle était une garce ?

Non… Non ! Elle n'était pas une garce. Elle était une source d'inspiration ! C'était ce que cette journaliste avait dit. Oui, elle travaillait dur, mais pour une excellente raison. Si elle n'avait pas travaillé dur et fait de cette entreprise une réussite, ses employés n'auraient pas pu jouir d'une situation stable et confortable. Pourquoi ne le voyaient-ils pas ? Elle devrait peut-être utiliser cette récompense sur les crânes de son équipe pour leur mettre un peu de plomb dans la cervelle.

Il était temps de leur montrer qu'elle était réveillée… avant d'apprendre d'autres choses sur elle qu'elle préférait ignorer.

— Ça me dépasse, remarqua le secouriste en tapotant la main de Gayle pour trouver une veine. Mais je suppose que, quand on n'a pas de famille, on travaille. C'est aussi simple que ça.

Il inséra une aiguille dans la veine de Gayle. Si elle avait été capable de parler ou de bouger, elle l'aurait frappé, autant pour la douleur que pour ses paroles.

Ce n'était pas simple du tout. Ils sous-entendaient qu'elle travaillait parce qu'elle était seule, mais ce n'était pas vrai. Son travail n'était pas son plan B, c'était son choix.

Elle avait choisi la moindre chose dans sa vie. Elle avait conçu sa vie. Elle avait même écrit un livre sur le sujet, bon sang. Sa vie était parfaite pour elle. C'était du sur-mesure. Une vie haute couture. Tout ce qu'elle avait toujours voulu.

— J'imagine que sa vie doit être plutôt vide.

Vide ? Avaient-ils jeté un coup d'œil autour d'eux ? Avaient-ils admiré la vue depuis son bureau ? En réalité, elle n'en profitait pas beaucoup elle-même, parce qu'elle était trop occupée pour regarder par la fenêtre, mais on lui avait dit qu'elle était magnifique. N'avaient-ils pas vu les photos où elle se tenait aux côtés des leaders de l'industrie ?

Sa vie était bien remplie.

— Ouais, la pauvre…

Elle n'était pas une pauvre petite chose. Elle était une machine à penser.

Ils ne voyaient que la femme d'affaires. Ils ne savaient rien d'autre sur elle. Ils ne savaient pas quels efforts elle avait faits pour en arriver là. Ils ne savaient pas pourquoi elle était comme ça. Ils ne savaient pas qu'elle avait un passé, une histoire. Ils ne savaient pas tout ce qui lui était arrivé.

Ils ne la connaissaient absolument pas. Ils pensaient que sa vie était vide. Ils la prenaient pour quelqu'un de triste et solitaire. Ils se trompaient.

Ils se…

Se trompaient-ils ? Vraiment ?

Elle sentit un courant d'air glacé et vit une lumière aveuglante.

La question que Rochelle lui avait posée résonna dans sa tête : *Et vous n'avez jamais eu de regrets ?*

Le frémissement qui l'avait envahie s'intensifia. Il s'étendit jusqu'à ce qu'elle tremble de tout son corps.

Elle n'avait pas de regrets. Non, elle n'en avait aucun.

Le regret était une émotion inutile, proche cousine de la culpabilité. Aucune des deux n'avait de place dans la vie de Gayle.

Mais elle ne pouvait s'empêcher de trembler.

— On va l'emmener aux urgences.

En plus des tremblements, elle ressentait désormais une pression terrifiante dans sa poitrine. Avaient-ils oublié de soulever la bibliothèque de son corps meurtri ? Non. Non, ce n'était pas ça. La pression venait de l'intérieur, pas de l'extérieur. Son cœur ? Non. Ce n'était pas physique, c'était émotionnel.

— Son pouls augmente.

Bien sûr qu'il augmentait ! C'est le propre des émotions : elles vous déboussolent. C'était pour cette raison qu'elle s'efforçait de ne jamais les laisser entrer dans sa vie. Elle ignorait qui avait osé entrouvrir la porte – parce que ce n'était sûrement pas elle. Elles avaient dû se faufiler par le trou dans sa tête.

— Il doit y avoir une hémorragie quelque part. Allez, on fonce. S'il n'y a personne chez elle pour s'occuper d'elle, ils vont probablement l'hospitaliser.

Elle allait être hospitalisée parce qu'elle n'avait dans sa vie que son travail et Puccini. Aucun des deux n'allait lui apporter un verre d'eau ou s'assurer pendant la nuit qu'elle respirait toujours.

Allongée par terre, prisonnière de son corps brisé, elle s'obligea à suivre le conseil qu'elle donnait au reste du monde : faire face à la vérité de sa vie.

Elle dirigeait une entreprise prospère. Son appartement dans l'Upper East Side était rempli d'œuvres d'art et d'antiquités. Elle avait assez d'argent pour ne jamais avoir de souci à se faire. Mais elle n'avait personne susceptible de se ruer à son chevet en cas de problème.

Cole était là parce qu'il était payé pour l'être. Ça ne comptait pas.

Elle n'était pas aimée. Personne ne tenait à elle. En apprenant l'accident, personne ne penserait : *Oh non ! Pauvre Gayle !* Personne n'appellerait de fleuriste pour commander un bouquet. Personne ne lui apporterait de petits plats ou ne viendrait lui demander si elle avait besoin de quelque chose.

Elle était seule dans cette vie qu'elle s'était conçue.

Complètement et totalement seule.

Elle comprit alors pourquoi la plupart des gens rechignaient à examiner la vérité de leurs vies. C'était une expérience désagréable.

Qu'avait-elle fait ?

Elle avait choisi sa vie, l'avait créée de bout en bout, et à présent elle n'appréciait pas le résultat.

À cet instant, Gayle eut une révélation. Qui n'avait rien de plaisant.

Et si elle avait choisi la mauvaise voie ? Et si tous les choix qu'elle avait faits avaient été mauvais ? Et si toutes les techniques qu'elle avait recommandées dans ses livres étaient mauvaises, elles aussi ? Elle devait arrêter la publication. Elle devait dire à son éditeur qu'elle voulait se repencher sur le livre. Comment pouvait-elle assurer la promotion du *Meilleur de toi* alors qu'elle gisait sur le sol, à trembler comme un animal blessé ?

Elle ouvrit la bouche et tenta d'articuler quelques mots.

— Elle bouge. Elle reprend connaissance ! Gayle… Gayle, vous m'entendez ?

Oui, elle l'entendait. Elle n'était aimée de personne, mais elle n'était pas sourde.

S'obligeant à ouvrir les yeux, elle vit un secouriste en uniforme et, derrière lui, Cole, la mine inquiète. Il y avait aussi le caméraman, et puis Rochelle, qui écrivait à toute vitesse. Elle profitait de l'occasion, songea Gayle. Elle suivait le conseil qu'elle avait reçu et remodelait sa vie.

Et elle eut alors une seconde révélation. Qui décrétait qu'on ne pouvait bâtir sa vie qu'une seule fois ? Les gens rénovaient constamment leur maison, n'est-ce pas ? Même si on avait passé des décennies entre quatre murs blancs, on pouvait les peindre en vert si on en avait tout d'un coup l'envie.

Si elle n'aimait pas à quoi ressemblait sa vie, c'était à elle d'y remédier. Et même si elle ne regrettait pas ses actions, elle regrettait les conséquences de ses actions. Elle aurait peut-être pu faire plus. Il n'était pas trop tard pour reconstruire ce qui avait été détruit. Mais c'était à elle de faire le premier pas.

— Ma fille, parvint-elle à dire. Appelez… ma fille.

Elle vit le visage de Cole pâlir.

— Elle est consciente, mais elle a une grave blessure à la tête. Elle est désorientée. Elle est amnésique.

Le secouriste fronça les sourcils.

— Pourquoi dites-vous ça ?

— Parce que GM n'a pas de fille.

Gayle pensa au bébé qu'on lui avait mis dans les bras. Au fait de s'être sentie pleinement responsable du bien-être d'un nouveau-né minuscule et vulnérable, sachant ce qui l'attendait, à quel point la vie pouvait être difficile. Sans l'enfant, elle aurait peut-être abandonné, mais la maternité l'avait poussée à aller de l'avant. Comment aurait-elle pu renoncer alors qu'elle devait protéger sa fille ? Elle avait eu envie de l'emmitoufler dans de l'acier et de l'entourer d'une clôture électrique pour tenir le mal à distance.

— Gayle, savez-vous quel jour on est ?

Oui, elle savait quel jour on était. C'était le jour où elle avait commencé à mettre en doute tout ce en quoi elle avait toujours cru. Le jour où elle avait compris que les regrets pouvaient être plus douloureux qu'une tête blessée et des côtes contusionnées. Comment avait-elle pu se tromper à ce point ?

Elle fit une nouvelle tentative.

— Appelez ma fille aînée.

Et si elle mourait avant d'avoir l'occasion de réparer les dégâts ?

— Aînée ?

Cole semblait anxieux.

— Elle n'a pas de fille, alors plusieurs… Mademoiselle Mitchell, Gayle, combien de doigts voyez-vous ? Vous pouvez me le dire ?

À cette seconde, elle brûlait d'envie de lever elle-même un doigt. Son majeur.

— Appelez ma fille.

— Elle n'est pas désorientée. Gayle Mitchell a deux filles, affirma Rochelle. J'ai fouillé dans son passé en profondeur avant l'interview. D'après mes recherches, elles sont brouillées.

Brouillées ? Non, ce n'était pas exact. Certes, elles ne s'étaient pas vues depuis un certain temps. Quelques années, peut-être. Bon, ça devait faire presque cinq ans… Gayle ne s'en souvenait plus exactement. Mais elle se rappelait leur dernière rencontre. Quand elle y pensait – ce qu'elle essayait de ne pas faire –, elle se sentait blessée, offensée.

Rien de ce qui s'était passé n'était sa faute. Elle avait fait de son mieux pour elles. Tel avait toujours été son objectif. Elle avait travaillé dur pour être la meilleure mère possible. Elle avait veillé à équiper ses filles de tous les outils nécessaires pour affronter le monde et avait éprouvé une frustration toute maternelle quand elles avaient fait les mauvais choix. Elle avait découvert le calvaire que c'était de s'inquiéter sans pouvoir contrôler les autres. Elle avait fait de son mieux. Ce n'était pas sa faute si elles avaient préféré le conte de fées à la réalité. Si elles étaient incapables d'apprécier à quel point elle les avait bien préparées pour l'âge adulte.

Oui, elles avaient des rapports tendus, mais elles n'étaient pas « brouillées ». C'était un mot vraiment affreux. Un mot tranchant comme un rasoir.

Cole semblait sous le choc.

— Elle a des enfants ? Mais ça veut dire qu'elle… Je veux dire… Elle a dû…

Le fait qu'il ait du mal à l'imaginer faisant l'amour n'était pas flatteur. À l'évidence, il prenait sa patronne pour un robot.

— Bon, d'accord, reprit-il d'une voix étranglée. Si vous en êtes sûre, on devrait appeler ses filles. Avez-vous leur numéro de téléphone, mademoiselle Mitchell ?

Samantha avait-elle changé de numéro ? Elle ne l'appelait pas, alors Gayle n'avait aucun moyen de le savoir. Elle avait attendu que ses deux filles la contactent pour s'excuser. Les jours étaient devenus des semaines, puis des mois. Une bouffée de honte l'envahit. Comment qualifier une mère à qui ses propres enfants ne voulaient pas parler ?

Si elle admettait la vérité, ses employés moralisateurs et l'équipe médicale pouvaient-ils décréter qu'elle ne méritait pas d'être sauvée ?

Au lieu de répondre, elle gémit.

Les gens autour d'elle parurent encore plus consternés.

— Elle a du mal à parler. On peut trouver le numéro de sa fille ?

— Je cherche…, répondit Rochelle en tapotant sur son téléphone. L'une de ses filles s'appelle Samantha.

Gayle laissa échapper un hoquet lorsque les secouristes la transférèrent sur un brancard.

Cole cherchait, lui aussi.

— Il y a une Samantha Mitchell dans le New Jersey. Humoriste. Impossible !

Sous-entendait-il qu'elle n'avait pas le sens de l'humour ? Que le rire n'était pas dans son ADN ?

— Il y a une Samantha Mitchell à Chicago… Une Samantha Mitchell, promeneuse de chiens, dans l'Ohio. Samantha Mitchell, P-DG d'une agence de voyages sur mesure à Boston…

Il releva la tête en entendant Gayle émettre un son.

— C'est elle ? Elle dirige une agence de voyages ?

Boston ? Samantha avait déménagé ? Non seulement elle ne voulait pas parler à sa mère, mais en plus elle ne voulait pas courir le risque de la croiser dans la rue.

Gayle s'efforça d'ignorer sa peine. Elle était prête à passer l'éponge. Les enfants étaient une source de déception. C'était une réalité. Elle était prête à pardonner et à tourner la page. Elle voulait le faire. Elle voulait retrouver ses filles. Leur relation n'aurait jamais dû en arriver là.

Et P-DG !

Au milieu des cendres de sa tristesse, Gayle découvrit une

braise de fierté. *Bravo, ma belle.* Que Samantha l'admette ou pas, elle était bien la fille de sa mère.

Alors que le brancard se dirigeait vers l'ascenseur, elle aperçut les visages choqués de ses employés, qui n'avaient jamais vu GM en position de vulnérabilité depuis qu'ils travaillaient chez Mitchell et Associés.

Mais elle se sentait vulnérable. Pas à cause de sa blessure à la tête, ni même à cause des photos de sa chute prises par ce maudit photographe, ou des futurs gros titres qui seraient aussi douloureux que la blessure elle-même.

Non, elle se sentait vulnérable parce que quelqu'un était sur le point de contacter Samantha.

Et la possibilité que sa fille ne décroche même pas était bien réelle.

Samantha

— Je vous propose un circuit européen, axé sur les marchés de Noël. Non seulement vous baignerez dans l'esprit des fêtes, comme vous en avez envie, mais vous pourrez aussi en profiter pour acheter tous vos cadeaux. Ce sera parfait.

Pieds nus, les cheveux attachés en un chignon lâche, Samantha fit défiler l'itinéraire que son équipe avait préparé.

— Point de départ : Prague. Ne manquez surtout pas la place Venceslas. À Noël, elle est remplie de jolis petits chalets en bois qui proposent des objets artisanaux et des spécialités culinaires délicieuses – il faut absolument que vous goûtiez au pain d'épices –, sans oublier le magnifique sapin. Vous boirez du vin chaud en regardant les patineurs, et vous entendrez probablement des chorales en arrière-fond. L'ambiance est incroyablement festive et chaleureuse !

Avec talent, elle brossa le tableau. Elle parla de l'odeur des pommes cuites embaumant les célèbres marchés de Cologne, du parfum des épices de Noël à Vienne et des charmantes rues médiévales de Tallinn, en Estonie.

— Cette promenade en calèche dont vous rêviez ? On peut exaucer ce rêve. Vous n'aurez plus jamais envie de rentrer chez vous. Je suis en train de vous envoyer le programme par mail. Étudiez-le et dites-moi ce que vous en pensez. Vous aurez peut-être envie de réduire le nombre de marchés à visiter pour passer un peu plus de temps dans chaque ville. Nous pouvons l'adapter en fonction du moindre de vos désirs.

Elle releva les yeux lorsque son assistante ouvrit la porte du bureau, son bébé calé sur la hanche.

Samantha secoua brièvement la tête. Ses employés savaient qu'il ne fallait pas l'interrompre quand elle était au téléphone, surtout quand son interlocutrice était une cliente aussi importante qu'Annabelle Wexford. Peu importait de quoi il s'agissait, ça devrait attendre.

Tout en agitant les doigts en direction du bébé, elle continua à parler.

— Ce sera fabuleux, Annabelle. À Prague, nous vous avons réservé une suite avec vue sur le pont Charles. Quand vous aurez bien profité des marchés, vous pourrez vous détendre et apprécier la même vue…

Elle fit bénéficier sa cliente de toute l'étendue de ses recherches et de son expérience, qui était vaste. Personne ne savait mieux qu'elle tirer le meilleur de la saison des fêtes. Elle organisait des vacances d'hiver sur mesure depuis la fin de ses études. Elle avait commencé dans une grande agence de voyages qui proposait des vacances personnalisées pour n'importe quelle destination, puis s'était mise à son compte.

Quand elle avait annoncé qu'elle ouvrait sa propre agence, spécialisée dans les périodes de fêtes, ses concurrents avaient prédit qu'elle ne tiendrait pas plus de six mois. Elle leur avait donné tort. De nombreuses personnes étaient prêtes à payer des vacances magiques au prix fort si elles étaient satisfaites de leur expérience. Et Samantha leur donnait satisfaction chaque fois. Son entreprise, RFH – Really Festive Holidays[1] –, était en plein essor.

Sur son bureau, il y avait une carte envoyée par un client

1. « Des vacances vraiment festives ».

ravi, adressée à « La reine de Noël ». Une autre à l'attention de « Mme Mère Noël ».

Qu'y avait-il de plus agréable que d'exaucer les vacances de rêve de quelqu'un ?

— Nous vous proposons deux options d'hôtel à Vienne. Jetez-y un œil et dites-nous laquelle vous préférez.

La conversation dura encore cinq minutes, avant qu'elle ne puisse raccrocher et rappeler son assistante.

Elle appuya sur un bouton du téléphone sur son bureau.

— Charlotte ? C'est bon, j'ai fini.

La jeune femme apparut sur le seuil, une tablette à la main. Une grosse tache humide s'étalait sur son chemisier bleu nuit, qui collait à son sein.

— Pardon, j'ai oublié que tu étais au téléphone avec Annabelle. Et désolée pour ça, ajouta-t-elle en tirant sur le tissu. Amy a commencé à hurler, et paf, montée de lait. La nature est une chose fabuleuse, mais parfois inopportune. Heureusement qu'il n'y a pas de clients à côté en ce moment. Ma mère revient demain, alors je ne l'aurai plus au bureau.

— Où est-elle ?

— Ma mère ? Elle rend visite à ma grand-mère à…

— Ta fille, précisa Samantha avec patience. Amy.

— Oh ! Elle s'est endormie après la tétée, alors je l'ai installée sous mon bureau dans son transat. Je vais en profiter pour régler tout le reste. Je suis vraiment désolée pour tout ça.

— Ne t'en fais pas. C'est une période importante pour vous deux. Le développement de l'attachement parent-enfant est essentiel, en particulier au cours des premiers mois. La famille, c'est primordial. Vous devez passer le plus de temps possible ensemble. N'hésite pas à te servir de mon bureau pour lui donner le sein dès que tu en as besoin.

— Tu es la meilleure patronne de la planète, et je crois que je vais pleurer.

Charlotte renifla.

— Oui, je vais pleurer. C'est ta faute, tu es trop gentille. J'ai les émotions à fleur de peau en ce moment. Même les actualités me font sangloter.

— Elles me font sangloter, moi aussi, pourtant je n'ai pas les hormones chamboulées, répliqua Samantha en poussant des mouchoirs en papier vers son assistante. Tiens. Tu t'en sors très bien, Charlotte.

— Je ne suis plus aussi vive d'esprit qu'avant. Mon cerveau est tout embrumé. J'ai coupé l'appel de M. Davidson au lieu de te le transférer.

— Tu l'as tout de suite rappelé, et il n'était pas fâché, alors ne t'inquiète pas. Il n'oubliera pas de sitôt que tu as organisé son retour au pays quand il a eu sa crise cardiaque en Inde *et* que tu lui as rendu visite à l'hôpital.

— Il est adorable.

Charlotte attrapa une poignée de mouchoirs, en fourra quelques-uns dans son soutien-gorge et se moucha avec le reste.

— J'ai peur de te faire perdre un client.

— Ça n'arrivera pas.

Samantha se leva et fit le tour du bureau.

— Ça va aller ? C'est seulement de la fatigue ? Ou est-ce qu'il y a autre chose ? Parce que si tu as besoin de congés…

— Non. Je t'assure, ça va. Il faut que je m'adapte, c'est tout. J'adore mon métier et je veux être ici, mais je tiens aussi à être avec Amy. J'ai parfois l'impression d'être une mauvaise employée *et* une mauvaise mère.

— Tu es fantastique dans les deux rôles. Simplement, tu es très sévère envers toi-même. Tu te remettras dans le bain. Ne t'en fais pas.

— C'est ce que ma mère dit… mais j'ai peur qu'au bout d'un moment tu en viennes à souhaiter mon départ.

— Charlotte ! s'exclama Samantha, horrifiée. Tu es la première personne que j'ai embauchée. On vit cette aventure ensemble depuis le début.

Charlotte lui adressa un sourire ému.

— Noël tous les jours, pas vrai ?

— Exactement ! Tu fais de l'excellent travail. Je n'ai pas la moindre intention de te laisser partir ! Pour commencer, tu connais le moindre détail sur chacun de nos clients, ce qui est une des raisons de notre succès. Et tu es capable de gérer toutes les crises. Nom d'une pipe, tu as été le cerveau de l'opération quand il s'est agi de retrouver le chat adoré de Mme Davidson lorsqu'elle était en Arctique.

Charlotte se mit à rire.

— Ce chat était une vraie plaie. Je suis sûre que les voisins avaient fait exprès de le laisser sortir.

— Peut-être, mais elle adorait son matou et tu as tout arrangé. C'est ta spécialité. Tu passes par une période un peu difficile, c'est tout. Mais tu vas t'en sortir. *On* va s'en sortir. Tu auras ce poste tant que tu le voudras, et j'espère que ce sera pour longtemps.

— Merci.

Charlotte se moucha de nouveau, avant de prendre l'un des cadres sur le bureau de Samantha.

— C'est une nouvelle photo ? Je ne l'avais encore jamais vue.

— Ella me l'a envoyée la semaine dernière. Apparemment, Tab est en pleine phase princesse.

— Te connaissant, j'imagine que tu lui as déjà envoyé quatre costumes de princesse tout étincelants.

— Deux…

Samantha avait-elle fait une folie ?

— Il se trouve qu'en rentrant chez moi j'en ai repéré deux dans une vitrine, précisa-t-elle. Je ne savais pas lequel lui plairait le plus.

— Espèce de tata gâteau, va, lança Charlotte en reposant le cadre. Ta nièce est jolie comme un cœur. J'ai du mal à imaginer mon Amy à quatre ans et demi. Tab est sûrement pressée d'être à Noël.

— Elle est excitée comme une puce. Je vais chez eux ce week-end. On va fabriquer des décorations pour le sapin.

— J'ai hâte qu'Amy soit assez grande pour ça. Ce sera son premier Noël, et on a déjà acheté beaucoup trop de choses si on considère qu'elle ne se souviendra de rien.

— Tu avais des messages pour moi ? demanda Sam gentiment.

Charlotte tira la tablette de sous son bras et commença à tapoter sur l'écran.

— Oui. Huit messages. Les Wilson ont appelé pour donner leur feu vert pour la Laponie. Ils veulent l'offre complète – les rennes, les elfes, le Père Noël –, mais ils hésitent pour la balade en traîneau à chiens.

— Ça leur plairait, pourtant, murmura Samantha. Du moment qu'ils sont habillés chaudement, ils vont s'éclater. Je leur passerai un coup de fil pour en discuter avec eux. Ensuite ?

Assise à son bureau, elle écouta chaque message l'un après l'autre, tout en prenant quelques notes. Elle demanda à Charlotte de gérer la suite pour certains clients, tandis qu'elle en gardait quelques-uns pour elle-même.

— Les Morton ont l'esprit d'aventure. Ils adoreraient l'Islande. On va leur réserver un circuit pour voir les aurores boréales, et ils pourront faire ce safari à motoneige sur un glacier qui a enthousiasmé la famille de l'Ohio.

— Les Dawson.

— C'est ça. Sans oublier les grottes de glace. Quoi d'autre ?

— Brodie McIntyre a appelé.

Ce nom ne disait rien à Samantha.

— Un nouveau client ?

— C'est le propriétaire de ce domaine dans les Highlands en Écosse.

— Kinleven ?

Charlotte vérifia dans ses notes.

— Exact. Un magnifique manoir, doté de tourelles de conte de fées. Tu as lu un article dessus dans un magazine. Quand la famille de Seattle nous a sollicitées, tu m'as demandé de contacter le propriétaire. On en a parlé le mois dernier et je l'ai appelé.

— Bien sûr. Des fêtes privées dans un vallon écossais isolé… Est-ce qu'ils n'ont pas un troupeau de rennes, d'ailleurs ? demanda Samantha en se renfonçant dans son fauteuil. Je sais qu'on n'a jamais proposé ce genre de chose, mais j'ai l'intuition que ça pourrait marcher. Tout le monde raffole de l'Écosse, en particulier pendant les fêtes de fin d'année. En plus, cet endroit se trouve au bord d'un loch, en lisière de forêt. Les clients pourraient couper leur propre sapin de Noël. Un arbre qui aurait vraiment l'odeur de la forêt, pas celle des produits chimiques. Les possibilités sont infinies. Un verre de whisky devant un bon feu de cheminée… On pourrait ajouter deux nuits à Édimbourg pour Hogmanay.

En voyant l'expression de Charlotte, elle précisa :

— La Saint-Sylvestre.

— Ooooh, fit son assistante en souriant. J'ai déjà envie de réserver pour moi. Ça fait rêver.

— C'est notre objectif : permettre aux gens de vivre les vacances d'hiver dont ils rêvent, le Noël qu'ils n'oublieront jamais.

Samantha tapota son stylo sur le bureau.

— Qu'est-ce qu'il a dit ? Tu lui as expliqué que la demande pour des séjours dans les Highlands explosait ?

— Oui. Et aussi que tu parles à tous tes clients en personne, et que tu es super douée dans ton domaine, bref, qu'il peut s'attendre à recevoir du monde.

— Et ?

— Il a répondu qu'a priori il serait intéressé, mais qu'il aimerait en discuter plus longuement. Comme c'est une maison de famille, il tient à s'assurer qu'il a confié la tâche à la bonne personne avant de la louer à des clients.

— Appelle-le, et je vais le convaincre que je suis la bonne personne.

— Il veut te rencontrer.

— Pourquoi ? demanda Samantha en s'efforçant de ne pas penser à son emploi du temps surchargé. Peu importe. S'il faut en passer par là… Quand viendra-t-il à Boston ?

— Il ne viendra pas à Boston. Il veut que tu fasses le voyage. Destination Scotland.

Samantha se redressa brusquement.

— Scotland ? Tu parles de la ville de Scotland, dans l'État du Connecticut ?

— Non, répondit Charlotte, les sourcils froncés. Il y a une Scotland dans le Connecticut ?

— Oui. Il y en a d'autres.

— Je parle du pays. L'Écosse, terre de collines et de bruyère. Sans oublier ses jolies vaches à cornes.

— Les *Highland cattle*. Tu es sérieuse ? Il veut que je vienne en Écosse ?

Charlotte leva les mains dans un geste apaisant.

— Je ne fais que passer le message. Mais ça me semble plutôt compréhensible. Il est attaché à cet endroit. C'est sa maison. Il y est né. Imagine un peu être né dans un vallon écossais plutôt que dans une chambre d'hôpital blanche et stérile…

— Il t'a raconté tout ça ?

— Oui. On a bavardé un bout de temps. D'après lui, ça ne conviendrait pas à tout le monde et tu dois en savoir plus sur ce que tu comptes proposer aux clients.

— Il a raison, bien sûr. C'est vrai que, d'habitude, je visite un endroit avant de le recommander. Mais je croule sous le boulot.

Tout en défaisant un autre bouton de son chemisier, Samantha marcha jusqu'à la fenêtre. La vue la calmait toujours. Depuis son bureau dans le quartier de Back Bay, elle apercevait le Boston

Harbor[1], dont les eaux miroitaient sous le pâle soleil hivernal. On n'était que début décembre, mais les premiers flocons de neige étaient tombés la semaine précédente.

Samantha aimait passionnément la neige et, comme elle n'avait aucun souvenir à Boston, les frimas de l'hiver ne risquaient pas de gâcher son histoire d'amour avec cette ville. Aucun fantôme ne hantait les trottoirs de briques et les bâtiments historiques. Elle avait pris la meilleure décision possible en quittant Manhattan. Boston était *sa* ville. Elle aimait tout ici, depuis les galeries d'art et les boutiques de luxe de Newbury Street jusqu'aux becs de gaz vintage de Beacon Street. Même à cette période de l'année, quand un vent glacial soufflait sur le fleuve Charles, elle adorait cette ville.

— Patronne ?

— Oui, répondit-elle en se tournant vers Charlotte. L'Écosse. Très bien. On va tenter le coup. On va envoyer quelqu'un là-bas parce que cet endroit m'a l'air parfait. Demande à Rick. Ça lui est déjà arrivé de porter un kilt lors de certaines soirées déguisées.

— Le laird a insisté pour que ce soit toi.

— Le laird ?

— C'est ma petite blague à moi. Je dévore beaucoup trop de ces romances historiques dont on raffole, toi et moi. Je rêve d'être enlevée à dos de cheval par un homme en kilt.

— Avec Amy accrochée à ton sein ? Ça ne paraît pas confortable du tout.

Certains jours, elle regrettait que Charlotte, qui n'était pas un modèle de discrétion, ait découvert ses habitudes de lecture.

— Je t'en supplie, ne va pas raconter à Brodie McIntyre qu'on lit des romances historiques.

— Pourquoi pas ? Tout est bon à lire, c'est ce que je dis toujours.

1. Estuaire au fond de la baie du Massachusetts.

— Je suis d'accord, mais je préfère séparer ma vie personnelle de ma vie professionnelle.

De même, elle séparait son être intérieur de son être extérieur. Elle lisait des romans sentimentaux depuis l'adolescence. Au départ, c'était une façon d'explorer des émotions que sa mère désapprouvait. Elle avait ensuite découvert que c'était la méthode de relaxation idéale. Elle n'avait pas eu l'intention de partager ses goûts littéraires secrets avec Charlotte mais, un jour, son assistante avait remarqué un livre dans le sac de Samantha. Le lendemain, elle avait apporté une pile de romans au bureau. Depuis, elles se les échangeaient.

— Je dirige une entreprise. Ce serait difficile de rester crédible auprès de nos clients et de ces Écossais s'ils savaient qu'on passe notre temps libre à fantasmer sur une escapade dans la bruyère avec un beau gosse en kilt.

— Exactement. C'est un fantasme. Ce n'est pas comme si on voulait le faire en vrai. Je suis sûre que la bruyère pique. Et qu'elle est pleine d'insectes. Et puis j'ai cherché sa photo sur Internet : le laird approche les soixante-dix ans, même s'il est toujours très séduisant, dans le genre anguleux et buriné.

Il était temps de changer de sujet, décida Samantha.

— A-t-il dit exactement ce qu'il voulait que je fasse pendant cette visite ?

— Non. On n'a pas eu le temps d'aborder cette question, parce que j'avais peur qu'Amy se mettre à brailler.

Charlotte rajusta la bretelle de son soutien-gorge.

— Il a dit que tu devrais passer quelques jours là-bas ce mois-ci, c'est tout. Et, pour être franche, je dois admettre qu'il a une voix vraiment très sexy.

— Tu penses que la voix du propriétaire serait un argument de vente ? Il reste vingt-quatre jours avant Noël. C'est impossible de caser une visite là-bas en ce moment.

— Et si tu lui parlais pour essayer de trouver une solution ? Il a même suggéré le jour de Noël, mais je lui ai dit que tu le passais toujours avec ta sœur. Il a répondu qu'elle aimerait peut-être venir, elle aussi, et que vous pourriez tester les vacances en famille sur place. Ce qui serait génial, tu ne crois pas ?

— Je ne crois pas, non.

— Tu en es sûre ? Quelle meilleure façon d'évaluer l'intérêt commercial de vacances de Noël en Écosse qu'en passant Noël en Écosse ?

— Ce serait du travail – et je ne travaille pas à Noël, sauf si un client a une urgence. Je vais aller chez ma sœur et rester en pyjama tout du long. J'appellerai ce monsieur pour planifier tout ça à un autre moment.

— Hum… Tu risques de passer à côté de quelque chose. *Dans le lit du laird*, ce serait un bon titre de livre, tu ne trouves pas ?

— Pas du tout. Je t'en supplie, évite de suggérer des titres de livres si jamais tu le rencontres.

— Compris, répondit Charlotte en jetant un coup d'œil par la fenêtre. Il s'est remis à neiger.

Samantha n'écoutait pas, trop occupée à penser au relais de chasse dans les Highlands. Ce ne serait peut-être pas si mal de passer quelques jours en Écosse. Le domaine de Kinleven avait l'air idyllique. Elle avait déjà en tête au moins une dizaine de clients qui adoreraient cette destination… et qui l'adoreraient, elle, pour l'avoir trouvée.

— Appelle-le et passe-le-moi. Je vais essayer de fixer une date entre maintenant et Noël. Je suppose que je peux y aller d'un coup d'avion et revenir le lendemain. C'est tout ?

— Kyle a appelé. Quatre fois. Il semblait irrité. Il a dit qu'il avait attendu deux heures au restaurant hier soir.

— Oh…

Elle avait été retenue par l'une de ses clientes préférées, une veuve d'un certain âge qui vivait en Arizona et avait décidé de profiter à fond de sa nouvelle vie de célibataire. Samantha lui avait déjà organisé trois voyages. La veille, elles avaient passé une heure à discuter du prochain. Elle en avait oublié le dîner prévu avec Kyle. Que révélait cet oubli sur elle ? Que révélait-il sur eux ?

— C'est très impoli de ma part. Je vais l'appeler pour m'excuser.

Charlotte se dandina d'un pied sur l'autre.

— Il m'a demandé de te dire de ne pas l'appeler, sauf si tu es prête à faire monter votre relation d'un palier.

Hallucinant !

— Monter d'un palier ? C'est une relation, pas un ascenseur.

De son point de vue, ils n'étaient même pas encore sortis du sous-sol.

— C'était un peu là où il voulait en venir. Il a dit que tu devais déterminer ce que tu attends de votre histoire. J'ai eu l'impression que lui était prêt à filer tout droit au dernier étage.

Charlotte esquissa un sourire contrit, et reprit :

— Je crois qu'il est amoureux de toi.

— Il… Quoi ? N'importe quoi. Il n'est pas plus amoureux de moi que moi de lui.

Sa relation avec Kyle était de l'ordre du service mutuel. Ils étaient partenaires de théâtre. Partenaires d'opéra. De temps en temps, partenaires de couette. Sauf qu'en général Kyle s'endormait dès l'instant où il s'allongeait. Comme beaucoup de monde dans ce quartier, il était à la tête d'une start-up technologique et avait un emploi du temps encore plus chargé que le sien. Et le plus dérangeant dans tout ça, c'était qu'elle s'en moquait.

Elle aurait pourtant dû s'en soucier, non ?

Elle aurait dû attacher de l'importance au fait qu'ils aimaient mieux travailler que passer du temps ensemble.

Elle aurait dû s'inquiéter du manque de passion.

Quand elle était avec lui, son esprit s'évadait, comme s'il partait à la recherche d'une option plus stimulante que la compagnie qu'elle avait choisie. Elle avait même hâte qu'il parte pour pouvoir se replonger dans son livre.

Bien sûr, la vraie vie ne ressemblait pas aux histoires à l'eau de rose qu'elle lisait, mais ne devait-elle pas s'en approcher un peu plus ?

— Appelle-le et passe-le-moi. Je vais lui parler.

Qu'allait-elle lui dire ? Elle n'en avait aucune idée, mais elle trouverait une façon d'arrondir les angles et de maintenir le statu quo.

— Avant de lui parler, fit Charlotte, tu dois savoir qu'un énorme bouquet de fleurs a été livré il y a une heure de la part des Talbot. Ils sont revenus de leur lune de miel à Vienne et tenaient à te dire qu'elle a été à la hauteur de leurs rêves.

— Ce qui est exactement ce qu'on devrait retenir d'une lune de miel, déclara Samantha, ravie d'avoir un autre client satisfait.

— Voilà, c'est tout ! Je vais passer ces coups de fil et…

Charlotte s'interrompit lorsque Amanda, une des chargées de clientèle junior, entra en trombe dans la pièce.

— Samantha ! Désolée, mais c'est urgent.

— Oui ?

— C'est votre mère.

Samantha failli répondre : « Je n'ai pas de mère », avant de se rappeler que ce n'était pas tout à fait vrai. Du point de vue biologique, elle avait une mère. Ce n'était pas une mère aux joues roses, tendre et affectueuse comme dans les films, mais c'était quand même une mère au sens propre.

D'instinct, elle maîtrisa son expression pour rester impassible. Elle pouvait remercier sa mère pour ce talent – en admettant que la capacité à dissimuler ce qu'elle ressentait puisse être qualifiée de talent. Elle n'avait aucun problème avec les émotions des autres, seulement avec les siennes.

Elle sentit Charlotte lui toucher le bras.

— Samantha ? Ça va ?

Non, ça n'allait pas. La simple évocation de sa mère suffisait à l'abattre.

— Elle a appelé ?

— Pas personnellement.

Rien d'étonnant à ça. Quand sa mère avait-elle fait quoi que ce soit de personnel ? Et Samantha n'avait pas de nouvelles d'elle depuis cinq ans. Plus rien depuis cette dernière « réunion de famille » frustrante et désastreuse. Elle sentait encore les larmes de sa sœur tremper son chemisier. Elle se rappelait comment Ella s'était blottie contre elle, le corps secoué de sanglots.

Pourquoi est-elle comme ça ? Pourquoi dit-elle ce genre de choses ? Qu'est-ce qu'on a fait de mal ?

Samantha se sentit soudain très fatiguée.

— Qui a appelé ? Et pourquoi ?

Sa mère n'essaierait jamais de la joindre sans une bonne raison.

— Un dénommé Cole. Il dit qu'il est son assistant. Je ne savais pas que votre mère était Gayle Mitchell. Enfin, j'aurais pu deviner… Samantha Mitchell, après tout, hein ? Mais je n'aurais jamais… Je veux dire, waouh !

Amanda regardait Samantha avec émerveillement et un respect tout neuf.

— Quelle femme ! C'est une vraie légende.

De tous les mots que Samantha aurait employés pour décrire sa mère, celui-là n'aurait pas été sur sa liste. Mais elle était consciente du nombre de personnes – de femmes, en particulier – qui l'admiraient.

Gayle Mitchell était douée pour inspirer et convaincre les gens. Les seules avec qui elle semblait incapable de communiquer étaient ses filles.

Samantha sentit comme une pression dans sa poitrine, une blessure qui se réveillait. Après toutes ces années, pourquoi ne parvenait-elle toujours pas à évacuer sa déception ?

— *Le Choix, pas la chance* a changé ma vie, affirma Amanda. C'est un livre extraordinaire, n'est-ce pas ?

Devait-elle admettre qu'elle ne l'avait jamais lu ? se demanda Samantha. Elle l'avait utilisé comme dessous de verre, comme cible de fléchettes et comme butoir de porte. Mais pas une fois elle ne l'avait ouvert. C'était son choix, non ?

— Est-ce que son assistant a dit pourquoi elle appelait ?

— Eh bien, en quelque sorte… Je ne sais pas comment vous l'annoncer. Ça va être un tel choc…

Amanda lança un coup d'œil désespéré vers Charlotte.

— Votre mère est à l'hôpital.

Samantha la dévisagea.

— Quoi ?

— À l'hôpital. Elle est à l'hôpital.

— Ce n'est pas possible. Ma mère n'a jamais été malade de sa vie.

— Son assistant a parlé d'un accident. Il a dit que vous deviez aller à l'hôpital parce qu'elle vous réclame.

Sa mère la réclamait, elle ? Pourquoi ? Gayle Mitchell était quelqu'un de pragmatique. Si elle était blessée, elle demanderait à voir un médecin, pas sa fille. D'autant qu'elles ne s'étaient pas recroisées depuis cette dernière réunion catastrophique.

Elle tourna la tête lorsque Sandra, la stagiaire, se précipita dans le bureau.

Sa politique de la porte ouverte avait peut-être besoin d'être révisée, pensa Samantha.

— Votre mère passe à la télé !

Elle ne demanda pas comment Sandra savait que Gayle Mitchell était sa mère. À l'évidence, les bavardages étaient allés bon train.

Sandra avait pris la télécommande pour allumer le grand écran sur le mur. Oui, c'était bien sa mère, qui tombait d'une chaise en battant des bras, toute dignité envolée. Que tenait-elle à la main ? L'objet ressemblait à un bloc de granit.

Samantha grimaça en la voyant s'écraser au sol. Elle avait oublié que sa mère était mortelle. Qu'elle pouvait saigner.

Une vague d'angoisse la submergea. Elle trouvait sa mère

exaspérante, frustrante – et la liste ne s'arrêtait pas là – mais elle ne voulait pas qu'elle meure.

Elle s'agita nerveusement pour tenter d'atténuer un désagréable sentiment de culpabilité. Elle aurait dû tendre la main, essayer d'ouvrir le dialogue. Elle aurait dû expliquer combien sa sœur et elle étaient blessées. Mais elles avaient toutes les deux attendu que leur mère s'excuse de son manque de soutien, et puis le temps avait passé, et…

Et si elle avait trop tardé ?

Paralysée, elle fixa l'écran, observant les employés qui s'agitaient et les secouristes qui arrivaient. Allongée par terre, immobile et couverte de sang, sa mère semblait vulnérable. Samantha n'avait pas un seul souvenir de sa mère ayant l'air vulnérable. Gayle Mitchell ne faisait pas dans la vulnérabilité.

— Oh la vache… ça a dû faire mal, murmura Charlotte. Pourquoi ont-ils filmé ça ? C'est très indiscret, quand même. Tu peux engager des poursuites ? Waouh, ça en fait, du sang. C'est normal ?

Pointant la télécommande vers la télévision, Samantha l'éteignit.

Son cœur cognait contre ses côtes, et son pouls galopait.

Sa sœur avait-elle vu ces images ? Ella serait bouleversée. Malgré tout ce qui s'était passé, elle rêvait toujours d'une famille soudée et attentionnée. Elle avait envisagé de reprendre contact avec leur mère mais, en fin de compte, elle avait eu trop peur d'être rejetée et ne l'avait pas fait.

Samantha avait oublié qu'il y avait d'autres personnes dans la pièce, jusqu'à ce qu'elle sente Charlotte poser la main sur son bras.

— Tu es sous le choc, et c'est bien normal. Viens t'asseoir.

Samantha se dégagea.

— Je vais bien.

Charlotte échangea un regard avec Amanda.

— On sait que tu ne vas pas bien, patronne. Tu n'as pas à faire semblant avec nous. On est comme une famille. Et on parle de ta mère, là. Je veux dire, si c'était ma mère, je serais effondrée.

Si cela avait concerné la mère de Charlotte, Samantha aurait été effondrée, elle aussi. La mère de Charlotte passait fréquemment au bureau avec Amy, apportant de bons petits plats faits maison et le genre de chaleur maternelle dont Samantha avait été privée.

Mais il ne s'agissait pas de la mère de Charlotte. Il s'agissait de la sienne.

— Son assistant…

Elle ne reconnut pas sa propre voix.

— Est-ce qu'il a dit comment elle allait ?

Si elle était morte, ils l'auraient annoncé à la télévision, non ?

Elle n'était pas morte, mais elle était sûrement gravement blessée, si les images étaient fiables.

Samantha allait devoir se rendre à l'hôpital.

Sa conscience ne lui en laissait pas le choix.

C'était sa mère, et Samantha n'était pas un monstre.

Elle devait ignorer le fait que sa mère n'avait pas été présente dans sa vie, n'avait assisté à aucun des meilleurs et des pires moments. Et que, si les rôles étaient inversés, sa mère ne viendrait probablement pas la voir à l'hôpital. Samantha ne voulait pas prendre modèle sur elle. Quand elle devait prendre une décision dans une situation donnée, elle pensait souvent : « Que ferait ma mère ? », et veillait à faire le contraire.

Ce qui répondait à sa question.

Elle se tourna vers Charlotte.

— Rappelle son assistant et dis-lui que j'arrive. Annule mes rendez-vous. Je pars pour New York ce soir.

Charlotte hocha la tête.

— Pas de problème. C'est normal. Je veux dire, c'est ta mère, pas vrai ?

— Exact.

Samantha se passa la main sur la nuque.

Faisait-elle ce qu'il fallait ? Qu'allait-elle dire en arrivant à l'hôpital ? Allaient-elles se contenter d'ignorer ce qui s'était passé la dernière fois ? Sa mère ne savait sans doute même pas qu'elle avait déménagé à Boston.

Charlotte prenait des notes.

— Je vais te réserver un vol et une voiture pour l'aéroport, et puis je vais prévenir toutes les personnes de notre liste que tu as une urgence familiale et…

— Non, l'interrompit Samantha en se frottant le front. Certains de ces appels ne peuvent pas attendre. Il faut que la voiture passe par mon appartement pour que je puisse prendre quelques affaires. Appelle Kyle, parce que je dois lui présenter mes excuses, et aussi le type en Écosse – on a des clients qui adoreraient cet endroit, alors je dois organiser cette visite. Dis aux autres que je les rappellerai dès que possible.

— Tu en es sûre ? Kyle comprendra si tu…

— Appelle-le et passe-le-moi, Charlotte. Merci.

S'il y avait la moindre chance de sauver leur histoire, elle devait lui parler maintenant. Mais qu'allait-elle sauver exactement ? Et voulait-elle vraiment la sauver ? Kyle était intéressant, séduisant, solvable, et elle n'avait pas remarqué chez lui d'habitudes déplaisantes. Il lui achetait des fleurs. Il trouvait de bons restaurants. Elle aurait dû vouloir sauver cette relation.

Mais elle n'était pas émotionnellement impliquée, pas plus qu'il ne semblait l'être. Tout était tellement… maîtrisé. Un peu froid. Au cours de leurs sorties à deux, elle n'avait jamais éprouvé le besoin irrésistible de l'entraîner dans un coin tranquille pour un moment d'intimité. Lui non plus n'avait jamais semblé brûler de désir pour elle. Il était parfait pour la Samantha extérieure, la version d'elle-même qu'elle montrait au reste du monde. Mais la Samantha intérieure ? La personne qu'elle était vraiment sous cette façade calme et raffinée ? Samantha la fougueuse. Cette femme-là en voulait tellement plus.

Pourquoi trouvait-elle si difficile d'être cette femme ? Qu'est-ce qui l'en empêchait ? Pouvait-elle vraiment tout reprocher à sa mère ?

Elle se redressa légèrement.

Elle n'était plus une enfant. À un moment donné, il fallait assumer ses responsabilités. S'il fallait changer quelque chose, c'était à elle de s'en occuper.

Elle tressaillit, consciente que ses pensées auraient pu sortir tout droit du livre de sa mère. *Le Choix, pas la chance.* Ce fichu bouquin lui faisait l'effet d'une gifle chaque fois qu'elle entrait dans une librairie.

Elle hésita un instant. Elle rechignait à faire la moindre chose qui aurait pu lui donner l'impression de suivre les conseils de sa mère.

Mais c'était ridicule, finit-elle par conclure. C'était sa vie et sa décision. Sa mère n'en saurait rien de toute façon.

Elle n'allait pas attendre le nouvel an pour prendre une résolution. Elle allait agir dès maintenant… en commençant par Kyle. Elle n'allait pas sauver leur relation, elle allait rompre. Non seulement elle avait oublié leur rendez-vous, mais en plus elle ne s'en était pas rendu compte avant un moment. Pas besoin d'être spécialiste en matière de couple pour savoir que c'était problématique. Ce qu'elle vivait avec Kyle n'était pas ce qu'elle voulait.

C'en était fini des relations fades, raisonnables et frustrantes. Quand elle rencontrerait à nouveau un homme, elle serait franche avec lui. Elle prendrait le risque d'exprimer ses pensées et ses sentiments au lieu de tout garder sous clé. Si elle le faisait, ses relations changeraient peut-être, et elle ressentirait enfin de la passion. C'était ce qu'elle voulait. Elle voulait s'impliquer émotionnellement.

Satisfaite à l'idée que sa mère serait horrifiée par cette résolution, Samantha se sentit mieux.

— Allez, on a des appels à passer, Charlotte.

— D'accord… En tout cas, je te trouve très courageuse, à tenir le coup comme ça.

Charlotte baissa les yeux sur sa tablette.

— Alors, pour résumer – parce que je n'ai pas les idées très claires après la nuit agitée d'Amy –, je vais rappeler l'assistant de ta mère pour lui dire que tu passeras à l'hôpital plus tard. Je vais expliquer aux Morton que, selon toi, l'Islande est la destination idéale pour eux, que tu la leur recommandes personnellement et que tu les appelleras pour en discuter une fois qu'ils auront étudié l'itinéraire suggéré. Je vais te passer le laird dès que je l'aurai au téléphone, pour que tu essaies de le persuader qu'une visite n'est pas nécessaire. Et je vais aussi contacter ta sœur.

— Non, pas ma sœur. C'est moi qui vais l'appeler. Toi, occupe-toi de joindre Kyle. Et arrête de surnommer l'Écossais « le laird », sinon je vais finir par m'adresser à lui comme ça par mégarde.

— D'accord. Compris.

Rougissante, Charlotte quitta la pièce avec les autres, tandis que Samantha retournait à son bureau.

Après avoir fermé son ordinateur portable, elle le glissa dans son sac. Elle pourrait travailler un peu dans l'avion, ou peut-être à l'hôpital. Sa mère ne tiendrait probablement pas à ce qu'elle passe trop de temps à son chevet.

Elle récupéra ses chaussures sous son bureau et les enfila, refusant d'analyser pourquoi elle avait besoin de porter des talons hauts pour rompre avec un homme au téléphone.

La perspective de voir sa mère la rendait un peu nauséeuse. Tout comme celle de parler à Kyle. Elle avait eu le même nœud au ventre avant de sauter en parachute pour une association caritative.

Elle se lissa les cheveux, puis enfonça un bouton sur le téléphone de son bureau.

— Charlotte ? Si tu n'es pas en train de nourrir Amy, tu pourrais m'apporter quelque chose à boire, s'il te plaît ?

— Bien sûr ! Thé ou café ?

— Vodka. On the rocks.

Il y eut un bref silence.

— D'accord. Je te sers ça tout de suite.

Charlotte apparut quelques instants plus tard avec un verre où tintaient les glaçons.

— Et voilà. Ne t'en fais pas, je ne te juge pas. Ta mère est à l'hôpital, ta relation s'achève… En bref, ta vie personnelle est un vrai désastre, alors il n'y a rien de honteux à avoir besoin d'un verre.

— Merci.

— C'était trop franc ? Zut. J'essaie d'être moins directe.

— Ça ne me dérange pas. Et tu as raison : ma vie personnelle est un désastre.

Mais elle était sur le point de s'attaquer au problème.

Charlotte lui tapota la main.

— En tout cas, n'hésite pas à m'en parler si tu en as envie. Tu prends toujours le temps d'écouter les autres, mais tu gardes tous tes soucis personnels pour toi.

Oui, elle gardait tout pour elle. Que se passerait-il si elle ne le faisait pas ? Si la Samantha intérieure et la Samantha extérieure fusionnaient ? Quel serait le résultat ? Ce serait comme d'entrer dans un appartement impeccable et de trouver du linge sale sur le sol.

Charlotte semblait avoir du mal à lâcher le verre.

— Au lieu de te donner de la vodka, je pourrais te faire un gros câlin. Je trouve qu'il n'y a rien de mieux qu'un câlin pour me rassurer quand j'ai peur de quelque chose.

— Charlotte…

— Et je ne cancane jamais, alors tu n'as pas à t'inquiéter pour ça. Tu redoutes sûrement que quelqu'un aille raconter à la presse des histoires sur ta mère, mais je ne ferais jamais ça.

— Je le sais.

— Tu ne fais jamais allusion à ta mère, et je comprends pourquoi.

— Ah bon ?

Devait-elle se réjouir ou être alarmée ? Quelqu'un avait-il réussi à voir sous la surface ?

— Bien sûr. C'est évident, répondit Charlotte. Gayle Mitchell est une légende. Si tu l'évoques, tout le monde va vouloir te parler d'elle, ou te supplier de faire dédicacer un livre ou quelque chose comme ça. Tu as peur que les gens s'intéressent à toi seulement à cause de ta mère, mais c'est une erreur de penser ça. Tu es une source d'inspiration à part entière. Il n'y a qu'à voir tout ce que tu as construit ici ! Même si… *Le Choix, pas la chance*, fit-elle, rayonnante. Je l'ai lu trois fois. Et j'ai précommandé *Le Meilleur de toi.*

Samantha aurait voulu que sa mère n'ait jamais écrit ce fichu bouquin.

Il faudrait qu'elle garde une bouteille de vodka à demeure dans son bureau, décida-t-elle. Elle pouvait inventer un nouveau jeu à boire : un shot quand quelqu'un disait quelque chose de flatteur sur sa mère ; deux shots quand quelqu'un prononçait le titre du livre honni.

— Occupons-nous de ces coups de fil, Charlotte.

— Bien sûr, répondit l'assistante en posant enfin le verre. Je t'admire beaucoup de réussir à te concentrer sur le travail dans un moment pareil.

— Merci.

Elle attendit que Charlotte soit sortie pour s'emparer du verre.

Mais que faisait-elle ? Était-elle si peu douée pour les questions d'ordre émotionnel qu'elle avait besoin d'alcool pour les affronter ? Elle aurait peut-être dû accepter le câlin…

Elle reposa la vodka sur le bureau. Ce n'était pas la solution. Elle n'en avait pas besoin. Elle allait appeler Kyle, puis elle s'offrirait un double expresso dans le café italien en bas de la rue avant de se rendre à l'aéroport. Elle était nerveuse, et c'était la faute de sa mère.

Gayle Mitchell avait martelé dans la tête de ses deux filles que les relations signifiaient la mort de l'ambition et des objectifs, qu'elles étaient comme une ancre qui vous entraînait au fond des mers agitées de la vie. Chaque fois que Samantha rompait avec un homme, elle était doublement mal à l'aise parce qu'une partie d'elle-même avait l'impression de faire plaisir à sa mère.

Était-ce pour cette raison qu'elle était restée aussi longtemps avec Kyle ? Parce que mettre un terme à cette relation était une décision que sa mère approuverait ?

En voyant le téléphone clignoter, elle prit une profonde inspiration. Il n'y avait qu'une seule façon de régler ça : en se jetant à l'eau.

— Salut. D'abord, je suis vraiment désolée pour hier soir. Je croulais sous le travail et, à vrai dire, je n'ai pas relevé les yeux de mon ordinateur avant minuit…

Hors de question d'avouer qu'elle ne s'était même pas rendu compte qu'elle lui avait posé un lapin avant que Charlotte ne le lui dise.

— Quoi qu'il en soit, je suis désolée. Mais ça m'a fait réfléchir.

En entendant qu'il s'apprêtait à parler, elle enchaîna rapidement :

— Avant de répondre, laisse-moi aller jusqu'au bout. S'il te plaît. Je dois être honnête. En toute franchise, notre relation ne me convient pas. Bien sûr, tu es de très bonne compagnie, on a toujours des conversations intéressantes et on passe de bons moments ensemble, mais on ne peut pas dire que ce soit très flamboyant, n'est-ce pas ? On se fait des repas tranquilles au restaurant, ou des soirées au théâtre, où on se comporte comme un couple d'âge mûr. Une fois de temps en temps, tu me tiens la main sur le chemin du retour. Tout ça est très civilisé et raisonnable, et c'est probablement ma faute, parce qu'on sait tous les deux que je ne suis pas très douée pour montrer mes émotions. Mais je voudrais y parvenir. Tu n'imagines pas à quel point j'ai envie d'y arriver. Je rêve de ressentir plein de choses. Mais quand on est ensemble, toi et moi, ça ne se produit pas – et c'est ma faute, pas la tienne. J'ai construit une espèce de personnalité extérieure et, parfois, j'ai du mal à me connecter à mon moi intérieur…

Samantha la fougueuse.

Elle en disait sûrement beaucoup trop, mais elle était incapable de s'arrêter.

— Peut-être que c'est un problème d'alchimie entre nous,

ou peut-être que je ne pourrai jamais ressentir quoi que ce soit parce que je n'arrive pas à lâcher la bride à cette personne rigide que je suis devenue.

Merci du cadeau, chère mère.

— Mais je me dois à moi-même d'être plus ambitieuse que ça. Je n'attends pas une tempête de passion, mais une brise légère, ce serait déjà sympa. Et toi aussi, tu le mérites. On mérite tous les deux davantage que cette relation fade, neutre et polie. Je pense qu'on devrait admettre qu'il nous manque quelque chose.

Tournant les yeux vers la fenêtre, elle observa les flocons de neige qui tourbillonnaient. Comment était-ce possible de se sentir aussi seule dans une ville peuplée de centaines de milliers de personnes ? Parmi tous ces gens, comment trouver celui qui allait changer son monde ? L'honnêteté. C'était forcément un bon point de départ.

— Tu ne me connais pas vraiment, Kyle, et je ne t'ai pas vraiment aidé. Je… je ne suis pas la personne que tu crois. Enfin, si, mais je suis aussi beaucoup plus que ça. La vraie moi rêve d'une histoire d'amour tellement passionnée que j'en oublierais d'aller travailler, au lieu d'oublier notre rendez-vous parce que je travaille. Je veux profiter de ma pause déjeuner pour aller acheter de la lingerie sexy, au lieu de manger à mon bureau et de prendre des appels. Je veux boire du champagne au lit toute nue, pas assise au bar d'un théâtre au milieu d'inconnus. Je veux faire l'amour de façon torride et intense sans me soucier du lieu et du moment, et je ne veux vraiment pas penser au travail en même temps. Je… je veux voir des étoiles quand on m'embrasse.

Avait-elle vraiment dit tout ça à voix haute ? Avait-elle vraiment dit tout ça ?

C'était bien beau de faire le choix de l'honnêteté, mais elle se sentait désormais exposée et mal à l'aise. Elle aurait tout aussi bien pu défiler en tenue d'Ève dans Newbury Street. Heureusement qu'elle rompait avec lui et qu'elle n'aurait pas à le revoir. Voilà ce qui se passait quand elle laissait Samantha la fougueuse prendre les rênes. Cette version d'elle-même devait rester sous clé, au fond d'elle, là où elle causerait le moins de dégâts.

Mortifiée, elle s'obligea à poursuivre :

— Bref, nous deux, c'est fini. Et je ne crois pas que ce soit un énorme choc pour toi. Je sais qu'il y a plein de choses qui t'agacent chez moi. Notamment le fait que ma sœur compte autant pour moi et qu'on se parle tous les jours. Mais ça ne changera jamais, pas plus que cette envie de passion. Alors je pense qu'on devrait accepter la situation et admettre, en toute amitié, que ça a été agréable mais qu'il est temps de tirer un trait.

Voilà. Elle l'avait fait. Elle l'avait dit. En fait, elle en avait même beaucoup trop dit.

Les yeux fermés, Samantha respira lentement pour tenter de ralentir les battements précipités de son cœur. Elle ne s'était pas rendu compte que ses sentiments flottaient aussi près de la surface.

Kyle n'avait toujours pas dit un mot. Il devait être surpris par sa franchise. Elle aussi était surprise. Boire du champagne au lit toute nue ? D'où sortait-elle cette idée ?

Elle lui laissa quelques secondes pour réagir, puis renonça à attendre.

— C'est… Je commence à me sentir un peu gênée…

C'est le moins qu'on puisse dire.

— Dis quelque chose, insista-t-elle. N'importe quoi.

Seul le silence lui répondit.

Une bouffée d'exaspération envahit Samantha, de pair avec la conviction grandissante qu'elle avait pris la bonne décision en rompant avec lui. Elle venait de lui confier jusqu'à la moindre de ses émotions. Elle avait été honnête et ouverte, comme le conseillaient tous les livres sur les relations, et que recevait-elle en retour ? Ni chaleur ni compréhension, rien que du silence.

— Kyle ? Qu'en penses-tu ?

— Ce que j'en pense ?

La voix au bout du fil était grave, rauque et complètement inconnue.

— Je pense que vous me prenez pour quelqu'un d'autre. Nous n'avons jamais partagé de dîner, ennuyeux ou autre, ni couché ensemble, donc je ne sais pas ce que ça donnerait en matière d'alchimie, mais boire du champagne nus au lit m'a tout l'air d'un excellent rendez-vous galant. Et je ne sais pas qui est Kyle, mais il est évident qu'il doit se ressaisir. Parce que vous avez raison. Personne ne veut d'une relation fade, neutre, polie.

Samantha resta immobile, le souffle coupé.

Qui… ?

Charlotte était censée appeler deux personnes pour elle : Kyle… et Brodie McIntyre, le propriétaire du manoir dans les Highlands.

Si elle n'avait pas parlé à Kyle, cela signifiait que…

Sans un mot, elle prit son verre de vodka et le vida d'un trait.

Ella

— Allez, une bouchée.

Ella Mitchell coupa le brocoli en plus petits morceaux et adressa un sourire encourageant à sa fille.

— Juste une.

— Un câlin, maman.

— Oh non, répliqua-t-elle en secouant la tête. Pas de câlin pour éviter de manger. D'abord, le brocoli. Ensuite, le câlin.

Tabitha fit la grimace.

— Pourquoi ?

Tout était sujet aux « pourquoi ». Pourquoi, pourquoi, pourquoi.

— Parce que c'est délicieux et que c'est bon pour toi.

— C'est dégoûtant.

— Non, ce n'est pas dégoûtant. C'est un superaliment. Grâce à ça, tu seras forte et en bonne santé.

Ce ne sont pas les bons arguments, Ella.

— Et plus important : ça ressemble à un arbre de Noël.

En voyant sa fille froncer les sourcils, elle leva une fleur de brocoli pour illustrer son propos.

— Un arbre de Noël a plus d'aiguilles, déclara Tab.

— C'est vrai. Mais de loin…

— Un arbre de Noël est plus grand.

Ella abandonna cette stratégie de persuasion.

— Bon… Si tu manges tes légumes, j'aurai l'impression d'être une bonne maman. Et je veux avoir l'impression d'être une bonne maman.

— Je veux être une licorne.

Ella se mit à rire. Elle devait se souvenir de cette remarque pour la raconter à Michael plus tard. Ils s'en amuseraient pendant le dîner. *Ah, les objectifs des enfants.*

— Les licornes mangent des brocolis.

Les yeux de Tab, du même bleu magnétique que ceux de son père, se plissèrent avec suspicion.

— Pourquoi ?

— Parce qu'elles savent ce qui est bon pour elles.

Tab poussa le légume du bout de sa fourchette.

— Comment tu sais qu'elles mangent des brocolis ?

Ella ne savait pas si elle devait être contente ou agacée que sa fille ne croie rien sur parole.

— Leur régime est aussi mythique que la créature, mais on admet généralement que, afin d'avoir une belle corne et des propriétés magiques, elles ont besoin de consommer de grandes quantités de vitamine D, de calcium, de potassium et de phosphore.

Tab grignota un morceau de brocoli.

— Est-ce qu'on peut encore faire des cartes de Noël cet après-midi ?

— J'espérais bien que tu en aurais envie. Moi, j'adore faire ça, et on a toutes ces paillettes à utiliser.

La joie des préparatifs la réchauffait de l'intérieur. Elle aimait Noël. Elle aimait tout dans cette fête : le chaos, l'enthousiasme, l'impatience. Et, surtout, elle aimait passer du temps avec sa famille.

Elle se pencha par-dessus la table et embrassa Tab sur la tête.

— Je t'aime. Tu le sais, ça ?

C'était important pour elle de le dire, et elle le disait souvent. Elle ne rationnait ni ne retenait son affection.

— Moi aussi, répondit Tab. On peut avoir un sapin de Noël ?

— Pas encore. Bientôt.

— Pourquoi pas maintenant ?

— Parce que, si on l'achète maintenant, il sera mort d'ici Noël.

C'était la seule raison. À choisir, Ella aurait été ravie d'avoir un sapin dans leur appartement toute l'année. Il y avait quelque chose d'émouvant et de réconfortant dans un arbre orné de fines guirlandes lumineuses. C'était le symbole de précieux moments passés en famille.

— On peut fêter Noël dans une forêt pleine de neige ?

— Je… Non, on ne peut pas. Pourquoi voudrais-tu faire ça ?

— C'est dans mon livre. Et ça a l'air agréable.

— Ici aussi, ce sera agréable, je te le promets. On aura un sapin immense, on allumera la cheminée et on décorera toute la maison. Avec tata Sam, on fera des cookies…

Elle avait déjà établi la liste de toutes les choses qu'elle avait l'intention de faire. Tab et elle allaient fabriquer des décorations qu'elle comptait ranger avec précaution et ressortir tous les ans jusqu'à ce qu'elles tombent en morceaux.

— Est-ce que tata Sam va travailler ?

— Elle aura peut-être son téléphone parce qu'elle est très occupée…

— Papa dit qu'elle sait manier tout.

— Manitou, ma puce. Il l'a appelée « grand manitou ». Un manitou, c'est quelqu'un de très puissant.

— Ça veut dire quoi, « puissant » ?

— Ça peut vouloir dire fort physiquement, mais ça signifie aussi influent.

— Ça veut dire quoi, « influent » ?

Les questions s'enchaînèrent sans répit, jusqu'à ce qu'Ella commence à s'interroger : était-ce un test pour voir si elle finirait par craquer ?

Au bout d'un moment, Tab parut satisfaite.

— Tata Sam est un grand manitou.

À présent, elle était censée expliquer ce qu'était l'ironie.

— Papa la taquine quand il dit ça…

Mieux valait éviter de rentrer dans les subtilités de l'échange.

— … mais tata Sam est très intelligente, c'est vrai, conclut Ella.

— Et toi, tu es un grand manitou ?

— Non, je suis ta maman. Et qu'est-ce que j'en ai, de la chance !

Même si elle n'avait aucune envie de gravir les échelons, elle n'en était pas moins fière de sa sœur.

Pour sa part, elle était comblée en faisant bien son travail, en sachant qu'elle avait un impact, même infime, sur la vie des autres. En tant qu'enseignante, sa récompense avait été de voir le ravissement et l'émerveillement dans le regard d'un enfant lorsqu'il se rendait compte pour la première fois que les lettres formaient des mots. *P-a-p-a, c'est papa !* Lorsqu'elle avait été barista, elle avait préparé le café avec soin, sachant qu'au pire elle contribuait à améliorer le début de journée de quelqu'un, et qu'au mieux elle sauvait une vie. Parce qu'un bon café était salvateur, elle en était convaincue. Avant sa phase barista, elle avait travaillé dans une librairie – *lisez ce livre, il changera votre vie.* La vie était souvent semée d'embûches, elle le savait. Elle ne pouvait pas tout révolutionner, mais elle pouvait améliorer le quotidien des autres et le sien à sa façon.

À présent, elle était une maman. Elle ne bâtissait pas une carrière, elle construisait une famille. Elle élevait des murs autour des siens pour les abriter et les protéger.

De l'autre côté de la cuisine, son portable vibra dans son sac à main.

Ella l'ignora.

Tab pointa son sac du doigt.

— C'est ton téléphone.

— Je sais, poussin.

— Tu devrais répondre.

— Le téléphone n'a pas la priorité sur notre conversation juste parce qu'il est bruyant et indiscret.

— C'est peut-être important.

— Mais ça ne sera pas plus important que de passer du temps avec toi.

Elle embrassa Tab sur le front. Elle aimait la chaleur et la douceur de sa peau. Sa fille sentait la rose et la vanille, la jeunesse et l'espoir. Ses yeux brillaient de curiosité. Ella adorait cet âge où les enfants absorbaient le monde et s'efforçaient de comprendre ce qui les entourait. La succession des « pourquoi » agaçait fortement certaines mamans, mais pas Ella. Elle avait envie de figer le temps, de garder en mémoire cet instant parfait. Elle voulait rester à jamais proche et complice de sa fille. Elle détestait le téléphone portable, sa façon d'interrompre une conversation ou de gâcher un moment romantique. Elle n'appréciait pas son ingérence insidieuse et permanente dans la vie quotidienne. Cet engin détruisait l'intimité et dévorait votre temps. S'il n'avait tenu qu'à elle, elle n'en aurait pas eu du tout, mais Michael avait insisté.

Quand le portable se tut enfin, elle se détendit, avant de se crisper de nouveau quand il se remit à sonner quelques secondes plus tard.

Tabitha toucha le reste de brocoli du bout du doigt.

— Et si c'est tata Sam ?

— Elle ne m'appellerait pas au beau milieu de la journée, elle est trop occupée.

Cela dit… et si c'était bien Sam ? Ou Michael ? Elle avait ce téléphone pour les urgences. Et si c'en était une ?

Cédant à l'inquiétude, elle traversa la cuisine pour atteindre son sac, enjambant au passage les poupées de Tab et une petite montagne de costumes pour enfant.

Du coin de l'œil, elle vit Tabitha jeter le brocoli sous la table. Elle s'apprêtait à lui faire une remarque lorsqu'elle lut le nom de sa sœur sur l'écran du portable.

Elle s'empara aussitôt de l'appareil. Sa sœur n'appelait jamais pendant la journée.

— Sam ? Si tu veux m'annoncer le nombre de dodos avant Noël, c'est affiché sur le mur. Tab a fait un tableau. On coche les jours qui passent.

— Je… Non. Ce n'est pas ça. Tu as regardé la télé aujourd'hui ?

— Non. Tu sais que je ne regarde pas la télé pendant la journée.

Elle ramassa un crayon de couleur rouge qui avait échoué par terre.

— Tab et moi, on a commencé notre journée par un cours de musique à Mini Musicians, où elle m'a offert un magnifique concert de cymbales. J'en ai encore les oreilles qui tintent. Ensuite, on est allées se promener au parc. En rentrant, on s'est arrêtées dans ce joli magasin de tissus, où on a acheté un lamé doré vraiment splendide. On va s'en servir pour faire une robe de bal pour Millicent. Mais, d'abord, on va faire des cartes de Noël.

— Millicent ? Ah oui, la poupée. J'avais oublié.

— C'est toi qui lui as acheté Millicent. C'est sa chouchoute.

— Quand ma nièce préférée demande une poupée, elle a une poupée.

Ella sourit et jeta un coup d'œil vers sa fille. Elle secoua la tête en voyant Tab sur le point de cacher un autre morceau de brocoli.

— Tu la gâtes. L'ennui, c'est que je le fais aussi.

— On ne la gâte pas, on l'aime. Tab a beaucoup de chance. Écoute, je dois… Ella, il faut que je te parle.

Ella retourna près de sa fille, lui lança un regard sévère et brandit une autre fleur de brocoli.

— Je t'écoute. Et pourquoi cette question à propos de la télévision ? J'ai raté quelque chose ? Ils ont parlé de ton entreprise ? Tu as trouvé un autre film de Noël à nous faire regarder ?

Il y eut une pause, puis Sam répondit :

— C'est notre mère.

Ella laissa tomber le brocoli par terre.

Avec un cri de joie, Tab leva le poing en l'air.

Ella s'assit, sans se départir de son sourire, pour que Tab ne devine pas que quelque chose n'allait pas.

— Oui ?

— Elle est à l'hôpital, mais elle va bien, répondit Samantha d'une voix calme et détachée. Après tout, c'est notre mère, et elle est indestructible. Je gère la situation, mais je ne voulais pas que tu apprennes la nouvelle en regardant la télé et que tu paniques. Ella ? Ça va ? Dis quelque chose.

Ella sentait un poids sur sa poitrine.

— Comment l'as-tu appris ? Est-ce qu'elle t'a appelée ?

— Son assistant a laissé un message à mon assistante.

Les communications en mode grand manitou.

— Mais elle a dû leur demander de nous prévenir, remarqua Ella. Elle devait vouloir qu'on le sache. Comment était-elle au courant que tu avais déménagé ?

Quelque chose se mit à palpiter sous les couches d'angoisse. L'espoir ?

— C'est grave ? Elle a eu une crise cardiaque ?

— Un accident.

— De voiture ?

— Elle est tombée d'une chaise et s'est pris l'une de ses récompenses sur le crâne. Malheureusement, elle faisait une interview télévisée au même moment, alors ça a été filmé, et les images sont plutôt choquantes. Évite de regarder.

Tabitha fronça les sourcils.

— Maman ? Tu fais une drôle de tête. Et les voitures ne peuvent pas avoir de crise cardiaque.

Ella s'obligea à respirer et à se comporter normalement.

— Je vais bien, ma puce.

— Tu es bizarre. Tu as peut-être besoin de brocoli. De vitamines.

Tab tendit son dernier bout de brocoli à Ella, qui le prit.

Elle se sentait faible et vulnérable, comme toujours lorsqu'elle pensait à sa mère.

Elle se sentait aussi coupable, parce que le fait de penser à sa mère générait toujours en elle un sentiment de culpabilité.

Coupable de ne pas avoir mieux réussi sa vie.

Coupable d'avoir déçu une mère qui avait tant sacrifié pour elle.

« Je n'arrive pas à croire qu'une de mes filles prenne d'aussi mauvaises décisions. »

— Quel hôpital ?

Après avoir trouvé un stylo, elle écrivit le nom que lui indiqua Samantha.

— Je peux être à Manhattan en moins de trois heures.

Elle vivait dans une petite ville côtière du Connecticut, idéale pour les familles. Assez loin de New York pour ne plus penser à son ancienne vie là-bas.

— Ce n'est pas la peine, répondit Samantha. Concentre-toi sur Tab. Ça ne sert à rien que nous soyons perturbées toutes les deux. Je m'en occupe. Charlotte m'a déjà réservé un vol Logan-La Guardia. Je serai à l'hôpital ce soir et je passerai la nuit en ville. Je t'appellerai dès que j'aurai parlé aux médecins et que j'aurai une idée de ce qui se passe.

Alors qu'Ella était sur le point de demander pourquoi Samantha prévoyait de dormir à New York, elle comprit : étant donné le timing, sa sœur n'aurait pas le choix. Et, à moins qu'elle-même ne veuille rentrer en train de nuit, elle n'aurait pas le choix non plus.

Ella devait y aller, elle aussi, elle le savait, mais elle n'avait pas passé une seule nuit loin de Tab depuis sa naissance. Son cœur se mit à battre plus vite.

— Je vais venir. Il faut seulement que je prévienne Michael.

— Pas question. D'abord, ce n'est pas la peine, parce que tu ne viens pas. Et ensuite, ce n'est pas la peine, parce que tu ne viens pas.

La tentation de laisser sa sœur assumer la situation était forte, mais Ella ne pouvait pas y succomber. Elles étaient solidaires. Elles l'avaient toujours été et elles le seraient toujours. Elle ne laisserait pas Samantha se débrouiller toute seule, pas plus que sa sœur ne le ferait vis-à-vis d'elle.

— Merci, mais ça va aller. Si elle nous réclame, on devrait y aller toutes les deux. On pourra partager une chambre d'hôtel et essayer de passer un bon moment. Attends une seconde…

Elle baissa le téléphone devant elle et tapa rapidement un message.

— Voilà. C'est fait.

— Après ce qui s'est passé la dernière fois… la façon dont elle t'a parlé, lança Samantha d'une voix un peu tremblante. Franchement, Ella. N'y va pas.

— Elle est…

Ella jeta un coup d'œil vers Tab, qui écoutait attentivement.

— Il le faut.

— Pourquoi ? Parce qu'on est ses filles ? Ça l'intéresse plus d'inspirer et de motiver un inconnu que de nous soutenir.

— Je sais. Mais je refuse d'être comme elle. Si j'agissais comme ça, je ne pourrais pas me le pardonner. Et je sais que tu ressens la même chose.

— C'est vrai.

Samantha soupira, avant de poursuivre :

— Très bien. Je te retrouverai là-bas. Mais, s'il te plaît, rassure-moi et dis-moi que tes attentes sont réalistes. Elle ne va pas te serrer contre son cœur en te disant combien elle t'aime et à quel point elle est fière de tout ce que tu as accompli.

— Tu crois qu'elle va finir par s'excuser ?

Il y eut une pause.

— Ça m'étonnerait. Pas au bout de cinq ans.

— Mais elle nous a réclamées !

Ella traversa la cuisine et continua à voix plus basse, pour que Tab n'entende pas le moindre mot :

— C'est sa façon de nous tendre la main. C'est forcément un bon signe.

— Tu es tellement optimiste. J'adore ça, mais ça m'inquiète. On ne sait pas pourquoi elle nous a fait appeler. Si tu vas là-bas en pensant que tout va bien finir, tu vas à nouveau souffrir, et je ne pourrai pas le supporter. Je sais que tu ne peux pas vraiment parler à cause de Tab, mais tu comprends ce que je veux dire ?

— Oui. Toi, ça va ? demanda Ella en jetant un rapide coup d'œil vers sa fille. Tu as l'air stressée.

— Ça va. Ce n'est vraiment pas mon jour, c'est tout.

— Le boulot ou Kyle ?

— Kyle et moi, c'est fini. C'est ma faute et c'est ma décision, mais c'est quand même une source de stress. Ce truc avec maman n'arrange rien.

Ella garda le silence. Selon elle, Kyle était ennuyeux comme la pluie, mais elle s'était bien gardée de le dire. Les relations de sa sœur étaient un sujet tabou. C'était la seule chose dont elles ne parlaient jamais en détail.

— Comment son assistant a-t-il obtenu ton numéro ? On a toutes les deux déménagé depuis la dernière fois qu'on l'a vue.

— J'imagine qu'ils m'ont trouvée sur Internet.

— Tu as dû tomber des nues en recevant cet appel.

— Ouais, et ça n'a pas été la seule fois de la journée.

Ella fronça les sourcils.

— Tu as eu d'autres coups de fil déplaisants ?

— Laisse tomber.

— Je veux savoir.

— Pour l'instant, je ne peux pas en parler sans brûler d'humiliation.

Intriguée, Ella était sur le point de poser une autre question lorsqu'elle entendit une clé tourner dans la serrure.

— Je dois y aller, Michael est rentré. Envoie-moi un SMS avec les références de l'hôtel, et je te rejoins là-bas.

Elle laissa tomber le portable dans son sac.

L'hôpital. Sa mère. Elle allait revoir sa mère.

Quand Michael entra dans la pièce, elle sentit aussitôt sa tension se dissiper et son souffle ralentir.

Leur rencontre avait changé sa vie. Elle n'éprouvait jamais de sentiment d'infériorité avec Michael. Grâce à lui, elle avait l'impression d'être intéressante, importante et pleine d'assurance. Grâce à lui, elle se sentait couronnée de succès.

Son mari, sa petite fille, sa grande sœur… Ils étaient tout son univers. Elle s'était construit la famille qu'elle avait toujours voulue.

— Papa ! Câlin, câlin, câlin !

Tab jaillit de sa chaise et fonça vers lui. Après l'avoir attrapée au vol, il la souleva haut dans les airs.

— Comment va ma beauté ?

Son regard trouva celui d'Ella. Même s'il tenait Tab dans ses bras, il s'adressait à elle. Il avait vu son message et s'était empressé de rentrer à la maison. Il savait combien ce serait difficile pour elle.

Et elle n'en parlerait pas devant leur fille.

— Ça va.

Après avoir calé Tab sur sa hanche, il tendit l'autre bras vers Ella.

Dès qu'elle l'eut rejoint, il l'attira contre lui et la serra très fort. Tout devint un peu plus supportable grâce à sa présence et à sa tendresse.

— Samantha m'a appelée, dit-elle.

Lorsqu'elle posa la tête sur son torse, elle sentit le tissu râpeux de son manteau en laine sous sa joue. C'était froid, comme si l'hiver avait infiltré les fibres et s'était installé là pour ne plus en partir.

— Je dois aller à New York.

— J'ai vu ton SMS. N'y va pas. Ça va te bouleverser, et ça, je suis contre.

Tab lui caressa les cheveux.

— Tu es triste, maman ?

— Non. Comment est-ce que je pourrais être triste alors que je vous ai, toi et papa ?

Elle embrassa sa fille.

— Va chercher la peinture qu'on a faite pour papa.

Elle attendit que Tab ait quitté la pièce, puis se tourna vers Michael.

— Je dois y aller.

— Rien ne t'y oblige, Ella, mais je sais que tu vas le faire.

Il suspendit son manteau, desserra sa cravate et défit le premier bouton de sa chemise. Il semblait fatigué.

— Si c'est ce que tu veux, alors je t'accompagne.

— Quoi ? Pas question !

— Je t'aime. Je veux être là pour toi.

Le cœur d'Ella battait la chamade. Il ne pouvait pas venir avec elle. Et elle ne pouvait pas lui dire pourquoi.

— Quelqu'un doit garder Tab. Je ne l'emmène pas dans un hôpital.

— On prendra une baby-sitter.

— On ne l'a jamais laissée avec une baby-sitter. Ça va aller. Je n'ai pas besoin que tu sois là.

Il posa sur elle un long regard songeur.

— Tu n'as pas envie que je vienne. Ce que je ne comprends pas, c'est pourquoi.

— Je… Ça va être un moment pesant. Avec ma mère, c'est toujours comme ça.

— À ce qu'il paraît.

Elle perçut une tension dans sa voix qui lui fit battre le cœur un peu plus vite.

— Tu sous-entends que j'exagère ?

— Non, mais comme tu ne m'as jamais laissé la rencontrer, j'ai du mal à comprendre ce que tu veux dire. Pourquoi as-tu tellement peur de nous présenter ? On est ensemble depuis plus de cinq ans, El, et en dehors de Sam votre mère est le dernier membre de la famille encore en vie.

Et c'était important à ses yeux, bien sûr, parce que Michael avait perdu ses parents quand il avait une vingtaine d'années.

Ella s'empara d'une photo sur laquelle ils étaient en train de rire avec leur fils. C'était la scène de famille parfaite, songea-t-elle avec une bouffée d'envie. Ils avaient eu Michael sur le tard, et il avait été une surprise inattendue mais réjouissante. L'amour était perceptible sur le cliché.

— Je sais depuis combien de temps on est ensemble. Et j'en savoure chaque minute.

Elle reposa le cadre.

— Mais ça fait aussi cinq ans que je n'ai pas vu ma mère, alors ce n'est pas aussi simple que tu sembles le croire.

— Je sais, répondit-il en la ramenant contre lui. Et je sais combien ça t'affecte. Mais je n'ai pas besoin d'être protégé de cette situation.

Elle ferma les yeux, le ventre noué par la culpabilité. Pourquoi n'avait-elle pas été franche dès le début ? Mais voilà, elle ne l'avait pas été, et à présent elle ne savait pas comment rétablir la vérité.

— La priorité, c'est que tout reste le plus normal possible pour Tab. Je veux qu'elle soit dans un environnement sain et harmonieux avec quelqu'un qu'elle aime. Et je ne vais pas affronter ça toute seule. Sam sera là.

— Tu vas où, maman ?

Tab était revenue à ses côtés.

— Maman doit partir en voyage pour aller voir tata Sam, répondit Ella en la prenant par la main. Mais je serai de retour demain.

— Est-ce que tata Sam est à l'hôpital ? Elle a eu une crise cardiaque ?

Rien n'échappait à Tab.

— Elle n'est pas à l'hôpital. Personne n'a eu de crise cardiaque.

— Alors qui est à l'hôpital ? Quelqu'un est à l'hôpital. Tu as dit « quel hôpital ».

— Je…

Ella jeta un coup d'œil vers Michael, qui haussa les épaules. Elle le savait, il estimait qu'elle devait dire la vérité, mais Ella n'en avait aucune envie. Comment pouvait-elle expliquer sa relation avec sa mère à sa fille ? Elle n'arrivait pas à se l'expliquer à elle-même.

— Une personne qu'on connaît…

— Comment elle s'appelle ?

— Gayle.

Ella déglutit.

— Elle s'appelle Gayle.

Michael secoua lentement la tête, puis se dirigea vers le réfrigérateur.

Cette réponse ne contenta pas Tab.

— C'est ton amie ?

— Elle… Je… C'est quelqu'un… qu'on connaît.

La porte du frigo claqua sourdement.

Ella ne regarda pas Michael.

Tab plissa le nez, visiblement ravie de jouer au jeu des devinettes.

— Alors c'est l'amie de papa ?

— Non… Il…

Elle ne comptait vraiment pas aborder ce sujet-là.

— Tab, il faut que je prépare mon sac, dit-elle.

— Je lui fais une carte ? Les gens malades aiment bien les cartes. Je veux venir. Je veux voir tata Sam.

— Ce n'est pas possible, ma grande. Pas cette fois. On la verra bientôt, c'est promis.

— À Noël.

— Oui, à Noël.

— Encore vingt-quatre dodos. Le Père Noël et tata Sam.

Tab se mit à virevolter à travers la pièce, tandis que Michael revenait près d'Ella.

— Je ne veux pas t'empêcher d'y aller si c'est ce que tu veux, mais je ne vais pas mentir en disant que ça me réjouit.

Tab réapparut.

— Je veux aller avec maman rencontrer son amie.

D'abord, son mari, et maintenant sa fille. Comment sa vie était-elle devenue aussi compliquée ?

Après avoir embrassé Ella, Michael s'accroupit au niveau de sa fille.

— Si tu vas avec maman, qui va regarder des films et manger du pop-corn avec moi ?

Tab hésita.

— Du pop-corn ?

— On pourrait en préparer ensemble. Si tu restes ici.

— Quel film ?

Michael éclata de rire, avant de sourire à Ella.

— Tu entends ça ? Ma petite négociatrice. Elle va peut-être devenir avocate comme son père.

— Ne mets pas une telle pression sur ses épaules ! Elle décidera peut-être de travailler dans un refuge pour animaux, ou de rejoindre une compagnie de ballet, ou même d'enseigner en maternelle.

Elle vit le front de Michael se plisser.

— Désolée, ajouta-t-elle. Oublie ça. Sujet sensible.

— Bien sûr que Tab devra faire le métier qui l'épanouira et la rendra heureuse, répondit-il en serrant l'épaule de leur fille. Toi et moi, on va bien s'amuser, Tabitha Melody Gray.

— On pourra jouer à la princesse avant le film ?

L'expression de Michael ne changea pas.

— Bien sûr.

Les yeux baissés sur Tab, il enfonça les mains dans ses poches.

— Je dois avouer que je ne sais pas jouer à la princesse. Est-ce que je suis le prince dans cette histoire ? Est-ce que je te sauve du danger ?

Tab lui lança un regard sévère.

— Non. C'est moi qui te sauve. Tu as peur du dragon parce qu'il est beaucoup plus gros que tu pensais, et je lui coupe la tête pour te sauver. Il y a beaucoup de sang. Tu t'évanouis.

Michael haussa les sourcils.

— Je ne m'en sors pas très bien, alors ? Et le dragon non plus. Quelle fin violente… C'est clair que j'ai beaucoup à apprendre sur ce jeu. Il va falloir que tu m'expliques tout ça. Ce n'est pas mon domaine de compétence.

Tab avait le pardon facile :

— Tu ne peux pas être bon partout.

— Tu es en train de dire que je ne suis pas bon partout ? s'exclama Michael.

Il poussa un grognement, puis se mit à pourchasser Tab à travers la maison, les mains tendues pour la chatouiller. En écoutant les cris ravis de sa fille, Ella se sentit fondre. Elle tombait amoureuse de Michael au moins cinq fois par jour, et aujourd'hui ne faisait pas exception.

Elle saisit son sac à main.

— Je vais retrouver ma sœur à l'hôpital. Je suis désolée que tu aies dû rentrer plus tôt.

— Pas moi. Ça me permet de voir ma superbe femme et de jouer aux dragons avec ma princesse guerrière.

Michael rattrapa Tab et la chatouilla tandis qu'elle se tortillait par terre.

Ella éprouva un léger pincement au cœur. Elle voulait rester à la maison et passer la soirée avec eux. Elle voulait préparer du popcorn avec sa fille et se blottir contre eux sur le canapé, au sein de leur petite cellule familiale où elle se sentait aimée et acceptée.

— Il faut que j'aille me changer.

Michael libéra sa cravate de la main de Tab.

— Tu es magnifique. Pourquoi voudrais-tu te changer ?

— Parce que je ne peux pas aller à l'hôpital en jean et en pull.

— Il y a un code vestimentaire pour les visites à l'hôpital ?

— Non, mais il y en a un pour les visites à…

Elle faillit dire « ma mère », mais s'interrompit juste à temps.

— J'aimerais me changer, c'est tout.

Elle était en train de monter l'escalier lorsque la voix de Michael la fit s'arrêter.

— Ella ?

Elle agrippa la rampe.

— Oui ?

Il la rejoignit sur les marches.

— Tu te changes pour ta mère ?

— Oui.

Et ce n'était que le début. Elle ne changeait pas seulement de vêtements pour sa mère, elle changeait de personnalité. Et elle détestait la personne qu'elle devenait dans ces moments-là.

— Tu devrais porter ce que tu veux, affirma-t-il.

Il lui repoussa les cheveux du visage, puis l'embrassa.

— Je vais venir avec toi. Si ça se passe mal, je te défendrai. Tab m'a appris quelques techniques utiles pour tuer les dragons. Je promets de ne pas m'évanouir quelle que soit la quantité de sang.

Elle essaya de sourire.

— Merci, mais je préfère me débrouiller toute seule.

— Pourquoi ? Je sais qu'elle t'a blessée, mais ça fait cinq ans, Ella. On a une fille.

— Je sais. Je sais tout ça.

— Il doit bien y avoir une façon de recoller les morceaux. Quelle que soit ta relation avec ta mère, elle est la grand-mère de Tab.

— Et alors ? C'est censé vouloir dire quelque chose ?

À l'idée d'exposer sa fille à sa mère, Ella sentit la panique l'envahir.

— Je te l'ai dit, ma mère sait comment être P-DG. Elle sait comment conseiller les gens sur leur carrière et leur indiquer ce qu'ils font de travers pour ce qui est d'atteindre leurs objectifs. Mais être une grand-mère ? Ce n'est pas une fonction pour laquelle elle est qualifiée. Ne va pas t'imaginer que ma mère est quelqu'un de tendre et d'affectueux. C'est une erreur que je faisais constamment et que je continue à faire. Je dois me contrôler tous les jours parce que, si je ne le fais pas, je suis à nouveau aspirée par cet espoir, et ce que j'obtiens au bout du compte, ce n'est pas une relation, c'est une immense déception et une douleur terrible dans la poitrine. Je n'imposerai pas ça à Tab dans le seul but d'avoir une famille.

— Tu as une famille, Ella, répliqua Michael en la serrant contre lui. Tu m'as, moi, et Tab et Samantha.

— Et je n'ai besoin de personne d'autre. La qualité prime sur la quantité, pas vrai ?

— Je ne voulais pas te faire de peine.

— Je sais. Et je ne m'attends pas à ce que tu comprennes. Ma mère n'a jamais été fière de la moindre chose que j'aie faite.

Elle avala péniblement sa salive.

— Elle ne m'a jamais dit qu'elle m'aimait.

Il l'embrassa.

— Moi, je suis fier de toi. Je t'aime.

— Je sais. Merci.

Cela aurait dû lui suffire, mais ce n'était pas le cas. En son for intérieur, une petite part d'elle-même qui refusait de se taire avait toujours la sensation d'être une ratée. Si on ne pouvait pas contenter sa mère, quelle conclusion en tirer sur soi ?

— Je sais que ça t'a blessée qu'elle ne veuille pas venir à notre mariage – moi aussi, pour être franc, parce que j'étais furieux qu'elle refuse d'être là pour toi –, mais c'était il y a cinq ans. Il est peut-être temps de retenter le coup. C'est Noël. La saison de la bienveillance. Est-ce qu'elle n'est pas un peu curieuse à propos de l'homme que sa fille a épousé ?

Ella nicha le visage au creux de son épaule pour qu'il ne voie pas ses joues écarlates.

Comment avait-elle pu tout gâcher à ce point ?

Ella savait que sa mère n'était pas curieuse, et ce, pour une excellente raison : elle ignorait qu'Ella s'était mariée et elle ignorait qu'elle avait une petite-fille.

Ella ne le lui avait pas dit.

Si elle n'était pas venue à leur mariage, c'était parce qu'Ella ne l'avait pas invitée.

Gayle

Elle avait soif, mais elle ne pouvait pas attraper son verre. La douleur dans sa tête s'étendait du front à la mâchoire, tellement intense et incessante qu'elle aurait donné n'importe quoi pour l'interrompre un bref instant. Elle n'avait pas voix au chapitre quant au moment de prendre les antidouleurs. Quelqu'un d'autre en décidait. Gayle détestait laisser d'autres personnes prendre les décisions à sa place. Les décisions étaient personnelles. Elle avait horreur de se sentir impuissante. Elle s'était promis de ne plus jamais éprouver ça, et pourtant, voilà qu'elle se retrouvait dans cette situation. C'était effrayant de constater à quelle vitesse tous ces sentiments toxiques se glissaient de nouveau dans sa vie. Elle se sentait faible et diminuée, ce qui la terrifiait. Elle préférait se croire invincible, mais cet endroit lui rappelait qu'elle était humaine. Les bruits de pas, les bips constants de la machine à côté d'elle ou les odeurs désagréables de désinfectant et de plastique… Personne n'avait donc l'idée d'allumer une bougie parfumée ? Et les gens autour d'elle passaient leur temps à utiliser des abréviations, si bien qu'elle ne comprenait qu'une fraction de ce qu'ils disaient. Ils n'avaient que USI et TCG, NFS et IRM à la bouche. Elle était une patiente, pas une personne. Pourquoi n'apprenait-on pas aux médecins à mieux communiquer ?

En plus de sa blessure à la tête, elle avait les côtes contusionnées. La douleur dans sa poitrine lui donnait l'impression d'avoir été écrasée par un éléphant. Les vertiges étaient horribles, tout comme la migraine qu'elle avait depuis son réveil. C'était comme si quelqu'un la frappait sans cesse sur le crâne avec cette stupide récompense.

Depuis son admission à l'hôpital, on lui avait fait subir une myriade d'analyses et posé quantité de questions. Ses réponses trahissaient ses efforts désespérés pour reprendre un peu le contrôle de la situation. « Oui, je me sens bien » (mensonge). « Pas de maux de tête » (mensonge encore plus gros). Bien qu'elle soit certaine d'avoir dit tout ce qu'il fallait, personne ne l'autorisait à quitter les lieux.

— Je peux rentrer chez moi ?

Elle posa la question d'une voix rauque mais, comme elle voyait en double l'infirmière en face d'elle, elle se doutait déjà de la réponse.

— Pas encore. Personne n'est capable de dire combien de temps exactement vous êtes restée inconsciente, mais ça a pu durer environ huit minutes. On veut garder un œil sur vous.

Comme si elle était la bourse ou le cours d'une devise.

— Je veux rentrer chez moi.

— Personne n'aime être à l'hôpital, mais c'est le meilleur endroit pour vous pour l'instant.

C'était discutable, songea Gayle. L'infirmière était-elle consciente de son ton condescendant ?

— J'ai mal à la tête.

— Oui.

La femme se tourna lorsque quelqu'un d'autre apparut sur le seuil.

— Je peux vous aider ?

Gayle aperçut un éclat rouge vif et paniqua. Du sang ? Ses yeux saignaient-ils ?

Elle entendit des murmures, puis l'infirmière revint près d'elle.

— Vous avez de la visite, Gayle.

Gayle ? Comme si elles étaient des amies de longue date ou proches parentes… Être malade était une expérience déshumanisante.

Comme la tache rouge bougeait, Gayle comprit que ce n'était pas du sang mais une personne.

L'infirmière se pencha vers elle.

— Votre fille est là, Gayle.

Sa fille… Gayle tourna la tête, un mouvement qui provoqua aussitôt un élancement de douleur. Tout ce rouge était sa fille ?

La silhouette se rapprocha, masquant la vive lumière du plafonnier. Gayle aperçut une femme mince vêtue d'un manteau en laine rouge. Quelques mèches de cheveux clairs s'étaient échappées de la torsade à l'arrière de sa tête, et ses joues étaient rosies par le froid. Le visage impassible, elle s'immobilisa à quelques pas du lit.

Samantha ! C'était Samantha. Et elle était ici, à l'hôpital.

Alors que son cœur prenait son envol, Gayle s'avoua à quel point elle avait eu peur que sa fille ne vienne pas.

Elle repensa à la dernière fois qu'elle avait vu Samantha mais, comme ce n'était pas un bon souvenir, son cerveau ne fit que l'effleurer et s'en éloigna aussitôt. Ce n'était pas la peine de revenir là-dessus. C'était mieux d'ignorer ce qui s'était passé et de faire semblant de rien. Elles avaient besoin d'un nouveau départ. C'était plus prudent d'aborder un sujet neutre. Mais lequel ?

Que disait-on quand on n'avait pas vu quelqu'un depuis cinq ans ?

— Ton manteau a l'air chaud, même si ça aurait été un meilleur investissement de le prendre en noir plutôt qu'en rouge. Cette couleur sera démodée la saison prochaine, et ce manteau restera au fond de ton placard.

— Merci pour tes remarques, répondit Samantha d'un ton maîtrisé. Je suis capable de décider quoi porter.

— Oui, bien sûr que tu l'es. Je voulais seulement…

— Et si on parlait d'autre chose ?

— Certes.

Gayle se renfonça dans ses oreillers. Elle s'en voulait d'avoir été maladroite, mais elle était aussi frustrée par Samantha. Malgré tous les efforts de Gayle, sa fille était bien trop sensible. On ne pouvait pas se permettre d'être sensible dans un monde aussi dur et complexe. Samantha avait toujours eu ce tempérament, même si sa sœur était pire, bien entendu. En tant que mère, ce constat avait été effrayant. On voulait que son enfant soit fort et robuste, pas fragile au point que le plus léger tremblement secoue ses fondations.

Samantha avait toujours été la plus solide de ses deux filles. Elle avait adopté le rôle de grande sœur dès l'instant où Ella était née, même si elles n'avaient que dix mois d'écart. Elle avait été la protectrice et la bonne fée d'Ella, ce qui avait exaspéré Gayle. Si Ella tombait, Samantha la relevait et la consolait. Si Ella ne pouvait pas faire quelque chose, Samantha le faisait à sa place. Si Samantha était en mesure de donner à sa sœur ce qu'elle voulait, elle n'hésitait pas.

Gayle avait été dépassée. Comment était-elle censée apprendre à Ella à être indépendante et autonome si sa grande sœur intervenait pour l'aider et la réconforter en permanence ?

Elle en avait parlé à Samantha, mais sans résultat.

— *Je relèverai toujours ma sœur si elle tombe.*

— *Et que se passera-t-il quand tu ne seras plus là ?* avait demandé Gayle. *Comment se relèvera-t-elle si elle n'a jamais appris à le faire toute seule ?*

Samantha avait tendu le menton.

— *Je serai toujours là.*

Elle était déjà déterminée à suivre sa propre voie et à ignorer le moindre conseil donné par sa mère, même si tout ce que Gayle pouvait faire ou dire était dans son intérêt. Si Gayle avait été plus maligne, elle aurait suggéré l'inverse pour inciter Samantha à faire les bons choix, mais ce n'était pas sa façon de procéder.

La dernière fois qu'elles s'étaient vues, Samantha avait été ouvertement hostile, ce qui avait choqué Gayle.

Elle avait mal géré cette conversation, elle s'en rendait compte maintenant, mais elle avait trouvé la réaction de sa fille aînée disproportionnée. Samantha était une lionne quand il s'agissait de sa sœur, et les années n'y avaient rien changé.

Mais elle n'allait pas penser à ça. Tourner la page. C'était l'un des messages principaux de son nouveau livre, *Le Meilleur de toi*. Se détacher de ses erreurs. Ne pas les porter avec soi sous peine de plier sous leur poids.

Gayle ressentit une pointe d'exaspération. Elle avait fait de son mieux pour tenter de préparer ses filles à la vie réelle. C'était le rôle d'une mère, n'est-ce pas ? C'était injuste d'élever un enfant en lui faisant croire que tout le monde était gentil et que l'endroit où il vivait était un paradis. Mieux valait l'équiper des capacités nécessaires pour résister aux coups bas et aux épreuves de la vie. Envoyait-on quelqu'un se battre en maillot de bain ? Non, on lui mettait une armure et on lui donnait l'équipement approprié pour se protéger. C'était exactement ce qu'elle avait fait. Elle avait fait tout ce qui était en son pouvoir pour s'assurer que ses filles ne soient pas jetées à terre… sans oublier de leur enseigner comment se relever au cas où cela arriverait.

Elle ne voulait pas de leur gratitude, mais elle se serait contentée de leur respect. Si au moins elles avaient reconnu que tout ce que leur mère avait fait, tout ce qu'elle leur avait appris, était pour leur bien…

Cela dit, elle savait qu'elle devait garder cette pensée pour elle si elle voulait réparer leur relation, sinon Samantha s'en irait, tout simplement, comme elle l'avait fait cinq ans plus tôt. Ses filles ne semblaient pas se rendre compte qu'elle était blessée, elle aussi.

Samantha regarda l'infirmière.

— C'est grave ? Est-ce que je peux parler au médecin ?

— Il s'occupe d'une urgence pour l'instant, mais il devrait

repasser d'ici une heure. Le scan n'a montré ni hémorragie ni fractures. C'est une bonne nouvelle. Apparemment, elle n'a pas d'amnésie. Elle est un peu irritable, mais c'est normal après une blessure à la tête.

Gayle crut entendre Samantha dire « et entièrement normal pour ma mère », mais sans certitude.

L'infirmière sourit.

— Je suis sûre que vous avez envie d'être seule cinq minutes avec elle.

Samantha parut mal à l'aise.

— Oh non, c'est bon… Je peux…

— Il n'y a pas de problème. Je ne serai pas loin. Appuyez sur le bouton en cas de besoin.

L'infirmière sortit avant que Samantha ne puisse reprendre la parole ou l'arrêter.

Gayle, qui avait souhaité tout l'après-midi que la soignante s'en aille, voulait désormais qu'elle reste. Sans la présence d'une tierce personne, plus rien ne pouvait les détourner l'une de l'autre.

Samantha déboutonna son manteau. Elle percevait sans doute la tension, elle aussi. Il y avait tant de souvenirs et de non-dits…

Elle portait un pantalon large et un pull à col roulé qui mettait en valeur son long cou et la belle ossature de son visage. Les deux vêtements étaient blancs.

Du blanc ? À Manhattan ? Gayle frissonna.

C'était une tenue qu'elle n'aurait jamais mise de sa vie mais, elle devait l'admettre, avec son maquillage impeccable et ses bijoux discrets, Samantha respirait le succès et l'assurance. S'il n'y avait pas eu ce manteau – *rouge ? Ne lui ai-je donc rien appris ? Il aurait dû être noir. Le noir s'adapte à n'importe quelle situation* –, Gayle se serait estimée satisfaite. Bien sûr, si elle le disait à voix haute, Samantha s'empresserait de prendre la porte à la suite de l'infirmière.

— Parle-moi de ton travail, Samantha.

C'était un sujet neutre, n'est-ce pas ?

— Mon assistant a dit que tu étais P-DG de ta propre entreprise, poursuivit-elle. Félicitations. Tu aurais dû me le dire.

— Pourquoi ? Ce n'est pas important.

Pas important ? C'était primordial. À l'âge de Samantha, Gayle s'était battue bec et ongles pour obtenir la moindre miette de succès. Elle s'était tissé une couverture de sécurité, fil après fil. Avec son sang, sa sueur, ses larmes. C'était sa propre version du patchwork.

— Tu as travaillé dur pour en arriver là. Tu devrais en être fière. Il ne faut jamais s'excuser de sa réussite.

Elle se sentit soudain plus en phase avec elle-même.

— Tu devrais avoir…

— S'il te plaît… on pourrait parler d'autre chose que de mon travail ? demanda Samantha sans desserrer les dents. Qu'est-ce qui t'est arrivé ?

— Un stupide accident.

Et en une seconde, Gayle retrouva son rôle de patiente.

— Pourquoi étais-tu debout sur cette chaise ?

— Tu as vu ça ?

— C'est passé aux infos, répondit sa fille en enlevant ses gants.

— Cette fichue équipe de tournage… Je venais de finir une interview en direct quand c'est arrivé. J'espère que ça ne nuira pas à ma réputation.

Samantha lâcha son sac sur la chaise et lui jeta un regard incrédule.

— Tu es à l'hôpital avec une blessure à la tête, des côtes contusionnées et une entorse à la cheville, et tu t'inquiètes de ta réputation ?

— Ces choses-là comptent.

— Pour toi.

Samantha déplaça son sac, puis s'assit. Elle ne se détendit pas pour autant. Elle resta perchée sur le bord de la chaise, un pied en avant comme prête à s'enfuir en cas de besoin.

— Ça te fait mal ?

— De savoir que ma réputation risque d'en pâtir ? Bien sûr, c'est perturbant, et…

— Ta tête. Je parlais de ta tête.

— Oh… Oui. Elle me fait souffrir. Mes côtes aussi.

Maintenant qu'elle y pensait, tout son corps lui faisait mal, mais cela n'avait sûrement rien d'étonnant, étant donné la façon dont elle était tombée. Elle avait essayé de bloquer la douleur, comme elle l'avait toujours fait avec les choses négatives. Tout au long de sa vie, elle s'était fait un devoir d'aller de l'avant, quitte à se traîner centimètre par centimètre s'il le fallait. La souffrance n'était pas une inconnue pour elle.

— Tu as pris des antalgiques ? Je pourrais demander aux infirmiers…

— Non.

Si elle en parlait aux soignants, ils ne la laisseraient jamais sortir.

— Merci, mais je crois qu'ils m'ont donné quelque chose.

La conversation s'arrêta là.

Samantha avait les yeux rivés sur ses mains.

Gayle chercha quelque chose à dire qui ne soit pas susceptible d'être mal pris.

— Tu es venue en voiture ?

— En avion.

— Oh.

Leurs conversations avaient-elles toujours été aussi laborieuses ? C'était à se demander comment elles avaient réussi à en dire assez pour se brouiller.

— Ça n'a pas été trop pénible à l'aéroport ?

— Pas trop, pour cette période de l'année.

Gayle fronça les sourcils.

— Cette période de l'année ?

— Noël, répondit Samantha en relevant la tête. C'est Noël.

Gayle s'empêcha de demander « et alors ? ».

— Pas avant longtemps.

Samantha ouvrit la bouche et la referma, puis reprit :

— Dans un peu plus de trois semaines. Mais je sais que tu n'aimes pas Noël.

— Je n'ai jamais vraiment…

Non, elle n'allait pas se lancer là-dedans. Ses filles, elle le savait, adoraient les fêtes. C'était un autre sujet de rapprochement entre Samantha et Ella, et de désaccord avec elle.

— Où as-tu passé Thanksgiving ?

— Avec Ella.

— Bien. C'est bien.

Cette discussion était plus douloureuse que sa blessure à la tête. Quand l'infirmière allait-elle enfin revenir dans la chambre ? Gayle avait souhaité la présence de sa fille mais, maintenant qu'elle était là, elle ne savait pas quoi lui dire.

— Merci d'être venue.

— C'est normal.

Encore un silence gêné, comme entre deux personnes qui se connaissaient à peine. À vrai dire, c'était un peu le cas. Cinq ans, c'était long. Qu'avaient fait ses filles entre-temps ? Qu'avaient-elles accompli ? Pas mal de choses, à en juger par la montre de luxe au poignet de Samantha. Gayle voulait l'interroger sur son entreprise, mais elle craignait que sa fille ne la rembarre violemment. Une blessure par semaine lui suffisait.

— Mon assistant t'a localisée. Tu ne m'avais pas dit que tu avais déménagé.

Samantha s'agita.

— Non.

Elle baissa les yeux sur sa montre. Ce n'était pas un bijou discret mais un choix audacieux, le cadran recouvrant presque tout son poignet. Samantha Mitchell était une femme qui gérait son temps, qui gérait sa vie.

Une bouffée de fierté envahit Gayle. Toutes ses décisions n'avaient peut-être pas été mauvaises, même si sa fille n'appréciait pas que sa mère ait contribué à faire d'elle la femme qu'elle était devenue.

— C'est bon de te voir, Samantha. Ça fait trop longtemps.

— Oui.

— Presque cinq ans.

Samantha brossa des peluches inexistantes de son pull blanc.

— Cinq ans, un mois, quelques jours.

Elle se rappelait la date exacte ?

Gayle avait cru préférable de ne pas évoquer cette dernière entrevue, mais le moment était arrivé de toute façon. Elles allaient devoir en parler si elles voulaient guérir les blessures familiales et aller de l'avant. Et elle avait la ferme intention d'aller de l'avant. Elle dirait, et ferait, le nécessaire pour y parvenir.

— La dernière fois qu'on s'est vues, ça a été un peu stressant. J'admets avoir peut-être été maladroite, mais c'était difficile…

— Ça n'aurait pas dû être difficile, rétorqua Samantha en la regardant droit dans les yeux, sans la moindre appréhension. On fêtait le premier poste d'Ella dans l'enseignement. Elle rêvait d'avoir ton approbation et ton soutien, et, au lieu de ça, elle a eu droit à une bonne dose de critiques et de déception.

— J'avais peur qu'elle ne poursuive pas sur cette voie, c'est tout.

— Tu sais l'impact que tu as sur elle. Elle crevait d'envie d'avoir un mot d'éloge de ta part, un signe que tu étais fière d'elle. Mais, au lieu de la féliciter, tu as démoli tout le plaisir qu'elle aurait pu avoir. Le moindre sentiment d'accomplissement. Alors que c'était un accomplissement.

— Elle avait enfin terminé quelque chose qu'elle avait commencé, et j'en étais contente, bien sûr, mais…

— Tu n'imagines pas les dégâts que tu as faits. Elle avait vraiment besoin de te parler ce jour-là.

Samantha se leva brusquement. Son sac tomba par terre mais, au lieu de le ramasser, elle marcha jusqu'à la fenêtre.

Ella avait voulu lui parler ?

— De quoi ?

— Ça n'a plus d'importance, maintenant, répondit Samantha en se tournant vers elle. Elle est en chemin. Sois gentille.

Gentille ? À quoi pouvait bien servir la gentillesse quand la vie levait la main pour vous gifler ? Il fallait une barrière. Il fallait être solide. Il fallait une stratégie. Pourquoi les gens ne s'en rendaient-ils pas compte ?

Mais il valait mieux se taire. Elle ferait le nécessaire pour réparer sa relation avec ses filles. Elle féliciterait Ella, même si elle découvrait que sa cadette avait eu dix emplois différents depuis leur dernière rencontre. Elle garderait ses opinions pour elle et leur dirait ce qu'elles voulaient entendre.

— Ça va me faire plaisir de la voir. Est-ce qu'elle vit à New York ?

— Non. Elle a déménagé à peu près à la même époque que moi.

— Manhattan ne te manque pas ? Je ne pourrais pas vivre ailleurs.

— Mais nous ne sommes pas toi. Nous sommes des personnes différentes. Des individus.

Lorsque son téléphone bipa, elle le sortit de la poche de son manteau et jeta un coup d'œil sur l'écran.

— Elle est en train de monter. N'oublie pas : sois gentille.

— Gentille. Oui.

Pourquoi Samantha ne cessait-elle de répéter ça ? Qu'y avait-il de gentil à approuver les choix imparfaits de quelqu'un ?

Bon… ça va être un désastre et je me demande bien ce que tu avais en tête quand tu as pris cette décision stupide, mais…

Elle allait faire semblant.

En son temps, elle avait simulé beaucoup d'émotions qu'elle ne ressentait pas.

De quoi Ella avait-elle souhaité lui parler ?

Avait-elle voulu des conseils ?

Non. À l'instar de Samantha, Ella avait toujours rejeté les conseils de sa mère, comme s'ils étaient toxiques simplement parce qu'ils sortaient de sa bouche.

Samantha l'observa longuement.

— Ne l'interroge pas sur son travail. Si elle veut t'en parler, elle le fera.

— D'accord. Compris.

Elle avait l'impression d'être une petite fille qu'on grondait. Était-elle une mère si déplorable ? Elle avait toujours cru avoir fait du bon travail, mais cela dépendait peut-être de la façon de mesurer le succès. Si le succès parental se mesurait en câlins et en soutien affectif, elle avait peut-être échoué.

Elle éprouva une sensation étrange et peu familière au niveau des yeux. Un picotement, puis une brûlure. Lorsque sa gorge se noua, elle comprit ce qui se passait : elle allait pleurer. Elle, Gayle Mitchell, qui n'avait pas pleuré depuis ses dix-neuf ans, allait pleurer, parce que sa fille était fâchée contre elle.

Il y avait chez Samantha une force dont elle ne se souvenait pas. Elle aurait dû être soulagée de la remarquer mais, pour une raison ou une autre, elle ne s'en sentit que plus isolée.

Elle essaya à tout prix d'empêcher ses larmes de couler. Elle fixa un point dans le vide. Elle s'efforça de détendre sa gorge. Elle serra les mâchoires.

C'était terrifiant. De toutes ses forces, elle voulait retrouver celle qu'elle était avant, confiante, sûre de ses choix et aux commandes de sa vie.

— Tu es très… en colère contre moi.

Sa voix était rauque, mais si Gayle avait pensé en tirer un peu de compassion, elle s'était trompée.

— Non, pas en colère. J'étais en colère, oui. Je…

Samantha inspira profondément, avant de poursuivre :

— Je ne veux pas que tu dises encore de mauvaises choses à Ella, c'est tout.

Gayle paniqua. Elle voulait promettre, mais comment pouvait-elle le faire alors qu'elles avaient des idées très différentes de ce qui constituait les « mauvaises » choses ? Elle semblait contrarier ses filles même lorsqu'elle parlait de la pluie et du beau temps.

La seule approche sûre était de ne pas donner son avis. Sur quoi que ce soit.

Voilà ce qu'elle allait tenter de faire.

— Ella et toi, vous êtes toujours proches, alors ?

Samantha lui adressa un drôle de sourire.

— On est sœurs.

Et vous êtes toutes les deux mes filles, songea Gayle. *Mais ça ne vous a pas empêchées de déménager dans une autre ville sans me le dire et de ne pas m'appeler une seule fois.*

— Je suis contente que vous puissiez compter l'une sur l'autre.

En imaginant tous les moments qu'elles avaient dû partager, Gayle sentit une pointe de jalousie l'envahir. Des anniversaires, des vacances peut-être.

— Je suis désolée qu'on se soit… perdues de vue.

Elle n'allait pas montrer à quel point elle était blessée qu'elles ne l'aient pas contactée. Parfois, c'était aux parents d'encaisser les coups et d'endosser la responsabilité.

— Je suis contente que tu sois venue.

— Ça m'a surprise que tu te sois manifestée, répondit Samantha d'un ton hésitant. Je n'étais pas sûre de ce que tu voulais.

Gayle entendit le bip-bip de la machine accélérer au rythme de son cœur. Elle se lança :

— Je me demandais si on pouvait peut-être…

Quoi ? Que demandait-elle exactement ?

— Je veux qu'on se voie plus souvent. Qu'on recommence, peut-être.

Samantha redressa les épaules.

— Qu'on recommence ? Qu'est-ce que tu veux dire par là ?

Gayle ne savait pas ce qu'elle voulait dire. Si seulement une relation était comme un ordinateur qu'on pouvait restaurer en mode usine… Elle voulait un nouveau départ. Une seconde chance. La possibilité de prendre des décisions différentes.

Devait-elle admettre qu'elle avait commencé à tout remettre en question ?

L'idée qu'elle avait peut-être fait une erreur monumentale était trop troublante pour qu'elle puisse l'analyser en ce moment. Elle y réfléchirait plus tard, quand elle serait de retour dans son appartement. L'appartement qu'elle avait conçu elle-même, tout comme sa vie. Finalement, ce n'était pas si évident que ça de repenser son existence.

Samantha ouvrit la bouche, mais avant qu'elle n'ait pu parler, la porte s'ouvrit à la volée et une femme entra en trombe dans la chambre. Elle était à bout de souffle, comme si elle avait couru tout le long du chemin.

Gayle mit quelques secondes à reconnaître Ella.

Sa longue crinière aux boucles indomptables avait disparu, laissant place à une coupe dégradée et déstructurée. Ses cheveux blond miel s'arrêtaient désormais à son menton. Elle portait un manteau bleu marine, qui s'ouvrait sur une robe classique en laine de couleur framboise.

Gayle sentit sa poitrine se serrer. Son bébé. Sa petite Ella. Si vulnérable. Si gentille et généreuse. Un mets de choix pour les hyènes du monde entier. Tous ses efforts pour tenter de la protéger n'avaient eu pour effet que de la faire fuir.

Ella traversa la pièce en direction de sa sœur, tandis que Samantha venait à sa rencontre. Elles s'enlacèrent et restèrent serrées l'une contre l'autre un long moment.

Après s'être écartée, Ella passa la main sur le manteau de sa sœur.

— J'adore ce rouge. Tu es superbe.

— Ce n'est pas un peu voyant ?

— Quoi ? Non ! C'est parfait. Et tout ce blanc, c'est magnifique.

Sans bouger, Gayle les écoutait. Elle se sentait de trop. En marge de sa propre famille.

Samantha avait rejeté l'avis de Gayle sur sa tenue, mais apparemment, celui de sa sœur lui importait.

— Tu sais à quel point je déteste le noir, affirma-t-elle en effleurant sa manche.

Samantha détestait le noir ?

Gayle s'habillait en noir. Tous les jours. C'était son uniforme. Elle n'avait jamais su que Samantha détestait le noir.

Samantha fit un pas en arrière.

— J'aime bien tes cheveux à cette longueur. Ça met la forme de ton visage en valeur. C'est mieux que le carré.

Ella avait eu une coupe au carré ? Quand ?

La conversation se poursuivit dans un va-et-vient de paroles, comme un match de tennis verbal où chaque joueuse connaissait les règles et était à l'aise avec l'autre. Gayle voulait dire : « Bonjour, je suis là », mais elle était trop occupée à observer le changement dans l'attitude de Samantha.

La tension, la raideur et l'appréhension qui avaient rempli la pièce dès l'instant où elle avait franchi le seuil s'étaient évanouies. Elle était désormais détendue et naturelle. Chaleureuse.

Prenant la main d'Ella, elle lui fit un sourire rassurant.

Qu'est-ce qui nécessitait un geste de soutien aussi visible ? se demanda Gayle, avant de comprendre qu'elle en était la raison. Elle était la menace dans cette pièce.

— Bonjour, maman, déclara Ella en s'approchant du lit avec un sourire nerveux. Comment te sens-tu ?

— J'ai connu mieux. Merci d'être venue.

— Bien sûr. Je veux dire, tu es notre…

Ella fit une pause, puis esquissa un sourire.

— … mère. Que s'est-il passé ?

— Je suis tombée. J'attrapais une récompense.

Cette stupide récompense. L'orgueil avait vraiment précédé la chute.

Savaient-elles qu'elle avait reçu un prix ? Elle était montée sur scène et avait été applaudie par des milliers de gens. Elle avait prononcé un discours sur l'émancipation et la prise en main de sa vie. Ses filles n'étaient même pas au courant. Elles n'étaient pas impressionnées.

— Je me la suis prise sur la tête pendant que je tombais.

— Oh… C'est affreux, fit Ella en triturant son écharpe. Est-ce qu'ils vont te garder ici ?

— Pour la nuit.

Pourquoi ses deux filles restaient-elles debout ? Se tenaient-elles prêtes à décamper au cas où elle dirait quelque chose de travers ?

— Et si tu enlevais ton manteau et tes gants avant de t'asseoir ? proposa-t-elle.

— Je… Mes gants ? Non.

Ella serra les bras autour de sa taille.

— J'ai… les mains froides.

— Mais il fait tellement chaud dans cette chambre.

— Je vais bien. Je n'ai pas trop chaud.

Ne discute pas, Gayle. Ne discute pas.

Sois gentille.

— Pourquoi ne t'assois-tu pas, au moins ?

Ella obéit sans rien dire, puis se frotta nerveusement les cuisses.

— Ils t'ont dit quand tu pourrais sortir ? Tu auras besoin de quelqu'un pour t'aider à la maison ? On devrait organiser quelque chose. Mais seulement si tu le souhaites, bien sûr.

C'était le premier moment de clarté dans une journée très sombre.

Gayle sentit son cœur s'alléger un peu.

Ella allait lui proposer de rester avec elle. Ce qui donnerait à Gayle une chance d'essayer de réparer ce qu'elle avait cassé. Et, plus tard, Ella parviendrait peut-être à amadouer Samantha.

— C'est très attentionné. Je…

— J'ai déjà contacté un cabinet d'infirmiers, intervint Samantha en baissant les yeux sur son téléphone. Mon portable était sur silencieux, mais ils m'ont rappelée il y a un instant et ont laissé un message.

Un cabinet d'infirmiers.

Un inconnu en blouse lui apporterait un verre d'eau pendant la nuit et vérifierait qu'elle n'était pas morte. Une transaction financière, dénuée d'affection ou d'émotion.

Étant donné la façon pragmatique dont elle avait mené sa vie jusqu'ici, cela n'aurait pas dû la déranger, pourtant c'était le cas. Elle ne voulait plus vivre de cette façon. Elle voulait qu'on tienne à elle. Elle voulait avoir des « proches ». Et elle en était consciente, elle était la seule à pouvoir changer cette situation.

— Merci, lâcha-t-elle. C'est très gentil.

Samantha la regarda d'un air circonspect.

— Tu as demandé à nous voir. Y avait-il une raison ?

Voilà qui était blessant. Elles étaient sa seule famille. N'était-ce pas suffisant ?

Non, bien sûr que non.

— Je voulais m'excuser.

Jusqu'à cet instant, elle n'avait pas réalisé que c'était son intention, mais tout était clair, désormais. Elle voulait faire le nécessaire pour réparer les choses. Et c'était vrai : elle était désolée de la tournure prise par les événements, même si elle ne regrettait pas vraiment la façon dont elle avait élevé ses filles. Elles ne connaissaient pas la vérité, bien sûr. Gayle ne leur en avait pas parlé. Elle ne leur avait raconté que ce qu'elles avaient besoin de savoir. Le reste était enfoui tout au fond d'elle, comme on cache des miettes sous un tapis.

Ce qui importait ici n'était pas le passé mais l'avenir. Aujourd'hui, elle devait poser les jalons pour apaiser leur relation.

— Je voulais dire que j'étais désolée pour ce qui s'est passé la dernière fois qu'on s'est vues. Je suis désolée de t'avoir fait de la peine.

Gayle avait besoin d'humecter sa gorge sèche. Elle tendit le bras pour prendre son verre d'eau, mais Ella la précéda. Les mains autour du gobelet, elle le tint en place pour que Gayle puisse étancher sa soif.

— Doucement, conseilla Ella d'une voix douce. Je suppose que tu as le droit de boire ?

Gayle hocha la tête, puis but à petites gorgées, encouragée par le réflexe instinctif de sa fille pour l'aider. Il restait peut-être de l'espoir.

En comparaison, Samantha était tendue. Sur ses gardes.

S'il y avait la moindre chance de réconciliation, elle passait par sa cadette.

— Parle-moi de ton travail d'enseignante.

Ella se figea.

— Oh. Eh bien…

Elle jeta un coup d'œil vers sa sœur.

— J'adore enseigner.

Trop tard, Gayle se souvint d'avoir promis à Samantha de ne pas évoquer le métier d'Ella. Mais comme elle se montrait positive et encourageante, cela excusait son erreur, non ?

— Je suis contente que tu aies trouvé quelque chose qui te convienne. Mais, le plus important, c'est que tu aies continué sur cette voie. Ça aussi, c'est bien.

Samantha plissa les yeux.

— Maman…

— Tout ce que je dis, c'est qu'à certains moments ça a dû être dur, expliqua Gayle à son aînée. Je suis sûre qu'enseigner est un métier stressant, mais elle a persévéré.

Que lui avait révélé Samantha tout à l'heure ? Ella ne pensait pas que sa mère était fière d'elle ?

— Je suis fière de toi.

Elle prononça les mots exacts. Elle les affirma haut et fort.

— Fière que tu aies trouvé quelque chose que tu aimes faire et que tu n'aies pas abandonné en cours de route.

Ella passa un doigt sous le col de sa robe.

Son front luisait de transpiration, pourtant elle n'ôtait toujours pas ses gants.

Tout ça était pénible pour tout le monde. Tellement formel et guindé.

Ces retrouvailles dans cette chambre d'hôpital stérile n'avaient rien d'une joyeuse réunion. Cet endroit guérissait peut-être les gens, mais il ne guérissait pas les relations. Il ne réparait pas les familles.

Que devait-elle faire ? Que pouvait-elle faire ? La seule façon de les convaincre de son envie d'arranger les choses était de la leur montrer. De leur prouver qu'elle était sincère et résolue. Pour ça, elle avait besoin de temps. Comment allait-elle s'y prendre ?

Quelle excuse trouver pour organiser un moment avec ses filles qui dure plus longtemps qu'une visite à l'hôpital ?

Soudain, elle pensa à Rochelle, la jeune journaliste.

« J'adore les grandes réunions de famille. L'immense sapin. Les cadeaux devant le feu de cheminée. »

Pendant leur discussion, Gayle s'était montrée évasive, comme d'habitude, sachant qu'à Noël elle ferait la même chose que les autres jours de l'année : elle travaillerait. Ses filles lui en avaient toujours voulu pour ça. Comme elles étaient entourées d'amis dont les familles avaient cédé aux attentes sociales et aux pressions commerciales, elles avaient réclamé des cadeaux, un sapin, un tour à la patinoire, des guirlandes lumineuses et une boule à neige. Gayle avait dit non à tout, bien sûr, parce que Noël était un moment particulièrement difficile pour elle. Elle franchissait le cap en travaillant, avec pour objectif de tout bloquer et de faire comme si c'était un jour ordinaire. Elle ne jetait pas de coups d'œil mélancoliques chez les gens. Elle ne se laissait pas aller à l'envie ou à la tristesse. Et, surtout, elle ne ressassait pas le passé. Elle s'efforçait plutôt de se concentrer sur sa propre vie. Au moins, le travail avait un but. On ne pouvait pas en dire autant d'une boule à neige.

Mais ses filles avaient toujours aimé cette période de l'année. Elles avaient rêvé du Noël magique qu'elles avaient inventé dans leurs têtes.

Tout à coup, la solution lui apparut. Quelle meilleure excuse y avait-il pour une réunion de famille que Noël ?

— Vous voulez savoir pourquoi je vous ai demandé de venir, commença-t-elle en tendant son verre à Ella. Je tenais à vous voir en personne parce que je veux qu'on passe les fêtes ensemble cette année.

Samantha cligna des yeux.

— Pardon ?

— Les fêtes. Noël.

Gayle concentra son attention sur Ella.

— Ça a toujours été votre période préférée de l'année. Je... J'aimerais me joindre à vous, si vous êtes d'accord. Je viendrai chez toi et on en profitera le plus possible, ensemble, toutes les trois.

Le silence se prolongea.

Leur stupeur était presque palpable.

— Chez moi ? demanda Ella d'une étrange voix aiguë. Tu veux venir chez moi ?

— Je ne sais même pas où tu vis. Peu importe où c'est, je suis sûre que c'est fantastique. Même quand tu étais petite, tu faisais de ta chambre un petit nid douillet. Tu dois bien pouvoir accueillir une personne de plus pour Noël. Tu as une chambre d'amis ? Sinon je dormirai sur le canapé.

Elle était prête à faire ce qu'il fallait.

— Le... canapé ? répéta Ella, en équilibre sur le bord de sa chaise. Toi ?

— Je vous prends de court.

Plus elle y pensait, plus Gayle était fière de son idée. Quel meilleur moment que Noël pour se rapprocher ?

— Mais j'espère que c'est une bonne surprise. Vous avez toujours voulu qu'on fête ça en grande pompe. Eh bien, faisons-le. Ensemble. Un grand sapin. Des cadeaux devant la cheminée. Un Noël en famille. Toutes les choses dont vous rêviez petites. Rien que nous trois. Qu'en dites-vous ?

Samantha

— Ce qu'on en dit ? Moi, j'en dis que c'est la pire idée que j'ai entendue depuis longtemps, voire depuis toujours. Voilà ce que j'en dis.

Samantha referma la porte d'un coup d'épaule et lâcha son sac. Leur chambre d'hôtel, située à un étage élevé, surplombait Manhattan, qui brillait et étincelait comme la vitrine d'une bijouterie. Quelqu'un d'autre aurait peut-être pris le temps d'admirer la vue, mais cette ville lui rappelait trop sa mère. L'ambition. *Le Choix, pas la chance.* Elle tira les rideaux.

— Un Noël en famille ? Noël avec notre mère, qui ferait passer Scrooge pour le Père Noël ?

— Elle veut venir chez moi ! s'exclama Ella, les yeux écarquillés et inquiets. Elle ne peut pas venir chez moi ! Il faudrait que j'explique la présence d'un enfant et d'un mari dont elle ignore l'existence. Et il n'est pas au courant non plus.

— Quoi ?

Samantha fit volte-face, incapable d'en croire ses oreilles.

— Tu ne l'as toujours pas dit à Michael ? Je croyais…

— Je comptais le faire, je te jure, mais j'attendais le bon moment, et jusqu'ici il ne s'est pas présenté.

Ella avait évité le conflit toute sa vie, en particulier quand la source de ce conflit était leur mère. Elle se faisait toute petite, alors que sa sœur n'hésitait pas à en découdre.

Mais Samantha n'était pas prête à se battre pour le mariage de sa sœur.

— Ça, c'est un autre problème. Ton problème. On y reviendra dans une minute. J'essaie toujours de digérer le fait que notre mère veuille gâcher Noël. Qu'est-ce qu'elle a dit, exactement ? « Tu dois bien pouvoir accueillir une personne de plus pour Noël. » La seule chose que j'ai envie d'avoir en plus à Noël, c'est un verre bien corsé.

Après avoir suspendu son manteau, Samantha se déchaussa. Tout en l'imitant, Ella déclara :

— Elle n'a pas dit qu'elle voulait gâcher Noël. Elle a dit qu'elle voulait le passer avec nous.

— Ouais, et elle a toujours été tellement douée pour rendre Noël exceptionnel. Je me souviens de cette année où elle t'a dit que le Père Noël n'existait pas. Tu avais quatre ans et tu as pleuré pendant deux jours.

Samantha riva son regard sur sa sœur.

— Pourquoi as-tu mis une robe ? Tu as un entretien d'embauche demain ou quoi ?

— Je voulais ressembler à quelqu'un qui débarquait du travail.

— Tu aurais pu simplement lui annoncer que tu as choisi d'être mère au foyer.

— Alors qu'elle venait de dire qu'elle était fière de moi parce que je n'avais pas abandonné en cours de route ? Je ne crois pas, non.

En voyant Ella retirer ses gants, Samantha fronça les sourcils.

— Depuis quand as-tu des problèmes de circulation ?

— Je n'en ai pas, mais je ne voulais pas enlever mon alliance. J'aurais eu l'impression de me porter la poisse.

— Ella, ce n'est pas possible ! Tu sais à quel point c'était dur d'avoir une conversation en sachant que je ne pouvais pas évoquer ton mariage, ton enfant ou ton travail ?

— Je suis désolée de t'avoir mise dans cette position.

— C'est surréaliste. Mais ça ne l'est pas autant que d'imaginer passer Noël avec notre mère.

Samantha tira violemment sur la fermeture Éclair de son sac de voyage.

— Ça ne te paraît pas incroyable qu'elle ose suggérer ça ? insista-t-elle. Après tout ce qui s'est passé entre nous ? Et puis n'oublions pas qu'elle déteste Noël. Elle doit avoir des lésions cérébrales. C'est la seule explication.

— Ne dis pas ça.

Ella fronçait les sourcils depuis qu'elles avaient quitté l'hôpital.

— Ils la gardent en observation parce qu'elle est restée inconsciente un long moment et qu'ils sont inquiets pour ses côtes, c'est tout. Et tu peux baisser d'un ton ? Tous les clients de l'hôtel vont t'entendre.

— Je ne comprends pas. Elle déteste les fêtes. Elle travaille tout du long, c'est comme ça depuis toujours. Elle pense que les cadeaux sont une perte de temps, que tout ça est une arnaque commerciale de grande ampleur et que l'aspect « esprit de famille » a été inventé pour faire naître des complexes et du ressentiment chez les gens. Elle ne décore jamais rien, on n'a jamais eu de sapin…

Samantha s'obligea à reprendre son souffle et à se calmer. Elle avait besoin d'un plan, pas d'une crise de panique.

Sa sœur et elle adoraient les fêtes. C'était leur période préférée de l'année. À vrai dire, c'était leur amour pour Noël qui avait donné à Samantha l'idée de son entreprise. Elle s'était dit qu'elles ne devaient pas être les seules à ressentir ça. Il y avait forcément des personnes qui attendaient les fêtes de fin d'année avec impatience et qui voulaient une touche de magie supplémentaire. Des gens qui apprécieraient les marchés de Noël en Europe, un chalet douillet dans les Alpes suisses ou une escapade en Laponie pour rendre visite au Père Noël et aux elfes.

Samantha se laissa tomber sur le lit avec un grognement.

— Pitié, achève-moi.

— Sûrement pas parce que, sinon, je devrais traverser tout ça toute seule, et c'est hors de question, répliqua Ella en s'allongeant sur le dos à côté d'elle.

Elles fixèrent le plafond, immobiles, bras contre bras, liées par le sang et par leurs expériences communes.

— Tu aurais dû prendre la chambre sous un faux nom, poursuivit-elle. On serait restées ici pour toujours et personne n'aurait pu nous retrouver.

— Je crois que Michael et Tab auraient leur mot à dire sur le sujet.

Sa sœur posa les mains sur son visage en gémissant.

— Michael va avoir un tas de choses à dire sur un tas de sujets. Comment dois-je lui annoncer ?

— Si je savais comment gérer une relation amoureuse, je ne serais pas célibataire.

— Tout s'est enchaîné sans que je puisse me retourner. On s'est rencontrés après l'une des conférences de maman. J'étais à la gare, je pleurais…

— Et il est venu s'asseoir à côté de toi. Je sais. C'est adorable. Et c'est agaçant que tu aies rencontré l'homme de ta vie sur un quai bondé alors que, pour nous autres, c'est seulement l'occasion d'avoir des bleus aux côtes.

— Il pensait que le mariage serait le moment idéal pour une réconciliation, mais je ne pouvais pas inviter maman. C'était impossible. Il ne connaît pas notre mère comme nous.

— Il ne la connaît pas du tout, corrigea Samantha. Mais tu vas arranger ça. Il faut que tu sois honnête. Quel autre choix as-tu ? Louer une maison et faire des allers-retours entre ta famille et notre mère ? Faire semblant d'aller au travail ?

— Merci de me rappeler le pétrin dans lequel je me suis fourrée. Qu'est-ce que je vais faire ?

— Qu'est-ce qu'*on* va faire ? Je fais partie de ce « Noël en famille », je te signale. D'abord, on commande une pizza, ensuite on prend une douche, et enfin on vide le minibar.

Elle se leva, prit son téléphone et appela le restaurant.

— Je ne suis pas sûre de pouvoir manger, marmonna sa sœur.

— C'est la meilleure pizza de New York. Tu ne pourras pas t'en empêcher. Et je ne peux pas établir de stratégie le ventre vide.

— Il y a quelque chose chez notre mère qui me rend tellement nerveuse que ça me coupe l'appétit. Je suis toute ballonnée à cause de la panique. Mais je dois surmonter ça. Peut-être que ça se passera bien. Elle a présenté ses excuses. Elle s'est excusée, pour de vrai.

— Non, pas du tout.

— Mais si, protesta Ella. Elle l'a dit. Elle a dit : « Je suis désolée. »

Samantha sortit son ordinateur portable et le posa sur le bureau à côté de la télévision.

— Elle ne s'est pas excusée pour ce qu'elle a dit. Elle s'est excusée de t'avoir fait de la peine.

— Ça revient au même.

— Pas du tout.

— Mais elle a tendu la main. Elle essayait de se racheter, même si elle a fait ça à sa manière.

Ella se redressa en position assise.

— De quoi avez-vous parlé avant que j'arrive ? demanda-t-elle.

— Je ne sais pas.

Ces quelques minutes étaient plutôt floues dans sa mémoire. En voyant sa mère dans ce lit, Samantha avait ressenti tant d'émotions qu'elle n'avait pas réussi à les démêler.

— De rien. On a échangé des banalités, entrecoupées de silences gênants. C'était affreux.

— C'est normal qu'il y ait de la gêne après ce qui s'est passé… et après tout ce temps, fit observer Ella en croisant les jambes en tailleur. Qu'est-ce qu'on va faire ? J'avais tellement hâte d'être à Noël. J'ai tellement de projets. Ça va être magique.

Elle courba les épaules.

— Ça *allait* être magique.

En voyant la déception et le désespoir sur le visage de sa sœur, Samantha comprit qu'elle devait agir.

— Chaque chose en son temps. D'abord, on fait échouer son plan. Il est hors de question qu'elle passe Noël avec nous. Tu n'es pas la seule à être impatiente d'y être.

— Ça me fait culpabiliser de lui refuser Noël. C'est quand même un moment familial.

Ella se mit à tripoter les boutons de sa robe.

— Je sais qu'elle nous a fait du mal, mais elle tend la main et essaie de se rattraper. On ne peut pas rejeter ses efforts.

— Très bien. Mais on reprend le contrôle de la situation. Quand on retournera la voir demain comme prévu, on lui dira qu'on a déjà des projets qu'on ne peut pas changer, mais qu'on se fera un petit dîner en ville si ça lui convient. Je réserverai une table dans un restaurant chic.

— D'accord, acquiesça Ella en décroisant les jambes. Continue à parler. J'aime ce que j'entends.

Samantha ouvrit le minibar et en sortit deux bouteilles. Ella fronça les sourcils.

— Je croyais que le minibar venait après la pizza et la douche dans ton planning de la soirée ?

— Je change l'ordre.

Samantha dévissa le bouchon d'une des petites bouteilles, puis la vida dans un verre. En général, elle ne buvait pas beaucoup mais, apparemment, il suffisait d'un coup de fil embarrassant et d'une rencontre avec sa mère pour changer la donne.

— Tu dois dire la vérité à Michael avant de la dire à maman.

— Oui. Je suis d'accord. Et comment je m'y prends ? Des idées ?

Le portable d'Ella se mit à sonner. Elle se leva d'un bond et attrapa son sac.

— Ça doit être lui. Je me sens coupable. Regarde… ma main tremble.

Après lui en avoir fait la démonstration, elle récupéra l'appareil.

— Dis-lui, ordonna Samantha.

— Je ne peux pas lui annoncer ça au téléphone. C'est trop énorme. Il faut que je lui dise en personne. Je le fais dès que je rentre à la maison.

Elle décrocha, et un large sourire se dessina sur son visage.

— Tab ! Coucou, mon poussin. Tu me manques tellement. Je suis avec tata Sam… Bien sûr…

Ella tendit le portable à Sam.

— Ta nièce veut te dire bonjour.

Quand la vie était-elle devenue aussi compliquée ? s'interrogea Samantha.

— Comment va ma princesse ? Tu as tué le dragon ? Bravo…

Elle attrapa la main de sa sœur pour l'empêcher de se ronger les ongles.

— Combien de dodos avant Noël ? demanda-t-elle, sans desserrer sa prise sur la main d'Ella. J'ai vraiment hâte… Oui, tu pourras venir dans mon lit… Bien sûr, on lira l'histoire du lapin dans la neige que tu aimes…

Tout en écoutant sa nièce babiller, elle sentit sa détermination grandir : elle ne laisserait pas leur mère gâcher leur Noël.

Elles bavardèrent encore un peu, puis Michael prit le relais. Elle tendit le portable à sa sœur, qui s'en empara aussitôt.

— Salut, mon cœur… Tu me manques.

Samantha essaya de ne pas écouter mais, la chambre n'étant pas immense, c'était difficile.

Ella se détourna légèrement.

— Ça m'a perturbée de la voir. Je tremblais comme une feuille…

Sa sœur était peut-être cachottière à propos de certains détails de sa vie, mais elle ne dissimulait pas ses émotions, songea Samantha. Elle disait ce qu'elle ressentait sans la moindre hésitation.

— Moi aussi, je t'aime, poursuivit Ella. Ils la gardent encore une nuit. Tu crois que tu pourrais encore prendre un jour de congé pour rester avec Tab demain ? Je suis désolée. Samantha et moi, on va passer une autre nuit ici…

Après avoir sorti son peignoir et sa nuisette de son sac, Samantha se rendit dans la salle de bains pour laisser un peu d'intimité à sa sœur.

Pourquoi Ella hésitait-elle à lui dire la vérité ? Michael l'aimait passionnément. Leur relation était solide.

Elle s'attacha les cheveux, ouvrit le robinet de la douche et se déshabilla. Elle avait une sensation pesante au fond de la poitrine. De l'envie ? Non. Elle adorait sa sœur. Elle était ravie de son bonheur, mais quand même…

Samantha déglutit. Oui, elle était envieuse. Elle voulait être comme Ella. Elle voulait être ouverte sur ses sentiments. Elle voulait pouvoir confier son cœur à quelqu'un.

Comme elle n'avait pas envie de penser à ça, elle pensa à sa mère.

Pourquoi les avait-elle contactées ? Simplement parce qu'elle avait eu un accident et se sentait vulnérable ? Attendait-elle quelque chose de leur part ? Les relations de Gayle Mitchell avec les gens étaient souvent de nature transactionnelle. Samantha aurait moins été sur ses gardes si elle avait compris en quoi consistait la transaction.

À travers la porte, elle entendait Ella et Michael se disputer sur qui aimait l'autre le plus.

C'est moi… Non, c'est moi…

Une fois sous la douche, Samantha laissa le bruit de l'eau étouffer le son de leur conversation. La chaleur la calma et lui donna de la force. Si elle voulait une relation comme celle de sa sœur, elle devait en premier lieu essayer d'être aussi ouverte et honnête qu'elle.

Quand elle revint dans la chambre, Ella était de nouveau assise sur le lit, le téléphone posé à côté d'elle, les joues toutes roses.

— Michael va travailler à la maison demain pour qu'on puisse rester un autre jour ici. Il me manque, mais c'est super de passer un peu de temps entre sœurs.

Samantha noua la ceinture de son peignoir et enroula une serviette autour de sa tête.

— Espérons que, la prochaine fois, ce sera dans de meilleures circonstances.

— Tu as fini avec la salle de bains ? demanda Ella en se levant. Je me disais… On devrait peut-être l'inviter pour Noël, après tout. C'est notre mère. On est peut-être trop dures avec elle ?

— On est prudentes, ce qui est judicieux.

— Mais elle n'a pas eu la vie facile.

Ella marqua une pause, les doigts sur les boutons de sa robe.

— Je veux dire… Notre père est mort, on était toutes petites…

— Et c'est triste, oui, mais ça arrive à plein de gens, et ils parviennent à passer à autre chose.

— Maintenant que j'ai Tab, ça m'arrive d'y penser.

Samantha ôta la serviette de sa tête. Elle n'avait que dix mois de plus qu'Ella, mais elle avait parfois l'impression que c'était dix ans. Sa sœur avait l'air si jeune que c'était dur de se rappeler qu'elle avait une petite fille de presque cinq ans.

— Penser à quoi ?

— À ce que je ressentirais si je perdais Michael. Si je me retrouvais seule pour m'occuper de Tab. Si je devais prendre toutes les décisions seule.

— Où veux-tu en venir ?

— Je ne sais pas. Je… Tu ne te demandes jamais comment elle était avant ?

— Avant quoi ?

— Avant qu'il meure.

— Non. Et toi ?

— Oui, répondit Ella en suspendant sa robe. Les événements marquants peuvent changer quelqu'un, non ?

— Je suppose.

— Et si un événement de ce genre peut changer quelqu'un, alors un autre événement peut le faire aussi.

— Tu suggères que son accident a changé notre mère ? Que le robot ambitieux s'est transformé en un être humain maternel et affectueux ? Elle est à l'hôpital pour un coup sur la tête, pas pour une greffe de personnalité. Tu te souviens de la dernière fois ? Tu étais bouleversée.

— Je sais. Mais j'étais enceinte et en plein déséquilibre émotionnel. J'ai peut-être réagi de façon excessive.

Samantha ne voulait pas l'admettre parce que, si c'était vrai, cela signifiait qu'elle avait fait la même chose.

— Est-ce qu'elle a jamais cherché à s'excuser ? souligna-t-elle.

— Elle vient de le faire. Et, comme elle l'a fait, je pense qu'on devrait lui donner une chance.

— Un dîner, répondit Samantha en ôtant son peignoir. On lui donnera une chance de dîner avec nous. Et on oublie Noël. Je suis sûre qu'elle n'était pas sérieuse.

Elle fronça les sourcils.

— Tu comptes aller prendre ta douche avant l'arrivée de la pizza ?

Sa sœur l'observait.

— Waouh ! C'est ce que tu mets pour dormir ?

— Oui. Pourquoi ?

— Et Kyle t'a laissée partir ?

— Kyle n'a pas eu le choix. Et puis il ne m'a jamais vue porter ça. C'est ce que je mets quand je suis seule.

— Tu mets une nuisette sexy quand tu es seule ? Alors que personne ne va la voir ?

— Moi, je la vois.

Après avoir étendu la serviette mouillée sur le porte-serviettes, Samantha releva ses cheveux.

— Tu comptes me raconter ce qui s'est passé avec Kyle ? demanda Ella.

Samantha repensa à ce coup de fil horriblement gênant. Revoir sa mère avait au moins eu un avantage : de façon momentanée, le stress avait chassé toutes ses autres préoccupations de son esprit.

Mais elles faisaient un retour en force.

Bien sûr, Charlotte s'était confondue en excuses quand elle avait compris son erreur.

« Je suis vraiment désolée, Sam, j'ai tout mélangé. J'ai le cerveau tout ramolli. C'est à cause du bébé. Je crois qu'elle aspire ma matière grise en même temps que mon lait. »

Samantha l'avait rassurée en lui disant que ça n'avait aucune importance, mais une chose était sûre : Brodie McIntyre en savait désormais plus sur sa vie sexuelle et sur les rouages de son esprit que n'importe qui sur terre. Elle avait essayé de se rappeler sa résolution d'être plus ouverte, mais elle ne s'était pas sentie mieux. Elle ne s'était jamais confiée de la sorte à qui que ce soit, et voilà qu'elle l'avait fait avec un inconnu.

En repensant au moment où elle lui avait dit vouloir faire l'amour de façon torride et intense, elle grimaça. Charlotte avait eu beau lui répéter qu'un homme d'un certain âge avait sûrement entendu pire, cela ne l'avait pas réconfortée. Elle n'aimait pas le fait que quelqu'un en sache autant sur elle. Heureusement qu'il vivait en Écosse et qu'elle n'avait donc aucun risque de le croiser dans la rue…

Malheureusement, cette conversation avait signé l'arrêt de ses projets commerciaux. Elle n'allait sûrement pas utiliser Kinleven maintenant ou à l'avenir, et elle ne rencontrerait pas Brodie McIntyre. Elle allait devoir continuer à chercher l'endroit parfait pour les clients qui rêvaient d'un hiver dans les Highlands.

S'apercevant que sa sœur attendait toujours une réponse, elle haussa les épaules.

— Kyle et moi, ça n'a pas marché.

— C'était ça, le coup de fil gênant dont tu as parlé ? Je vais prendre ma douche, mettre mon pyjama, et tu vas tout me raconter.

— Je n'ai pas du tout envie de revivre ce moment.

— À ce point ?

— Tu n'imagines pas. En gros, j'ai monologué, en lui disant qu'on n'avait pas d'alchimie, et que je voulais de la passion et du sexe. J'ai dit des choses que je ne lui avais jamais dites auparavant.

Et son humiliation ne s'était pas du tout atténuée depuis.

— Tu ne m'as jamais dit ces choses-là non plus, remarqua Ella. Je ne savais pas que tu ressentais ça. Tu ne parles jamais de tes sentiments.

— Et si c'est l'effet que ça fait, je vais éviter de recommencer. Il se trouve que Charlotte ne m'avait pas passé Kyle.

Samantha raconta à sa sœur une version revue et corrigée de la discussion, dans l'espoir de détourner l'attention des soucis plus profonds.

Ella riait tellement qu'il lui fallut un moment pour pouvoir parler.

— Alors il y a quelque part un Écossais sexy qui sait que tu rêves d'ébats passionnés.

— Bon, il a soixante-dix ans, mais ça ne change rien. Merci pour ta compréhension et pour ta compassion. Je me félicite de te l'avoir dit.

Ella s'essuya les yeux.

— Désolée, mais c'est une excellente histoire.

Heureusement, elle ne chercha pas à en savoir plus sur le reste de ses confidences.

— Le seul aspect positif, c'est qu'il vit sur un autre continent, déclara Samantha.

— Mais tu ne peux pas laisser un simple appel te détourner de cet endroit. Il faut que tu ailles rendre visite à ce type. Débrouille-toi pour être de retour à temps pour Noël, c'est tout. Tu as cherché des infos à son sujet sur Internet ? Il y a une photo ?

— Je n'ai rien cherché du tout. Tu crois que j'ai six ans ?

— J'espère que tu es bien humaine. Allez, on regarde.

Ella saisit son téléphone et tapota sur l'écran.

— Brodie McIntyre. Oh… Tu as raison. Il n'est pas de la première jeunesse. Mais soixante-dix ans, c'est le nouveau trente ans, tu n'étais pas au courant ?

— Je n'étais pas au courant.

— J'espère que toute cette discussion à propos de sexe et de passion ne lui a pas fait faire de crise cardiaque.

— On pourrait changer de sujet ?

— Allez, détends-toi. Tu as sûrement illuminé sa journée, affirma Ella en entrant dans la salle de bains. Hé, cet hôtel est génial ! Fais-moi penser à piquer les miniflacons de shampooing. Tab va les adorer. Pourquoi as-tu fermé les rideaux ? On peut voir l'Empire State Building depuis la baignoire. Combien coûte cette chambre ?

— Quoi ?

Samantha se frotta la nuque, l'esprit toujours tourné vers Brodie McIntyre et Kinleven. Cet endroit semblait parfait. Quel dommage…

— Je ne sais pas combien elle coûte. C'est Charlotte qui l'a réservée. J'ai seulement demandé un hôtel en centre-ville. Je l'adore mais, étant donné l'état de son cerveau en ce moment, on a de la chance de ne pas avoir atterri en Arizona.

— Regardez-moi ça… Madame Manitou, avec ses hôtels de luxe, son bureau vitré qui en impose et son assistante. Quel succès ! Quand maman découvrira tout ce que tu as accompli, elle sera fière.

En entendant la note mélancolique dans sa voix, Sam grinça des dents.

— Le succès, ce n'est pas de séjourner dans des hôtels et d'avoir un bureau vitré. C'est d'atteindre les objectifs qu'on se fixe.

S'apercevant de ce qu'elle venait de dire, elle dévisagea sa sœur.

— *Le Choix, pas la chance,* s'exclamèrent-elles en chœur.

Ella poussa un grognement amusé.

— Certains matins, mon seul objectif est de réussir à aller aux toilettes sans que Tab me demande d'expliquer la fission nucléaire. Elle me manque tellement.

Elle commença à remplir la baignoire et se déshabilla.

— Mais j'avoue que le fait de me plonger dans un bain moussant en toute tranquillité me réjouit au plus haut point.

Tout en l'écoutant d'une oreille distraite, Sam vérifia ses e-mails.

— Tu n'as pas à retourner voir notre mère demain. Je peux y aller. Tu peux rentrer tout de suite après le petit déjeuner.

— Non, répondit sa sœur par-dessus le bruit de l'eau qui coulait. Si on lui rend de nouveau visite, on y va ensemble.

Samantha poussa la porte de la salle de bains. Seule la tête d'Ella dépassait des nuages de mousse.

— Je peux m'en occuper, insista-t-elle.

— On s'en occupera toutes les deux. Ne discute pas, parce que là, tout de suite, je vais me prélasser dans cette baignoire et me vider l'esprit.

Ella s'adossa confortablement, les yeux fermés, les joues roses, les cheveux bouclant autour de son visage à cause de la vapeur.

— C'est divin. On a tous besoin de Charlotte dans nos vies. Est-ce qu'Amy dort mieux ?

— À en juger par les bourdes que fait sa mère, la réponse est non, répondit Samantha, avant de sourire. Je ne pourrais pas me passer d'elle, même avec un cerveau ramolli.

— Mon cerveau à moi était très ramolli après la naissance de Tab.

En entendant un coup frappé à la porte, Samantha se tourna vers la chambre.

— Ça doit être la pizza. Dépêche-toi.

Samantha avait ouvert le carton de la pizza lorsque sa sœur émergea de son bain.

Elles mangèrent, bavardèrent, regardèrent un film, puis se préparèrent pour la nuit.

Blottie sous ses couvertures, Ella parlait de nouveau à Michael.

— Je te manque ?

Samantha leva les yeux au ciel et se glissa dans l'autre lit. Elle passa de la crème sur son visage et sur ses mains, éteignit la lumière et s'efforça de ne pas écouter les murmures de sa sœur.

Elles étaient toutes les deux épuisées, pourtant Ella continuait à chuchoter.

Qu'est-ce que ça faisait d'aimer quelqu'un au point de privilégier une conversation au sommeil ?

Et si elle ne le découvrait jamais ? Et si elle n'était pas capable de s'ouvrir suffisamment pour avoir un jour une vraie relation sérieuse et profonde ?

Samantha avait dû finir par s'endormir, parce que le réveil indiquait 7 heures lorsqu'elle rouvrit les yeux.

Ella dormait toujours profondément.

Samantha se tourna sur le côté et contempla sa sœur. Quand elles étaient petites, elles dormaient souvent dans le même lit, se tenant compagnie dans l'obscurité.

— Arrête de me regarder, grommela Ella. C'est flippant.

— Super. Tu es réveillée.

Jaillissant de son lit, Samantha s'empara du menu du service d'étage.

— Ça te dit, des pancakes aux myrtilles ?

Tout en bavardant de tout et de rien, elles mangèrent leur petit déjeuner. Après avoir pris une douche, elles se dirigèrent vers l'hôpital.

Leurs pas résonnaient dans les longs couloirs tandis qu'elles marchaient vers la chambre de leur mère. Une fois devant la porte, elles s'arrêtèrent en même temps et se regardèrent.

— Un dîner, souffla Samantha. C'est tout ce qui est sur la table.

Ella hocha la tête, puis entra dans la pièce. À en croire son expression, elle était ici pour une grosse opération, pas pour une simple visite.

Gayle était assise dans son lit.

— Tu as meilleure mine, lança Ella.

Samantha la regarda traverser la chambre pour embrasser consciencieusement leur mère sur la joue.

Celle-ci avait-elle la moindre idée de l'anxiété qu'elles ressentaient à son contact ?

Heureusement qu'Ella avait une nature généreuse et chaleureuse qui l'incitait à gonfler les oreillers et à servir à boire. Mais sa sœur s'agitait surtout parce qu'elle était nerveuse.

— Tu as réussi à dormir ? demanda Ella à leur mère.

— Un peu. Il y avait du bruit.

Samantha parvint à esquisser un sourire.

— Les hôpitaux…

— Oui, ce n'est pas très drôle.

La gêne était de retour.

Elles discutèrent de choses superficielles – la météo, la circulation à Manhattan, le fait qu'il y ait trop de chantiers – et, juste au moment où Samantha commençait à penser que leur mère avait oublié son idée de passer Noël ensemble, celle-ci aborda le sujet.

— Vous avez réfléchi à ce que j'ai dit ? À propos de Noël ? Une réunion de famille ?

Ella lança un regard désespéré à Samantha, qui comprit qu'elle allait devoir se débrouiller seule. Sa sœur ne tiendrait jamais tête à leur mère. Si elles ne voulaient pas que Gayle gâche Noël, elle allait devoir tuer ce projet dans l'œuf une bonne fois pour toutes. Elle se lança :

— Une réunion de famille promet d'être…

Horrible ? La pire des façons de passer une journée ? Et aussi affreusement gênante, étant donné qu'Ella avait plus de « famille » qu'elle ne l'avait admis.

— Ça promet d'être intéressant. On ne peut pas faire Noël le jour même, alors on a pensé que ce serait sympa de dîner en ville. Je réserverai un endroit spécial et on fera ça la semaine d'avant. Rien que nous trois.

— Évidemment, rien que nous trois. Qui d'autre ? demanda Gayle d'un air perplexe. Un restaurant, ce n'est pas ce que j'avais en tête. Il y aura du monde. Du bruit. Et tu ne vas pas faire le chemin depuis Boston pour une seule soirée. Je pensais qu'on pouvait passer un moment ensemble, au calme, pour rattraper le temps perdu.

Rattraper le temps perdu ? Les cinq ans écoulés depuis leur brouille ?

— On n'a qu'à manger au restaurant pour fêter Noël, et ensuite on peut passer deux jours ensemble début janvier. On pourrait peut-être partir quelque part.

Cette suggestion ne satisfit pas Gayle non plus.

— Pourquoi ne passerait-on pas deux jours ensemble à Noël ? C'est ce que la plupart des familles font.

Samantha ouvrit la bouche pour répondre « on n'est pas comme la plupart des familles », puis la referma.

— Non, ce n'est pas possible, finit-elle par dire.

Malheureusement, Gayle considérait le mot « non » comme une raison de tenter une approche différente et d'insister.

— Pourquoi pas ?

Samantha avait envie de hurler. Ce n'était pas inhabituel quand elle était en présence de sa mère, mais un hôpital n'était pas le meilleur endroit pour laisser libre cours à ses émotions.

Poussée dans ses retranchements, elle répondit la première chose qui lui vint à l'esprit :

— Parce qu'on ne sera pas là.

— Vous partez ?

— Oui. Je dois travailler.

C'était le seul argument que sa mère soit en mesure de comprendre.

— Travailler ?

— C'est mon métier. Mon entreprise organise des séjours d'expériences hivernales personnalisées au moment des fêtes.

Ce fut au tour de Gayle d'écarquiller les yeux.

— Il y a de la demande pour ça ?

La façon dont elle posa la question confirma deux choses aux yeux de Samantha : l'opinion de sa mère sur les fêtes de fin d'année n'avait pas changé et il était hors de question qu'elles les passent ensemble.

— Oui, pas mal. Cette période compte beaucoup pour certaines personnes.

— Et ces personnes te paient pour organiser ça ?

— Elles paient une fortune, intervint enfin Ella. Et Samantha est vraiment douée. Tu veux de la neige immaculée, des balades en traîneau et le Père Noël ? Elle s'occupe de tout.

— Des balades en traîneau ? Le Père Noël ?

L'expression de leur mère était facile à lire : non seulement elle ne ferait pas appel de sitôt aux services de sa fille, mais en plus elle avait du mal à comprendre la mentalité et la motivation des gens qui s'offraient les talents de Samantha.

Gayle se tourna vers Ella.

— Et toi ? Tu as toujours adoré cette période. On pourrait passer les fêtes toutes les deux.

Samantha perçut l'horreur qui s'emparait de sa sœur.

Un muscle joua sur la mâchoire d'Ella, puis un flot de mots sortit de sa bouche :

— Je ne serai pas là non plus. Je vais avec Samantha. On a décidé de profiter de l'occasion. Pour être ensemble.

Le visage de Gayle s'illumina.

— C'est parfait. Comme vous êtes déjà ensemble… je vais me joindre à vous.

— Je… nous… Ce n'est pas une bonne idée.

— J'aimerais passer du temps avec vous. Tant que vous ne me

demandez pas de porter un pull à tête de renne, tout ira bien. Où allez-vous ?

Les yeux d'Ella étaient écarquillés et paniqués.

— Je… En Écosse !

Les mots continuèrent à jaillir de ses lèvres.

— On va en Écosse. Samantha doit aller visiter de nouveaux lieux pour vérifier s'ils conviendraient à des réunions familiales.

Quoi ? Quoi ?

Elle voulait plaquer la main sur la bouche d'Ella, mais c'était trop tard. De toute façon, sa sœur parlait toujours.

— C'est à des milliers de kilomètres. Un long vol. Un trajet dangereux sur des routes enneigées. C'est un vieux relais de chasse. Il va faire froid. Maussade. On va sûrement devoir rester à l'intérieur avec une pile de livres poussiéreux. L'endroit est à l'écart de tout.

Ella lança un regard désolé et consterné à Samantha, tout en exagérant les aspects du voyage susceptibles de rebuter leur mère, dans l'espoir de rattraper son erreur.

— Il y aura des cerfs.

Gayle paraissait abasourdie.

— Des cerfs ?

— Avec des bois.

— À l'intérieur du relais de chasse ?

— Pas à l'intérieur, je l'espère, mais… Tu as vu la taille de ces trucs ? C'est terrifiant.

Elle se grattait l'arrière du crâne, signe évident qu'elle était nerveuse.

— L'Écosse, murmura Gayle. C'est…

Elle secoua la tête.

— Non. Je ne peux pas faire ça, dit-elle. Je ne peux pas y retourner.

— Quel dommage ! s'exclama Ella, sans parvenir tout à fait

à dissimuler son soulagement. Tant pis, alors. On essaiera de déjeuner plusieurs fois ensemble à la place.

Samantha regardait sa mère.

— Comment ça, tu ne peux pas y retourner ? Je ne savais pas que tu étais déjà allée en Écosse.

Gayle avait le regard perdu dans le vide.

— Maman ?

— Hmm ?

— L'Écosse. Quand es-tu allée en Écosse ?

Leur mère s'agita dans le lit.

— C'était il y a longtemps.

— Eh bien, si tu y es déjà allée, tu n'as probablement pas envie d'y retourner, enchaîna Ella. Aucun problème. On comprend. Et on peut faire la fête ensemble sans que ce soit Noël. Samantha choisira un bon restaurant, et on pourra…

— Il est peut-être temps, murmura Gayle.

— Temps de quoi ?

Ella regarda sa sœur, comme pour demander un éclaircissement.

— Temps de quoi, maman ?

— Temps de retourner en Écosse, répondit-elle.

— Non ! Je veux dire… Ne te mets pas une telle pression. Si tu as envie d'y retourner, ce serait peut-être mieux en été.

— Non.

Gayle agrippa les draps, puis inspira profondément.

— Je vais vous accompagner.

Samantha ne voyait toujours pas quand sa mère avait pu se rendre en Écosse.

— Tu y es allée quand tu étais petite ?

— Quoi ? Non. Tout va bien. Ça va aller.

Si Samantha n'avait pas su que c'était impossible, elle aurait juré que sa mère était nerveuse.

— Où as-tu séjourné ?

— Peu importe.

Gayle se redressa, retrouvant un peu de son calme habituel.

— Tout ça, c'est du passé. L'endroit que vous décrivez a l'air charmant. Et si tu cherches à savoir s'il convient pour des réunions familiales, quel meilleur moyen que d'y emmener ta famille ? Je viens. Plus de doutes ni de discussions.

Pour la première fois de sa vie, Samantha eut envie de tuer sa sœur. Elle lui jeta un coup d'œil. Ella était voûtée sous le poids de la culpabilité.

— Ce n'est pas… Je ne crois pas…, bégaya-t-elle. Tu ne peux pas venir, maman.

— Si c'est l'argent qui vous inquiète, je paierai. Je paierai pour vous deux.

— Ce n'est pas l'argent. C'est…

— Bonjour ? Je peux entrer ?

La voix masculine interrompit la conversation. Pivotant d'un même élan, Samantha et Ella aperçurent une silhouette familière sur le seuil.

Samantha retint de justesse un grognement. Décidément, cette journée allait de mal en pis.

Ella émit un gémissement sourd.

— Michael ?

Avec un sourire en coin, il répondit :

— Au lieu de te rappeler, je me suis dit que j'allais venir en personne.

— Pourquoi ? demanda péniblement Ella.

— Tu as dit que je te manquais. Je voulais être ici pour te soutenir. C'est ce que font les maris.

Il y eut un silence tendu.

Michael était le seul à sourire.

— Ton mari ? fit Gayle d'une petite voix aiguë. Tu es mariée ?

— Je… Oui…

Comme Ella avait l'air traumatisée, Samantha oublia qu'une seconde plus tôt elle avait voulu la tuer et fit un pas en avant.

— Cinq ans, c'est long, maman. Il s'est passé plein de choses…

Gayle n'écoutait pas. Elle dévisageait sa fille cadette avec intensité.

— Tu es mariée. Depuis quand ? Pourquoi ne me l'as-tu pas dit ?

— Ta mère n'est pas au courant ?

Sans plus sourire, Michael regarda tour à tour Gayle et Ella.

Samantha croisa le regard désespéré de sa sœur.

Et voilà pourquoi les gens ne devraient pas garder de secrets, songea-t-elle.

Alors qu'ils devaient tous réfléchir à une façon de s'extirper de cette situation incroyablement gênante, une petite silhouette contourna les jambes de Michael.

Cramponnée à la main de son père, Tab balaya la pièce du regard. Quand elle aperçut sa tante, puis Ella, un large sourire se dessina sur son visage.

Avant que Michael n'ait pu la retenir, elle courut vers sa mère, ses cheveux volant derrière elle. Ella n'eut pas d'autre choix que de la soulever dans ses bras.

— Coucou, mon chat.

Elle enfouit son visage dans le manteau de sa fille, probablement pour échapper un bref instant à toutes les mines stupéfaites autour d'elle.

— Aïe, tu me serres trop fort. Tu nous as manqué ! J'ai fait une carte pour ton amie !

Tab brandit une carte froissée vers Ella, et un flot de paillettes se répandit sur le sol de la chambre. Bien en sécurité dans les bras de sa mère, elle étudia la femme dans le lit.

— Je t'ai fait une carte.

— Oui, répondit Gayle faiblement. Je vois ça.

La petite fille parut soucieuse.

— Tu as mal ? D'habitude, les gens vont à l'hôpital quand ils ont mal.

Après un instant de flottement, Gayle finit par admettre :

— Oui. J'ai mal. Un peu.

Tab se tourna vers Ella, visiblement persuadée que celle-ci pourrait tout arranger.

— Maman, fais-lui un bisou magique.

Gayle laissa échapper un étrange son guttural.

— Maman ? Maman ?

— C'est ma maman, et c'est mon papa.

Tab désigna Michael, qui n'avait pas bougé du seuil. Il semblait s'être pétrifié sur place. Déçue du manque de réaction des adultes autour d'elle, Tab se tourna de nouveau vers Gayle.

— Je m'appelle Tabitha Melody Gray et j'ai quatre ans trois quarts. Et je ne sais pas ton nom ni qui tu es.

Il y eut un silence lourd et pénible, puis Gayle répondit :

— Je m'appelle Gayle. Et je crois, ajouta-t-elle d'une voix mal assurée, que je suis ta grand-mère.

Ella

— On est ensemble depuis tout ce temps, et ta mère n'était pas au courant ?

Michael parlait à voix basse, mais une note d'acier était perceptible dans son ton.

Quant à Samantha, elle tournait sur elle-même comme un lion en cage.

— Pourquoi as-tu parlé de l'Écosse ?

— Maman…

Tab tira sur le manteau d'Ella.

— … je peux avoir cette maison de poupée pour Noël ?

Pour échapper au froid, ils s'étaient réfugiés dans un magasin de jouets sur la Cinquième Avenue. Ella luttait contre l'envie de se glisser dans la maison de poupée géante avec sa fille et de ne plus jamais en sortir. Sauf qu'elle ne pouvait pas se cacher. Elle devait présenter des excuses à sa sœur et avoir une conversation avec Michael. Une conversation qui arrivait avec cinq ans de retard.

Mais ce n'était pas la peine que sa fille y assiste.

Sa responsabilité maternelle prit le dessus.

Elle sourit à Tab. Cette aptitude à pouvoir sourire alors que la vie s'effondrait semblait être née en même temps que son enfant.

— Il y a une cuisine dans cette maison ? Va voir s'il y a une cuisine.

Tab ne bougea pas.

— Je ne veux pas une cuisine, je veux une bibliothèque.

— Alors va voir s'il y a une bibliothèque.

— Je veux que tu viennes aussi.

— Je te rejoins dès que j'ai parlé à papa et à tata Sam.

— Je veux leur parler aussi.

— Mais on va parler de Noël.

Ella lança un regard de conspiratrice à sa fille, puis la poussa vers la maison de poupée. Tab fut aussitôt distraite par les délices de la demeure miniature.

Après s'être assurée que l'attention de sa fille était retenue ailleurs, Ella se tourna de nouveau vers son mari.

Michael la regardait d'un air perplexe.

— Elle ne savait même pas que tu étais mariée ? reprit-il.

Un peu nauséeuse, Ella se passa la main sur le ventre.

— Notre mariage, c'était notre grand jour. Notre journée à nous. Si elle était venue, elle l'aurait gâchée, comme elle a gâché et dénigré tous les choix que j'ai faits qui s'éloignaient des siens.

C'était à elle d'aider Michael à comprendre, mais comment faire ?

Elle ne pouvait pas lui dire à quel point elle avait eu peur que Gayle parvienne à empêcher leur mariage, de la même façon qu'elle avait autrefois détruit les passions d'Ella par sa seule désapprobation.

« Pourquoi perds-tu ton temps à tricoter ? Trouve-toi un métier bien payé et achète-toi plutôt un pull. »

— Mais, quand même, tu m'as laissé penser…

Michael se frotta le front, avant de poursuivre :

— J'ai cru qu'elle avait choisi de ne pas faire partie de notre vie, qu'elle avait refusé de venir à notre mariage. Je ne savais pas que tu ne l'avais pas invitée.

— La dernière fois que je l'ai vue, elle était soulagée que j'aie enfin trouvé un travail. Elle craignait que je laisse tomber une fois de plus.

Ella s'éloigna un peu de la maison de poupée et baissa la voix.

— As-tu la moindre idée de la façon dont elle aurait réagi si je lui avais aussi dit que j'étais enceinte et que je me mariais ?

— J'aurais assumé mes responsabilités, répliqua-t-il en se redressant.

Ella soupira.

— Michael, on n'est plus au XVIIIe siècle. Je ne parle pas de ça. Elle pense que le mariage est la pire des décisions qu'une femme puisse prendre.

Michael se tourna vers Samantha, qui haussa les épaules en expliquant :

— Elle n'a pas tort. Notre mère a une vision vraiment tordue des relations amoureuses. Heureusement pour toi, Ella n'a pas l'air d'en avoir hérité.

— Elle est comme ça parce que votre père est mort si jeune ?

— Je suppose, répondit Samantha en surveillant Tab du coin de l'œil. Elle n'en parle pas. Ou peut-être qu'on n'en parlait pas parce qu'elle réagissait mal quand on abordait le sujet. Mais il y a une chose qu'elle nous a toujours répétée : l'importance d'être indépendantes financièrement. C'est presque une obsession pour elle. Elle voulait qu'on choisisse ce qu'elle estimait être des professions « sûres », bien payées. Le droit. La médecine. Les affaires.

Et plus leur mère avait insisté, plus Ella avait battu en retraite. Ces métiers ne lui correspondaient pas, elle l'avait toujours su.

— Tu m'imagines en avocate ? demanda-t-elle, soulagée de voir Michael sourire.

— Non, pas du tout. Tu détesterais ça.

Il la connaissait tellement mieux que sa propre mère.

— Et puis, si tu avais été avocate, le corps enseignant aurait été privé de la meilleure institutrice jamais formée, poursuivit-il.

Il tendit la main vers elle.

— Viens là.

— Tu n'es pas fâché ? s'enquit Ella, la gorge nouée par l'émotion.

— Un peu blessé, peut-être, que tu aies pensé que je ne pouvais pas entendre la vérité.

— Oh ! Michael…

Elle se jeta dans ses bras et se pressa contre lui, à la fois rassurée, apaisée et protégée.

— J'avais peur que tu ne comprennes pas.

— Je n'ai pas besoin de tout comprendre pour t'aimer.

Pouvait-il vraiment aimer la créature faible et pitoyable qu'elle devenait au contact de sa mère ?

Ella ferma les yeux et balaya cette pensée. Malgré tout ce qui se passait avec sa mère, elle ressentait en cet instant un bonheur presque complet. Elle avait toutes les choses qui comptaient le plus dans sa vie : Tab. Michael. Et sa sœur.

Sa sœur.

Pendant quelques minutes, elle avait complètement oublié sa sœur.

Elle entendit alors Samantha taper du pied sur le sol.

Sans lâcher le manteau de Michael, Ella se tourna vers elle.

Samantha dénoua son écharpe.

— Même si je suis touchée et émue que vous ayez réussi à surmonter vos problèmes conjugaux aussi vite, ça ne change rien au fait qu'apparemment on va passer Noël en Écosse avec notre mère.

Elle déboutonna son manteau.

— Je ne sais pas ce qui me donne le plus de bouffées de chaleur dans cette phrase : la partie « en Écosse » ou la partie « avec notre mère ».

Michael se décala pour laisser passer deux enfants surexcités, talonnés par leur père contrit qui, à l'évidence, ne maîtrisait pas encore l'art du contrôle parental.

— Parce que votre mère n'était pas portée sur Noël ? Puisqu'elle avait l'air plutôt ferme avec vous pendant votre enfance, le mieux serait peut-être de lui parler avec la même franchise.

Une boule se forma dans le ventre d'Ella, et elle s'écarta de lui.

— On peut être réalistes une seconde ? Les disputes avec notre mère, c'est comme un combat d'animaux, et ce n'est pas ma tasse de thé. Je suis du genre à mettre les araignées dehors plutôt que de les tuer. Je ne peux pas me battre avec elle.

— Tu n'as pas besoin de te battre avec elle, il faut seulement te montrer ferme.

Michael l'attira une fois encore contre lui et la serra dans ses bras.

— Et tu ne seras pas seule pour faire front. Cette fois, tu m'as, moi.

Samantha leva les yeux au ciel en grognant :

— Je me demandais ce que j'allais t'acheter pour Noël, mais c'est bon, j'ai trouvé : un costume de preux chevalier.

— Dites-lui que, si elle passe Noël avec nous, elle doit respecter nos règles.

Samantha haussa les sourcils.

— Ça, c'est du langage d'avocat. Tu suggères qu'on fasse un contrat ? « Je m'engage à ne pas froncer les sourcils et à ne pas prononcer un seul mot désapprobateur en voyant les guirlandes lumineuses » ?

— Elle serait incapable de se retenir, affirma Ella. Même si tu lui faisais signer quelque chose. Noël, c'est un esprit, une émotion, pas vrai ? Et elle n'a pas ce genre d'émotions.

— Vous oubliez quelque chose…, lança Michael en tournant la tête vers la maison de poupée.

Tab était en train de déplacer des meubles pour pouvoir installer la bibliothèque dont elle rêvait.

— Elle a une petite-fille.

— Ne t'imagine pas que ça va l'amadouer, rétorqua Ella. Elle ne trouve pas les enfants charmants ou adorables. On ne fêtait pas Noël, à la maison. Samantha et moi, on organisait notre propre mini-Noël dans ma chambre. Tu te souviens de l'arbre en branches ?

Samantha sourit pour la première fois depuis qu'elles avaient quitté leur chambre d'hôtel le matin.

— Bien sûr.

— Maman ne voulait pas de sapin dans la maison, alors Samantha se faufilait dans le jardin des voisins et récupérait les restes de leur arbre. Comme il était trop grand pour leur appartement, ils coupaient des branches et les bazardaient dehors. Après les avoir ramassées, Samantha les attachait ensemble avec du fil de fer. Ensuite, on le décorait. C'était notre arbre. Le plus joli du monde.

Michael l'observait sans bouger.

— Tu ne m'as jamais raconté cette histoire. Avec quoi le décoriez-vous ?

Elles échangèrent un regard.

— Les boucles d'oreilles de maman, répondit Ella. On les lui empruntait en douce.

— Des boucles d'oreilles ? Très créatif.

— Oui, mais là où on veut en venir, c'est que, même si notre mère était sincèrement prête à adopter l'esprit des fêtes, elle ne saurait pas comment s'y prendre. Noël, ce n'est pas son truc.

— On pourrait lui apprendre, déclara Tab en réapparaissant sans prévenir. Tu dis toujours qu'on peut tout apprendre si on essaie. On peut lui apprendre Noël. Il y a des grands-mères dans mes histoires, et elles ont l'air chouettes.

— Tab…

— Je n'ai jamais eu de grand-mère. Je crois que j'aimerais bien en avoir une. Pour Noël.

Elle fit une pirouette et repartit vers la maison de poupée. Ella la suivit des yeux, frustrée et plus troublée qu'elle ne l'avait jamais été.

— Qu'a-t-elle entendu exactement ? Est-ce qu'on a dit quelque chose qu'on n'aurait pas dû dire ? J'oublie tout le temps qu'elle a les oreilles qui traînent. Maintenant, je m'en veux. Je l'ai empêchée d'avoir une grand-mère.

— Tu lui as évité beaucoup de chagrin et de stress, répliqua Samantha. Un jour, elle te remerciera.

Non seulement Ella comprenait la méfiance de sa sœur, mais elle la partageait. Cela dit, elle se sentait aussi écartelée.

— Ce serait affreux si elle voulait sincèrement réparer ce qui s'est passé entre nous et qu'on laisse filer l'occasion.

Elle regarda Tab réorganiser les lits dans la maison de poupée.

— On devrait peut-être essayer de passer un Noël en famille.

— On passe déjà Noël en famille, riposta Samantha. Mais certains membres de cette famille ne seront pas présents, voilà tout. Si tu invites notre mère, ça se déroulera comme toutes les autres fois.

— Non, justement, parce que Michael et Tab seront là.

Michael hocha la tête.

— Et puis on sera en terrain neutre.

— Ce qui nous ramène à la raison pour laquelle je veux te tuer, reprit Samantha. L'Écosse. Pourquoi as-tu mentionné l'Écosse ?

— Parce que tu venais de m'en parler, je suppose, et aussi parce que j'essayais de la dissuader de passer Noël avec nous. Tu sais bien qu'elle ne s'accorde jamais de congés pendant les fêtes. J'ai cru qu'une simple allusion à l'Écosse suffirait à lui faire prendre ses jambes à son cou, conclut-elle d'une petite voix, intimidée par l'expression menaçante de sa sœur.

— Je t'ai dit que je n'irai pas en Écosse, ni maintenant ni à l'avenir.

Le talent de Samantha pour crier sans élever la voix était fascinant.

Ella jeta un coup d'œil vers Tab, qui s'était éloignée dans les rayons pour examiner le mobilier de maison de poupée.

— Bon, d'accord, je n'aurais pas dû dire ça. Je l'admets, mais c'est la première chose qui m'est venue à l'esprit. Et je n'imaginais pas une seconde qu'elle dirait oui. D'ailleurs, elle a refusé, au début, mais quelque chose l'a fait changer d'avis.

— Exact.

Samantha fronça les sourcils et murmura :

— Je ne savais pas qu'elle était déjà allée en Écosse. Tu étais au courant ?

— Non. Et quel rapport avec le reste ? C'est le présent qui compte.

— Mais…

Samantha secoua la tête, avant de poursuivre :

— Ça ne fait rien. Laisse tomber. Peu importe ce qui est arrivé ou ce qu'elle croit… On n'ira pas en Écosse. Si tu n'as pas tout oublié de notre conversation, j'ai dit qu'il était hors de question que j'aille là-bas après avoir raconté ma vie sexuelle au propriétaire.

Ella fit la grimace.

— Les petites oreilles entendent tout. Ne dis pas de mots commençant par S-E-X, sinon je vais devoir répondre à un tas de questions gênantes que je préférerais éviter pendant encore quelques années.

Michael ouvrit la bouche mais, d'un regard, Samantha le réduisit au silence.

— Interdiction de demander.

— Je me tais, répondit-il d'un ton amusé.

— Mon assistante s'est plantée. Elle m'a passé la mauvaise personne. J'ai cru que je parlais à quelqu'un d'autre.

Il se frotta la mâchoire.

— Ce sont des choses qui arrivent.

— Tu te moques de moi ? demanda Samantha en plissant les yeux. Parce que, si tu te moques de moi, je vais devoir te tuer.

Il posa la main sur son torse.

— Loin de moi cette idée.

Ella n'avait jamais vu sa sœur aussi mal à l'aise.

— Elle te racontera ça autour d'une bouteille de whisky quand on sera en Écosse, dit-elle.

— On ne va pas en Écosse, protesta Samantha. Et tu pourrais m'offrir une distillerie que je ne répéterais pas un mot de cette conversation à Michael.

— Mais réfléchis… Ça pourrait être parfait.

L'esprit d'Ella tournait à plein régime.

— Tu as dit que cet endroit était idéal pour tes projets. Tu voulais le visiter. Tu *allais* le visiter avant ce moment d'humiliation totale avec le propriétaire…

— Merci de me le rappeler…

— Mais est-ce que tu vas vraiment laisser cet endroit parfait, le joyau potentiel de ta couronne de Noël, te glisser des doigts simplement parce que tu es embarrassée ?

Samantha pencha la tête sur le côté.

— Oui. C'est un résumé plutôt exact de ma stratégie actuelle.

Ella n'arrivait pas à croire que c'était sa sœur qui parlait. Sa sœur, dont l'instinct était si bon pour tout ce qui était lié à son entreprise. Sa sœur qui, contrairement à elle, n'avait jamais peur de se battre pour ce qu'elle voulait.

— Mais tu ne comprends pas ? Si on t'accompagne, ça ne sera pas embarrassant.

— Ta logique m'échappe. Cet appel a bel et bien eu lieu. Et le fait que vous soyez tous là signifie simplement qu'il y aura un public pour tous les futurs prochains moments embarrassants.

— Tu n'as qu'à la jouer au culot. Tu ne vas pas me faire croire qu'un septuagénaire ne s'est jamais payé de honte monumentale.

De plus en plus enthousiaste, Ella poursuivit :

— Imagine comme ce serait parfait. Ils veulent vendre le Noël idéal. On est les mieux placés pour en juger.

Ella imaginait un salon confortable avec du tartan et des grands canapés. Elle se voyait blottie contre Michael sur une banquette de fenêtre donnant sur le loch, à boire du champagne pendant que Tab dormait à poings fermés dans la chambre à l'étage.

— Réfléchis ! Du whisky devant un bon feu de cheminée, une dégustation de gin écossais…

— Pour moi, ce sera plus que de la dégustation. Je vais avoir besoin de tout le gin et de tout le whisky du monde si on fait ça.

Samantha soupira, puis ajouta :

— Tout en moi hurle que c'est une erreur.

— Le pire qui puisse arriver, c'est que tu n'aimes pas l'endroit et que tu décides de ne pas le proposer à tes clients.

— Ella, ce n'est pas la pire chose qui puisse arriver, s'exclama sa sœur d'un ton incrédule, avant de se tourner vers Michael. Raisonne-la. Dis-lui que ce n'est pas une bonne idée.

Il secoua la tête.

— J'ai toujours eu envie d'aller en Écosse. J'ai posé deux semaines de vacances. Ça me semble parfait.

Pleine d'enthousiasme, Ella lui prit la main.

— Ça peut marcher. Maman sera peut-être sage si Michael est là.

— Pourquoi ? Qu'est-ce que sa présence changera ? Il est le symbole physique de tes mauvaises décisions.

— Sympa, répondit Michael sur un ton caustique. J'ai affaire à des gens difficiles tous les jours au travail. Je suis sûr que je m'en sortirai avec votre mère.

— La suffisance est un vilain défaut, déclara Samantha sombrement.

— Elle nous a invités chez elle pour le goûter dès sa sortie de l'hôpital, alors commençons par là et voyons ce que ça donne.

— Je trouve ça plutôt ironique que notre mère insiste autant à propos de ce qui sera sûrement la pire décision de notre vie, remarqua Samantha.

Un peu plus loin, Tab s'empara d'une baguette magique et l'agita dans leur direction.

— Macadamia, lança-t-elle d'un ton impératif. Je fais un vœu.

— Je pense que tu voulais dire « abracadabra », corrigea Ella. C'est quoi, ton vœu ?

— Je veux passer Noël avec mamie.

— Tu ne connais pas ta mamie.

Comme c'était étrange d'utiliser ce mot… Il évoquait une

femme gentille et bienveillante qui distribuait des cookies. Ella n'arrivait pas à faire coïncider cette image avec sa mère.

— Si je passe Noël avec elle, je vais la connaître.

Après cette repartie d'une logique implacable, Tab donna un coup de baguette en l'air.

Gayle

Debout au milieu du magasin de jouets, Gayle fut prise d'un brusque vertige. Le médecin avait dit que ce genre de malaise risquait d'arriver et qu'une guérison complète prendrait du temps.

Tout cela était tellement frustrant… Cet accident avait tout de même eu un côté positif : il lui avait fourni l'excuse dont elle avait besoin pour annuler sa tournée de promotion. Elle ne présenterait pas *Le Meilleur de toi* à ses lecteurs, ce qui, autant l'avouer, était un soulagement. Elle y parlait de courage, or pour l'instant elle s'en sentait complètement dépourvue.

Qu'est-ce qui vous a fait écrire ce livre, mademoiselle Mitchell ?

L'orgueil.

Elle n'aurait peut-être pas dû sortir de chez elle aussi vite après avoir quitté l'hôpital. Mais son appartement ne contenait rien qui soit susceptible de divertir un enfant, et elle avait éprouvé le besoin urgent d'y remédier.

Elle avait une petite-fille.

Une petite-fille !

Elle était grand-mère.

C'était un cadeau inattendu d'où découlait une certitude : sa façon de gérer cette situation allait déterminer la relation qu'elle aurait avec ses filles à l'avenir. Elle n'allait pas montrer qu'elle était blessée par le silence d'Ella, même si c'était le cas. Elle n'allait pas revenir sur le fait qu'on ne l'ait pas prévenue, qu'on ne l'ait pas invitée au mariage, qu'elles ne se soient jamais excusées pour ce qu'elles lui avaient dit lors de cette horrible conversation. La moindre accusation refermerait aussitôt la porte, avec elle d'un côté et ses filles de l'autre. Elle voulait que cette porte reste ouverte. Elle voulait franchir le seuil et aller de l'avant. S'il fallait tirer un trait sur le passé pour y arriver, elle était prête à le faire. Elle n'avait pas besoin d'avoir raison. Elle devait se montrer indulgente. Tolérante. Elle en était capable.

Le Meilleur de toi.

Elle avait consacré un livre entier au changement chez les autres personnes. Elle pouvait sûrement appliquer ses conseils à elle-même, n'est-ce pas ?

Ce serait dur, mais elle avait déjà vécu pire. Et le fait de savoir qu'elle avait une petite-fille ne faisait que renforcer sa détermination.

— Un biscuit, madame ?

Une vendeuse déguisée en elfe s'était arrêtée devant elle, munie d'un plateau rempli de petits bonshommes multicolores.

En sentant l'odeur du pain d'épices chaud, Gayle replongea aussitôt en enfance. Pendant un instant, elle eut l'impression de se retrouver aux côtés de sa mère.

« — Je peux en avoir un, maman ?

— Bien sûr. La fille la plus mignonne au monde mérite une petite gourmandise. »

Le souvenir la déchira de l'intérieur, la laissant triste et vulnérable.

Elle ne repensait jamais à cette époque. Revenir dans ce magasin, où sa mère l'avait emmenée un jour, rouvrait des blessures qu'elle avait cru guéries depuis longtemps.

— Non, merci, s'obligea-t-elle à répondre. Je n'ai pas faim.

Mais elle pouvait encore imaginer le goût du biscuit. Sa saveur douce et sucrée. La consistance moelleuse et fondante du pain d'épices lorsqu'elle mordait dedans. Sa mère qui essuyait le sucre sur ses lèvres en riant, avant de serrer Gayle dans ses bras.

Elle vacilla légèrement, ébranlée par un passé depuis longtemps oublié. Elle mettait un point d'honneur à toujours regarder vers l'avenir mais, en cet instant, le monde conspirait pour la forcer à se retourner vers le passé.

— Est-ce que ça va ? demanda la vendeuse, les sourcils froncés. Vous êtes un peu pâle. C'est à cause de la foule ? Je n'en reviens pas du nombre de gens qui viennent passer les fêtes à New York, et vous ? Quelle cohue…

— Il y a beaucoup de monde, en effet.

Pour se changer les idées, Gayle se concentra sur la jeune femme en face d'elle. Un elfe ? C'était complètement ridicule. D'un autre côté, elle avait l'air de quelqu'un d'expérimenté et c'était justement ce dont Gayle avait besoin dans le cas présent.

— C'est non pour le pain d'épices, merci. Mais j'apprécierais un peu d'aide. J'ai besoin d'acheter…

Qu'avait-elle besoin d'acheter ? Elle n'en avait aucune idée.

— Des choses.

— Des choses ?

— Pour Noël.

Un petit groupe d'enfants déchaînés la frôla en courant, et Gayle fit un pas de côté. L'air embaumait la cannelle, tandis que de la musique d'ambiance festive résonnait tout autour d'elle. Elle se trouvait au cœur d'un tourbillon de couleurs et de mouvements : des mobiles en rotation, des flocons de neige lumineux qui pendaient du plafond, un vendeur qui montrait comment faire voler un avion en papier, un clavier qui jouait sans assistance humaine. Les sens de Gayle et sa tête hypersensible étaient assaillis de toutes parts.

— Pour les fêtes.

C'était une mauvaise idée, songea-t-elle en se retenant à l'étagère la plus proche. Elle aurait dû faire ses achats en ligne en se fiant à son instinct.

— Des cadeaux, vous voulez dire ? Si vous m'indiquez les âges et les centres d'intérêt, je me ferai un plaisir de vous aider. Lucy ? Tu peux prendre ça ?

La vendeuse passa le plateau de biscuits à une collègue elfe qui passait par là.

— Je dois m'occuper d'une cliente. Merci.

Une fois débarrassée, elle se tourna vers Gayle.

— Je m'appelle Stacy et je vais faire mon possible pour vous aider. Ici, on a tout ce qui peut combler un enfant, affirma-t-elle en balayant l'air du bras.

Suivant des yeux la trajectoire, Gayle fut éblouie par un kaléidoscope de guirlandes lumineuses, de décorations, de jouets et d'arbres aux couleurs vives recouverts de paillettes. Tout était tellement brillant.

L'enthousiasme de Stacy la rassurait. La fille n'avait pas l'air intimidée, probablement parce qu'elle ne se doutait pas de l'ampleur de la tâche qui l'attendait.

Gayle ne cherchait pas seulement des cadeaux. Elle voulait prouver qu'elle était capable d'avoir l'esprit de Noël et de marquer le coup. Elle ne savait pas du tout par quoi commencer, et ce constat d'ignorance la perturbait. Elle avait l'habitude de se sentir compétente et maîtresse d'elle-même. Elle avait l'habitude qu'on se tourne vers elle pour lui demander conseil.

Pour ce qui était de créer une ambiance festive, elle était novice en la matière. Mais elle pouvait apprendre, n'est-ce pas ? Avec des décorations, elle pourrait rendre son appartement plus accueillant pour un enfant sans tout rénover.

Quand Ella était petite, que réclamait-elle sans cesse ?

Un sapin. Elle avait voulu aller au marché pour en choisir un et le traîner dans les rues enneigées, comme dans tous les films de Noël qu'elle regardait. Elle avait rêvé d'un Noël magique. De son côté, Gayle estimait que les Noëls magiques n'existaient que dans l'esprit. Non seulement la vraie version coûtait une fortune, mais en plus elle était souvent décevante. Et, en admettant qu'elle soit à la hauteur des attentes, elle ne faisait que rendre la dure réalité plus difficile à supporter quand elle finissait par émerger de sous les paillettes.

Gayle n'avait jamais laissé ses filles croire au Père Noël.

Samantha avait été furieuse quand elle avait fait asseoir Ella pour lui dire la vérité.

« Pourquoi as-tu fait ça ? Pourquoi te sens-tu obligée de gâcher tout ce qui est agréable dans la vie ? »

Gayle n'avait éprouvé aucun remords. C'était absurde de laisser un enfant croire à l'imaginaire, alors que le monde réel n'avait rien de magique.

Mais, à présent, elle devait se plier à cette façon de faire. C'était sûrement ridicule de décorer son appartement pour les quelques heures où sa petite-fille allait lui rendre visite, mais elle s'en moquait. Ce n'était pas qu'une simple invitation à venir goûter, c'était un investissement dans l'avenir. Elle voulait que Tabitha soit enchantée. Elle voulait que ses filles voient qu'elle était capable de changer.

Un sapin serait la pièce maîtresse.

Gayle n'avait jamais acheté d'arbre de Noël. Elle avait tellement tiré le diable par la queue quand les filles étaient petites qu'elle avait refusé de faire des dépenses aussi superflues. Elle avait préféré placer l'argent durement gagné sur le compte destiné aux études universitaires des filles. Elle avait été terrifiée par la somme requise. C'était comme remplir une piscine goutte par goutte. Elle avait veillé à ne pas gaspiller le moindre sou. De toute façon, quel intérêt pouvaient bien présenter des jouets qui seraient délaissés au bout de quelques jours ? À la place, elle avait acheté des livres à ses filles et les avait inscrites à des activités qui lui avaient semblé utiles pour leur vie.

Cette fois, elle n'avait pas à s'en faire pour ça.

Elle n'avait plus à se tracasser pour l'université, ni à se demander comment elle allait payer le loyer et acheter à manger. Aujourd'hui, elle avait la chance de pouvoir dépenser de l'argent sans trop s'inquiéter de l'avenir. Et elle n'avait pas à se soucier des attentes de Tabitha parce qu'elles ne relevaient pas de sa responsabilité. C'était aux parents de s'en occuper.

Gayle avait les moyens et l'envie, mais il manquait les connaissances.

— Je veux décorer. Pour les fêtes. J'ai besoin d'un arbre.

— Bien sûr. Avez-vous déjà un sapin que vous avez utilisé ces dernières années ?

— Non.

— En général, vous prenez un arbre naturel ? J'adore les sapins naturels. Ma mère se plaint des aiguilles qui tombent par terre, mais je trouve que ça donne l'impression d'être au milieu d'une forêt. Et l'odeur quand on entre dans la pièce… Rien que pour ça, ça vaut le coup de ramasser les aiguilles.

L'enthousiasme de Stacy était aussi vif et éclatant que les décorations dans le magasin.

— Bien sûr, si vous préférez ne pas avoir d'aiguilles à ramasser, notre produit le plus populaire est ce magnifique sapin pré-éclairé, doté de deux cent vingt lumières multicolores. Et il est parfumé.

Gayle fut tirée d'un lointain souvenir de sapin fraîchement coupé aux aiguilles piquantes et à la senteur boisée.

— Un arbre artificiel avec une odeur artificielle ?

— C'est ça, répondit la fille en souriant. De nos jours, on peut acheter à peu près n'importe quoi.

Même sa famille ?

Gayle parvint à ne pas poser la question à voix haute. Elle ne voulait même pas y penser. Elle ne les achetait pas. Elle leur montrait qu'elle pouvait devenir la personne dont elles avaient besoin. C'était la même chose qu'un médecin qui posait une attelle sur une jambe pour la protéger pendant la consolidation de l'os. Le sapin et les cadeaux seraient l'attelle qui maintiendrait sa famille en place assez longtemps pour qu'elle guérisse.

Elle achèterait un sapin artificiel, parce qu'elle ne saurait pas du tout quoi faire avec un vrai. Mais elle veillerait à ce qu'il soit le plus réaliste possible.

Déambulant entre les arbres, elle en choisit un qui faisait très naturel.

— Celui-ci.

— Le voulez-vous avec des LED multicolores ?

— Non, transparentes.

— Recouvert de neige ou pas ?

Les enfants aimaient l'idée de la neige, n'est-ce pas ?

— Recouvert de neige.

— Pivotant ?

— Pardon ?

— Voulez-vous un arbre qui tourne sur lui-même ?

Son univers tournait déjà sur lui-même.

— J'aimerais un arbre que je puisse mettre dans un coin et qui se comporte comme un arbre.

— Très bien. Alors des LED transparentes, de la neige, pas de socle pivotant. Parfait. J'aimerais que tout le monde soit aussi doué que vous pour prendre des décisions.

La fille tapota sur sa tablette.

— Avez-vous assez de décorations ?

Gayle s'appuya sur une étagère de livres d'enfants. Elle avait mal à la tête.

— Il faudrait probablement que j'en achète quelques-unes.

Pourquoi ne pas avouer qu'elle n'en avait aucune ? Depuis quand se souciait-elle d'être jugée ? Depuis qu'elle avait été assommée par une récompense hideuse, apparemment.

Lorsqu'elles eurent fini de choisir des décorations, Gayle souffrait de fatigue décisionnelle. Et elle n'avait même pas encore commencé à réfléchir aux cadeaux. Comment les gens parvenaient-ils à faire ça tous les ans ?

À la fois gênée et incertaine, elle toucha le bras de la vendeuse.

— J'ai besoin d'aide pour les cadeaux. Pour une petite fille.

— Quel âge ?

— Je…

Quel âge avait Tab ? Qu'avait-elle dit dans la chambre d'hôpital ? Quatre ans trois quarts.

— Elle devait être enceinte quand je l'ai vue.

Gayle serra le bras de Stacy.

— Est-ce que c'était de ça qu'elle voulait me parler ?

— Heu… pardon ? demanda la fille, la mine déconcertée.

— Rien. Peu importe.

Gayle la lâcha.

— Elle a presque cinq ans.

Était-ce pour cette raison qu'Ella s'était mariée ? Parce qu'elle était enceinte ?

La vendeuse la dévisageait.

— Vous allez bien ? Vous êtes toute pâle, et vous n'avez pas l'air très solide sur vos jambes.

— Je ne me sens pas très bien, en effet. J'ai eu un accident. J'étais à l'hôpital.

Que lui arrivait-il ? Elle, qui n'admettait jamais la moindre faiblesse, venait de le faire devant une inconnue. Elle, qui n'avait jamais cherché la compassion de sa vie, s'en imprégnait comme une éponge.

— Oh ! ma pauvre, s'exclama Stacy en la guidant jusqu'à une chaise. Asseyez-vous, et je vais vous apporter une sélection de jouets. C'est quelqu'un de votre famille ?

— Ma petite-fille.

Gayle vit le choc dans le regard de la fille.

— Je l'ai rencontrée pour la première fois récemment. Nous…

— Ils habitent loin de chez vous ? Ça arrive. Ma sœur vit sur la côte ouest et elle me manque tous les jours.

La vendeuse lui serra le bras, et affirma :

— On va offrir à votre petite-fille un Noël qu'elle n'oubliera jamais.

Gayle ne précisa pas que ces préparatifs n'étaient pas pour Noël en tant que tel. Si elle ne réussissait pas le test pendant leur goûter, elle ne passerait pas les fêtes en famille.

Et peut-être que ce serait aussi bien.

L'Écosse.

Pourquoi faut-il que ce soit l'Écosse ?

Elles n'étaient pas au courant, bien sûr. Elles ne savaient rien. Elles s'étaient attendues à ce que la distance la décourage, mais si Gayle était découragée par quelque chose, c'était par les souvenirs, pas par les kilomètres.

Qu'éprouverait-elle en retournant là-bas ? Parviendrait-elle à le supporter ?

Un frémissement traversa son cœur, et elle redressa les épaules.

Bien sûr qu'elle le supporterait. Elle pouvait tout supporter. Et affronter le passé l'aiderait peut-être à faire les changements nécessaires.

Ses filles n'avaient pas besoin de connaître les détails. Elle les avait protégées, et elle continuerait à le faire, parce que c'était le propre d'une mère.

Tout en regardant Stacy prendre des boîtes sur les étagères, puis remplir peu à peu le chariot à ras bord, Gayle essaya de ne pas penser à la facture. L'important n'était pas de dépenser de l'argent à tort et à travers pour les fêtes, c'était de dépenser de l'argent pour faire le bonheur de sa petite-fille.

— Et maintenant, les cadeaux, annonça la vendeuse.

— Oui.

Ses déficiences allaient apparaître au grand jour.

— J'aimerais lui acheter toute une gamme de choses.

Une femme d'un certain âge se tourna vers elle et lui sourit.

— Je suis comme vous. Si on ne peut pas gâter ses petits-enfants à Noël, quand peut-on le faire ?

Repérant là une source d'informations et de conseils fiables, Gayle se pencha en avant.

— Combien en avez-vous ?

— Trois. Deux garçons et une fille. Mon mari me taquine parce que je les gâte beaucoup et, au bout du compte, vous savez avec quoi ils jouent la plupart du temps ?

Gayle n'essaya même pas de deviner.

— Non.

— Le chien.

— Le chien ?

— Hamish. Il a neuf ans et il est à moitié aveugle. C'était un chien abandonné qu'on a recueilli, alors personne ne sait vraiment de quelle race il est, mais les petits l'adorent.

Gayle perdit son sourire.

Allait-elle devoir adopter un chien pour conquérir sa petite-fille ? Elle y réfléchit un instant. Un chiot, courant partout dans son appartement. Un chiot, mordillant ses meubles. Et, surtout, un chiot qui dépendrait d'elle pour tout.

Un frisson la parcourut. Elle ne voulait pas qu'on dépende d'elle, ni un chiot ni personne. Elle refusait de porter à nouveau un tel poids sur ses épaules.

D'un autre côté, elle voulait vraiment que sa petite-fille fasse partie de sa vie.

Elle esquissa une grimace. Pour l'instant, ce n'était pas la peine d'acheter un chiot. C'était un goûter, rien de plus. Une simple visite.

— À part jouer avec le chien, qu'aime faire votre petite-fille ?

— Se déguiser, peindre… entre autres, répondit la femme en agitant la main. C'est une gentille petite. Et elle aime faire des choses avec sa mamie.

— Des choses ?

— On fait des gâteaux.

Gayle en mangeait rarement et n'en avait pas préparé depuis son enfance.

— Votre petite-fille aime faire ça ?

— Elle adore. C'est tellement agréable, n'est-ce pas ? Faire de la pâtisserie, ça rapproche.

— Vraiment ?

Une bribe de souvenir émergea des tréfonds de l'esprit de Gayle. La main de sa mère sur la sienne, l'aidant à tamiser la farine.

— Oui. C'est une activité qu'on fait ensemble, rien que nous deux. C'est l'occasion de bavarder. Oh ! tout ce qu'elle me raconte quand elle mélange la pâte…

— Je vois.

Gayle eut une brusque vision de sa nouvelle vie : y étaient inclus le dressage d'un chiot, des cours de cuisine et une petite fille qui avait des choses intéressantes à dire.

C'est un goûter, se répéta-t-elle. *Ils viennent pour le goûter, c'est tout.*

Ce serait aussi problématique d'en rajouter que de ne rien faire.

La femme continuait à parler.

— Mais je vais vous dire ce que préfère ma petite-fille : une sortie toutes les deux, pour aller voir *Casse-Noisette*. Vous avez déjà vu ce ballet ?

— Je dois avouer que non.

— Vous passez à côté de quelque chose. Je vous le conseille.

Gayle émit un son neutre. À en juger par ses rapports avec ses filles, il était peu probable qu'elle soit autorisée à emmener sa petite-fille voir un spectacle sans surveillance. Elle n'était déjà pas tout à fait sûre qu'ils viennent bien chez elle pour ce goûter.

Elle vit la cliente choisir un costume de sirène chatoyant.

— Est-ce que ça va lui plaire ?

— Si ça va lui plaire ? répéta la femme en riant. Je parie qu'elle ne va pas l'enlever de toutes les vacances.

Gayle jeta un coup d'œil vers Stacy, qui continuait à récupérer des boîtes sur les étagères.

— Je vais en prendre un, moi aussi.

La fille l'ajouta à la pile.

En arrivant à la caisse, Gayle avait encore plus le vertige qu'à son arrivée dans le magasin.

— Voulez-vous qu'on vous emballe tout ça ?

— Oui, s'il vous plaît. À part le sapin, évidemment.

Après avoir marqué une pause, elle reprit :

— Vous êtes une excellente vendeuse. Vous devriez envisager de tirer parti de ce talent pour aller plus loin.

Stacy la dévisagea.

— Plus loin ?

— Je suis sûre que vous pourriez gravir les échelons.

— Merci du compliment, mais j'aime mon travail, répondit-elle en scannant les articles. Une promotion signifierait être coincée dans un bureau quelque part, et j'aurais horreur de ça. J'aime être ici, au cœur de l'action. Et j'adore les enfants. Pourquoi voudrais-je changer ?

Oui, en effet, pourquoi ? Gayle n'avait plus assez confiance en elle pour répondre à cette question.

Elle sortit du magasin, après avoir reçu de Stacy l'assurance que ses paquets seraient livrés dans moins de deux heures.

Sitôt franchi le seuil de son appartement, elle s'arrêta, frappée par le silence oppressant. Normalement, elle appréciait le calme qui régnait chez elle. Pourquoi était-ce différent aujourd'hui ? Elle éprouva soudain le besoin de retourner dans la rue pour s'imprégner de nouveau de l'ambiance.

La cacophonie des musiques de Noël lui manquait-elle vraiment ? Les hurlements des enfants que les parents n'arrivaient pas à contrôler ?

Elle se sentait isolée et en décalage par rapport au reste du monde qui semblait bien s'amuser.

Elle était Scrooge, l'affreux bonnet de nuit en moins.

Cette période de l'année ne l'avait jamais affectée auparavant. Elle n'avait jamais été du genre à observer la vie des gens et à les envier. Elle était trop occupée à construire la sienne.

La conviction de n'avoir fait que des mauvais choix n'avait pas disparu pendant sa convalescence. Au contraire, elle n'avait fait que grandir.

Gayle remplit un verre d'eau et le but lentement. L'écran de son téléphone indiquait vingt-quatre appels manqués du bureau, mais elle n'était pas pressée de recontacter qui que ce soit.

Pourquoi ?

Peut-être parce qu'elle venait de dépenser une fortune dans un magasin de jouets…

Elle flottait dans un espace étrange entre son ancienne vie et sa nouvelle vie.

Lorsque le livreur arriva, elle s'était un peu remise, ce qui tombait bien parce que les sacs et les boîtes s'accumulèrent jusqu'à ce que son appartement en soit rempli.

Avait-elle vraiment commandé autant de choses ? Qu'allait-elle faire de tout ça quand le goûter serait terminé ? Et si ses filles ne voulaient pas passer Noël avec elle, malgré ses efforts pour montrer qu'elle pouvait changer ?

Elle contempla ses achats. Comment allait-elle s'y prendre ? Heureusement, elle n'avait jamais eu peur de travailler dur.

Le sapin. Elle allait commencer par le sapin.

Après s'être retroussé les manches, elle s'attela à la tâche. Elle ne s'arrêta pas pendant quatre heures, hormis une pause pour manger un yaourt.

Quand elle eut enfin terminé, elle regarda autour d'elle avec émerveillement. Son appartement était transformé. Les éléments vitrés, qui contribuaient généralement au minimalisme du décor, réfléchissaient désormais les lumières des guirlandes qu'elle avait disposées sur ses bibliothèques et autour du sapin. Au pied de l'arbre, elle avait empilé des cadeaux de toutes formes et de toutes tailles, emballés dans du papier brillant et surmontés d'un nœud.

Gayle se laissa tomber sur le canapé, épuisée mais satisfaite.

Qui avait dit qu'elle était incapable de célébrer Noël ? Avec un peu de chance, tout ça serait la preuve dont Samantha et Eleanor avaient besoin pour comprendre qu'elle voulait sincèrement passer les fêtes en famille.

Il n'y aurait pas de récriminations. Pas d'allusions au passé. En tout cas, pas de son côté.

Elle allait se concentrer sur le présent et sur l'avenir.

Sur sa petite-fille.

Son ventre se noua. En avait-elle fait assez ?

Il ne restait plus qu'une chose sur sa liste.

Ignorant l'élancement dans sa tête, elle ouvrit son ordinateur portable.

Samantha

— Il y aura du gâteau ? demanda Tab.

Toute joyeuse, elle marchait d'un pas dansant, accrochée aux mains de Michael et d'Ella pendant qu'ils traversaient la rue.

— Peu probable, répondit Ella.

— Des cookies ?

— Également peu probable.

— Mamie ne mange pas ?

— Elle ne mange pas de sucreries.

— Pourquoi ?

— Parce que tout le monde n'en mange pas.

— Pourquoi ?

Le jeu des questions-réponses continua un moment, comme un match de tennis. Quoi ? Pourquoi ? Quand ? Comment ?

Samantha écoutait, impressionnée, tandis qu'Ella essayait avec tact de préparer Tab à la réalité du goûter avec leur mère. Où sa sœur trouvait-elle toute cette patience ? Samantha adorait sa nièce mais, au bout de cinq minutes de questions en mode tennis, elle déclarait forfait.

Ça suffit, avait-elle envie de hurler. *Temps mort.*

Avec un tel manque de patience, elle n'était peut-être pas taillée pour être mère. Avait-elle même envie d'avoir des enfants ?

Ella parlait toujours avec Tab.

— L'appartement de mamie n'est pas fait pour les enfants,

alors il faudra que tu sois très sage et que tu fasses très attention. Interdiction de courir. Interdiction de se cacher.

— Pourquoi ?

— Parce que tu risquerais de casser quelque chose.

— Est-ce qu'elle se fâcherait ? Est-ce qu'elle crierait ?

Ella secoua la tête.

— Non. Mamie ne se fâche pas. Je ne l'ai jamais entendue crier.

Michael était silencieux. À quoi pouvait-il bien penser ? se demanda Samantha. Toute cette situation devait être étrange pour lui aussi.

La conversation se poursuivit jusqu'à ce qu'ils arrivent devant l'immeuble où vivait Gayle.

Samantha jeta un coup d'œil vers sa sœur, qui lui sourit faiblement. Elles avaient la même chose en tête : la dernière fois qu'elles étaient venues ici, ça ne s'était pas bien terminé.

À un moment donné, elles allaient bien devoir aborder le sujet. Une explosion aussi forte, en particulier une qui avait fait autant de dégâts, ne pouvait pas être ignorée pour toujours.

Tabitha tendit le cou en direction de l'entrée de Central Park.

— On peut faire une promenade en calèche ?

— Non.

— Pourquoi ?

— Parce que c'est pour les touristes.

— C'est quoi, un touriste ?

— Quelqu'un qui ne vit pas ici, mais vient en visite.

— On ne vit pas ici.

Samantha se demandait comment faisait sa sœur pour tenir le coup. Les questions de Tab revenaient sans fin. Puisant dans son inépuisable réserve d'enthousiasme et de charme, la petite fille gratifia le portier d'un immense sourire.

— Je viens voir ma grand-mère.

— Et où elle habite, ta grand-mère ?

Quelques minutes plus tard, ils étaient devant l'appartement de Gayle.

— N'oublie pas ce que j'ai dit, marmonna Ella à mi-voix. Ne touche à rien.

Tab vibrait presque d'excitation. Elle serrait le cadeau qu'elle avait emballé elle-même contre sa poitrine.

— Il y aura un sapin ?

— Non. Mamie ne fête pas vraiment Noël.

— Pourquoi ?

Bonne question, songea Samantha. *Parce qu'elle trouve que c'est frivole, que c'est une perte de temps et d'argent.*

Ella fit preuve de plus de tact.

— Tout le monde ne le fête pas, et ce, pour une multitude de raisons.

— On pourrait lui acheter un sapin.

Avant qu'Ella n'ait pu répondre, la porte s'ouvrit. Vêtue de noir de la tête aux pieds, Gayle semblait plus menue et fatiguée que d'habitude.

Samantha fronça les sourcils.

— Tu vas bien, maman ?

— Bien sûr. Pourquoi ça n'irait pas ?

Eh bien… À cause d'une blessure à la tête ? D'une perte de connaissance ?

— Tu viens de sortir de l'hôpital.

— Ce n'était pas un long séjour. Je me sens parfaitement bien, c'est gentil d'avoir posé la question.

Samantha renonça. Elle n'avait jamais vu sa mère admettre la moindre faiblesse ou vulnérabilité. Aucune raison que cela change aujourd'hui.

Dénouant son écharpe, elle entra dans l'appartement à la suite de sa sœur. Elle était tellement crispée qu'elle en avait mal au dos.

Impossible de se retrouver ici sans repenser à leur dernière entrevue désastreuse. Combien de temps allaient-ils devoir rester avant de pouvoir repartir sans paraître impolis ?

Elle prenait tout son temps pour enlever ses chaussures lorsqu'elle entendit Tab pousser une exclamation et applaudir.

— Un sapin ! Tu avais dit qu'il n'y en aurait pas mais, si, il y en a un ! Regarde, maman.

— Je le vois.

La voix d'Ella était un peu faible. En entrant dans le salon, Samantha se sentit faiblir à son tour.

L'appartement austère de sa mère – théâtre d'échanges houleux et de tant de souvenirs amers – avait été transformé en paradis hivernal. Si leur mère n'était pas venue leur ouvrir la porte, Samantha aurait fait demi-tour, convaincue de s'être trompée d'étage.

La pièce maîtresse était le grand sapin enneigé brillant de mille feux, mais la magie ne s'arrêtait pas là. Des guirlandes lumineuses étaient disposées sur les bibliothèques, tandis que des cadeaux s'empilaient sous l'arbre orné de décorations et de confiseries. Le canapé design blanc de sa mère avait été agrémenté d'une somptueuse couverture en fourrure et de coussins festifs aux couleurs vives.

Si elle n'avait craint d'étaler son mascara, Samantha se serait frotté les yeux. Rêvait-elle, ou l'un de ces coussins affichait-il le mot « joie » en lettres lumineuses ?

S'il y avait un mot qu'elle n'aurait jamais associé à un passage chez sa mère au moment des fêtes, c'était bien celui-là.

Et elle n'était pas au bout de ses surprises. Appuyé contre ces coussins trônait un renne en peluche géant avec un gros nœud rouge autour du cou. Il avait une longue tête tombante et des bois irréguliers. Samantha n'avait rien vu d'aussi adorable depuis longtemps.

Visiblement, c'était aussi l'avis de Tab. Elle se précipita vers le canapé et serra la peluche dans ses bras, si fort que Samantha n'aurait pas été étonnée de voir le rembourrage jaillir de ses yeux.

Elle échangea un coup d'œil avec sa sœur, qui haussa les épaules d'un air déconcerté.

Elles n'arrivaient pas à croire ce qu'elles voyaient.

Tab serrait toujours le renne contre elle.

— Je l'adore !

— C'est vrai ? demanda Gayle, figée au milieu de la pièce.

Samantha regarda tour à tour sa nièce et sa mère.

Était-ce son imagination, ou celle-ci semblait-elle nerveuse ?

— Il est trop beau ! Il est à toi, mamie ?

Le mot sortit de la bouche de Tab tout naturellement.

— Il est à toi, répondit Gayle. Si tu en as envie.

— À moi ?

La petite fille se tourna vers Ella, le visage radieux.

— Il est à moi !

— Oui, fit Ella d'une petite voix. Il est… C'est merveilleux, maman. Je ne m'attendais pas… Je pensais… Pourquoi as-tu… ?

— Ce n'est pas tous les jours qu'on reçoit sa petite-fille pour le goûter. Je voulais que ce soit spécial.

Pourquoi sa petite-fille était-elle plus spéciale à ses yeux que ses propres filles ?

Samantha se dandina d'un pied sur l'autre, honteuse de ses pensées. L'important, c'était Tab, pas elle. Elle avait eu peur que cette rencontre fasse souffrir sa nièce à un moment ou à un autre, alors le fait que sa mère se soit donné tant de mal aurait dû la réjouir, pas la blesser.

Le passé était le passé. Tout ce qui comptait, c'était que sa mère avait fait des efforts.

Tab se releva du canapé, sans lâcher le renne qui était presque aussi grand qu'elle, et courut jusqu'à Gayle.

— Merci, mamie, s'exclama-t-elle en enlaçant ses jambes.

Un instant, Gayle resta immobile et incertaine, puis elle posa la main sur la tête de Tab et lui caressa les cheveux d'un geste hésitant.

En voyant les yeux d'Ella se remplir de larmes, Samantha sentit son ventre se nouer.

Oui, leur mère les avait surprises, mais Samantha ne s'y fiait pas. Elle ne s'y fiait pas un seul instant.

S'agissait-il d'un nouveau progrès avant une énorme déception ?

Ce n'était pas le comportement normal de leur mère. Elles le savaient toutes les deux.

— J'ai une surprise pour toi dans la cuisine, annonça Gayle à Tab. Tu aimerais la voir ?

— Oui. Mais j'emmène Rudolph.

Tab suivit sa grand-mère dans la cuisine, laissant les trois autres adultes debout au milieu du salon, à se regarder bêtement.

Ella secoua la tête.

— Je ne comprends pas. Regarde un peu tout ça… déclara-t-elle en balayant la pièce de la main.

— Je regarde.

— Je veux dire… tu te doutais qu'elle était capable de ça ?

— Non. Comment aurais-je pu en avoir la moindre idée ?

Leur mère n'avait jamais rien fait de ce genre pour elles.

— Je pensais qu'elle ne savait même pas ce qu'était un sapin de Noël.

— Mmm… Et ce renne. Tu as déjà vu un cadeau aussi frivole, inutile, extravagant…

— … magnifique, termina Ella. Il est adorable. Et non, jamais.

Elle se tourna vers Michael.

— Ça ne ressemble pas à notre mère. Elle nous faisait des cadeaux utiles. Des cadeaux ayant un but pratique, conçus pour promouvoir l'avancement d'une façon ou d'une autre.

— Eh bien, elle s'est clairement améliorée dans ce domaine, remarqua Michael, essayant de faire preuve de tact.

Ella regardait son mari.

— Mais pourquoi ? Pourquoi maintenant ? demanda-t-elle.

— Parce qu'elle veut qu'on passe Noël ensemble, lança Samantha.

Alors qu'elle touchait la décoration la plus proche, elle s'aperçut que l'étiquette du prix était encore dessus.

— Et elle sait que la seule façon d'y parvenir est par le biais de sa petite-fille. C'est pour ça qu'elle se donne autant de peine.

Sa mère avait fait tout ça pour Tab.

Michael réfléchit un instant.

— Même si c'est vrai, est-ce que c'est vraiment important ?

Samantha décolla la minuscule étiquette et la roula entre ses doigts.

— Peut-être pas. Sauf qu'elle sera incapable de continuer comme ça. Et que se passera-t-il quand elle n'y arrivera plus ?

Une vague d'instinct protecteur la submergea lorsqu'elle pensa à sa nièce. Il n'y avait pas de mots capables de décrire son amour pour elle. Elle ne laisserait personne lui faire de mal.

— Je vais voir ce que fait Tab.

Elle se rendit dans la cuisine et la trouva en train de glacer des bonshommes en pain d'épices.

— Tiens, tata Sam…

Tab lui en tendit un, faisant couler des gouttelettes de glaçage sur la table au passage.

— Goûte.

Samantha prit une grosse bouchée.

— Délicieux.

Et ça l'était vraiment.

— Où les as-tu achetés, maman ?

Elle devrait peut-être en prendre une boîte pour le bureau. Son équipe en raffolerait.

— Je ne les ai pas achetés, répondit Gayle en posant un plat devant Tab. Je les ai faits.

Samantha rattrapa un morceau de biscuit qui s'était échappé de sa bouche.

— Toi ? Tu les as préparés toi-même ?

— Oui. Je suis un peu rouillée, mais finalement ils sont plutôt réussis.

Rouillée ? Être rouillé impliquait qu'on avait eu l'habitude de faire quelque chose, puis qu'on avait perdu la main.

Samantha fouilla dans sa mémoire, à la recherche d'un moment où sa mère avait cuisiné avec elles, ou même pour elles, mais aucun souvenir ne lui revint.

Tab semblait passer autant de temps à manger qu'à glacer, et il y avait autant de glaçage sur la table et par terre que sur les bonshommes en pain d'épices.

Connaissant la maniaquerie de sa mère, Samantha attendait qu'elle dise quelque chose ou qu'elle prenne une éponge pour nettoyer les dégâts, mais Gayle n'en fit rien.

Samantha saisit un couteau et décolla l'un des tas de glaçage.

Tab ajouta des yeux en chocolat sur un bonhomme.

— Des fois, je fais des gâteaux avec maman. Tu faisais des gâteaux avec ta maman ?

Il y eut un long silence.

— Oui, répondit Gayle. Oui, j'en faisais avec elle.

Samantha lâcha le couteau sur le sol.

— Qu'est-ce que tu préférais faire ? demanda Tab en ajoutant un troisième œil sur le biscuit. Moi, c'est les cupcakes.

— Je faisais des bonshommes en pain d'épices. Exactement comme ceux-là.

Avec sa mère. La grand-mère de Samantha.

Samantha n'aurait pas été plus choquée si sa mère s'était soudain déshabillée pour se mettre à danser dans la cuisine.

Tout ce qu'elle savait sur ses grands-parents, c'était qu'ils étaient morts quand Gayle était en première année d'université. Un jour, Ella avait trouvé une photo de leur mère avec ses parents, mais ses questions avaient vite été étouffées et la photo avait disparu sans laisser de trace.

Tab se concentrait sur sa tâche.

— J'aimerais bien les préparer avec toi, pas seulement les décorer.

— Je suis sûre qu'on pourra organiser ça.

Gayle étudia le bonhomme de Tab.

— Tu as fait du très bon travail. Bravo. Mais tu lui as mis trois yeux, à celui-ci.

— Je me suis dit qu'il verrait mieux avec plus d'yeux.

— C'est une modification intéressante.

Elle prépara davantage de glaçage pour remplacer celui qui avait atterri par terre.

— La même couleur ou une autre ?

— Je veux lui faire un chapeau rouge.

— Alors on va lui faire un chapeau rouge. Samantha…, fit-elle en relevant les yeux. Le colorant rouge est dans le placard, sur l'étagère du haut. Tu veux bien me le passer ? Samantha ?

Comme un robot, Samantha récupéra le colorant alimentaire et le donna à sa mère.

— Tu devrais te charger de cette étape, poursuivit Gayle en tendant le flacon à Tab, qui s'en empara sans hésiter.

Samantha se détendit un peu. Voilà qui ressemblait plus à sa mère. Pousser quelqu'un à faire quelque chose par lui-même, c'était son credo. « Si je m'en occupe à ta place, Samantha, comment apprendras-tu à le faire ? »

Elle grimaça en voyant Tab verser une telle quantité de colorant dans le glaçage que le saladier se mit à ressembler à une scène de crime.

Gayle se contenta de sourire.

— Une couleur forte et intense. Bravo.

— J'aime le rouge, affirma Tab en étalant la mixture sur son bonhomme. Pourquoi tes vêtements sont noirs, mamie ?

— Parce que ça donne l'air professionnel et, dans mon métier, j'aime avoir l'air professionnelle.

— Mais tu n'es pas au travail, là.

Tab mangea encore un peu de pain d'épices, puis continua :

— Le noir, c'est une couleur très triste. Tu n'as jamais voulu t'habiller comme une sirène ?

Gayle en resta bouche bée.

— Je dois dire que non.

— Tu devrais essayer. Quand mes vêtements sont contents, je suis contente.

— Je m'en souviendrai.

— Oh ! maman…

Ella se tenait sur le seuil, les yeux brillants.

— … c'est merveilleux.

Michael s'arrêta derrière elle, sourire aux lèvres.

— C'est très gentil de votre part, Gayle. C'est super de voir Tab s'amuser comme ça.

Samantha vit sa mère pousser ce qui ressemblait à un énorme soupir de soulagement, comme si elle avait attendu d'être notée sur sa prestation.

— Je ferai des gâteaux avec mamie quand on partira en voyage pour Noël. Il y a une cuisine là-bas ?

Tout le monde se tourna vers Samantha.

— Oui, répondit-elle d'une voix éraillée. Il y a une cuisine. Mais je ne sais pas si les clients ont le droit de l'utiliser.

Gayle fit glisser les bonshommes en pain d'épices dans le plat.

— Je suis sûre que tu pourras les convaincre. Tu as l'air plutôt douée pour ça.

Samantha sentit une angoisse insidieuse l'envahir.

Apparemment, elle allait passer Noël en Écosse, avec l'humiliation et sa mère pour lui tenir compagnie.

Ô joie…

Kirstie

— Je n'arrive pas à croire que tu laisses une bande d'inconnus envahir notre maison pendant Noël. C'est… c'est…

Kirstie prit une inspiration, incapable de trouver le mot juste.

— … cruel.

— C'est pragmatique.

Son frère attrapa un autre rondin, puis le fendit en deux d'un mouvement sec et précis.

— C'est la seule option viable compte tenu des circonstances.

Elle ne voulait pas penser aux circonstances en question.

Elle ne voulait pas penser que c'était leur seule option.

Le chagrin était comme un énorme nuage noir qui bloquait la lumière et assombrissait sa vie.

— Il doit bien y avoir un autre moyen.

Au fond d'elle, elle savait que non. Elle était dans le déni, et elle en était consciente, mais elle ne se sentait pas encore prête à l'admettre tout haut. Comme elle ne voulait pas que les choses se passent ainsi, elle faisait de son mieux pour se voiler la face.

Il lança les bûches sur le tas de bois qui grossissait de plus en plus.

— Si tu as une autre idée, je suis prêt à t'écouter.

— C'est faux. Tu as pris ta décision, et on sait tous les deux que, quand ça arrive, tu n'en démords plus.

Elle était aussi irrationnelle qu'il était entêté.

C'était toujours lui qui prenait les choses en main et faisait le nécessaire, même si c'était dur ou désagréable. Quand le premier chien de Kirstie était mort, c'était lui qui l'avait enterré.

Il s'essuya le front sur sa manche, puis la regarda.

En voyant les marques de fatigue autour de ses yeux, elle ressentit une pointe de culpabilité. C'était difficile pour lui aussi, elle le savait, mais il agissait quand même.

— Je suis désolée. Je devrais te soutenir plus, mais c'est dur. La moitié des pièces étaient fermées depuis dix ans jusqu'à ce que tu décides de les rouvrir. James n'a même pas réussi à débloquer la fenêtre dans le jardin d'hiver. Je ne veux plus jamais faire un autre lit ou retaper un autre coussin. Je déteste rester enfermée à l'intérieur…

— Je sais, répondit-il d'un ton un peu tranchant. Mais il y a des choses à faire, Kirstie, alors nous devons les faire.

Son utilisation du mot « nous » ne fit qu'ajouter une couche de culpabilité à la profonde tristesse qu'elle ressentait.

— C'est dur pour toi aussi, je le sais.

— Je vais bien.

Il positionna un autre rondin.

— Il faut rentrer tout ce bois. Les Américains auront envie d'être accueillis par un bon feu de cheminée et, pour ça, il faut des bûches. Plus que je ne peux en fendre tout seul. Il y a quatre chambres à chauffer.

— Quatre ?

— Il y a une petite fille.

— Tu ne peux pas allumer de feu dans une chambre d'enfant.

— Bien vu. Trois chambres, reprit-il en hochant la tête. Et la grande salle, la salle du loch, la salle à manger et l'arrière-salle.

Elle soupira.

— Et combien ça va nous coûter, tout ça ?

— Une fraction de ce que ça nous rapportera quand ils commenceront à nous envoyer des groupes de riches Américains.

Tu pourrais appeler James et lui demander un coup de main pour ce tas de bois ?

— Je vais t'aider. James est occupé. Il essaie de réparer le quad qui fait des siennes, et ensuite il doit emmener Bear[1] chez le véto parce qu'il a mangé quelque chose de dégoûtant.

Elle releva les manches de son manteau.

— Et à quoi d'autre les Américains s'attendent-ils ? Suis-je censée être dans la cuisine à préparer des *shortbreads* ?

Son sarcasme lui valut un sourire rapide.

— Oui, répondit-il. Après avoir fumé le saumon que tu auras pêché dans le loch et accroché les bois de cerf sur le mur. Et si tu pouvais organiser un *ceilidh*[2] et ressortir ton violon, ce serait bien.

Elle rattrapa une bûche qui menaçait de tomber du tas.

— Tu m'agaces.

— Je préfère quand tu es agacée plutôt que bouleversée.

— Tu mettras ton kilt ?

— En cas de besoin.

Il s'empara d'un autre rondin.

— Ça te pose un problème ?

— Ça changerait quelque chose que je réponde oui ? Tu le mets aux mariages, aux remises de diplôme, et maintenant pour épater les touristes.

Elle soupira et croisa les bras.

— Parle-moi d'eux. Des Américains.

— Des hôtes. Ce sont nos hôtes. Il y a Samantha, qui dirige l'agence de voyages à Boston. Elle est spécialisée en vacances d'hiver magiques.

— Magiques ? demanda Kirstie en haussant un sourcil. À l'évidence, elle n'est jamais venue dans les Highlands au cœur de l'hiver.

1. « Ours ».

2. Soirée de danse et de musique traditionnelles.

— C'est à nous de rendre ce séjour magique. D'où les bûches et les couvertures en fourrure sur les lits.

— Des couvertures en fourrure ? Ce n'est pas un peu excentrique ?

— Je visais plutôt le côté pratique et chaud. Et c'est aussi, je pense, le style auquel ils s'attendent.

— Tu nous transformes en décor de film, maintenant ?

— C'est sur ma liste des sujets à aborder. Une agence d'Édimbourg vient nous rendre visite début janvier. Si on fait l'affaire, ils commenceront à nous recommander.

— Du coup, on sera envahis de projecteurs et de caméras et, si le film fait un carton, on sera infestés de touristes qui viendront voir où le film a été tourné. Mais à quoi tu penses ?

— Je pense à l'argent.

— C'est notre maison. Notre maison ! s'exclama Kirstie, au bord des larmes.

— Et on a besoin d'argent pour pouvoir la garder. C'est une bâtisse immense, pleine de courants d'air, et les frais d'entretien donnent le vertige. Tu t'es penchée sur la compta, récemment ?

Kirstie déglutit. Elle n'osait pas le faire.

— Non. C'est ton domaine, pas le mien. Tu sais bien que je suis nulle avec les chiffres.

Elle avait été une mauvaise élève à l'école, et c'était uniquement grâce à l'aide et à la patience de son frère qu'elle avait réussi à obtenir des notes correctes à ses examens.

— Je serai ravi de te montrer tout ça quand tu voudras, affirma-t-il, la mine sombre.

Secouant la tête, elle s'empressa de changer de sujet, pour éviter à tout prix celui de l'argent.

— Samantha viendra-t-elle avec son mari ? Son compagnon ?

— Pas de compagnon.

Après avoir ajusté ses gants, il ramassa les brassées de houx qu'il avait coupées plus tôt, et ajouta :

— Elle est accompagnée de sa sœur, de son beau-frère et de sa nièce, qui a quatre ans, je crois. Ou peut-être cinq. Il y aura aussi sa mère.

— Cinq ans ? C'est jeune, remarqua Kirstie en fronçant les sourcils. Il faudra veiller à ce qu'elle ne tombe pas dans le loch.

— Elle ne sortira pas toute seule.

— Ce sont des citadins. Et si jamais ils détestent Bear ?

— Ce n'est pas parce qu'ils vivent en ville qu'ils détestent les chiens.

— Une petite fille de cet âge va s'ennuyer ici. Il n'y a ni boutiques ni parcs à thème.

Elle se comportait comme une gamine capricieuse, elle le savait, mais elle se sentait fragile et à fleur de peau. Pourquoi la vie était-elle aussi injuste ? Elle avait besoin de se défouler, et son frère était le seul sur qui elle pouvait le faire.

— On lui apprendra à aimer le grand air, rétorqua-t-il. Elle pourra monter Pepper et nourrir les rennes.

— Personne n'a monté Pepper depuis des années.

— Alors il appréciera le changement.

Il arracha les feuilles épineuses en bas des branches de houx.

— Je me suis dit qu'on pouvait mettre ça autour des cheminées. Pour créer une ambiance festive.

— Pourquoi pas ? Tu pourrais ajouter du gui, au cas où tes Américains soient d'humeur romantique.

— Ils ne sont pas « mes » Américains.

— C'est ton idée.

Kirstie hésita un instant, avant de poursuivre :

— J'ai surpris maman en train de pleurer dans la cuisine. Elle a dit qu'elle coupait des oignons, mais ce n'était pas vrai.

Elle s'était sentie impuissante et elle détestait cette sensation.

— C'est pour elle qu'on fait ça, répondit-il. C'est le seul foyer qu'elle ait jamais eu. Pourquoi n'arrives-tu pas à le comprendre ?

— Mais est-ce que ce sera toujours notre foyer quand il sera envahi d'inconnus ?

— Une famille, Kirstie ! Si ça ne marche pas, on ne recommencera pas.

Une note d'exaspération pointait dans sa voix.

— Une seule famille ne peut pas tout envahir. Ce sera quelque chose d'intime, en petit comité. On propose un Noël en famille, pas une foire d'empoigne.

— Exactement. Un Noël en famille. Sauf que ce n'est pas notre famille qu'on reçoit, pas vrai ? Au lieu de nous détendre et de passer du temps ensemble comme on le fait d'habitude, on sera dans la cuisine à préparer à manger pour des gens qu'on ne connaît pas. Et s'ils se disputent ? Et s'ils sont difficiles ? Le problème avec un petit comité, c'est que, si les gens sont ennuyeux ou grossiers, c'est impossible de les diluer dans le reste du groupe.

— Alors ce sera un Noël qui restera dans les annales. Tu peux t'occuper de ces bûches ou tu as besoin de mon aide ?

Elle le fusilla du regard.

— Tu sais ce que ça fait de décorer notre maison pour quelqu'un d'autre ?

— Pour nous tous. Toi aussi, tu vis ici, Kirstie. Ça sera comme ça l'a toujours été, en moins désorganisé, peut-être. Il se pourrait même que tu apprécies, qui sait… C'est une question d'attitude.

— Non, c'est un fait. Tu sacrifies notre Noël en famille pour des raisons commerciales.

— Des raisons pratiques. Et je ne sacrifie rien du tout. Ce sera toujours Noël. On cuisinera les mêmes plats, on mettra les mêmes décorations sur le sapin. Tu devrais peut-être aborder cette période de l'année avec plus de réalisme au lieu de toujours penser que ce sera un moment magique…

Était-elle pitoyable ? Nostalgique ?

— Comment ça pourrait être magique ? Ce n'est tout simplement pas pareil sans…

— Je sais. Ça ne peut pas être pareil. Ça ne le sera pas. Alors il faut qu'on trouve une autre façon de faire. C'est peut-être bien de réorganiser un peu les choses.

Sa voix s'étrangla, et il arracha une autre rangée de feuilles d'un geste brusque et rageur.

— Mais passer les fêtes avec des inconnus…, marmonna-t-elle.

— Depuis quand refuse-t-on d'accueillir un inconnu chez nous ? Où est cette hospitalité des Highlands qui fait notre réputation ?

Elle avala sa salive avec difficulté. À cause de lui, elle se sentait mesquine, égoïste et différente de ce qu'elle voulait être.

— Samantha est probablement une de ces femmes d'affaires effrayantes, sans concession, aux cheveux et aux ongles parfaits.

Elle s'étreignit les épaules, gênée par son propre comportement. Elle regrettait de ne pas être capable d'accepter le changement avec humour.

— Au cas où ça ne se verrait pas, je passe une mauvaise journée.

Lâchant ce qu'il tenait, son frère s'approcha d'elle et la prit dans ses bras.

— Tu n'as pas à t'excuser pour ça. Ça arrive à tout le monde.

— Mais, toi, tu ne déballes pas tout ce que tu ressens à la terre entière.

Elle renifla, puis s'écarta.

— Tu as besoin d'une douche. Tu sens la fumée de bois.

— Normal, quand on travaille dans le coin.

— J'essaie d'être fâchée contre toi.

— J'avais remarqué.

— Qui est prêt à faire des milliers de kilomètres pour passer Noël avec des inconnus au beau milieu de nulle part ? C'est bizarre.

— Ce n'est pas si bizarre que ça. Elle vient avec sa famille. Et puis évite de dire « au beau milieu de nulle part ». Je ne veux pas décourager les visiteurs potentiels.

— Tu ne peux pas dissimuler ce qu'on est ni l'endroit où on se trouve. La ville la plus proche est à une heure d'ici par beau temps.

Il lâcha une autre branche sur le tas de houx.

— S'ils voulaient être en ville, ils n'auraient pas choisi cet endroit. Et le village est plus proche que ça.

— Un pub et une poste qui vend de tout ? Ça ne compte pas vraiment. Est-ce que cette femme est une espèce d'automate qui ne pense qu'à son entreprise ? Au point d'obliger sa famille à se déraciner pendant les fêtes pour pouvoir travailler ? Parce que c'est ça pour elle, non ?

Elle fit un grand geste englobant le loch, les montagnes et la forêt.

— Cet endroit qui est notre foyer… c'est du travail pour elle. C'est un lieu événementiel.

— Tu sais qu'un voyage peut être à la fois d'affaires et d'agrément ?

— J'ai peur qu'elle ne comprenne pas, c'est tout. J'ai peur qu'elle veuille d'une Écosse fantasmée, et qu'on soit obligés de lui fournir ça. Tu tiens à ce qu'on vive comme une seule et même famille et qu'on mange ensemble, mais, moi, je me mets à bégayer quand je suis intimidée par quelqu'un. Elle va parler bénéfice, perte et résultat net. Je vais évoquer nos problèmes de tuyauterie gelée en hiver et lui raconter que, certains jours, je ne sens plus mes orteils. Et en parlant de ça… il va faire froid.

— Elle vit à Boston, où les hivers sont plus rigoureux que les nôtres. Je pense qu'elle a l'habitude du froid.

— Alors… est-ce qu'elle est du genre femme d'affaires effrayante ?

— Je pense qu'elle est humaine, comme nous tous.

Il se détourna pour ramasser une brassée de gui.

— Tu devrais arrêter de t'inquiéter à propos de gens que tu ne connais pas et te concentrer pour présenter la maison sous son meilleur jour. Si cette aventure est un succès, on pourra réparer le toit de la tourelle, ainsi que les fenêtres. Et peut-être que tes orteils ne gèleront plus la nuit et qu'on pourra engager quelqu'un pour le ménage.

— Et pour ce qui est de maman qui pleure ?

— On sait tous les deux qu'elle ne pleure pas parce que j'invite des inconnus chez nous pour Noël.

— Mais le fait de recevoir des inconnus va rendre les choses encore plus difficiles pour elle.

— Ou peut-être que ça lui donnera une raison de se lever le matin.

Après réflexion, Kirstie dut admettre qu'il avait raison. Sa mère accueillait toujours tout le monde chaleureusement, qu'il s'agisse de sa famille ou d'inconnus. Elle n'était jamais aussi heureuse que lorsqu'elle cuisinait et s'affairait pour toute une maisonnée.

— Ou peut-être que la pression sera la plus forte.

— Je suppose qu'on va vite le savoir. Et maintenant, tu vas les apporter à la maison, ces bûches, avant qu'elles ne commencent à se décomposer ?

Ils avaient toujours été proches, mais cela ne voulait pas dire qu'elle n'avait pas envie de le tuer à certains moments.

Aujourd'hui, par exemple.

Samantha

Sitôt franchies les portes de l'aéroport, Samantha serra son manteau autour d'elle. Le vent glacé lui fit l'effet d'un électrochoc. Il lui fouetta les joues et s'infiltra dans l'espace entre son écharpe et sa peau. Quelques flocons minuscules saupoudrèrent son manteau comme du sucre.

La lumière de l'après-midi baissait, mais il faisait encore assez jour pour qu'elle distingue le contour des montagnes enneigées au loin.

L'Écosse.

En inspirant l'air vif et piquant, elle sentit quelque chose remuer en elle.

Ses clients allaient se plaire ici.

— Il n'était pas censé nous attendre ? demanda Ella.

Épuisée, sa sœur traînait deux valises et le renne en peluche géant que Tab avait refusé de laisser à la maison. De son côté, Michael portait le reste de leurs bagages et leur fille endormie. Le fait que Tab soit enfin silencieuse était un soulagement pour tout le monde après un vol ponctué par la fatigue et les larmes.

— Il a dit qu'il serait là. Patience.

Samantha n'était pas du tout pressée de le rencontrer. Agirait-il comme si leur conversation n'avait jamais eu lieu ? Ou allait-il lui faire un clin d'œil pour indiquer qu'il savait exactement ce qui se passait dans sa tête ? Elle n'avait encore jamais entamé une relation professionnelle en se sentant en position de faiblesse. Même si elle avait décidé d'être plus ouverte sur ses sentiments, elle n'aurait pas choisi un client pour tester sa nouvelle attitude.

Elle lissa ses cheveux, s'assurant qu'aucune mèche ne s'était échappée de l'élégant chignon qu'elle avait réussi à bricoler dans l'avion. Le vent cherchait à déstabiliser son apparence. Elle aurait peut-être dû mettre un bonnet mais, au moment de l'enlever, elle aurait été tout ébouriffée, avec des cheveux rebelles et indisciplinés. Or Samantha ne voulait surtout pas paraître rebelle et indisciplinée. Tout signe extérieur de *Samantha la fougueuse* était soigneusement dissimulé. Elle voulait ressembler à la personne qu'elle avait prétendu être toute sa vie.

— Ça va ? lui lança sa sœur.

Après avoir lâché les valises, Ella remua les doigts.

— Tu as l'air tendue.

— Pas du tout.

— Hmm…

Ella ôta son écharpe et la drapa sur Tab pour la protéger davantage du froid.

— Pourvu qu'elle ne se réveille pas… Je ne supporterai pas qu'elle se remette à pleurer ou que maman fronce encore les sourcils. Il ne manque plus qu'elle me traite de mauvaise mère pour que ce Noël tourne exactement comme je l'avais prédit…

— Je sais que tu es à cran, mais tout va bien se passer.

Samantha prononça ces mots machinalement, même si elle n'y croyait pas vraiment. Il y avait tant d'écueils potentiels. Comment les choses pourraient-elles bien se passer ? Mais le succès de son entreprise était en partie dû à sa capacité à gérer l'inattendu, l'imprévu, l'urgence. Quand elle disait : « Ça ira », elle voulait dire : « Ça ira d'une façon ou d'une autre, au bout du compte. »

À chaque problème, une solution, quelle qu'elle soit.

— Et personne ne pense que tu es une mauvaise mère.

— Elle a beaucoup froncé les sourcils dans l'avion. Elle me jugeait.

— Je ne crois pas.

C'était vrai, Gayle avait beaucoup froncé les sourcils pendant le vol mais, contrairement à sa sœur, Samantha n'était pas sûre que l'agitation de Tab en ait été la cause.

— J'espère qu'il ne va pas tarder, maugréa Ella, avant de se pencher vers elle. C'est peut-être votre conversation cochonne qui l'a effarouché.

Michael tourna aussitôt la tête.

— Votre conversation quoi ?

— Rien, répondit Samantha.

Elle jeta un coup d'œil vers sa mère, mais Gayle se tenait à l'écart, les yeux dans le vague, perdue dans son propre monde. Elle avait été silencieuse pendant le vol. Samantha aurait pu la qualifier d'« anxieuse », sauf qu'elle n'avait jamais vu sa mère manifester la moindre anxiété. Celle-ci appréhendait peut-être de passer Noël avec eux dans ces circonstances.

— Ça va, maman ?

Gayle réagit.

— Oui. L'air est tellement pur. J'avais oublié à quel point c'est beau ici.

— Quand es-tu venue en Écosse ? Tu en as parlé, mais sans rentrer dans les détails.

— Ah bon ? demanda Gayle en détournant la tête. Regarde ! Véhicule à l'approche. J'espère que c'est notre chauffeur. Je ne sens plus mes doigts.

Samantha n'eut pas l'occasion de pousser son interrogatoire. La voiture s'arrêta près d'eux, puis le conducteur en sortit.

— Samantha Mitchell ?

Elle se détendit.

Ce n'était pas un septuagénaire. Ce n'était pas le visage anguleux et buriné de l'homme à qui elle avait parlé. C'était un homme plus jeune, qui devait avoir entre trente et trente-cinq ans. Probablement un employé du domaine de Kinleven, même s'il ne ressemblait pas du tout à ce qu'elle imaginait. Elle s'attendait à quelqu'un de robuste, tanné, marqué par la vie au grand air. Hormis sa parka haute performance et ses bottes solides, ce type ressemblait plutôt à un professeur d'université.

Honteuse de verser dans les stéréotypes, elle souleva sa valise. Ce n'était pas parce qu'un homme avait un visage fin et intelligent, et portait des lunettes à monture sombre, qu'il était un intellectuel. D'ailleurs, les gens qui aimaient le grand air ne pouvaient-ils pas être intellectuels ? Peu importe, l'essentiel étant qu'il ne soit pas l'homme à qui elle avait parlé au téléphone. Du point de vue professionnel, elle aurait préféré être accueillie par le propriétaire mais, dans son for intérieur, elle était soulagée qu'il ait envoyé quelqu'un d'autre.

— Je suis Samantha, précisa-t-elle en tendant brusquement la main vers lui. Merci d'être venu nous chercher. Je ne savais pas si Brodie McIntyre ferait le déplacement.

— Je suis Brodie. Vous avez fait bon voyage ? Vous devez être fatigués. Vous avez récupéré tous vos bagages ?

Il hocha la tête en direction des autres, puis fit un geste vers Tab.

— Il y a un rehausseur pour la petite à l'arrière. Et aussi une couverture si elle a froid. Je ne savais pas trop quoi prendre, alors j'ai tout mis dans la voiture.

Ella fut aussitôt conquise.

— C'est très gentil de votre part.

Tout le monde se dirigea vers le véhicule, sauf Samantha qui ne parvenait pas à bouger les pieds.

— Vous êtes Brodie ?

— Oui, c'est moi.

Il lui lança un sourire éclair, puis chargea leurs bagages dans le coffre avec aisance.

Ce côté débrouillard rassura Samantha : même s'il avait l'air de passer son temps à noter des dissertations et à donner des cours magistraux à des étudiants fascinés, il était aussi le genre d'homme capable de sortir la voiture d'un client d'une congère ou d'abattre un arbre pendant une panne de courant.

— Alors, votre père s'appelle aussi Brodie ? demanda-t-elle.

Une fois Gayle, Michael et Ella installés sur leurs sièges, il referma la portière.

— Cameron, répondit-il d'une voix rauque. Mon père s'appelait Cameron Brodie, mais tout le monde disait Cameron.

— S'appelait ?

— Il est mort en janvier dernier.

— Mort !

Le vent tira sur son chignon, bien décidé à lui ôter toute dignité.

— Mais je lui ai parlé…

— C'est à moi que vous avez parlé. C'est la dernière valise ?

Il l'ôta de ses doigts engourdis et la rangea dans le coffre avec les autres.

— C'est à vous que…

Honteuse, elle le dévisagea.

— Je croyais…

— Vous croyiez que j'étais mon père ? J'ai bien peur que non, même si j'aurais bien aimé que ce soit le cas, parce que ça voudrait dire qu'il serait toujours des nôtres. C'est notre premier Noël sans lui, alors si vous trouvez qu'on fait une tête d'enterrement, vous saurez pourquoi. Je ne devrais sans doute pas vous dire ça, c'est un peu trop honnête. Je ne suis peut-être pas fait pour m'occuper du business familial.

Il remonta ses lunettes sur son nez et lui adressa un sourire tellement charmant qu'elle s'interrogea : comment avait-elle fait pour ne pas encore remarquer à quel point il était séduisant ?

— J'apprécie l'honnêteté, dit-elle.

Et c'était vrai, ce qui rendait encore plus incompréhensible le fait qu'elle ait créé un personnage public qui ne reflétait pas sa vraie personnalité. Ce qu'il savait, désormais. Il savait tout.

Difficile de savoir qui, d'elle ou de lui, était le plus mal à l'aise.

— Vous devriez monter dans la voiture avant de geler sur place, dit-il en l'incitant d'un geste.

Le froid était le cadet de ses soucis.

Elle s'en voulait beaucoup. Il souffrait, c'était évident, et elle venait de le blesser. Pourquoi Charlotte, qui avait fait des recherches, n'avait-elle pas appris la mort de son père ? Et pourquoi Samantha n'avait-elle pas vérifié ? Déçue par elle-même, elle lui attrapa le bras, avant de le relâcher.

— Je n'étais pas au courant pour votre père. Mon assistante a cherché sur Internet, et sa photo était là… On a cru que…

— C'était facile de se tromper. Il y a souvent sa photo avec mon nom. La technologie est faillible, apparemment, ce qui n'a rien de surprenant pour ceux qui travaillent dans ce domaine. Il n'y a pas de mal, mademoiselle Mitchell.

Maintenant, il savait qu'elle avait cherché sa photo.

— Appelez-moi Samantha.

Le reste de sa famille les observait par la vitre. Ella articulait : « Qu'est-ce qui se passe ? », tandis que Michael fronçait les sourcils d'un air soucieux.

— D'abord, ce coup de fil, et maintenant ça. Je n'imagine pas ce que vous devez penser de moi.

Et, surtout, pourquoi ce qu'il pensait d'elle avait-il autant d'importance ? Elle ne s'attarda pas sur cette question.

— Le coup de fil ? répéta-t-il en se rapprochant d'elle.

Ses larges épaules la protégèrent du vent et des regards curieux de sa famille.

— Oh ! vous voulez dire *ce* coup de fil.

— Je croyais que vous étiez…

— Quelqu'un d'autre. J'avais compris.

Une lueur brillait dans ses yeux.

— Vous avez réussi à joindre la personne à qui vous vouliez vraiment parler ?

Elle aurait sûrement dû en rire mais, pour l'instant, elle ne pouvait pas supporter d'être taquinée.

— Ces choses que j'ai dites… Je vous présente de nouveau mes excuses.

— Parce que vous avez envie de rapports sexuels satisfaisants ? demanda-t-il, une touche de couleur sur les pommettes. Je ne trouve pas que ça nécessite des excuses.

Elle avait sûrement le visage plus rouge que le sien.

Tout cela manquait vraiment de professionnalisme, mais elle se sermonnerait plus tard. Pour l'instant, elle avait des raisons plus pressantes de s'excuser.

— Je suis vraiment désolée d'avoir mentionné votre père. De ne pas avoir été au courant.

— J'aime parler de lui. C'est un moyen de le garder en vie, déclara-t-il en lui ouvrant la portière.

Elle s'assit sur le siège passager, tandis qu'il faisait le tour et s'installait au volant. Après avoir essuyé ses lunettes, il jeta un coup d'œil dans le rétroviseur.

— Tout le monde va bien, derrière ?

Heureusement qu'il ne lui avait pas posé la question à elle, parce qu'elle n'allait pas bien du tout.

Cela aurait été peut-être plus facile si elle ne s'était pas rappelé aussi bien tout ce qu'elle lui avait dit.

« La vraie moi rêve d'une histoire d'amour tellement passionnée que j'en oublierais d'aller travailler.

Je veux profiter de ma pause déjeuner pour aller acheter de la lingerie sexy.

Je veux boire du champagne au lit toute nue. »

— Tout va bien, répondit Ella.

Brodie hocha la tête, puis démarra.

Il faisait bon dans la voiture et les routes étaient désertes.

— C'est toujours aussi calme ? demanda Samantha.

— Non, même s'il ne doit pas y avoir autant de circulation que là d'où vous venez.

Il conduisait posément. Ses codes éclairaient les flocons qui tourbillonnaient au-dessus de la route.

— Ils prévoient de grosses chutes de neige ce soir, alors beaucoup de gens préfèrent rester chez eux.

Samantha aperçut à ses pieds un journal ouvert sur les pages économiques. Une laisse de chien et un livre étaient rangés dans le compartiment de sa portière. Elle pencha la tête pour essayer de voir le titre. C'était la biographie de quelqu'un dont elle n'avait jamais entendu parler.

— Vous avez toujours vécu ici ?

— Moi ? demanda-t-il en lui jetant un coup d'œil. Non. Je travaillais à Londres mais, quand on a perdu mon père, je suis revenu aider ma mère et ma sœur.

Elle contempla les champs enneigés et les montagnes au-delà.

C'était sûrement perturbant de revenir ici après avoir vécu à Londres.

Derrière elle, Tab se réveilla, somnolente et désorientée.

— C'est déjà Noël ?

— Pas encore, répondit Ella.

Elle enfonça le bonnet de Tab sur ses oreilles pour la garder au chaud.

— Mais bientôt.

— Et si le Père Noël ne sait pas qu'on n'est pas à la maison ? demanda Tab, inquiète. Il risque de laisser tous nos cadeaux au mauvais endroit.

Samantha lança un regard nerveux vers sa mère. Elle s'attendait presque à ce qu'elle notifie à sa petite-fille que le Père Noël n'existait pas, mais Gayle ne semblait pas écouter. À moins qu'elle ne fût en train d'essayer de toutes ses forces de ne pas dire un mot de travers…

Ella ajusta la couverture autour de sa fille.

— Il saura que tu es ici.

— Comment est-ce qu'il le saura ?

— Il le saura, c'est tout.

— Il y aura un sapin de Noël, là où on va ?

— On est entourés de sapins de Noël, intervint Brodie sans quitter la route des yeux, mais avec un sourire. Tu aimes les sapins de Noël ?

— Je les adore, c'est ce que je préfère.

— Tant mieux, parce que, pour l'instant, il y en a cinq à la maison, mais il y en a des milliers dans la forêt, et certains ont des centaines d'années.

— Cinq ? s'exclama Tab en bondissant presque hors de son siège. Cinq sapins dans la maison ?

— Cinq. On doit en installer un autre dans la bibliothèque, mais je me suis dit que tu aimerais me donner un coup de main.

— Pour le décorer ?

— Pour en choisir un dans la forêt.

— Je peux le choisir ? Un vrai sapin qui pousse dans la forêt ? On peut y aller maintenant ?

— Il fera nuit quand on arrivera. Demain, tu seras sûrement fatiguée. Après-demain, peut-être ? On trouvera un sapin et on ira voir les rennes.

— Les rennes ?

Brodie hocha la tête.

— On a un petit troupeau rien qu'à nous. Ils adorent le climat du coin.

— Est-ce qu'ils volent ?

Samantha se crispa en attendant sa réaction. Il prit son temps avant de dire :

— Je dois avouer que je ne les ai jamais vus voler. Mais ça ne veut pas dire qu'ils ne le font pas.

Bonne réponse, songea Samantha, tandis que Tab paraissait d'accord, elle aussi.

— Regarde, Tab, il y a de la neige sur les montagnes, indiqua Ella.

Pendant qu'elle montrait le paysage à sa fille, Samantha jeta un coup d'œil vers sa mère. Son silence pendant cette conversation était étonnant. Elle savait peut-être que la meilleure façon de gâcher cette réconciliation dès le début était d'attaquer le mythe du Père Noël.

Gayle regardait par la fenêtre. Elle était légèrement voûtée et serrait les bras autour de son buste comme pour se protéger de quelque chose.

Avait-elle trouvé le voyage stressant ? Regrettait-elle de les avoir accompagnés ? Était-elle consternée par le côté isolé des lieux ?

Samantha s'aperçut qu'elle en savait très peu sur sa mère en dehors de ses accomplissements professionnels. À l'évidence, les McIntyre de Kinleven étaient une famille unie. Que penseraient-ils du groupe morcelé et dysfonctionnel qu'ils allaient recevoir chez eux ?

Parfois, Samantha n'était même plus sûre de savoir qui elle était vraiment. Elle s'était coulée dans un moule qui correspondait aux attentes de sa mère pour elle. Elle était dotée d'une forte conscience professionnelle, indépendante à un degré que Kyle avait qualifié de « ridicule » – même si elle n'avait pas vraiment compris ce qu'il voulait dire par là –, et elle ne laissait jamais ses émotions influencer ses décisions personnelles. Vue de l'extérieur, elle était la digne fille de sa mère. À l'intérieur, c'était une tout autre histoire. Qui était la vraie Samantha ? La version privée ou la version publique ? Cela l'ennuyait de ne pas le savoir.

Brodie alluma ses phares.

— C'est la première fois que vous venez en Écosse, Gayle ?

— Non, mais ça remonte à des années, répondit-elle en détournant les yeux de la fenêtre. C'est exactement comme dans mes souvenirs.

Ella fouilla dans son sac, puis donna de quoi boire à Tab.

— Quand es-tu venue ici ? Tu ne nous l'as jamais dit.

— Pendant ma lune de miel.

Samantha tourna la tête si vite qu'elle faillit se froisser un muscle. *Sa lune de miel ?*

Elle échangea un regard avec sa sœur.

Leur mère ne parlait jamais de son mariage ni de leur père. Mais cela expliquait sûrement pourquoi elle avait hésité avant d'accepter de venir. Ce pays devait lui rappeler une foule de souvenirs.

Si Brodie trouva étrange qu'elles n'aient pas été au courant, il n'en montra rien.

— C'est un endroit merveilleux pour une lune de miel, mais peut-être pas en plein hiver.

— C'était parfait en hiver, indiqua Gayle. C'était douillet. On marchait dans la neige pendant la journée et on se pelotonnait devant un feu de cheminée le soir.

Samantha essaya de visualiser sa mère blottie contre un homme sur un canapé. C'était d'autant plus difficile à imaginer qu'elle n'avait jamais vu de photo de son père. Quand sa sœur et elle en avaient réclamé, leur mère avait simplement répondu qu'elle n'en avait pas. Elles avaient supposé que, trop bouleversée, elle les avait détruites après la mort prématurée de son mari. Samantha regrettait de n'avoir aucun souvenir de lui. Elle n'enviait pas son chagrin à Brodie, mais elle l'enviait d'avoir eu un père.

À quoi ressemblait leur union ? Son père devait être exceptionnel, étant donné que sa mère n'avait jamais envisagé de se remarier.

A priori, Gayle n'avait pas fréquenté d'autre homme depuis la mort de son époux. Cela devait être douloureux de revenir à l'endroit où on avait passé sa lune de miel. Comme sa mère ne montrait pas ses émotions, c'était facile de prétendre qu'elle ne fonctionnait pas comme le reste du monde. Mais elle devait bien éprouver quelque chose, non ? Y avait-il une Gayle intérieure et une Gayle extérieure ?

Samantha voulait poser plus de questions. Elle voulait saisir ce fil fragile et voir où il menait, mais elles étaient enfermées dans une voiture avec un inconnu et une petite fille de presque cinq ans à qui rien n'échappait.

Frustrée, Samantha garda les yeux rivés droit devant elle, observant l'obscurité se refermer lentement sur les montagnes.

Sa mère était devenue veuve à l'âge de vingt ans.

Elle ne parlait jamais de cette épreuve. Elle s'était contentée d'instiller dans l'esprit de ses filles la conviction qu'en s'impliquant émotionnellement une femme se rendait vulnérable.

— On est presque arrivés, annonça Brodie.

Il s'engagea sur une piste étroite qui longeait la rivière. Des arbres se dressaient dans le ciel de plus en plus sombre, encadrant le chemin et le cours d'eau. Quelques flocons flottaient derrière les vitres comme des confettis.

— Autrefois, cette zone était entièrement recouverte de forêts. Certains arbres ont plusieurs centaines d'années. Rois et lairds ont chassé ici à une époque.

Samantha pensa au roman historique qu'elle avait prévu de lire dans le calme de sa chambre. À quoi l'histoire d'amour de sa mère avait-elle ressemblé ? Avait-elle été romantique ? C'était presque impossible d'imaginer Gayle en train de rire et d'être amoureuse. Sa mère avait-elle une personnalité secrète, comme elle ?

Elle ignora la Samantha intérieure et s'obligea à se concentrer.

— Alors la forêt recouvrait tout ?

— Oui. Maintenant, il n'en reste plus qu'une fraction, même si on est en train de s'attaquer au problème.

— Ils sont allés où, les arbres ? demanda Tab depuis la banquette arrière.

Brodie la regarda dans le rétroviseur.

— Certains ont été abattus pour créer plus de terres agricoles et pour avoir du bois de construction. D'autres ont été mangés par des animaux, comme les moutons et les cerfs. On fait notre possible pour changer ça. On replante des arbres, on favorise le retour de la biodiversité dans la zone.

— Du ré-ensauvagement ? demanda Samantha, qui avait lu des articles sur le sujet. C'est ce que vous faites ici ?

— À petite échelle. On a changé notre approche de la gestion des terres. À l'avenir, on explorera peut-être les possibilités d'écotourisme…

Il lui jeta un coup d'œil.

— Au cours de votre séjour, j'aimerais avoir votre avis là-dessus, si vous êtes d'accord.

— Bien sûr.

Samantha était soulagée. Il semblait toujours la considérer sous un angle professionnel, et pas seulement comme quelqu'un qui rêvait d'une liaison torride.

Elle se cramponna à son siège tandis qu'ils avançaient en cahotant sur le chemin cabossé qui s'enfonçait dans la forêt.

— À l'origine, Kinleven était un domaine de chasse des Highlands. Il est dans notre famille depuis des générations. Ça ne fait pas longtemps qu'on envisage un développement commercial. L'apprentissage va être rude. Pour moi, en tout cas.

Il fit une embardée pour éviter une profonde ornière.

— J'espère que vous pourrez nous conseiller. De préférence, on aimerait attirer des groupes qui ont envie de faire l'expérience de la vie dans le domaine.

— Samantha est la personne idéale pour vous conseiller, affirma Ella. Elle sait tout ce qu'il y a à savoir sur les attentes des vacanciers en période de fêtes.

Ils arrivèrent au sommet d'une côte, et il restait tout juste assez de lumière pour que Samantha puisse distinguer le panorama.

Derrière elle, Ella poussa une exclamation.

— Oh la vache ! Vous voyez ce que je vois ?

Samantha ouvrait grand les yeux. C'était la nature à l'état sauvage, d'une telle beauté qu'elle en eut le souffle coupé.

Le loch étendait ses rives sinueuses et densément boisées juste devant eux. Des pics couronnés de blanc s'élevaient au-delà des arbres. Et là, tout au bord de l'eau, se dressait le manoir de Kinleven, avec ses murs de pierre dorée et ses tourelles qui ressemblaient à des cônes de glace retournés. Le toit était recouvert de neige, et des lumières brillaient aux fenêtres.

Une chouette passa devant le pare-brise, fendant à tire-d'aile le ciel crépusculaire en direction des arbres. Samantha sentit une boule se former dans sa gorge. Pendant un bref instant, elle oublia sa mère, elle oublia le fameux coup de fil et tout ce que Brodie savait sur elle. Elle se concentra seulement sur la perfection de cet endroit, convaincue que ses clients allaient l'adorer. Elle était déjà en train de constituer dans sa tête une liste de gens qu'elle pouvait immédiatement contacter.

Brodie lui jeta un coup d'œil.

— Dites quelque chose. Vous trouvez que c'est trop isolé ?

— Quoi ? Non ! Je trouve que c'est magnifique.

L'adjectif ne faisait pas du tout honneur à ce qu'elle voyait, mais le langage descriptif qui lui venait si facilement quand elle écrivait du contenu pour le site de l'agence lui faisait défaut.

— C'est vrai, acquiesça-t-il, même si je l'oublie parfois quand la voiture est bloquée dans la neige et que j'ai les doigts glacés. C'est encore plus beau quand le soleil brille.

Il s'arrêta devant un grand portail, puis ouvrit sa portière, laissant entrer un courant d'air glacé.

— J'en ai pour une minute.

Pendant qu'il poussait les grilles, Samantha saisit son appareil-photo et prit quelques clichés.

Les cheveux et les épaules saupoudrés de neige, Brodie remonta dans le véhicule.

— Vous devez être fatigués après ce long voyage. On s'est dit que vous auriez envie de monter directement dans vos chambres pour faire un brin de toilette. Ensuite, on servira un dîner léger avant d'aller dormir. Qu'en dites-vous ?

— Ça me semble parfait. Merci.

Il avança lentement le long du chemin qui s'élargissait au fur et à mesure qu'ils approchaient du manoir.

Samantha était incapable de détourner les yeux de la bâtisse. C'était encore plus féerique que sur les photos qu'elle avait vues.

— J'adore les tourelles.

— Oui. Elles ont l'air charmantes comme ça, mais c'est un cauchemar quand le toit a besoin de réparations.

Il marqua une pause.

— Ça vous plaît ?

En entendant l'incertitude dans sa voix, elle s'empressa de le rassurer.

— J'adore.

Et c'était vrai. Ce n'était pas seulement joli, c'était parfait. Son esprit fourmillait déjà d'idées. Des randonnées hivernales. Quelques verres devant un feu de cheminée. Une soirée poésie, peut-être. Elle pourrait facilement louer cet endroit pendant la saison entière. Elle imagina tous les gens qui allaient passer le plus merveilleux des Noëls ici.

Tab tapa dans ses mains.

— On dirait un château de conte de fées !

— Ah bon ? s'étonna Brodie.

Il ajusta ses lunettes, comme s'il voyait l'endroit pour la première fois.

— Je suppose, oui. C'est un relais de chasse qui a été construit au milieu du XVIIIe siècle par mon arrière-arrière-arrière…

Il s'interrompit et secoua la tête.

— Je ne sais plus combien d'arrière… grand-père qui, apparemment, voulait impressionner sa femme.

— Je suis sûre qu'elle a été plus qu'impressionnée.

— Elle a surtout dû avoir froid, remarqua-t-il. Cet endroit devait être bourré de courants d'air avec le vent glacé soufflant du vallon.

Il esquissa un sourire.

— Pas de panique, on a fait quelques améliorations depuis. Il y a du chauffage et de l'eau chaude en quantité. Vous serez bien, avec tout le confort.

Samantha ne s'inquiétait pas. Elle savait qu'elle avait touché le gros lot. Derrière la maison, le chemin serpentait jusqu'à un quai bien entretenu, en passant devant ce qui ressemblait à une petite écurie.

— Vous avez des chevaux ?

— Pour l'instant, on a seulement Pepper. C'était le poney de ma sœur. C'est avec lui qu'on a tous appris à monter. Mais on envisage de développer cette activité-là. Ça aussi, je voudrais vous en parler. Vous pensez que ça pourrait marcher ?

Galoper autour du loch avec les montagnes enneigées en toile de fond ?

— Auprès des visiteurs estivaux, très certainement.

Il remonta le chemin et s'arrêta devant la maison.

Deux sapins de Noël ornés de petites lumières encadraient la grande porte d'entrée.

Samantha ne se rappelait pas avoir jamais vu de demeure plus accueillante. Heureusement qu'elle n'avait pas laissé son coup de fil embarrassant l'empêcher de découvrir ce lieu magique.

Elle fit quelques pas hors de la voiture, ses pieds s'enfonçant dans la mince couche de neige qui avait dû tomber depuis que le chemin avait été balayé.

Cet endroit était extraordinaire.

À l'évidence, sa nièce était du même avis qu'elle.

— C'est un palais de conte de fées, souffla Tab en sortant à son tour, cramponnée à la main d'Ella. Il y a un dragon ?

— Je ne crois pas, répondit Brodie.

Tout en se frottant la mâchoire, il réfléchit à la question.

— J'imagine qu'on le saurait si c'était le cas. On verrait des crottes. Peut-être des boiseries brûlées par endroits. Si vous remarquez ce genre de choses, n'hésitez pas à me le signaler. Ce serait un risque d'incendie. Peut-être une complication en matière de sécurité. On serait probablement obligés de le déclarer aux autorités.

Samantha retint un sourire. Il prétendait manquer d'expérience dans ce domaine, mais elle ne s'y trompait pas : il serait un hôte parfait.

Tab semblait penser la même chose.

— J'irai à la chasse au dragon. On peut faire un bonhomme de neige ?

— Pas pour l'instant, répliqua Ella en la soulevant dans ses bras. Il est presque l'heure d'aller se coucher.

Après avoir jeté un sac à dos sur son épaule, Michael prit une valise dans chaque main, tandis que Brodie déchargeait le reste des bagages.

— Rentrez vous mettre au chaud. Je m'occupe de ça.

— C'est bon pour moi, lança Samantha.

Elle s'empara de sa propre valise, puis emboîta le pas à Brodie.

Elle voulait dire quelque chose de gentil à propos de son père, mais quoi ? Elle avait déjà commis un impair. Elle ne voulait pas en faire un deuxième.

Par prudence, elle parla de la météo.

— Je fais partie de ces gens qui adorent la neige. Je vis à Boston. En plus de la neige, on a du vent. J'ai déjà vu la neige tomber à l'horizontale là-bas.

— Je connais bien Boston.

— Ah oui ?

— Il m'est arrivé de travailler avec quelques start-up bostoniennes. De sacrés cerveaux.

— Travailler ? Dans quel domaine ?

— Je suis analyste de données.

— Vous…

Elle s'arrêta net.

— Je croyais que vous étiez un amoureux du grand air, du genre à courir au sommet d'une montagne avant le petit déjeuner.

— Ah…

Il sourit brièvement.

— Quand vous m'aurez vu m'étaler plusieurs fois, vous comprendrez que marcher sur la glace ne fait pas partie de mes spécialités. Même si j'ai plaisir à faire des randonnées en montagne, je laisse le footing aux autres.

Un analyste de données…

Alors qu'ils entraient dans la maison bien chauffée, Samantha constata que l'intérieur était aussi accueillant que l'extérieur. Elle découvrit un hall d'entrée voûté, avec un large escalier encadré de murs lambrissés parsemés de portraits anciens. Un feu ronflait dans la cheminée. Un immense sapin, aux branches décorées de vert et de rouge, atteignait presque le plafond. De nombreuses photos de famille étaient posées sur les tables. Des bottes et des parapluies s'entassaient dans l'entrée. Tous ces signes indiquaient que ce n'était pas un hôtel mais un vrai foyer.

Tab était captivée par l'arbre.

— Comment vous avez mis l'étoile tout en haut ?

— On a utilisé une échelle.

Brodie s'interrompit lorsqu'un labrador noir se précipita vers eux.

— Assis ! Pas bouger ! Stop… Ne saute pas… Oh ! bon s…

Il s'arc-bouta pour ne pas tomber lorsque le chien plaqua ses deux pattes avant sur son ventre.

— Comme vous pouvez le voir, on n'est pas encore au point niveau dressage.

Tout en tenant fermement le collier de l'animal, il jeta un coup d'œil vers Tab.

— Il est amical, ne t'inquiète pas. Un peu trop amical.

Tab s'approcha d'eux.

— Comment il s'appelle ?

— Bear.

En entendant son nom, le chien agita la queue avec vigueur.

Tab bougea un doigt.

— Assis.

Bear s'assit.

Brodie haussa les sourcils.

— Tu as un don. Tu es officiellement responsable du dressage de Bear pendant ton séjour.

Samantha s'accroupit et caressa le chien.

— Il est magnifique. Quel âge a-t-il ?

— Environ un an. Je roulais en direction de la maison, le jour où mon père a été…

Il marqua une pause, avant de reprendre :

— Je roulais, et Bear était là, dans le fossé.

Il rentrait chez lui après l'enterrement de son père. Il n'avait pas fini sa phrase, mais elle avait compris.

— Quelqu'un l'avait abandonné ?

— On l'a laissé là. Je ne l'aurais pas vu si mes phares ne l'avaient pas éclairé.

— Et vous l'avez ramené à la maison.

Il avait sauvé le chien. Elle ne savait pas pourquoi cela l'émouvait autant. La faute au décalage horaire. Elle avait besoin de dormir.

Brodie caressa la tête de Bear.

— Il est un peu incontrôlable, mais c'est le chien le plus affectueux que j'aie jamais rencontré.

Il se redressa.

— Mais je sais que tout le monde n'aime pas les chiens, alors s'il pose problème on trouvera une solution.

— Je l'adore, affirma Tab.

Elle avait passé les bras autour de Bear, qui ressentait clairement le même plaisir qu'elle.

Brodie leva les yeux lorsqu'une femme d'âge mûr entra dans la pièce.

— Maman, fit-il en s'avançant vers elle. Nos hôtes sont arrivés.

— Je vois ça, et ils sont les bienvenus. Je m'appelle Mary.

Elle tendit les deux mains à Samantha, qui les saisit, étonnée par une telle démonstration de chaleur envers une inconnue.

— Merci de nous laisser nous joindre à vous, répondit-elle.

Brodie devait tenir de son père plutôt que de sa mère. Il était brun, alors que Mary avait les cheveux blonds, éclaircis par des mèches argentées. Elle avait des rides au coin des yeux, creusées par des années de sourires.

— Vous n'imaginez pas à quel point je suis heureuse. Ce sera merveilleux d'avoir à nouveau du monde à la maison.

Ses mains se crispèrent sur celles de Samantha.

— C'est trop calme depuis…

— Maman…, murmura Brodie.

Mary croisa son regard et déglutit, avant de poursuivre en souriant :

— Et tu dois être Tab. Ça fait bien longtemps qu'on n'a pas vu de petits pieds courir partout dans cette maison. Quand mes enfants avaient ton âge, ils aimaient beaucoup m'aider à la cuisine. Tu aimes cuisiner ?

— Oui !

— Bien. Parce que, avec toutes ces bouches à nourrir, je ne dirais pas non à un peu d'aide.

Tab n'avait toujours pas lâché le chien.

— Je peux aider. Je sais faire les cookies.

— Bien. Même si on est un peu loin du village, ça ne doit pas vous inquiéter…, ajouta Mary avec un coup d'œil rapide vers Brodie. On a tout ce dont on a besoin sur place. On a tellement de provisions qu'on pourrait vous nourrir pendant un mois sans quitter le domaine. Et il y a beaucoup de choses à faire. Même s'il neige, on peut…

— Ils sont fatigués, maman, intervint Brodie. On peut garder la liste des activités pour demain.

— Tout ce que je dis, c'est qu'on n'est pas si isolés que ça. Pas du tout.

Mary se racla la gorge.

— Je pense que les gens vont se plaire ici.

Une autre femme apparut sur le seuil. Brodie fit les présentations.

— Voici ma sœur, Kirstie.

— Bienvenue à Kinleven.

Son ton était poli, mais froid. Malgré ses mots, Samantha ne se sentit pas la bienvenue. Elle perçut de la tension, ainsi qu'une certaine réserve qu'elle ne comprit pas.

Y avait-il des désaccords entre frère et sœur sur le fait d'accueillir des inconnus chez eux pendant les fêtes ? Ou s'agissait-il d'autre chose ?

Elle devait le découvrir parce qu'elle ne voulait pas envoyer de clients dans un endroit où les membres de l'équipe n'étaient pas sur la même longueur d'ondes. C'était peut-être une entreprise familiale, mais ses clients allaient payer pour avoir droit au meilleur service, ce qui incluait un personnel détendu et souriant.

— Et si je vous montrais vos chambres ? demanda Brodie. Ensuite, on passera à table pour un dîner léger. Je me suis dit qu'il valait mieux attendre demain pour faire le tour de la propriété. Ce sera plus agréable en plein jour.

Samantha s'aperçut alors à quel point elle était fatiguée.

— Ça me paraît bien.

Ils le suivirent dans le grand escalier, puis dans un couloir moquetté.

— Gayle, je vous ai installée ici, déclara Brodie en ouvrant une porte. Vous devriez avoir tout ce qu'il vous faut, mais n'hésitez pas à me dire si je peux faire quoi que ce soit pour rendre votre séjour plus confortable.

Gayle marcha jusqu'à la fenêtre.

— C'est charmant. J'aime beaucoup les petites bornes solaires que vous avez installées le long du chemin. Ça me permet de distinguer encore un peu les montagnes et le loch. Après le bruit et l'agitation de la ville, ce sera merveilleux.

Samantha commençait à croire qu'elle ne connaissait pas du tout sa mère.

Brodie alluma une des lampes près du lit.

— Samantha ?

— C'est une très belle chambre, Brodie.

Et c'était vrai. La pièce était dotée de lambris et d'un haut plafond. Un feu brûlait dans la cheminée, une bibliothèque habillait l'un des murs et, dans un coin, un fauteuil confortable donnait envie de s'y pelotonner.

Quelqu'un avait pris le temps de disposer des branches de houx et d'eucalyptus dans un grand vase.

Laissant Gayle s'installer, Brodie guida le reste du groupe à travers une porte qui menait dans l'une des tourelles, puis poussa un battant.

— Il y a deux chambres à cet étage. Je me suis dit que Tab pouvait dormir dans celle-ci, avec Ella et Michael juste à côté ? Samantha, vous êtes tout en haut.

Il avait pris le temps d'apprendre leurs prénoms, songea-t-elle en regardant Tab courir vers le lit à baldaquin. Il leur donnait l'impression d'être des amis, pas des clients.

— On dirait un lit de princesse ! s'exclama Tab.

Elle grimpa sur le matelas et sauta dessus plusieurs fois.

— Je l'adore.

— Moi aussi, je l'adorais, déclara Kirstie en traversant la pièce jusqu'à la fenêtre. C'était ma chambre, autrefois. D'ici, les couchers de soleil sont vraiment spectaculaires. Attention à la porte de la salle de bains. Il lui arrive de se bloquer.

— Je l'ai réparée.

Depuis le seuil, Brodie observait sa sœur.

— Et si tu allais voir si maman a besoin d'aide en cuisine pendant que j'emmène Samantha dans sa chambre ?

Kirstie soutint son regard un moment, puis elle pinça les lèvres et ressortit en le frôlant.

— Le repas sera servi dans la salle du loch. Est-ce que l'un d'entre vous a des allergies ?

Samantha avait l'impression que cette femme serait tentée d'ajouter des allergènes à tout ce qu'ils allaient manger.

— Pas d'allergies. On mange de tout.

— Sauf du brocoli, annonça Tab.

— Tu manges du brocoli.

— Je le cache surtout.

La petite échangea un regard de connivence avec Brodie. À en juger par son clin d'œil, lui aussi avait dû cacher du brocoli à une époque.

Samantha le suivit dans l'escalier en colimaçon qui menait à la chambre du haut.

L'élément central de la pièce était un lit à colonnes richement sculptées. Il était recouvert d'une épaisse couverture en velours, ainsi que d'oreillers et de coussins aux couleurs de la forêt. De lourds rideaux pendaient aux fenêtres. Les flammes qui dansaient dans la cheminée envoyaient des reflets de lumière rubis à travers la pièce.

Devant l'âtre, un fauteuil rembourré, une table et un gros tapis semblaient inviter Samantha à les rejoindre.

— Il y a une alcôve pour suspendre les vêtements, déclara Brodie en tirant sur un rideau, avant de désigner une porte. La salle de bains est petite, mais elle contient tout le nécessaire.

Samantha passa la tête dans l'alcôve.

— À quoi ça servait à l'origine ?

— Personne ne le sait. D'après une rumeur, le laird l'utilisait comme cachette pour ses maîtresses.

Elle rit et remit le rideau en place.

— Il ne devait pas être très bon à cache-cache. Ce serait le premier endroit où je regarderais.

Cette chambre était parfaite. Ses inquiétudes portaient sur autre chose et elle ne voulait pas les cacher.

— Que pense votre sœur de tout ça ?

— Ma sœur ?

— J'ai perçu de la tension.

Son professionnalisme s'expliquait entre autres par cette aptitude à remarquer le moindre détail. Cela dit, interroger Brodie de la sorte la mettait un peu mal à l'aise. Après tout, il y avait aussi de la tension dans sa propre famille. Mais elle devait absolument comprendre la situation avant de pouvoir recommander cet endroit autour d'elle.

Il se figea un instant, puis referma la porte pour qu'on ne les entende pas.

Pendant quelques secondes, ils n'entendirent plus que le crépitement du feu et le bruissement du vent qui faisait vibrer les fenêtres.

— Kirstie a du mal à s'adapter à notre nouvelle réalité.

— C'est-à-dire accueillir des hôtes payants ?

— Entre autres, répondit-il en marchant jusqu'à la cheminée. C'est compliqué. Les familles sont compliquées.

Il se passa la main sur la mâchoire.

— Enfin, peut-être que la vôtre ne l'est pas, mais…

— Ma famille est compliquée également.

— Vraiment ? Parce que je trouve ça plutôt impressionnant d'avoir trois générations de la famille Mitchell réunies pour les fêtes.

À cet instant, elle faillit lui dire. Elle faillit avouer qu'elles n'avaient pas eu le moindre contact avec leur mère pendant cinq ans. Que cette « réunion » était inédite. Qu'elle redoutait ce séjour et avait peur du résultat. Qu'elle ignorait jusqu'alors que sa mère était déjà venue en Écosse, et d'autant plus pendant sa lune de miel.

Soudain, elle se sentit coupable. Ils n'étaient là que depuis une demi-heure, et elle attendait de lui qu'il dévoile ses secrets de famille alors qu'elle n'avait pas la moindre intention de lui confier les siens.

Du moment que l'hospitalité était bonne, les McIntyre avaient le droit de garder leurs secrets.

— C'est Noël. Ce n'est pas le meilleur moment pour recevoir des hôtes, déclara-t-elle en se dirigeant vers la porte.

Et ce n'était pas non plus le meilleur moment pour être un hôte.

— Cette chambre est magnifique, Brodie. Merci. Vous avez parlé de dîner ?

De l'autre côté de la pièce, il riva son regard au sien.

Elle eut l'impression qu'il allait ajouter quelque chose, mais Ella les appela, et le moment s'évanouit.

Après un délicieux repas de viandes froides, de salade et de pain frais, ils prirent tous le chemin de leurs chambres.

Ella et Tab firent une pause pour dire au revoir au chien, ce qui obligea Samantha à rester seule avec sa mère.

Il y eut un moment pénible quand Gayle s'arrêta devant la porte de sa chambre. Samantha s'arrêta, elle aussi, incertaine quant à la conduite à tenir.

C'était une nouveauté de souhaiter bonne nuit à sa mère. Elle ne pouvait quand même pas lui serrer la main. Elle était incapable de la serrer dans ses bras. C'était comme si une immense barrière physique se dressait entre elles.

Elle finit par lui adresser un sourire gêné.

— Dors bien. Tu dois être fatiguée.

Sans attendre de réponse, elle se dirigea vers l'escalier qui montait jusqu'à sa chambre.

Une fois dans son refuge au sommet de la tourelle, Samantha ferma les yeux.

Quel cauchemar…

Au moins, elle n'avait pas à partager sa chambre.

Elle se secoua aussitôt et vidait sa petite valise lorsque Ella la rejoignit.

— Je rêve d'aller me coucher.

— Tab s'est endormie ?

— Elle s'est effondrée avant même que Michael ne commence à lui lire son histoire. Cet endroit est fabuleux. J'ai hâte de le voir en plein jour.

Elle scruta l'obscurité par une des fenêtres.

— Je parie que la vue est fantastique. Et en parlant de vues fantastiques… Brodie est canon. Il me rappelle mon prof d'anglais à la fac. Tu te rends compte qu'il a pensé à prendre un siège auto pour Tab ? Et une couverture !

Samantha suspendit deux robes.

— C'était attentionné.

— Il a des yeux incroyables. Tu crois que je devrais acheter des lunettes pour Michael ?

— Pourquoi lui achèterais-tu des lunettes alors qu'il n'en a pas besoin ?

— Parce qu'elles sont hyper sexy. Cette monture sombre autour de ces yeux clairs… Franchement, waouh !

— Tu es folle amoureuse de Michael !

— Je sais. Je pense à toi.

— À moi ? demanda Samantha en rangeant sa valise en bas de l'alcôve.

— Oui. Brodie serait parfait pour toi. Il est intelligent. Attentionné. Il a de beaux yeux.

— Et il en sait beaucoup trop long sur moi.

Ella sourit.

— Exactement. Il a une longueur d'avance.

— Ella…

— Je sais. Je n'ai pas le droit de t'arranger un coup. Mais tu ne peux pas me reprocher d'essayer.

Elle s'assit au bord du lit.

— Tu ne trouves pas ça bizarre ? Être ici en famille alors qu'on n'est pas une vraie famille ? Je m'attends constamment à ce que quelqu'un s'en aperçoive. J'ai le syndrome de l'imposteur.

— On est une famille, Ella.

Samantha ne voulait pas admettre qu'elle éprouvait à peu près la même chose.

— Une robe reste une robe même si elle est déchirée et que l'ourlet est défait.

— Et une robe peut être recousue. Espérons que ton analogie s'appliquera à nous.

Ella s'allongea sur le lit.

— Ce matelas est tellement confortable que je risque de ne jamais vouloir me relever.

— Va dormir dans ton propre lit.

Sa sœur s'appuya sur les coudes pour la regarder.

— Ils ont l'air gentils. Et maman paraît satisfaite de sa chambre, ce qui est un vrai miracle de Noël parce qu'elle est exigeante au possible. Tu crois qu'elle va bien ? Honnêtement, je n'en ai aucune idée.

— Je ne crois pas qu'elle soit aussi détendue qu'elle veut nous le faire croire.

Mais elle n'était pas la seule, se dit Samantha en rangeant ses affaires de toilette et de maquillage dans la salle de bains. Des serviettes propres étaient posées sur un sèche-serviettes.

— Pourquoi ne nous a-t-elle jamais parlé de sa lune de miel ?

— Pourquoi l'aurait-elle fait ? Elle n'évoque jamais son mariage. Je ne me rappelle même pas quand on lui a posé la question pour la dernière fois. De toute façon, ça ne sert à rien de le faire, on n'a jamais de réponse.

— Je sais. Perdre quelqu'un qu'elle aimait autant l'a traumatisée, c'est évident. Alors pourquoi nous en parler maintenant ? Et elle a dit ça l'air de rien, comme si elle parlait de la météo.

— Cela confirme peut-être qu'elle s'adoucit, remarqua sa sœur.

Elle ne s'est jamais remise de sa mort, on le sait bien. Ils étaient tellement amoureux. J'imagine que leur lune de miel a été un moment privilégié.

Samantha ferma la porte de la salle de bains.

— Mais si cet endroit est plein de souvenirs, pourquoi voudrait-elle revenir ici ?

— Eh bien, au début, elle ne voulait pas, rappelle-toi. Ce jour-là, à l'hôpital, elle a dit non. Et puis elle a changé d'avis. Ce sont peut-être de bons souvenirs. Elle avait l'air assez heureuse dans la voiture.

— Je dirais plutôt calme.

Samantha avait trouvé sa mère songeuse et contemplative, pas heureuse. Avait-elle pensé à l'homme qu'elle avait aimé ? L'homme qu'elle avait perdu ?

— Ça t'arrive de penser à lui ?

— À qui ? À papa ? demanda Ella en se redressant et en croisant les jambes. Parfois. Et toi ?

Samantha posa son ordinateur portable sur le petit bureau près de la fenêtre.

— Parfois.

À vrai dire, elle pensait souvent à lui. Elle imaginait la relation qu'elle aurait eue avec lui.

— Je me demande comment il était.

— Maman devait le trouver fabuleux, parce qu'elle n'a jamais envisagé d'avoir la moindre relation depuis. Peut-être que le fait d'être ici l'encouragera à parler de lui. Peut-être même qu'elle retrouvera une photo. Ta chambre est fantastique, elle aussi.

Ella tendit le bras vers la table de chevet de l'autre côté du lit et prit le livre que Samantha avait sorti de sa valise.

— *Une nuit avec le laird* ? C'est ton fantasme secret ?

Elle lui fit un sourire malicieux, puis se laissa retomber sur le lit. Après avoir lu la quatrième de couverture, elle parcourut la première page.

Samantha serra les dents.

— Tu me le rends ?

— Absolument pas, répondit Ella en s'éloignant de Samantha qui tentait de récupérer son roman. « Elle l'embrassa avec férocité et empressement, sans se soucier de préliminaires polis, exigeant de lui une réponse immédiate. »

Elle releva les yeux.

— Elle me plaît bien, cette héroïne. Elle sait ce qu'elle veut et elle n'a pas peur de s'en emparer. D'un autre côté, elle cache qui elle est vraiment. Elle est réservée sur le plan émotionnel. Elle me fait un peu penser à toi.

— Ella…

— « Elle dénoua le ruban de sa cape et la laissa glisser par terre. » Les vêtements étaient beaucoup plus affriolants à l'époque, tu ne trouves pas ? C'est compliqué de s'extraire d'un jean skinny. Je devrais peut-être me mettre à porter des capes. « Elle lui arracha sa chemise… »

Ella tourna la page.

— C'est pas mal. Et sexy. J'ai envie d'être cette femme.

— C'est un livre, Ella.

— Et alors ? Les émotions sont bien réelles. Il a envie d'elle. Elle a envie de lui. Une passion réciproque. Ça arrive.

— Les gens ne s'arrachent pas leurs vêtements dans la vraie vie. Pas de façon romantique.

— Si, parfois. Un jour, Michael m'a arraché mon chemisier. Ce qui est drôle, c'est que Tab a retrouvé l'un des boutons dans le salon l'autre jour pendant qu'elle parcourait l'appartement à quatre pattes. Ça en dit long sur mon talent pour le ménage. Ne le dis pas à maman, même si le fait que je sois une mauvaise femme au foyer est sûrement la seule chose qui ne la dérangerait pas.

— Dans le salon ?

— Oui. On n'est pas arrivés jusqu'à la chambre.

L'aveu décomplexé de sa sœur lui fit un drôle d'effet. Kyle n'avait jamais été impatient de lui faire l'amour au point de lui arracher ses vêtements. Ils s'étaient toujours déshabillés chacun de son côté. Il suspendait ses affaires avec soin avant de la rejoindre dans la chambre. Ils n'en étaient jamais venus à coucher ensemble dans le salon. Ni dans la cuisine, ni dans l'escalier, ni dans aucune autre pièce que la chambre. Tout ce qui précédait alors leurs rapports sexuels était aussi enthousiasmant que de déballer un cadeau dont on connaissait déjà le contenu.

— Michael a fait ça ?

Pourquoi posait-elle la question ? Elle avait beau apprécier son beau-frère, elle n'avait pas envie de savoir autant de détails sur lui.

— Oui, répondit Ella. Il était de retour de déplacement après une semaine, et on était tous les deux un peu… aux abois.

Elle haussa les épaules sans le moindre signe d'embarras.

— Tu sais… quand on n'est plus capable d'attendre.

Non, Samantha ne savait pas. Et elle mourait d'envie de le savoir. Elle avait toujours cru que ce genre de besoin n'existait que dans les romans, mais voilà que sa sœur disait que ça arrivait dans la vraie vie.

Elle n'était peut-être pas de ces femmes que les hommes rêvaient de déballer.

— Il a… déchiré ton chemisier ?

— À vrai dire, c'était un chemisier particulièrement agaçant. J'avais du mal à le déboutonner, alors c'était sûrement plus de l'impatience que du désir, mais bon…

Ella était toujours absorbée par le livre.

— Je pourrai te l'emprunter quand tu l'auras fini ? Je commence à penser que j'ai envie de passer une nuit avec le laird. Et toi, tu en as carrément besoin. Tu crois qu'il garde ses lunettes quand il fait l'amour ? Ça lui donne un côté tellement sexy.

Quelqu'un frappa à la porte. Elles se tournèrent et aperçurent Brodie sur le seuil.

Ella lui adressa un large sourire dépourvu de gêne, mais Samantha sentit ses joues s'empourprer.

Avait-il entendu ? Oui, probablement. Elle semblait vouée à être embarrassée devant cet homme.

Il jeta un rapide coup d'œil vers Ella.

— Je voulais juste m'assurer que vous aviez tout ce qu'il vous fallait.

Il ne regarda pas Samantha. Probablement parce qu'il avait tout entendu.

Pourquoi n'avait-elle pas pris un Dickens ? Ou *Guerre et Paix* ? Quand elle avait rangé ce livre dans sa valise, elle n'avait pas pensé que quelqu'un pourrait tomber dessus. Elle ne pouvait pas voyager sans avoir de quoi lire, et les romans d'amour qu'elle affectionnait étaient parfaits pour s'évader de la réalité et se détendre. Elle s'était dit qu'en passant Noël avec sa mère elle aurait grand besoin de ces deux choses.

Et si sa mère avait vu le livre ? Samantha n'avait aucun mal à imaginer sa réaction.

Je n'arrive pas à croire que tu te farcisses la tête avec ces idioties sentimentales.

Et pourtant sa mère était en Écosse, là où elle avait passé sa lune de miel. Autrement dit, à une période de sa vie, elle avait dû croire à l'amour.

Samantha releva le menton, refusant de s'excuser pour ses goûts de lecture.

— Tout va bien, merci.

— La seule chose qui nous manque, c'est un laird sexy en kilt, prêt à nous entraîner dans la bruyère. Vous en avez un disponible en room service ?

Avec un sourire impénitent, Ella se leva brusquement du lit, sans lâcher le roman.

— Samantha mène une enquête approfondie sur les pratiques d'accouplement de la population locale.

Samantha arracha le livre des doigts de sa sœur et le posa à l'envers sur la table de chevet, même si elle avait abandonné tout espoir de maintenir une apparence digne.

Demain, elle s'efforcerait de repartir de zéro, d'une façon ou d'une autre. En attendant, elle voulait seulement que cette journée s'achève.

— On a tout ce qu'il nous faut, merci.

Brodie la regarda enfin. Sa sœur avait raison : la monture sombre de ses lunettes faisait ressortir ses yeux bleus.

— Bien.

Il se racla la gorge, fit demi-tour et se cogna la tête contre le chambranle.

— Aïe…

Il se toucha le crâne et grimaça.

— Ça va ? demanda Ella en tendant la main vers lui, comme pour le protéger d'autres désastres.

— Je vais bien. Tout va bien.

Il lança un sourire chagrin à Ella.

— Il faut que je pense à baisser la tête dans ces vieilles chambres.

Alors qu'il reculait, son épaule heurta la porte, et il trébucha légèrement.

— Oups… Ça va toujours… J'espère que vous dormirez bien, Samantha.

Il croisa son regard une brève seconde, puis fit volte-face et sortit de la chambre en percutant tout sur son chemin.

Il n'y avait aucune chance pour qu'elle dorme. Aucune.

— Tu as vu ça ? fit Ella.

Elle murmurait tellement fort qu'elle aurait aussi bien pu crier.

— Il n'arrivait pas à te quitter des yeux. Il n'a pas arrêté de se cogner partout.

— Il s'est cogné partout parce qu'il avait hâte de s'en aller. Il était terrifié, le pauvre. Entre le coup de fil et ça, il doit se demander ce qu'il risque à dormir dans la même maison que moi.

— Il est adorable, répliqua Ella, avant de soupirer. Et si tu ne veux pas déballer le merveilleux cadeau qu'est cet homme à Noël, tu n'es pas la femme que je connais.

Ella

Ella se réveilla dans l'obscurité, complètement désorientée. Cherchant son portable à l'aveuglette, elle vérifia l'écran.

Trois heures du matin.

Elle reposa le téléphone, se laissa retomber sur les oreillers et patienta, le temps que son cerveau se remette en marche pour de bon.

Noël approchait, et ils se trouvaient en Écosse.

L'agréable sensation qui l'envahissait d'ordinaire se faisait attendre. Que se passait-il ? D'où venait cette tension ?

Elle était ici avec sa famille. Michael, Tab, Samantha. Et…

Sa mère.

Elle se redressa, le souffle court. Sa mère. C'était elle qui avait suggéré que sa mère les accompagne. Pourquoi avait-elle fait ça ? Noël se passait toujours tellement bien. C'était un moment aussi délicieux et doux qu'un gâteau au chocolat. Avec sa mère dans l'équation, l'harmonie risquait d'être chamboulée… et le serait sûrement.

Et si elle avait gâché Noël ?

À côté d'elle, Michael remua.

— Qu'est-ce qui ne va pas ?

— Rien.

Quand elle se rallongea, il l'attira contre lui.

— Je sais que ce n'est pas rien. C'est à propos de ta mère ?

— Oui. Tout me paraît tellement… bizarre. Elle ne m'a toujours rien dit sur le fait que je ne lui aie pas parlé de mon mariage et de mon enfant.

— Elle s'est peut-être rendu compte que, tout ça, c'est du passé et qu'il est temps de tourner la page.

— Ma mère n'est pas comme ça. Elle ne se prive jamais de commenter mes mauvaises décisions.

— Ça fait cinq ans que tu ne l'as pas vue, remarqua Michael d'une voix ensommeillée. Elle a peut-être changé.

Probablement pas.

— Et si tout ça était une énorme erreur ?

Il la plaqua contre le matelas et l'embrassa.

— On va passer le plus beau des Noëls.

Vraiment ? Il ne connaissait pas sa mère.

Il glissa la main de sa hanche à sa cuisse, puis remonta. Pour l'instant, elle allait le laisser donner libre cours à ses fantasmes, parce qu'elle en avait quelques-uns de son côté.

— Serais-tu en train de me faire des avances ?

— Et pas qu'un peu.

Il posa la bouche sur sa joue, sa gorge, son sein. Elle sentit la douceur de ses lèvres et la rugosité de sa barbe sur sa peau sensible.

Une bouffée de désir, brûlante et dévorante, l'envahit. Il n'était pas son premier amant, mais elle avait compris dès leur premier baiser enflammé qu'il serait le dernier.

Michael.

Elle l'entoura de ses bras et noua ses jambes autour de la sienne.

— Je t'aime.

— Évidemment. Tu es une femme de goût. Aïe !

Michael tressaillit lorsqu'elle bougea son genou.

— Si tu as l'intention d'avoir un autre enfant un jour, tu devrais faire attention, plaisanta-t-il.

— Je ne sais pas si j'ai envie d'un deuxième enfant. Est-ce qu'il te ressemblerait ?

— Est-ce qu'il serait intelligent et incroyablement séduisant, tu veux dire ? On est une espèce rare. Je ne garantis rien.

Alors qu'elle s'apprêtait à répondre, il l'embrassa.

Elle posa la main sur son épaule, prête à le repousser pour continuer à parler, mais face à son ardeur elle perdit le fil de ses pensées. En un instant, le baiser passa de doux et mesuré à fiévreux et pressant.

De ses doigts et de sa bouche, il caressa et explora les parties les plus sensibles de son corps, avec un érotisme qui la laissa pantelante.

Il attendit qu'elle se torde sans retenue, consumée par le désir, pour se glisser enfin en elle. Elle enroula les jambes autour de lui, mais il resta immobile, l'embrassant jusqu'à ce que son excitation soit presque à son comble. Quand il commença enfin à bouger, il adopta un rythme lent et régulier. Elle aurait pu croire qu'il n'était pas aussi impatient qu'elle, mais elle le connaissait. Elle prit son visage entre ses mains, vit l'étincelle fiévreuse dans ses yeux et comprit les efforts qu'il faisait pour se retenir.

— Je t'aime, murmura-t-elle tout contre ses lèvres. Je t'aime. Je t'aime.

Il soutint son regard, et l'émotion qu'elle ressentit la fit frémir. *S'il te plaît, encore, plus fort…*

D'un coup de reins, il s'enfonça plus profondément en elle. Elle faillit crier, mais il avait déjà plaqué la bouche sur la sienne. Son baiser, intime et sensuel, décupla le plaisir d'Ella. Les sensations se multiplièrent en elle, jusqu'à ce qu'elle se contracte autour de lui, lâchant prise et basculant dans l'extase.

Elle le sentit frissonner, tandis qu'il enfouissait le visage dans son cou pour étouffer ses râles. Enfin, il releva la tête et posa la paume sur sa joue.

— Je t'aime aussi, déclara-t-il en l'embrassant doucement. Très fort.

Le cœur d'Ella débordait de tendresse, mais elle lui fit un sourire taquin.

— Évidemment. Tu es un homme de goût.

Souriant à sa réponse, il se rallongea sur le dos et l'attira contre lui.

— Allez, rendors-toi, maintenant.

Et c'est ce qu'elle fit.

Quand elle se réveilla à nouveau, un pâle rayon de soleil filtrait par la fenêtre. Michael avait toujours un bras autour d'elle. Se sentant comblée, elle resta immobile un moment, avant de demander :

— Quelle heure est-il ?

Elle saisit son téléphone et poussa un grognement.

— Il est tard. Comment a-t-on pu dormir autant ?

— La faute à nos incroyables galipettes, répliqua Michael.

Il la ramena contre lui, mais elle se dégagea.

— Je n'arrive pas à croire que Tab ait fait la grasse matinée. D'habitude, elle débarque dans notre lit à 5 heures.

— Étant donné ce qu'on faisait à 5 heures, je dirais que c'est une bonne chose qu'elle ne se soit pas réveillée.

Après l'avoir embrassé, elle se leva. Sa tête lui donnait l'impression d'avoir été bourrée de duvet.

— Je vais aller la voir.

— Pourquoi ? Tu vas la réveiller.

— Et si elle s'est levée tôt pour aller vagabonder je ne sais où ? Elle s'est peut-être fait dévorer par un renne…

Renonçant à se rendormir, Michael s'adossa aux oreillers.

— Les rennes sont herbivores.

— Transpercer par leurs bois, alors.

— Ils ont toujours l'air d'animaux plutôt dociles dans les films. Est-ce que le Père Noël se servirait d'eux pour tirer son traîneau s'ils étaient si dangereux que ça ?

— Je vais juste aller voir comment elle va.

Elle enfila un pull par-dessus sa nuisette, puis marcha sur la pointe des pieds vers la chambre voisine.

Elle entrebâilla la porte de Tab, juste assez pour jeter un œil dans la pièce.

Le lit était vide.

Elle ouvrit la porte en grand.

— Tab ?

Aucune trace de sa fille.

La panique l'envahit.

— Michael ! Elle n'est plus là !

Elle retourna dans leur chambre en courant et trébucha sur ses chaussures, qu'elle ramassa à la hâte.

— Habille-toi. Il faut qu'on la retrouve.

Elle récupéra son jean sur le dossier de la chaise.

— Comment ai-je pu dormir aussi tard ? Je ne dors jamais aussi tard.

— Ella…

— Pourquoi je ne l'ai pas entendue ? On aurait dû rester à la maison et ne pas venir passer les vacances ici. J'espère qu'ils ferment les portes à clé, marmonna-t-elle en enfilant son pantalon. Elle a pu aller n'importe où…

Michael finit par se traîner hors du lit.

— Calme-toi. Je ne t'ai jamais vue comme ça.

— Eh bien, voilà, tu me vois.

Son cœur battait à tout rompre. Il avait raison, elle devait se calmer.

— Il faut qu'on trouve Brodie McIntyre. Il faut qu'on…

— Respire.

Michael se passa la main sur le visage, comme pour mieux se réveiller.

— Il faut que tu respires. Ensuite, on fera ce qu'on fait toujours avec Tab : privilégier la logique à la panique. Elle est sûrement en bas, à jouer avec le chien.

— Ou peut-être qu'elle est allée promener le chien et qu'elle est tombée dans le loch et qu'elle s'est noyée.

— Pourquoi aurait-elle fait ça ? Et pourquoi vas-tu imaginer de tels drames ? demanda-t-il, avant d'attraper un peignoir. OK, allons chercher notre fille.

Jetant un coup d'œil par la fenêtre, il s'immobilisa.

— Ah… Plus de raison de paniquer.

— Quoi ? Pourquoi ?

Elle le rejoignit et aperçut Tab au loin, minuscule silhouette se détachant sur un vaste paysage enneigé. Quelqu'un de plus grand se tenait près d'elle. Un adulte, vêtu d'une longue doudoune.

— C'est qui, avec elle ?

— On dirait ta mère.

— Ce n'est pas ma mère. Ma mère ne porte que du noir. Cette doudoune est…

Elle plissa les yeux.

— … bleu paon ?

— Elle avait peut-être envie de changement. C'est ta mère, c'est certain.

— Mais le noir, c'est sa couleur. Cela dit…

Elle se laissa tomber au bord du lit.

— Je suis soulagée que Tab aille bien.

Michael s'assit à côté d'elle.

— Et toi, tu vas bien ?

— Je suis toujours comme ça quand ma mère est dans les parages. Tu le sais bien.

— Non, je ne le sais pas. Je ne t'ai jamais vue avec ta mère. Et je ne comprends pas pourquoi tu serais différente en sa présence.

— On agit tous de façon différente selon les personnes avec qui on est, Michael. Tu n'aurais pas vu mes gants ?

Il les lui tendit.

— Je suis pareil avec tout le monde. Il n'y a qu'une seule version de moi. Il est vrai que c'est une version géniale.

Elle finit de s'habiller.

— Tu n'es pas le même au travail et à la maison.

— Si. Je suis le même type intelligent, super sexy et avenant dont tu es tombée amoureuse.

Elle lui lança sa chaussette au visage.

— Au moins, tu n'as pas inclus « modeste » dans cette liste. En tout cas, voilà la version de moi quand je suis avec ma mère, alors il faudra bien que tu t'y habitues. Tu viens ou je m'en occupe toute seule ?

Il la prit dans ses bras.

— Ça va aller, mon cœur. On doit juste trouver un moyen pour que tu redeviennes toi-même. Et maintenant, détends-toi. Tab va bien.

— Elle ne va peut-être pas bien.

La source de son angoisse avait changé.

— Comment a-t-elle pu être aussi inconsciente ?

— Elle n'a même pas cinq ans, mon cœur.

— Je parle de ma mère. Elle aurait au moins pu laisser un mot. Tab ne la connaît même pas. Pourquoi l'a-t-elle embarquée avec elle comme ça ?

— Probablement parce qu'elle a envie d'apprendre à la connaître. Ça me semble plutôt évident. Et puis elles étaient assises l'une à côté de l'autre dans l'avion. Ta mère a été d'une patience d'ange pendant le vol. Tab a été très pénible, et ta mère lui a lu des histoires et a fait des puzzles avec elle sans se lasser.

— Tu essaies de me faire culpabiliser ?

— Non, Ella.

Il semblait fatigué.

— J'essaie d'expliquer pourquoi ta mère a peut-être emmené Tab dehors toute seule. Elle tente de créer des liens avec elle, et je trouve important de la laisser faire.

— Elle n'a aucune idée de ce que Tab est capable de faire. Cette gamine est tellement curieuse. Elle grimpe partout, fourre son nez partout, veut s'amuser…

— Il n'y a rien de mal à vouloir s'amuser.

— Je sais. Mais ma mère n'est pas une adepte de l'amusement. Elle croit au développement personnel.

Michael retourna près de la fenêtre.

— Tu en es sûre ? Parce qu'elle a l'air de s'amuser. Elles sont en train de faire un bonhomme de neige.

— Impossible. Ma mère ne saurait même pas comment s'y prendre, et… Oh.

Elle rejoignit Michael et regarda dehors. Même à cette distance, elle pouvait voir sa mère ramasser une autre poignée de neige et l'ajouter à la boule que Tab avait déjà créée.

— Je n'y crois pas…

— Tu ne crois pas à quoi ? lança la voix de Samantha depuis le couloir. C'est quoi, tous ces cris hystériques ? Je t'entendais depuis ma chambre. J'espère au moins que c'est parce que tu as vu le Père Noël et ses rennes en train de survoler les montagnes. Où est Tab ?

Elle s'approcha d'eux pour voir ce qu'ils observaient.

— Oh…

— Comme tu dis, répondit Ella en s'efforçant de ne pas se sentir blessée par le mot « hystériques ».

— Je dois être plus fatiguée que je ne le pensais. J'hallucine.

Samantha se frotta les yeux.

— Pendant un instant, j'ai cru voir notre mère faire un bonhomme de neige avec Tab.

— C'est le cas. Et elle rit.

— Est-ce que maman porte… un manteau bleu ?

— Bleu paon, plutôt, corrigea Ella en haussant les épaules. Je n'arrête pas de dire à Michael que ça ne lui ressemble pas du tout.

— Eh bien, c'est bon signe, remarqua Samantha sans quitter la scène des yeux.

— Signe de quoi ?

— Qu'elle peut changer. Elle porte du noir. Tout le temps. Mais aujourd'hui elle a mis du bleu paon.

— Ce qui fera sans doute plaisir à notre fille, intervint Michael, étant donné que ça se rapproche de la couleur d'une sirène. C'est gentil de sa part. Et maintenant que je sais que notre fille est contente et en sécurité, je vais aller prendre une douche et me débarrasser de tout ce stress.

Il disparut dans la salle de bains, laissant les deux sœurs seules.

« C'est gentil de sa part. »

Ella ressentit une pointe de frustration. Michael avait sans doute l'impression qu'elle faisait une montagne d'un rien, mais sa relation compliquée avec sa mère n'était pas rien.

Elle se frotta la poitrine, puis elle vit l'expression mélancolique de Samantha et comprit : quel que soit ce qu'elle éprouvait, sa sœur était dans le même bateau.

— Ça fait mal, hein ?

— Quoi ?

— Tu sais quoi.

— Non, répondit Samantha en se redressant. Je ne vois pas de quoi tu parles.

— Allez, quoi ! Tu te sens bien ? Tu la regardes faire un bonhomme de neige et tu n'as aucune émotion qui remonte à la surface ?

— Ella…

— Pourquoi fais-tu ça ? Pourquoi passes-tu ton temps à cacher tes sentiments ? Moi, je te raconte tout. Je trouve ça blessant que tu ne me parles pas.

— Je te parle tout le temps. On discute tout le temps de nos sentiments.

— Tu ne me parles jamais de Kyle.

— Je… il n'y a rien à en dire.

— Tu vois ? C'est là où je veux en venir. Je parle de ce que je ressens et tu écoutes. Tu écoutes tout le monde. Tu es super douée pour ça. Mais nettement moins quand il s'agit de parler de toi. C'est moi ! Ta sœur ! Tu peux me dire ce que tu ressens.

— À propos de maman qui fait un bonhomme de neige

avec Tab ? Je suis contente. Soulagée. J'étais aussi inquiète que toi pour cette réunion de Noël. Je ne comprends pas pourquoi tu n'es pas soulagée, toi aussi. Qu'est-ce que tu voulais, Ella ? Tu voulais qu'elle ignore Tab ?

— Non, bien sûr, et, oui, je suis soulagée qu'elle semble faire des efforts. Mais je trouve ça aussi un peu bizarre.

C'était elle qui allait devoir le dire…

— Elle n'a jamais fait ça avec nous.

— Mais elle a emmené Tab dehors pour jouer avec elle. C'est énorme, souligna sa sœur.

— Oui, et ça fait mal parce qu'elle est là dehors à jouer avec ma fille, à essayer de la rendre heureuse, alors qu'elle n'a jamais fait ça avec nous.

Samantha s'approcha d'Ella et l'enlaça.

— Je comprends pourquoi tu es bouleversée.

— Vraiment ? Et toi, tu n'es pas bouleversée ?

Elle se dégagea. Pourquoi sa sœur était-elle prête à la réconforter, mais restait incapable d'admettre ses sentiments ?

— C'est différent. Je ne suis pas la maman de Tab.

Ella renonça.

— Je vais les retrouver. Tu m'accompagnes ?

— C'est une visite professionnelle pour moi. J'ai besoin de faire le tour du domaine, de discuter avec Brodie du type d'activités qu'on peut offrir, d'établir des projections. Je vais prendre des photos, étudier les options de transport. J'ai aussi promis d'explorer avec lui d'autres façons de monétiser le domaine.

Ella observa sa sœur avec attention pour la première fois. Même vêtue de vêtements chauds et pratiques, Samantha avait une allure soignée et professionnelle.

— C'est un nouveau pull ? Tu es superbe. Depuis combien de temps es-tu réveillée ?

— Quelques heures. Je travaillais. Je devais faire quelques préparatifs pour aujourd'hui.

Ella était sur le point de demander à sa sœur si elle avait hâte de passer la journée avec Brodie lorsque Michael sortit de la salle de bains.

— Je suis le seul ici à mourir de faim ? demanda-t-il en récupérant sa montre sur la table de nuit. Je suis disposé à tester le petit déjeuner écossais pour toi, Samantha. Je te donnerai mon avis mûrement réfléchi sur chaque aliment.

Samantha lui sourit.

— J'apprécie ton sacrifice.

— Prêt à tout pour mon équipe. Tu viens manger quelque chose, Ella ?

— Plus tard.

Après avoir superposé plusieurs épaisseurs de vêtements, Ella attrapa son manteau. Elle se sentait isolée. Personne, pas même sa sœur, ne semblait comprendre ce qu'elle ressentait.

— Je veux voir comment va ma fille.

— Notre fille, corrigea Michael calmement. C'est notre fille.

— C'est vrai. Mais elle est avec *ma* mère. Qui est sûrement en train de dire à Tab de ne jamais se marier, ou de veiller à avoir un travail bien rémunéré. Ou peut-être que Tab est tombée et qu'elle lui dit de se relever toute seule.

Samantha échangea un regard avec Michael.

— Il faut que tu te détendes, Ella, sinon cette réunion de famille ne marchera jamais. Tu ne peux pas tourner autour de maman en surveillant le moindre de ses gestes.

Rien ne cinglait autant qu'une critique faite par quelqu'un qu'on considérait comme un allié.

— Comment peux-tu dire ça ? Tu sais comment elle est. Regarde l'impact qu'elle a eu sur toi.

Samantha pinça les lèvres.

— Ça veut dire quoi, ça ?

— C'est à cause des avertissements continuels de notre mère que tu es célibataire et attachée à ce point à ton travail. Les sentiments te terrifient, et c'est pour ça qu'au lieu de vivre des passions débridées tu passes tes nuits à lire des romans dont c'est le sujet. Maintenant que j'y pense, ça pourrait être l'illustration même du rapport sexuel sans risque. C'est sûrement moins risqué que de s'ouvrir et de faire confiance à quelqu'un.

En voyant l'expression blessée dans les yeux de sa sœur, elle essaya de faire marche arrière :

— Tout ce que je dis, c'est que notre éducation a eu un énorme impact sur nous. J'ai peur de dire la vérité sur ma vie à notre mère, et tu fuis les relations intimes parce que maman nous a dit de ne jamais bâtir nos vies autour d'un homme.

Samantha était raide comme la justice.

— Tu as fini ?

— Je pense seulement…

— Et moi, je pense que tu devrais arrêter de parler maintenant, la coupa sa sœur.

Ella déglutit et se défendit.

— Tu agis comme si tout ça était normal mais, avant ces retrouvailles, on n'avait pas parlé à notre mère depuis cinq ans. Donc excuse-moi si le sujet est un peu sensible. On fait semblant d'être une famille normale, alors qu'on n'en est pas une.

— Je vais voir si je peux trouver les McIntyre et de quoi petit-déjeuner. Et si je n'y arrive pas, je me retirerai dans ma chambre avec mes fantasmes littéraires.

Samantha quitta la pièce, et Ella la suivit des yeux avec tristesse.

— Et voilà, je lui ai fait de la peine.

Elle s'en voulait terriblement. Samantha et elle ne se disputaient jamais. Elle avait besoin d'elle, sa sœur était son pilier, et elle savait que c'était réciproque.

— Elle s'en remettra, affirma Michael en prenant son téléphone. Votre relation survivra forcément à une remarque sans tact.

— Tu trouves que j'ai manqué de tact ?

— Je trouve que tu n'es pas toi-même. Et si c'est comme ça

que tu es auprès de ta mère, c'est peut-être le bon moment de se pencher là-dessus.

— Qu'est-ce que tu insinues ?

Il rangea son portable dans sa poche.

— S'il y a des choses que tu veux dire à ta mère, alors dis-les-lui.

— Je te l'ai dit, elle me fait me sentir comme…

— Une enfant. Oui. Je comprends. Et je comprends que ce soit difficile, mais c'est à toi de récrire cette partie de l'histoire. On reste des enfants aux yeux de nos parents. On fera sûrement pareil avec Tab quand elle aura trente ans et sera complètement indépendante. Si tu veux vraiment reprendre une relation avec ta mère, il faut que vous tiriez toutes les deux un trait sur le passé.

— Comment suis-je censée m'y prendre ?

À l'entendre, c'était tellement facile. Si cela avait été le cas, elle l'aurait déjà fait.

— Tu pourrais commencer par lui dire que tu n'enseignes pas en ce moment. Que tu as choisi de rester à la maison pour élever notre enfant. Cette femme écrit des livres qui encouragent les gens à faire des choix. Elle comprendra sûrement ton besoin de prendre tes propres décisions, non ?

Ella imaginait déjà ce qui se passerait.

— Elle n'a aucun mal avec les choix des autres. Mais, en ce qui concerne ceux de ses filles, elle ne les accepte que s'ils s'alignent avec ses ambitions pour nous.

Michael prit l'écharpe d'Ella et la lui enroula autour du cou.

— Alors tu dois être claire : il faudra qu'elle accepte tes choix pour que votre relation aille de l'avant.

Il l'embrassa sur le front.

— Elle n'a pas à aimer tes décisions, mais il est indispensable qu'elle les accepte.

Ella repensa à cette affreuse journée cinq ans plus tôt. « Tu es une mère horrible. » Elles faisaient comme si ces mots durs n'avaient jamais été prononcés. Mais elle ne les avait pas oubliés, et sa mère n'avait pas dû les oublier non plus. Pouvaient-elles vraiment aller de l'avant et guérir leur relation sans aborder ce qui s'était passé ?

— Je lui parlerai quand ce sera le bon moment.

— Le bon moment, c'est maintenant. Veux-tu que je sois là pendant cette conversation ?

— Non, bien sûr que non. Je ne suis pas pathétique à ce point.

Ou peut-être que si. Mais, si elle l'était, elle ne voulait pas qu'il le voie.

Elle s'assit sur le lit.

— J'avais tellement hâte d'être à Noël. Ça devait être magique.

— Mon cœur, tu as regardé par la fenêtre ? On ne peut pas faire plus magique, et ta fille est en train de rire aux éclats. Bien sûr, ce n'est pas comme ça qu'on avait prévu de passer les vacances, mais je pense que ça va déboucher sur quelque chose d'encore mieux. Je sais que tu t'inquiètes à propos de ta mère, mais ça marquera peut-être un tournant dans votre relation.

Il voyait toujours le potentiel, jamais les embûches, songea Ella.

— Quand tu me noies sous un flot d'optimisme comme ça, je ne sais pas si je dois te serrer dans mes bras ou te détester.

Il avait raison, bien sûr. Tab riait, ils logeaient en lisière d'une forêt enneigée avec de vrais rennes tout près de la maison. C'était un paysage hivernal féerique, digne d'un rêve d'enfant.

Il la tira par les mains pour l'obliger à se relever.

— Donne tout ce que tu as. Si ça la laisse froide, tu auras au moins la satisfaction d'avoir fait tout ce que tu pouvais.

Il avait raison, elle le savait. Elle était adulte, elle avait un métier qu'elle aimait et une famille qu'elle adorait. Elle était fière de ce qu'elle faisait et de celle qu'elle était, alors pourquoi avoir aussi peur d'être honnête avec sa mère ?

— Je tiens toujours à avoir son approbation. Pourquoi en ai-je besoin ?

— Parce que tu es un être humain, répliqua Michael en la poussant vers la porte. Allez, c'est parti. Tab pourrait bien être exactement ce dont vous avez besoin toutes les deux. Elle vous rapprochera peut-être.

Ella n'était pas aussi confiante que lui.

Tout en descendant le grand escalier tournant avec Michael, elle eut l'impression d'être jugée par tous les ancêtres qui l'observaient depuis leurs cadres. Qu'est-ce que cela faisait d'avoir une famille vieille de plusieurs siècles ? Elle n'avait même pas de photo de son père, et sa mère refusait de parler de lui.

Ella devait peut-être insister et essayer de la convaincre de parler. Si sa mère était venue ici en lune de miel, c'était un bon point de départ.

Kirstie se tenait dans le couloir, raide comme un piquet.

— Le petit déjeuner est servi dans la salle à manger.

— Merci, répondit Ella, avant de se tourner vers Michael. Vas-y. Moi, je vais aller chercher Tab et maman. Oh… vous auriez une carotte ?

Comme la jeune femme la regardait d'un air perplexe, Ella expliqua en souriant :

— Ma fille fait un bonhomme de neige.

Pour la première fois depuis leur arrivée, Kirstie sourit.

— Je vais en chercher une dans la cuisine.

Elle revint un instant plus tard avec une carotte d'une forme adéquate. Laissant à Michael le soin de dégeler leur hôtesse, Ella sortit de la maison.

La neige tombée pendant la nuit avait fait des alentours un paysage étincelant et merveilleux. Après la tempête, les arbres s'étaient recouverts d'un épais manteau. Le chemin et les pelouses qui descendaient jusqu'au loch s'étaient transformés en une vaste étendue d'un blanc immaculé, qui prenait des reflets argentés lorsque le soleil dansait sur les cristaux de givre.

Tout en serrant les poings pour résister à la morsure du froid, Ella inspira une bouffée d'air glacé.

L'odeur de la fumée de bois, ainsi que les senteurs piquantes des pins et des sapins lui emplirent les narines. Elle était éblouie par cette association de neige et d'argent. C'était exactement l'ambiance qu'ils essayaient tous de recréer chez eux, s'aperçut-elle. Les gens achetaient des arbres artificiels ornés de fausse neige dans l'espoir de reproduire le charme hivernal de la forêt. Elle comprenait désormais à quel point c'était une pâle imitation de la réalité.

Elle tourna la tête vers le manoir. De la neige chapeautait les tourelles et une spirale de fumée s'élevait de l'une des cheminées. C'était un endroit absolument parfait pour passer Noël.

Si elle réussissait à trouver une façon d'arranger les choses avec sa mère, peut-être que tout irait bien.

Deux paires d'empreintes de pas, l'une beaucoup plus grande que l'autre, étaient visibles dans la poudreuse. Après avoir suivi les traces tout autour de la maison, elle trouva Tab et sa mère concentrées sur la construction de leur bonhomme de neige.

— Il faut que sa tête soit plus grosse, affirma la petite fille.

Elle tapa sur la neige pour l'aplatir, puis releva les yeux.

— Maman !

Ella sentit son cœur fondre.

— Coucou ! Tu t'amuses bien ?

— Oui. Je voulais promener Bear, mais on ne l'a pas trouvé, expliqua Tab en lissant le bonhomme.

— Vous avez bien travaillé.

Sa mère avait les joues roses.

— Ce n'était pas la peine que tu nous rejoignes, dit celle-ci. Tu aurais pu faire la grasse matinée. J'ai pensé que Michael et toi apprécieriez de passer un peu de temps rien que tous les deux.

En d'autres circonstances, elle aurait trouvé ça attentionné. Mais sa mère n'était pas une baby-sitter ordinaire, et la situation n'avait rien de normal.

— Quand je me suis réveillée, la chambre de Tab était vide,

déclara Ella en enfonçant les mains dans les poches de son manteau. Je ne savais pas où elle était.

— Elle était avec moi.

— Mais…

Elle ne te connaît pas.

— J'étais inquiète, c'est tout.

— Elle ne risque pas grand-chose dans un endroit pareil.

Ella regarda la nature enneigée autour d'elles. Il lui faudrait un an pour dresser la liste de tous les accidents potentiels. Prenant une profonde inspiration, elle repensa à ce que Michael avait dit.

Explique-lui de façon mûre et raisonnable que tu te faisais du souci.

Elle ouvrit la bouche, puis la referma.

Pourquoi avait-elle autant de mal à exprimer tout ce qui lui tenait à cœur dès que sa mère était dans les parages ?

— Tab est très active. Imprévisible. Elle adore grimper partout et explorer.

— C'est bien. C'est comme ça qu'un enfant prend de l'assurance et apprend à comprendre le monde qui l'entoure.

Ella voulait expliquer à sa mère les efforts qu'elle faisait pour garder l'équilibre sur la corde raide entre encouragements et prudence.

Devait-elle avouer que, lorsque son instinct lui faisait défaut, elle pensait au style éducatif de sa mère et faisait le contraire ? Non. Malgré leur passé houleux, elle voulait vraiment améliorer leur relation. En outre, elles s'étaient trouvées dans des situations différentes. Sa mère était seule. Ella n'imaginait même pas comment elle s'en serait sortie dans les mêmes circonstances.

— C'est bien, mais c'est aussi un peu effrayant. Elle ne connaît pas ses propres limites.

— Les limites sont souvent mentales. Ce sont elles qui nous empêchent d'avancer. La peur est un frein puissant.

Ce commentaire était tellement caractéristique de sa mère. *Repousser ses limites. Ne jamais accepter un refus.* Comme si tout était une bataille. L'homme contre la vie ou, dans le cas présent, la femme contre la vie.

La phrase semblait tout droit sortie du *Choix, pas la chance*, même si Ella ne l'avait pas lu. Comme sa sœur, elle devinait que le livre lui laisserait un goût amer dans la bouche.

Il était peut-être temps de se dépasser elle-même.

— Ce n'est pas toujours une bonne chose d'ignorer ses limites quand on joue près d'un lac profond et d'une forêt sombre.

Elle semblait citer un livre d'enfant écrit pour effrayer les jeunes esprits. « Il y avait un lac profond et une forêt sombre. »

— Elle a besoin d'être surveillée, ajouta-t-elle.

Sa mère était sur le point de ramasser plus de neige, mais elle suspendit son geste et se redressa.

— Je ne l'ai pas quittée des yeux une seconde. Je ne laisserais jamais rien lui arriver.

Maintenant, Ella se sentait méchante et mesquine.

— Bien sûr que tu ne le ferais pas intentionnellement. Mais tu ne… Je veux dire, tu n'es pas…

Comment devait-elle s'y prendre ? *On a des conceptions très différentes de l'éducation.*

— Tu n'as pas l'habitude d'avoir affaire à de très jeunes enfants. Elle ne te connaît pas, et tu ne la connais pas.

Et tu ne me connais pas, et tu ne sais pas comment je veux élever ma fille, c'est-à-dire d'une façon très différente de celle dont tu nous as élevées.

Elle s'attendait à une réplique cinglante, mais sa mère lui fit un sourire hésitant.

— Tu as raison, mais c'est le but de ces vacances : apprendre à mieux nous connaître. Jusqu'ici, on s'entend très bien. Je me laisse guider par elle.

Elle se baissa pour prendre une autre poignée de poudreuse.

— Elle m'a demandé si on pouvait venir ici pour faire un bonhomme de neige ensemble. Je l'ai fait manger avant. Un toast, c'est tout. Elle m'a dit qu'elle aimait les toasts. J'espère que j'ai bien fait ?

Ella en resta pantoise.

— Oui, c'est… C'est super que tu aies pensé à lui donner quelque chose à manger.

— Elle n'a pas mangé grand-chose pendant le voyage. Ça ne l'intéressait pas. On a fait beaucoup de puzzles ensemble. On a lu beaucoup de livres.

— Tu as été très bien avec elle.

Patiente. Attentive.

— C'est une petite fille intelligente.

Ella se détendit un peu. Voilà qui était plus familier. À n'en pas douter, la prochaine phrase de sa mère allait être : « Elle sera médecin ou avocate. »

— Elle est intelligente, acquiesça-t-elle. Et parfois trop occupée pour manger.

Sa mère hocha la tête.

— Son horloge biologique doit être perturbée par le voyage. J'ai essayé de la convaincre de manger un peu plus ce matin, mais elle mourait d'envie d'aller dehors. Je lui ai mis plusieurs épaisseurs de vêtements. On s'est tenu la main tout au long du chemin.

Gayle regarda Ella, la mine troublée.

— J'ai oublié quelque chose ? J'ai fait quelque chose de travers ? Parce que je croyais avoir pensé à tout.

Toute sa vie, Ella avait rêvé d'avoir l'approbation de sa mère. « Regarde ce que j'ai fait, maman. Regarde. » Sa mère n'avait jamais été en quête de la sienne auparavant.

— Tu as été super.

Peut-être qu'elles progressaient. Peut-être que les choses allaient changer.

— C'est vrai que ça fait longtemps que je n'ai pas passé de temps avec des enfants de l'âge de Tab, déclara sa mère en ajoutant de la neige sur le bonhomme. J'ai fait quelques recherches, mais ça ne prépare pas vraiment à la personnalité de chacun.

Des recherches ? Sa mère avait fait des recherches ? Quel type de recherches ?

— Maman…

— Elle est forte et intelligente. Elle sait ce qu'elle veut, mais elle a de bonnes manières. C'est tout à ton honneur, Ella.

Sa mère l'avait complimentée. Sa mère lui avait fait un vrai compliment.

Ella en était tout étourdie.

— C'est surtout elle.

Elle avait du mal à garder une voix normale.

— Et elle a ses mauvais moments quand elle est fatiguée, ajouta-t-elle.

— Bien sûr. Et elle pose beaucoup de questions.

C'était une réalité qu'Ella n'allait pas contredire.

— Elle te bombardera de questions jusqu'à ce que la pile dans ton cerveau soit complètement à plat.

— C'est le groupe d'âge auquel tu enseignes ?

Et voilà qu'en une seconde elles se retrouvaient à un carrefour. Où aller ? À gauche ou à droite ?

C'était le moment idéal pour dire la vérité à sa mère, mais elle ne voulait pas courir le risque de briser cette fragile trêve entre elles.

Elle choisit le chemin le plus sûr.

— Oui. J'ai toujours aimé cet âge. Ils apprennent tant de choses tous les jours.

Une rafale souleva un nuage de flocons. Ils tournoyèrent et tourbillonnèrent, aussi légers que la poussière.

Sa mère était courbée au-dessus du bonhomme de neige. Son manteau faisait une tache de couleur sur le paysage blanc, ses cheveux étaient ébouriffés et son visage n'était pas maquillé. Sa blessure à la tête avait guéri, mais il restait une cicatrice. La mère qu'elle connaissait portait toujours du noir et affichait en permanence une expression farouche. Elle avançait dans la vie avec la bouche plissée, le regard fixé droit devant elle, comme si aucune partie de son corps n'avait le droit de dévier du chemin qu'elle s'était fixé. Cette nouvelle version de sa mère, cette version vêtue de bleu paon, souriante, douce, attentive, n'était pas quelqu'un qu'elle reconnaissait.

Ella sentit le vent glacé s'infiltrer par le col de son manteau. Elle était sur le point de s'avancer vers Tab pour remonter sa fermeture Éclair quand sa mère se pencha pour le faire.

— Tu n'as pas froid, ma puce ?

Ma puce ? Ma puce ?

Sa mère n'utilisait jamais de surnoms affectueux. Sa façon de communiquer avec elles quand elles étaient petites était purement pratique. « Vous vous êtes brossé les dents ? N'oubliez pas votre livre. Écoutez bien en classe. Apprenez quelque chose de nouveau tous les jours. »

— Non, ça va, merci, mamie. J'ai bien chaud. Je finis la tête.

Tab poussa, pressa et tapota.

— Qu'est-ce que tu en penses ?

Ce bonhomme de neige était probablement la chose la plus difforme qu'Ella ait jamais vue.

Elle retint son souffle, prête à ce que sa mère gâche la joie de Tab en lui disant qu'elle devait continuer à faire des efforts jusqu'à ce que ce soit parfait, mais, contre toute attente, Gayle applaudit.

— Je le trouve magnifique. Tu as beaucoup de talent.

Ella fut si surprise qu'elle en oublia le froid.

Elle avait toujours cru que sa mère était incapable d'être chaleureuse et encourageante avec sa famille. Elle lui avait trouvé des excuses, elle avait cru que quelque chose était mort en elle lorsqu'elle avait perdu l'amour de sa vie. Mais, apparemment, sa mère en était capable.

Elle éprouvait un cocktail d'émotions indéfinissables.

Du regret ? Et même un peu d'envie ? Elle redressa les épaules.

Aucune importance, elle allait l'ignorer. Ce qui se passait était bien. Vraiment bien.

Sa mère faisait des efforts. Ella devait en faire, elle aussi. Dans la vie, il fallait parfois cesser de penser à ce qui aurait pu être… et penser à ce qui pouvait être.

Tab ajouta de la neige sur le corps, son souffle formant un nuage de vapeur dans l'air froid.

— On pourra faire un bonhomme de neige tous les jours pendant qu'on est ici ? demanda-t-elle en relevant les yeux. Hein, mamie ?

— Oui.

Tab frotta la neige de ses moufles.

— Ensuite, on a besoin de branches ! Pour les bras.

— Je m'occupe des bras, annonça Ella.

Tandis qu'elle se dirigeait vers les arbres, ses pieds brisèrent la fine croûte glacée et s'enfoncèrent profondément à chaque pas.

Des pommes de pin affleuraient sous la couche de neige. Elle en ramassa deux, qu'elle rangea dans sa poche. Elle trouva ensuite des branches et un caillou qui ferait une excellente bouche.

Elle prit son temps, profitant du paysage de carte postale, puis fit demi-tour. Une fois à la lisière des arbres, elle observa les deux silhouettes qui peaufinaient le bonhomme de neige en riant.

Quand sa mère agita la main vers elle, elle l'imita.

Noël allait bien se passer, après tout, songea-t-elle, pleine d'espoir.

Michael avait raison : Tab serait le pont entre elle et sa mère.

Elle imagina sa mère s'ouvrant enfin et leur parlant de leur père, à Samantha et elle.

Elle les imagina tous réunis autour du grand sapin de Noël, appréciant la compagnie les uns des autres comme jamais auparavant. Si leur mère avait gardé des photos quelque part, elle accepterait peut-être de les leur montrer.

— Et voilà, déclara-t-elle en lâchant ses trouvailles aux pieds de Tab. Tu as de quoi choisir.

Tab, qui était toujours très difficile, rejeta deux branches, puis en sélectionna deux autres.

Après avoir enfoncé les « bras » dans le corps du bonhomme, elle posa les petits cailloux à la place des yeux.

— Qui a fait le premier bonhomme de neige ?

Ella, qui avait l'habitude des questions sans fin de Tab, se prépara pour ce qui allait sûrement être un long interrogatoire.

— Personne ne sait exactement qui a fait le tout premier, mais les gens font des bonshommes de neige depuis longtemps. Au XVe siècle, un artiste et sculpteur très célèbre appelé Michel-Ange a créé un bonhomme de neige pour l'homme pour qui il travaillait.

— Est-ce qu'il était joli ?

Ella aida sa fille à ajuster les bras.

— On peut imaginer qu'il était exceptionnel.

Tab enfonça la pomme de pin dans le visage du bonhomme.

— Tu étais vivante au XVe siècle, mamie ? Tu as vu le bonhomme de neige ?

Ella entendit sa mère émettre un bruit étranglé, avant de répondre :

— Je n'étais pas encore vivante.

— Si c'était le cas, mamie aurait plus de quatre cents ans, expliqua Ella patiemment. Les humains ne vivent pas quatre cents ans.

— Même si, certains matins, j'ai l'impression de les avoir.

Ella ne se rappelait pas avoir passé une heure plus agréable avec sa mère. C'était comme découvrir le sucre quand on n'avait jamais goûté que le sel.

— Brodie a dit que certains arbres dans la forêt ont des centaines d'années, déclara Tab. Alors ils sont plus vieux que les humains.

Elle recula pour admirer son œuvre.

— Faire un bonhomme de neige, c'est ce que je préfère.

Ella s'accroupit auprès de sa fille.

— La semaine dernière, c'était préparer des cookies. Et la semaine d'avant, c'était danser.

De sa main gantée, Gayle creusa le cou du bonhomme.

— Tu prends des cours de ballet ?

Tab secoua la tête.

— Je danse avec ma maman. On danse dans toute la maison.

Elle bondit sur ses pieds comme une balle en caoutchouc.

— Viens, mamie, on fait la danse de la neige !

— On ne finit pas ton bonhomme ?

— D'abord, on danse. On peut faire des empreintes de pas.

Tab s'empara des mains de Gayle, mais celle-ci eut l'air désemparée.

— Je ne… Je ne danse pas. Je ne sais pas danser.

— Tout le monde sait danser.

Sans lâcher les mains de sa grand-mère, Tab entreprit de lui montrer. Elle se mit à sautiller maladroitement, ses mouvements gênés par ses vêtements d'hiver rembourrés et ses après-skis.

— Maman, danse aussi.

En riant, Ella attrapa la main de sa fille et la fit tournoyer sur elle-même. C'était un moment de joie pure. Spontanément, elle essaya de prendre la main de sa mère, mais Gayle recula son bras en secouant la tête.

— Je préfère regarder.

Déstabilisée par sa réaction, Ella eut un instant d'hésitation, mais finit par prendre les deux mains de Tab dans les siennes. Elle n'allait pas laisser l'opinion de sa mère influencer sa relation avec sa fille. Hors de question que cela arrive.

— Tu as de la chance qu'il ne s'agisse que de danse, maman.

Elle fit tourner Tab, puis la souleva et tourbillonna avec elle en poussant des cris de joie, de concert avec sa fille.

— L'activité ludique de la semaine dernière, c'était le vernis à ongles. Elle a mis du rouge vif. J'ai dû empêcher Michael d'appeler une ambulance quand il a vu le résultat.

Elle s'attendait à ce que sa mère rie, mais Gayle n'esquissa qu'un faible sourire.

Ce qui démontre probablement que nos enfants ne sont jamais aussi drôles et charmants qu'on le pense.

Malgré tous ses efforts, Ella se sentait empruntée. Elle reposa Tab et se rapprocha du bonhomme de neige.

— On le termine ? Il a besoin d'un nez, et j'en ai justement un avec moi.

Quand elle sortit la carotte de sa poche, Tab la prit avec un sourire radieux. Ella attendit.

— Qu'est-ce qu'on dit, Tab ?

— Merci.

Tab enfonça le légume au milieu du visage dans une avalanche de neige.

— Je n'aurais jamais pensé à apporter une carotte, remarqua Gayle.

Elle changea de position et se frotta les côtes.

— Maman, tu es sûre que ça va ?

— Oui. Je n'ai pas l'habitude de me baisser pour ramasser de la neige, c'est tout.

— Mamie a mal aux côtes.

Tab enleva son bonnet et le posa sur la tête du bonhomme.

— Tu savais que mamie n'avait pas fait de bonhomme de neige depuis qu'elle avait mon âge ?

— Non, je ne le savais pas.

Elle ne savait pas que sa mère avait déjà fait un bonhomme de neige tout court. Elle ne parvenait même pas à l'imaginer. Faire un bonhomme de neige demandait une insouciance, une joie enfantine, quelque chose qu'elle n'associait pas à sa mère. À vrai dire, elle en savait très peu sur le passé de Gayle mais, apparemment, celle-ci en avait parlé à Tab.

Ella regarda sa mère, qui avait les yeux rivés sur le bonhomme de neige, tandis que Tab continuait à bavarder.

— Elle en a fait un avec sa maman. Il avait une écharpe rouge. Mamie ne voulait pas en faire un avec moi, au début. Elle pensait avoir oublié comment on fait, mais je lui ai montré.

Ella essaya d'imaginer sa mère en petite fille, les yeux brillant d'enthousiasme pendant qu'elle faisait son bonhomme de neige.

— Tu l'as fait dans Central Park, maman ?

— Non. On avait un grand jardin.

— Mais tu vivais dans un appartement à Manhattan.

— Pas à l'époque. On a déménagé à Manhattan quand j'avais seize ans, même si on y venait souvent, bien sûr. Quand j'étais petite, je vivais dans le Vermont, dans une grande maison avec un immense terrain. Nos plantes se faisaient constamment manger par les cerfs, ce qui agaçait beaucoup ma mère.

Ella tendit une autre branche à Tab.

— Tu ne nous as jamais dit que tu avais vécu dans le Vermont.

Sa mère avait fait un bonhomme de neige. Pourquoi n'en avait-elle jamais fait avec elles ? Que s'était-il passé ?

Elle avait tant de questions, et aucune réponse.

Elle était sur le point de l'interroger lorsque Michael apparut. Il portait un manteau en laine, le col relevé, et avait enfoncé les mains dans ses poches.

— Comment ça se passe, ici ?

Il était calme et détendu, mais sa présence indiquait à Ella qu'il avait pris son petit déjeuner à la hâte pour être ici avec elle.

— Comment vont mes princesses ?

— On s'amuse bien, répondit Ella. La neige a la consistance parfaite pour faire des bonshommes.

— Alors ça tombe bien que je sois venu juger le concours de bonshommes de neige

Il se tourna vers sa fille, qui répliqua :

— Ce n'est pas un concours. Il n'y a que moi. Alors je gagne.

— Tout à fait. Je déclare officiellement ce bonhomme de

neige le plus beau d'Écosse. C'est peut-être même le plus beau de tout l'hémisphère Nord.

— Tu es bête, papa.

— Pas du tout. C'est un superbe bonhomme de neige.

Il se pencha vers Ella.

— Tu crois que je peux suggérer une rhinoplastie ?

Elle haussa un sourcil.

— Tu penses qu'un panais aurait mieux convenu ? Comment était le petit déjeuner ?

— Ça valait la peine de rater la création de ce bonhomme de neige. C'est pour ça que je suis ici. Pour te dire que tu devrais manger quelque chose. Je recommande le petit déjeuner écossais.

— J'ai mangé un toast, déclara Tab. Je veux jouer dans la neige.

Elle avait recommencé à ramasser de la neige, mais l'amassait à côté du bonhomme.

Michael s'accroupit auprès de sa fille.

— Tu fais un autre bonhomme ?

— C'est un chien de neige, répondit Tab en tapotant et en façonnant la butte. Pour lui tenir compagnie.

Après s'être relevé, Michael sourit à Ella.

— Ta mère et toi devriez aller prendre le petit déjeuner ensemble.

— On n'est pas pressées.

— Vas-y, insista-t-il en soutenant son regard. Saisis l'occasion.

Il l'encourageait à passer du temps en tête-à-tête avec sa mère. C'était probablement une bonne idée, surtout maintenant que tout se passait si bien.

— Où est Samantha ?

— La dernière fois que je l'ai vue, elle entrait dans la bibliothèque – superbe pièce, d'ailleurs – pour une réunion. Ensuite, je crois que Brodie doit l'emmener faire le tour du domaine pour parler affaires.

Sa sœur était-elle toujours fâchée contre elle ? Et que ressentait-elle à l'idée de passer toute la journée avec Brodie ? Avait-elle réussi à dépasser sa gêne à son encontre ?

— Je vais attendre que Tab finisse le chien de neige.

— Vas-y. Je reste ici.

Il l'attira vers lui et l'embrassa.

— Pas de bisous, protesta Tab en enfonçant deux petits cailloux dans le visage du chien. Ils se font toujours des bisous, mamie.

Se rappelant la présence de sa mère, Ella s'écarta de Michael.

Il tendit à Tab une branche pour la queue du chien.

— Papa aime maman. Il n'y a aucun mal à s'embrasser.

— C'est cracra.

— Cracra ? Tu trouves que c'est cracra ?

Michael émit un grognement digne d'un monstre et se pencha pour embrasser Tab dans le cou.

Elle poussa un cri aigu, puis essaya de s'enfuir. Elle gloussait tellement fort qu'elle tomba en arrière dans la neige.

Quand il la souleva, Ella secoua la tête, partagée entre le rire et l'exaspération.

— Maintenant, elle est couverte de neige, Michael.

— Et elle adore ça.

Ella frotta le manteau de Tab, enleva son écharpe et l'enroula autour du cou de sa fille.

— Tu as besoin de ça pour garder la chaleur.

Elle aperçut alors le visage de sa mère. Elle y vit une expression de douleur tellement intense qu'elle en eut le souffle coupé. Même à l'hôpital, Gayle avait semblé forte et maîtresse d'elle-même. Sa mère affrontait la vie avec tant de combativité et d'agressivité, et elle montrait ses sentiments tellement rarement, qu'Ella avait conclu qu'elle n'en avait pas. Qu'est-ce qui avait causé cette réaction ? Était-ce le fait de voir Ella et Michael avec Tab ?

— Maman ? demanda-t-elle doucement.

Elle répéta le mot plus fort, parce que sa mère ne semblait pas l'entendre. Gayle finit par cligner des yeux.

— Pardon ? Qu'est-ce que tu as dit ?

— Je… Rien.

Elle ne pouvait pas sonder davantage les émotions de sa mère avec Tab à proximité. C'était quelque chose à faire en privé.

— Tu as raison, Michael. Je meurs de faim. Reste avec Tab pour finir tout ça. Maman et moi, on va aller petit-déjeuner. Je vous dis à tout à l'heure.

Elle commença à avancer dans la neige en direction de la maison, sa mère à ses côtés.

Comment devait-elle s'y prendre ? Ce n'était pas comme si sa mère et elle avaient coutume d'échanger des confidences. Comment entamer cette conversation ?

Dis, maman, à l'instant, tu as fait une drôle de tête, comme si ton enfant venait de mourir devant toi. Pourquoi ?

Sa mère parla la première.

— Il a l'air d'un bon père.

— Michael ? Il est fantastique. Drôle. Impliqué. Tab a de la chance.

— Hmm… Et toi, il te traite bien ?

— Moi ? Bien sûr. Pourquoi me demandes-tu ça ?

— Pourquoi pas ? Tu es ma fille. Ton bien-être ne cesse pas de compter pour moi, même si tu es adulte et mariée.

— J'aurais dû te parler de Tab. Et de Michael.

— J'aurais aimé que tu le fasses, mais je comprends pourquoi tu ne l'as pas fait, répondit Gayle en relevant le col de sa doudoune. Je ne t'en veux pas.

— Tu… ne m'en veux pas ?

— Non. La dernière fois qu'on s'est vues, j'ai été très maladroite. Je t'ai blessée et j'en suis désolée. Tout ce que j'ai toujours voulu, c'est vous protéger, ta sœur et toi. Je ne m'attends pas à ce que tu comprennes.

— Alors aide-nous à comprendre.

Ella s'arrêta de marcher. Elles étaient à cinq minutes du manoir, et elle ne voulait pas qu'une conversation aussi importante soit interrompue.

— De quoi nous protégeais-tu, exactement ? C'est à cause de papa ? Je ne sais pas ce que ça fait de perdre l'homme qu'on aime aussi jeune, mais je comprends ce qu'on ressent quand on veut protéger son enfant.

C'était peut-être un point commun entre elles. Un bon point de départ.

Gayle jeta un regard par-dessus son épaule vers Tab et Michael.

— Tu devais être enceinte, ce jour-là.

— Oui.

Sa mère allait-elle se contenter d'ignorer sa question ?

— Ça explique pourquoi tu étais aussi émotive et Samantha, aussi protectrice.

Une pointe d'exaspération commença à émousser sa patience.

— J'étais émotive parce que…

Tu m'as fait de la peine. Non. De la neutralité. Pas d'accusations.

— La conversation m'a fait de la peine.

— Je me faisais du souci pour toi. Tu n'avais pas l'air capable de te fixer sur quoi que ce soit. Avant ta formation d'enseignante, tu as enchaîné quatre emplois différents en deux ans.

— Mais ces emplois m'ont aidée à découvrir ce que je voulais. Et, ce que je voulais, c'était être institutrice. Je sais que je t'ai déçue. Tu voulais que je sois médecin ou avocate.

— Je voulais que tu sois à l'abri et indépendante financièrement. Et tu ne m'as pas déçue. Tu m'as fait peur.

— Je t'ai fait peur ?

Elles étaient là, épaule contre épaule, pourtant la distance entre elles semblait immense.

— Tu es une mère, à présent, expliqua Gayle en se tournant vers elle. Tu dois comprendre ce qu'on ressent quand on a peur pour son enfant. On veut le protéger du monde mais, au fond, on sait que c'est impossible. La meilleure chose à faire, c'est de le préparer à affronter tout ce que la vie mettra en travers de son chemin. J'ai essayé de vous donner ces outils. J'ai veillé à ce que vous sachiez nager. Je vous ai appris à lire, pour qu'au moment de commencer l'école vous soyez déjà autonomes. Je vous ai fait prendre des cours d'arts martiaux pour que vous puissiez avoir confiance en vous.

Ella pensa aux nombreuses fois où elle avait supplié sa mère de faire du ballet.

— Je voulais danser.

— Je ne pouvais pas payer à la fois des leçons de danse et un enseignement d'arts martiaux. J'ai choisi l'activité que je pensais être la plus utile. Personne n'a jamais échappé aux ennuis en dansant.

Sa mère bougea d'un pied sur l'autre.

— Je n'avais pas peur que tu deviennes enseignante. J'avais peur que tu abandonnes et que tu passes encore à autre chose. Que tu te contentes de tester au lieu de persévérer. J'avais besoin que tu persévères. Je voulais que tu sois en mesure de toujours subvenir à tes besoins.

— J'essayais de trouver un boulot qui me rende heureuse.

— Le bonheur, ça ne paie pas les factures.

— La vie, ce n'est pas uniquement payer des factures, mais je comprends que ça ait été effrayant d'être veuve aussi jeune.

— En effet. Je dépendais financièrement de votre père. C'était une erreur.

— Tu ne parles jamais de lui.

— Pardon ?

— Papa. Tu ne parles jamais de lui. Tu ne parles jamais de votre mariage. Jusqu'à hier soir, Sam et moi, on ne savait pas que vous étiez venus ici en voyage de noces.

— Pourquoi auriez-vous dû le savoir ?

Avait-elle vraiment besoin de l'expliquer ?

— C'est quelque chose que tu aurais pu nous dire, répondit Ella.

Elle posa la main sur le bras de sa mère.

— Est-ce que c'est difficile pour toi d'être ici ?

— Difficile ?

— Cet endroit doit regorger de souvenirs.

Comme sa mère ne contribuait en rien à la conversation, elle hasarda une hypothèse.

— Ça a dû être un moment spécial.

Sa mère regardait au loin et se contenta de dire :

— J'essaie de ne pas y penser.

— Parce que ça te fait du mal ?

— Parce que repenser à ce moment me rappelle à quel point j'étais bête.

Sa mère se dégagea et reprit son chemin vers la maison.

Bête ?

— Il n'y a rien de bête en amour, maman, s'exclama-t-elle en pressant le pas pour la rattraper. L'amour, c'est ce qu'il y a de plus important.

— Oh ! Eleanor…

Sa mère se tourna vers elle.

— J'espérais que l'âge et la maturité te rendraient moins romantique et plus pragmatique mais, apparemment, ce n'est pas arrivé.

Huit minutes, songea Ella. Huit minutes de conversation, et elles se prenaient de nouveau le bec. Elle se sentait minuscule et insignifiante, comme si ses opinions ne comptaient pas. Sa mère ne lui disait pas que leurs avis divergeaient. Elle lui disait qu'elle avait tort.

Il n'y avait pas de discussion. Pas d'acceptation d'un point de vue différent. Rien que du jugement.

Son premier instinct fut de partir en trombe, de se protéger, d'accepter l'idée que leur relation n'allait jamais changer.

Mais elle se rappela alors l'expression sur le visage de sa mère lorsqu'elle avait vu Tab avec Michael. Gayle avait ressenti quelque chose, même si c'était quelque chose qu'elle niait et refusait d'évoquer.

C'était comme suivre quelques miettes de pain en espérant qu'elles mèneraient hors de la forêt. Ella ignorait où ces informations allaient la conduire, mais elles conduisaient forcément quelque part. Elle voulait aller jusqu'au bout, même si c'était pour aboutir à une impasse.

— Ça a dû être terrible pour toi d'être veuve aussi jeune et d'élever deux enfants en bas âge toute seule. Mais perdre quelqu'un ne veut pas dire que c'était une mauvaise chose de l'aimer.

— Je t'en prie, Ella, arrête, répondit sa mère d'un ton las. Tu ne sais pas de quoi tu parles.

Une heure plus tôt, elle avait pensé qu'elles prenaient un nouveau départ. Maintenant, elles semblaient revenues en arrière.

— Toutes les relations ne tournent pas mal, maman. Et même si une relation ne se finit par bien, ça ne veut pas dire qu'elle ne valait pas la peine d'être vécue.

Gayle s'arrêta de nouveau.

— Je ne veux pas que tu sois obligée de lutter, Ella, c'est tout. Je ne veux pas que tu sois allongée, la nuit, à te demander comment tu vas subvenir à tes besoins et à ceux de ton enfant. Je suis sûre que lorsque tu as payé la garderie, ton salaire d'institutrice est bien entamé. Mais, au moins, tu fais toujours partie des actifs, tu maintiens tes compétences au cas où tu en aurais besoin un jour.

Elle devait avouer qu'elle ne payait pas de garderie. Qu'elle avait choisi de rester à la maison. Mais, même si elle avait décidé de reprendre le travail et que l'essentiel de son salaire ait été consacré à la garderie, cela aurait été sa décision, là aussi. Elle ne l'avait pas fait parce qu'elle n'avait pas voulu manquer le moindre instant de ces premières années avec Tab. Pourquoi aurait-elle confié ce merveilleux cadeau à un inconnu ?

L'ambiance entre elles était déjà si fragile. C'était comme marcher sur la surface glacée d'un étang en sachant que la glace pouvait se fissurer à tout instant.

— Il n'y a pas que l'argent dans la vie, maman.

C'était une version boiteuse de ce qu'elle aurait dû dire.

— Il n'y a pas que l'argent dans la vie jusqu'à ce qu'on en manque. À ce moment-là, ça devient une priorité plutôt évidente.

Gayle prit une inspiration et poursuivit :

— Tu me trouves ennuyeuse, n'est-ce pas ? Tu estimes que je ne m'intéresse pas à ce qu'il faut. Que je ne pense qu'au travail et à l'amélioration de son potentiel. Mais l'amour ne fournit aucune des choses pratiques dont on a besoin dans la vie. Il peut rendre aveugle à la réalité. Il peut donner envie de rester vulnérable.

Cela servirait-il à quoi que ce soit d'avouer que l'amour était la seule chose dont elle avait vraiment besoin dans sa vie ?

Non. Le discours de sa mère était clairement motivé par une douleur personnelle, et Ella essayait d'en apprendre plus sur elle, pas de la faire fuir.

— Ça a dû être très dur pour toi quand papa est mort. On était tellement petites. Et tu étais toute seule. Je n'arrive même pas à l'imaginer.

— Je suppose que non. Et c'est ma faute parce que j'ai toujours essayé de vous en protéger.

Les protéger de quoi ? Du chagrin ? Des difficultés vécues en tant que mère célibataire ?

Gayle s'était remise à marcher en direction de la maison.

Ella se hâta de la rattraper. Comment avait-elle pu penser que passer Noël avec sa mère leur permettrait de réparer leur relation ? Elles ne formaient pas une famille. Elles n'étaient pas proches. Ella se sentait vaincue, son optimisme de départ mis à mal par la dure réalité.

— Il fait un froid de canard dehors, déclara sa mère en ouvrant la porte, puis en ôtant ses bottes. Je ne sais pas toi, mais, moi, je suis très tentée par ce petit déjeuner.

C'était fini ? C'était tout ce qu'elle allait dire ?

Ella s'estimait plutôt douée avec les gens, mais elle ne savait pas du tout comment communiquer avec sa mère. A priori, ses tentatives pour se rapprocher d'elle semblaient les avoir éloignées plutôt qu'autre chose.

Comment pouvait-on avoir une relation digne de ce nom avec quelqu'un dont on ne savait rien ?

Gayle

Avait-elle fait une erreur en revenant en Écosse ?

Elle était venue ici pour bâtir une relation avec sa petite-fille et reconstruire sa relation avec ses filles. Elle tenait vraiment à combler le fossé entre elles, mais comment ? Apparemment, pour parvenir à cette proximité qu'Ella semblait vouloir, et qu'elle aussi désirait, elle allait devoir penser à des choses auxquelles elle ne voulait pas penser et parler de choses dont elle ne voulait pas parler. Pourquoi Ella souhaitait-elle en savoir plus sur son père alors qu'il avait disparu de sa vie avant même qu'elle ne soit née ?

Gayle était enceinte de six mois, et Samantha avait sept mois tout juste.

Elle s'était entraînée à ne pas penser à cette période. C'était trop perturbant, et elle avait appris que les émotions troublaient l'esprit et empêchaient de se concentrer sur les choses importantes comme la survie. En parler n'était qu'une perte de temps, un temps qui était précieux quand on élevait deux enfants seule.

Elle n'avait jamais été du genre à bavasser à droite et à gauche. Elle préférait étudier ses problèmes et les résoudre ou apprendre à vivre avec.

Pour ce qui était de parler de leur père…

Oui, elle avait peut-être fait une erreur en revenant ici. Si elle ne faisait pas attention, elle allait empirer sa relation avec ses filles au lieu de l'améliorer.

Pourquoi avait-elle révélé qu'elle avait passé sa lune de miel en Écosse ? Un tel détail ne pouvait qu'attirer l'attention d'Ella la romantique.

À vrai dire, elle n'avait pas imaginé que ce serait si difficile. Elle s'était crue capable de gérer la situation, comme elle gérait tout le reste de sa vie. Elle ne se laissait pas abattre par quoi que ce soit.

Pourtant, elle avait les mains tremblantes et une boule au ventre simplement parce que sa fille lui avait posé des questions sur sa lune de miel et voulait en savoir plus sur son père.

Les années s'étaient effacées, tout comme les murs de défense qu'elle avait érigés avec soin au fil du temps.

Se souvenait-elle de sa lune de miel ? Oh oui, elle s'en souvenait. Elle se rappelait chaque instant. Elle était alors sur un nuage et, à l'époque, elle n'avait pas encore compris que plus on s'élevait, plus dure était la chute.

Elle avait payé le prix de sa naïveté et de son optimisme.

Se sentant soudain fragile, elle ôta son écharpe et son manteau, puis les tendit à Kirstie, qui rôdait près de l'entrée. La jeune femme faisait des efforts pour se composer un visage amical et accueillant, mais elle avait surtout l'air de souffrir d'une rage de dents. Pourquoi semblait-elle aussi triste ? se demanda Gayle. Elle ouvrit la bouche pour lui conseiller de trouver son potentiel et de l'utiliser, mais renonça. Elle n'avait pas le cœur à ça. Pour l'instant, elle n'était pas sûre de pouvoir accéder à son potentiel personnel, et encore moins d'aider qui que ce soit à trouver le sien.

Elle avait besoin de s'asseoir. Elle avait besoin d'un moment de solitude pour se ressaisir et redécouvrir sa propre force.

Elle se rendit dans la salle à manger, où Tab et elle avaient grignoté des toasts plus tôt dans la matinée.

Un feu crépitait désormais dans la cheminée. L'argenterie posée sur une nappe vert foncé étincelait. Gayle se retrouva projetée au premier matin de sa lune de miel. Ray s'était réveillé avant elle et s'était assis près du feu avec du café et un journal. Pendant un bref instant troublant, elle put voir son visage. Son sourire confiant. L'éclat de ses dents parfaites. Les pattes-d'oie au coin de ses yeux.

En général, ses souvenirs étaient vagues et confus, mais celui-ci était tellement vif et réel qu'elle en fut déstabilisée.

En proie à un vertige, elle chancela. Elle tendit le bras pour se raccrocher à quelque chose et finit par agripper la main de quelqu'un.

— Là… Venez vous asseoir.

C'était la femme de la veille. La mère de Brodie McIntyre. Comment s'appelait-elle ? Gayle n'oubliait jamais un nom mais, ce matin, son cerveau ne fonctionnait pas comme d'habitude. Elle essayait de se concentrer sur l'instant, pourtant son esprit ne cessait de l'entraîner vers le passé.

Gayle voulait rejeter son aide, mais elle n'osa pas. Sans quelqu'un pour l'épauler, elle risquait de finir par terre, ce qui serait encore plus embarrassant.

— Merci. Je me sens un peu…

— Flageolante ? C'est le décalage horaire.

— Oui.

Le décalage horaire et les visions de gens morts. Et les échanges troublants avec sa fille.

— Sans oublier que vous vous êtes levée tôt et que vous avez joué avec votre petite-fille. Ça brûle de l'énergie. C'est une fillette pleine d'entrain. Vous avez besoin de manger quelque chose et de boire une boisson chaude. Ça vous aidera à vous remettre d'aplomb.

— Merci.

Gayle se laissa aider avec reconnaissance, ce qu'elle n'avait pas fait depuis des décennies.

Elle entendait la voix d'Ella dans le couloir. Sa fille parlait probablement avec Kirstie. Heureusement qu'elle n'avait pas assisté à cette scène-là. Étant donné que rien ne lui échappait, elle l'aurait assaillie de questions.

— Buvez un peu de café, réchauffez-vous devant le feu, et je reviens tout de suite. Au fait, je m'appelle Mary. Nous n'avons pas été officiellement présentées hier soir.

Voilà, c'était ça. Mary.

— Je suis Gayle.

Sans plus de cérémonie, Mary lui versa une tasse de café, puis disparut en direction de la cuisine. Elle revint quelques instants plus tard, un bol dans les mains.

— Mangez quelques bouchées de ça. Ça va vous requinquer.

— Qu'est-ce que c'est ?

— Du porridge, préparé selon ma recette spéciale. Ma mère me disait toujours : « Le porridge ne devrait contenir rien d'autre que des flocons d'avoine, de l'eau et un peu de sel. » Mais comme je n'arrivais pas à convaincre ma famille de le manger comme ça, j'ai fait quelques adaptations. Depuis toujours, j'aime expérimenter de nouvelles choses en cuisine.

— En général, je ne…

— Juste une bouchée.

Mary lui mit une cuillère dans la main, comme si Gayle était une enfant.

— Je pense que c'est ce qu'il vous faut.

Gayle se sentait trop faible pour protester, encore une chose susceptible de l'inquiéter.

Son petit déjeuner habituel consistait en un café noir. Elle mangeait tous ses repas dans une fenêtre de huit heures et contrôlait avec rigueur son apport calorique. C'était un régime qu'elle avait commencé quand ses filles étaient petites et qu'elle ne pouvait pas se permettre de changer de garde-robe en cas de prise de poids. Aujourd'hui, elle pouvait s'acheter tous les vêtements qu'elle voulait, mais cette autodiscipline de fer était devenue une habitude. Cela dit, pour une fois, elle pouvait bien faire un écart.

Par politesse, elle prit une petite cuillerée. Là, elle fit une pause, savourant la texture : crémeuse et onctueuse, avec le croustillant du sucre.

— Oh…

— C'est bon, n'est-ce pas ? demanda Mary, que la réaction de Gayle ne semblait pas du tout surprendre.

— C'est mieux que bon.

Elle prit une plus grosse cuillerée et découvrit d'autres saveurs qu'elle ne parvint pas à identifier.

— Qu'y a-t-il dedans ?

— De l'avoine, ainsi qu'un petit secret McIntyre.

Gayle vida le bol et, cette fois, ce n'était pas la politesse qui la motivait.

— Je n'ai jamais rien mangé d'aussi délicieux. Et c'est quelqu'un qui ne prend pas de petit déjeuner qui vous le dit.

— Tant que vous serez ici, vous prendrez un petit déjeuner. Il fait un froid glacial dehors, et la météo annonce de nouvelles chutes de neige. Vous aurez besoin de carburant. La petite est toujours dehors ?

— Oui. Elle est avec son père.

Mary hocha la tête.

— C'est une enfant enjouée, avide de tout savoir. Elle vous fait honneur. Et elle ressemble tellement à sa mère.

Gayle reposa la cuillère. Pourquoi ne l'avait-elle pas vu ?

— Elles ont beaucoup de points communs. Ma fille avait la même personnalité joyeuse, exubérante et curieuse de tout.

Cette nature l'avait terrifiée. Ella avait toujours été tellement confiante. Elle ne se méfiait pas des inconnus. Elle était prête à bavarder avec n'importe qui. Tab semblait du même acabit.

— Ça fait longtemps que vous travaillez ici ?

Mary redressa les couverts et ramassa une serviette sale.

— J'ai épousé Cameron McIntyre à dix-neuf ans et je vis ici depuis. Parfois j'ai l'impression de connaître tous les arbres et tous les rochers du vallon. Il n'y a pas un brin d'herbe sur lequel je n'aie pas marché à un moment.

— Vous êtes la propriétaire ? Je suis désolée. Je n'avais pas compris…

— Pas la peine de vous excuser. Comment auriez-vous pu le savoir ? Perdre mon Cameron l'année dernière a été la chose la plus difficile que j'aie jamais eue à affronter, mais quand je me suis rendu compte que je risquais de perdre la maison où on avait vécu ensemble pendant toute notre union…

Mary inspira profondément.

— Les aléas de la vie sont vraiment l'occasion de mettre une famille à l'épreuve, n'est-ce pas ? Brodie avait un travail fantastique à Londres, mais il a réemménagé ici et s'est attelé à la tâche. Il a abandonné beaucoup de choses pour nous, et ça me fait culpabiliser, mais pas au point de lui dire de vendre le domaine et d'aller vivre sa propre vie. Ce qui fait de moi une égoïste, je suppose. Mais, quand je suis ici, c'est comme si une partie de Cameron était toujours avec moi. Je suis navrée, je parle trop.

— Pas du tout.

C'était un soulagement d'écouter les problèmes de quelqu'un d'autre. Cela l'empêchait de se concentrer sur les siens.

À cette pensée, Gayle se sentit rougir de honte. Quand était-elle devenue aussi égocentrique ?

C'était la maison de Mary. Sa salle à manger, où elle avait ri avec son époux et partagé des repas avec ses enfants. Elle accueillait des inconnus ici afin de pouvoir garder son chez-elle.

Gayle pensa à sa propre famille fracturée et dysfonctionnelle. Elle avait fait son possible pour rendre ses filles indépendantes, au point de les éloigner d'elle. Elle avait cru que c'était plus important que de préserver la cellule familiale. Elle leur avait appris à se débrouiller seules et à n'avoir besoin de personne. Et où cela l'avait-il menée ? Les regrets l'envahirent, accompagnés des doutes qu'elle avait ressentis ce jour-là dans son bureau, lorsqu'elle flottait au bord de l'inconscience. Ce n'était pas une sensation agréable. À quoi bon se demander si on avait fait des erreurs en tant que parent s'il était impossible de les corriger ?

Elle décida d'ignorer ses angoisses pour se concentrer sur Mary.

— Ça doit être difficile d'avoir des inconnus chez vous.

— Vous n'imaginez pas le soulagement que c'est. J'adore avoir du monde à la maison. Le bruit assourdit les pensées, vous n'êtes pas d'accord ? Pour l'instant, je n'aime pas beaucoup ce qui me trotte dans la tête. Je n'avais pas entendu quelque chose d'aussi plaisant que le rire de votre petite-fille ce matin depuis longtemps. Ça doit être fantastique d'être grand-mère. Je vous envie.

Gayle avait l'habitude d'être enviée, mais pas pour ça.

Elle repensa à sa matinée avec Tab. À l'innocence et à la simplicité de ce moment. À la petite main de Tab blottie avec confiance dans la sienne. Il n'y avait pas de passif entre elles. Pas de jugement. Rien que l'instant présent.

« Tu savais que tous les flocons de neige sont différents, mamie ? Maman dit que c'est comme les gens. »

— C'est fantastique, en effet.

Et elle n'allait pas passer à côté de ça. Elle était prête à tout pour y parvenir.

Elle avait élevé ses filles en s'attachant à les préparer pour affronter le monde.

Quel objectif se fixait-elle pour sa petite-fille ?

Elle n'en avait pas, et c'était peut-être pour ça qu'elle avait trouvé leur aventure matinale si joyeuse et rafraîchissante. Elle avait pu savourer ce moment sans le fardeau de la responsabilité.

Tout occupée à ramasser de la neige avec une fillette surexcitée, elle avait pendant un court instant oublié tous ses problèmes. La tension épuisante qui pesait sur elle s'était estompée. Son cerveau s'était éclairci. La vie lui avait paru simple.

Et puis Ella était arrivée, inquiète au début parce qu'elle n'avait pas cru prudent de laisser sa fille seule avec sa mère.

Gayle n'était pas jugée digne de confiance pour s'occuper de sa propre petite-fille.

La douleur s'était ajoutée au choc. Pire que le coup qu'elle avait reçu à la tête.

Elle n'avait sans doute pas tout fait à la perfection, mais la prenaient-elles vraiment pour une mère indigne ? Il s'agissait peut-être de cette période de la vie où chaque personne choisissait de tout faire autrement que ses parents.

Elle pensa à Ella, accroupie à hauteur de sa fille, à l'écouter, attentive.

Avait-elle accordé à ses filles autant de temps et d'attention ?

Probablement pas, parce qu'elle avait travaillé pour leur bâtir à toutes les trois un avenir financier sûr.

Des excuses, toujours des excuses.

N'encourageait-elle pas toujours les gens à assumer leurs actes ?

Mary tenait toujours la cafetière.

— J'ai hâte que l'un de mes deux enfants me donne des petits-enfants mais, de nos jours, ça ne se demande pas, n'est-ce pas ? Je n'ose pas aborder le sujet. Je l'ai fait une fois et je me suis fait gronder à la fois par ma fille et par mon fils. Est-ce que vous faites attention à ce que vous dites à vos filles ?

Gayle laissa échapper un rire hystérique. Chaque conversation avec elles était comme marcher sur du verre brisé. Si on avançait sans précaution, on se faisait lacérer.

— Absolument.

Elle se découvrit une affinité inattendue avec cette autre mère.

— Et si vous vous asseyiez, Mary ? Joignez-vous à moi.

— Je ne devrais pas, répondit-elle, hésitante. Brodie n'approuverait sûrement pas.

— Il n'est pas ici, alors que nous, oui. Et puis nos enfants ne peuvent pas être les rois du monde, quel que soit leur âge. Je vous en prie.

Gayle agita la main vers la porte.

— Je ne sais pas où est passée ma fille et je n'ai pas envie de manger toute seule. Si quelqu'un se plaint, faites-moi porter le chapeau.

Le reste du monde semblait tout lui reprocher, alors un grief de plus se remarquerait à peine.

Cette pensée la contraria. Depuis quand s'apitoyait-elle ainsi sur son sort ? Ce n'était pas comme ça qu'elle fonctionnait. Elle examinait les faits et prenait ses décisions. C'était comme ouvrir son réfrigérateur et préparer le repas en fonction des ingrédients disponibles.

— Je crois qu'elle discutait avec ma fille. J'espère que Kirstie ne parle pas à tort et à travers. A-t-elle été grossière avec vous ?

— Grossière ?

Devait-elle être franche ?

— Pas du tout. Elle avait l'air…

— Malheureuse ?

— Sérieuse. Comme si elle était préoccupée.

— C'est le cas, mais j'ai peur qu'elle fasse fuir nos hôtes. Je crois que ça inquiète aussi Brodie. Elle a du mal à accepter la nouvelle direction que prend notre demeure familiale. Tout ce qu'elle veut, c'est être dehors avec les rennes. C'est ma faute si elle n'y est pas, même si c'est à mon pauvre Brodie qu'elle le reproche.

— Pourquoi est-ce votre faute ?

Pourvu qu'Ella ne les rejoigne pas trop vite, se dit Gayle. Parler avec Mary atténuait la tension qui l'accompagnait depuis un mois.

— Prenez un peu de ce délicieux café. Joignez-vous à moi. Vraiment, ça me ferait plaisir.

Mary se servit une tasse, puis remplit de nouveau celle de Gayle. Elle s'assit sur la chaise à côté d'elle, tout au bord, comme si elle hésitait encore à rester.

— Je ne devrais pas vous parler comme ça.

— Ça peut aider de parler.

Heureusement qu'Ella n'était pas là pour entendre ça. Après

la conversation qu'elles avaient eue, elle ajouterait sûrement l'hypocrisie à la liste interminable des péchés de Gayle.

— Et, parfois, c'est plus facile de parler à un inconnu, ajouta-t-elle.

— C'est vrai. Je joue toujours un rôle quand mes enfants sont là. Je ne veux pas qu'ils sachent combien je vais mal, parce qu'à leur tour ils se sentiraient mal. Alors, le matin, je revêts mon plus beau sourire en même temps que ma robe. Avez-vous déjà fait ça ?

Gayle songea à toutes les choses que ses filles ignoraient à son sujet.

— Bien des fois.

— C'est ça, être parent, n'est-ce pas ? C'est nous qui les soutenons, pas l'inverse. La seule fois où je m'autorise à pleurer, c'est sous la douche et dans la cuisine parce que je peux m'y cacher.

— Comment faites-vous pour vous cacher dans la cuisine ?

Gayle imagina Mary accroupie sous la table, en train de sangloter dans une serviette.

— Je ne me cache pas, mais je peux cacher mes larmes. Je coupe beaucoup d'oignons, expliqua Mary en tripotant sa tasse. Soupe aux oignons, sauce aux oignons… Je mets des oignons partout. C'est une excellente excuse pour les yeux rouges et humides.

— Je n'avais jamais pensé à ça.

Gayle ne pleurait pas. Et, en règle générale, elle n'avait pas à cacher ses émotions puisqu'elle vivait seule. Elle n'était pas impliquée dans la vie de ses filles comme Mary semblait l'être dans celle de ses enfants. Mais elle voulait l'être… Elle repensa au sourire ravi de Tab, et au plaisir qu'elles avaient pris en faisant ce bonhomme de neige.

— Pourquoi estimez-vous que c'est votre faute si Kirstie vit mal la situation ?

— Parce que je suis favorable à l'idée de Brodie d'ouvrir notre maison à des hôtes. Je considère que c'est une bonne façon de résoudre nos difficultés financières mais, pour Kirstie, c'est une trahison. Elle pense qu'il y a un autre moyen. Elle veut une solution miracle. Mais la vie n'est pas comme ça, n'est-ce pas ?

— Non. La plupart du temps, les gens ont peur du changement, même quand il peut être bénéfique.

Si ces dernières semaines n'avaient pas ébranlé sa confiance en ses propres convictions, elle aurait donné à Mary un exemplaire de son livre.

— Vous avez raison, répondit celle-ci. Pour tout dire, parfois on n'a pas d'autre choix que de changer. Je suis prête à faire le nécessaire pour rester ici.

— Votre fille ne ressent pas la même chose ?

— Kirstie en veut déjà à son frère d'envisager d'accueillir des inconnus chez nous. Des équipes de tournage. La télévision. Il réfléchit à l'organisation de semaines pour les randonneurs, et de semaines pour les artistes, les écrivains et les musiciens.

Mary sourit.

— C'est un mathématicien. Il est très intelligent. Quand il était adolescent, ses professeurs me disaient qu'ils n'avaient jamais eu d'élève avec un esprit comme le sien. Et il a un don pour la musique. Il joue du violoncelle et du piano. Mais sa créativité s'arrête là. Je crois que ça le tue à moitié d'essayer de trouver des solutions qui ne soient pas numériques. Alors la dernière chose dont il a besoin, c'est que sa sœur s'oppose à lui.

Gayle pensa à l'homme qui était venu les chercher à l'aéroport. Un homme pragmatique, sur qui on pouvait compter.

— Vous devez être fière de lui. Et de Kirstie. Elle est là, à vos côtés, à vous aider, même si elle préférerait être dehors avec les rennes.

— Oui, acquiesça Mary en finissant son café. Je me suis demandé si ce ne serait pas plus facile pour tout le monde de vendre le domaine et de m'installer dans un appartement en ville. Je n'aurais pas à m'inquiéter à propos du toit qui fuit et des canalisations qui gèlent. Mais je ne crois pas que je survivrais là-bas.

Parfois, on va y passer la journée, et je ne peux pas respirer au milieu de tous ces immeubles. Je vais rester ici jusqu'à ce qu'on ait tout essayé. Et ça veut dire que Kirstie doit s'adapter, elle aussi. Alors ça fait de moi une égoïste. Mais ça veut aussi dire que je n'ai pas un instant à moi pour ces moments calmes et difficiles où le chagrin me submerge.

— Est-ce que c'est grave s'ils y assistent ? Vos enfants doivent bien savoir que vous êtes bouleversée. C'est naturel d'avoir du chagrin.

— Je veux les protéger de ça. Même quand nos enfants sont grands, on veut toujours les protéger, n'est-ce pas ?

Oui, songea Gayle. C'était vrai. Même si on n'était pas remercié en retour.

— On les protège peut-être trop. Je ne sais pas.

Elle but une gorgée de café.

— Je ne suis pas la personne idéale pour émettre un avis sur le sujet. Je ne suis pas une très bonne mère.

Sa voix se fêla, puis elle sentit la main de Mary sur la sienne.

— Ne dites pas n'importe quoi. Vous êtes une excellente mère.

— Pas du tout, je vous assure. Ces derniers temps, je remets en question quelques-unes de mes décisions parentales.

Venait-elle d'avouer ça à voix haute ? À une quasi-inconnue ?

— Ne faites pas attention à moi, je…

— Vous aussi, vous faites ça ? Je suis soulagée de voir que je ne suis pas la seule.

— Vous remettez en question vos décisions parentales ?

— Bien sûr. On fait ce qui nous semble le mieux à un moment donné, à partir des informations dont on dispose, et ce n'est que plus tard, en regardant en arrière, qu'on se demande si on n'a pas fait le mauvais choix.

Mary se pencha en avant.

— Il faut se rappeler une chose importante : quand on regarde en arrière, on n'a pas le même point de vue qu'au moment où on a pris ces décisions. On fait de notre mieux, en fonction des informations et des circonstances du moment, et je suis sûre que c'est ce que vous avez fait.

C'était rassurant que Mary, qui semblait proche de ses enfants, éprouve parfois la même chose qu'elle.

— Vous aussi, vous êtes en proie au doute ?

— Constamment. C'est ça, être parent. C'est la chose la plus difficile qu'on fera dans la vie. Et ce qui n'est pas mentionné dans les livres, c'est que ça se complique au fil du temps, pas l'inverse. Au moins, quand ils sont petits, on peut contrôler leur monde dans une certaine mesure. C'est fatigant, bien sûr, parfois incessant, mais c'est du moins assez prévisible. On est aux commandes.

Mary secoua la tête.

— Ensuite, ils deviennent adultes, et là on s'aperçoit que le stress parental ne diminue pas. Au contraire, il empire.

— C'est vrai.

Gayle n'y avait encore jamais réfléchi, mais Mary avait raison. De bien des façons, la période de l'enfance avait été plus simple.

— Mon fils et ma fille n'ont pas l'air de penser que je puisse comprendre quoi que ce soit à leurs vies, remarqua son hôtesse.

— À qui le dites-vous…

Mary se redressa.

— Ça vous dirait, un petit déjeuner écossais, Gayle ?

— Ce porridge va me permettre de tenir plusieurs heures, mais merci. Mon gendre…

Elle buta sur ce mot qui lui était toujours peu familier.

— … Michael, nous a dit que c'était délicieux. Je suis désolée qu'on ne se soit pas tous retrouvés à table ce matin. On vous a donné du travail. Vous avez dû passer des heures en cuisine.

— Et j'en ai savouré chaque minute. Je suis vraiment heureuse que vous soyez ici, affirma Mary en remplissant de nouveau la tasse de Gayle. Je redoutais Noël. Ça a toujours été ma période préférée de l'année : peu importait ce qui se passait dans la vie des miens, ils revenaient toujours au moment des fêtes. Mais la maison est tellement vide et silencieuse sans Cameron. J'ai même commencé à penser que je devrais peut-être la vendre, mais la maison n'est qu'un symbole, n'est-ce pas ? On vend tous les souvenirs qui vont avec. Ces choses-là n'ont pas de prix.

Il y avait des souvenirs que Gayle aurait vendus avec joie.

— J'espère que vous ne serez pas obligée de vendre.

— J'ai peur de le regretter si je le fais. Il n'y a rien de pire que les regrets.

En tant que personne qui en débordait, Gayle n'allait pas la contredire.

— Je comprends.

— Que faites-vous à Noël, d'habitude ?

— Je ne fais rien, répondit-elle en posant sa tasse. Quand les filles étaient petites, il n'y avait que moi, et c'était un peu difficile…

Ce n'est rien de le dire.

— Que vous ? Et leur père…

— Il est mort. Avant la naissance d'Ella.

— Oh ! Gayle ! Et moi qui me plaignais d'avoir perdu l'homme avec qui j'ai eu plus de quarante ans de bonheur ! Je m'en veux terriblement.

— Il ne faut pas. Je suis contente que vous ayez passé toutes ces années avec celui que vous aimiez.

— Mais veuve avec deux bébés… Comment vous en êtes-vous sortie ?

— Un jour à la fois. Une décision à la fois. Noël était une période de l'année qui coûtait cher.

Ce n'était pas tout, bien sûr, mais elle ne comptait pas s'étendre sur le sujet.

— Je suppose que j'ai pris l'habitude de ne pas le fêter. Même maintenant, je prends ma journée seulement parce que le bureau est fermé. Ce n'est pas mon choix. En général, j'en profite pour rattraper du travail en retard.

— Vos filles ne rentrent pas à la maison ?

— Non, mais c'est ma faute. Je n'ai jamais fêté Noël en grande pompe.

C'était le moment parfait pour avouer les rapports conflictuels entre ses filles et elle. Pour confier à Mary qu'elles ne s'étaient pas vues depuis cinq ans. Mais elle, qui n'attachait que peu d'importance à ce qu'on pensait d'elle, ne voulait pas que Mary la juge trop sévèrement.

— Elles sont très prises par leur propre vie.

— C'est compliqué, n'est-ce pas ? Parce qu'on ne veut pas leur forcer la main, mais en même temps on veut qu'ils sachent qu'ils sont les bienvenus. La famille, ça compte. Je suis convaincue que, en dehors de ses autres mérites, Noël encourage les familles à se réunir quelle que soit la vie de chacun. J'imagine que ça changera quand mes enfants auront des relations sérieuses. Aucun des deux n'est en couple. Brodie a fréquenté quelqu'un à Londres pendant un certain temps, mais ça s'est terminé quand il a dû revenir en Écosse.

Gayle émit un vague murmure de commisération. Ses filles ne lui avaient jamais parlé de leurs relations, et c'était sa faute. Elle comprenait désormais pourquoi Ella n'avait pas eu envie de l'inviter à son mariage.

Elle était déjà enceinte la dernière fois qu'elles s'étaient vues. Elle avait eu peur que sa mère dise ou fasse quelque chose qui gâche la joie de son grand jour.

Cela aurait-il été le cas ?

C'était bien possible. C'était même probable.

La grossesse de sa fille l'aurait inquiétée. Et elle aurait eu peur qu'elle se marie pour les mauvaises raisons. Mais le fait qu'Ella ne se soit pas sentie en mesure de le lui dire ne la rendait pas fière.

Mary continuait à parler de la dernière relation de Brodie.

— De toute façon, je ne la trouvais pas faite pour lui. Il l'a amenée ici le temps d'un week-end, mais elle a trouvé l'endroit isolé et éloigné de tout. Elle voulait faire les boutiques, or on n'en trouve pas beaucoup dans le coin. Et puis Bear, qui n'était encore qu'un chiot, a bondi sur son manteau avec ses pattes pleines de boue, et mon pauvre Brodie a perdu une journée entière pour l'emmener au nettoyage.

— Le chien ?

— Le manteau. Ils ont rompu peu de temps après. Il n'en a pas vraiment parlé. Mais je crois que c'est en partie à cause d'elle que Kirstie redoute ce projet d'accueillir des hôtes. Elle a gardé l'impression que les citadins n'allaient pas aimer le caractère sauvage de cet endroit.

— À moins que ce ne soit exactement ce qu'ils recherchent, rétorqua Gayle.

— Je ne sais pas, mais Brodie est convaincu que votre fille Samantha s'y connaît bien, elle, et qu'elle devrait pouvoir nous aider. Pensez-vous qu'elle y parviendra, Gayle ?

Devait-elle admettre qu'elle ne connaissait presque rien sur l'entreprise de sa fille ? Elle avait fait des recherches sur Internet, bien sûr. Le site web était impressionnant. Les recommandations, excellentes. *Really Festive Holidays.*

Qui aurait pu croire que ce serait une stratégie commerciale valable ?

— Ma fille pourra vous aider. J'en suis sûre.

— Je l'espère. Brodie est le plus solide de mes enfants. Il fait ce qu'il a à faire. Mais je sais quand il souffre. Il place beaucoup d'espoir en votre fille. Il m'a montré son site Internet. Rien qu'avec les photos, j'avais envie de réserver un séjour. Vous devez être très fière d'elle.

— Je suis fière.

— Aimait-elle déjà Noël quand elle était petite ?

Gayle reposa sa tasse.

— Oui.

Et elle n'avait jamais compris. Aux yeux de ses filles, ces quelques jours étaient une période mystique et magique. Pour Gayle, cela faisait partie d'un complot commercial orchestré pour pousser les gens à dépenser une fortune dans le but d'imiter le type de célébrations montrées dans les médias. « Achetez cela, et votre Noël sera parfait. » La vie ressemblait rarement à un rêve, et on ne rendait pas service à un enfant en prétendant que c'était le cas. Elle n'avait pas voulu offrir à ses filles le cadeau des attentes irréalistes.

Elle se souvenait encore du moment où sa vision optimiste de la vie avait volé en éclats, fracassée par la réalité.

Mais, apparemment, il y avait des gens prêts à payer ce que Gayle jugeait être des sommes astronomiques pour vivre la vision romantique de sa fille en matière de vacances de Noël.

En regardant le site, elle avait presque eu envie de réserver une semaine pour faire le tour des marchés de Noël européens, une activité qui lui aurait normalement donné envie de s'enfuir dans la direction opposée.

Mary se leva et prit les tasses.

— Si vous ne passez pas Noël ensemble d'habitude, ce voyage doit être d'autant plus spécial.

— En effet.

Très spécial et très stressant.

— Eh bien, on va faire le nécessaire pour que ce soit mémorable. Vous travaillez, Gayle ?

Gayle pensa à la récompense dans son bureau – *cette fichue récompense* –, aux ventes de livres, à sa liste enviable de clients. Son agent l'avait appelée plusieurs fois au cours des dernières semaines pour l'informer que son nouvel ouvrage se vendait encore mieux que le dernier.

Pour une fois, elle n'avait aucune envie de parler de son travail.

— Je dirige un cabinet de conseil spécialisé.

L'expression intéressée de Mary indiquait clairement qu'elle n'avait aucune idée de ce dont il s'agissait, mais qu'elle était trop polie pour le dire.

— Ça a l'air impressionnant.

— Pas vraiment.

D'ordinaire, elle aurait posé des questions et aidé Mary à se pencher sur sa vie, voire à la redéfinir. Mais, pour l'instant, il lui semblait que son hôtesse assumait beaucoup mieux ses choix qu'elle.

Elle n'eut pas l'occasion de dire autre chose parce qu'à cet instant Ella entra dans la pièce.

Gayle se crispa, mais Mary sourit.

— Vous devez avoir faim après tout ce temps passé dans la neige. Je vais aller vous chercher de quoi petit-déjeuner.

Elle sortit, vite et discrètement. Gayle faillit la supplier de rester. Elle n'était pas sûre de pouvoir supporter un nouvel interrogatoire.

Ella hésita.

— Tu as bien mangé ?

— C'était délicieux.

— Je suis désolée si mes questions t'ont mise mal à l'aise, maman.

Elle s'assit sur la chaise vide à côté de Gayle.

— Tu avais l'air bouleversée, et je voulais que tu te sentes libre de te confier, mais je comprends que tout le monde n'en ait pas envie. Comme je ne t'ai rien dit à propos de Michael, c'est hypocrite de ma part d'attendre que tu me parles de papa. Je suis sûre qu'il y a beaucoup de choses que tu préfères garder pour toi, alors je vais arrêter de t'interroger. Mais je veux que tu saches que, si jamais tu veux parler, je suis là pour t'écouter.

Gayle était complètement déstabilisée.

Tout semblait tellement facile pour Ella. Elle avait présenté ses excuses, sans réserve, pour avoir mis Gayle mal à l'aise. Et peut-être que ses questions étaient compréhensibles. Ses filles méritaient des réponses. Mais comment dire enfin la vérité quand on avait caché quelque chose pendant si longtemps ?

Samantha

Assise dans l'espace confiné de la voiture, la main crispée sur son téléphone, Samantha avait l'impression de suffoquer.

Elle gardait les yeux rivés droit devant elle, mais le fait d'éviter tout contact visuel gênant ne dissipait en rien la tension. La percevait-il, lui aussi ? Était-il mal à l'aise d'avoir à côté de lui une femme qui avait admis sa propre frustration sexuelle ?

Après tout, il n'était peut-être pas tendu. Il avait peut-être pitié d'elle parce qu'elle avait une vie sexuelle très peu épanouissante. Il se demandait peut-être si elle en était responsable.

Même sa sœur semblait penser que c'était le cas. « Les sentiments te terrifient, et c'est pour ça qu'au lieu de vivre des passions débridées tu passes tes nuits à lire des romans dont c'est le sujet. Maintenant que j'y pense, ça pourrait être l'illustration même du rapport sexuel sans risque. »

Ces mots étaient blessants, mais c'était souvent le propre de certaines vérités.

Elle avait le cerveau embrouillé à cause du décalage horaire. Son cœur battait un tout petit peu trop vite.

Elle n'aurait peut-être pas dû boire de café au petit déjeuner.

Elle était péniblement consciente de la proximité de Brodie McIntyre. Tout aurait été tellement plus simple si elle n'avait pas été à ce point attirée par lui. C'était déjà bien assez gênant qu'il connaisse le moindre détail de ses pensées intimes sans avoir à y ajouter la complexité liée à l'alchimie sexuelle.

Dans le lit du laird.

Samantha ferma les yeux une seconde. Elle allait tuer Charlotte.

Mais, avant, elle allait gérer la situation comme elle gérait n'importe quelle autre crise : en restant calme et en cherchant une solution.

Elle éprouvait une sensation de chaleur. De palpitation. Consternée, elle se redressa un peu et sentit que Brodie la regardait.

— Tout va bien ? demanda-t-il.

Son attention ne fit qu'alimenter le brasier qui couvait en elle.

— Impeccable. J'ai hâte de voir ce que vous avez à offrir…

Oh ! Samantha.

— Je veux dire, dans le domaine, bien sûr.

Il y eut une pause, puis il reprit :

— Voulez-vous commencer par quelque chose en particulier ?

— Je vous laisse décider. Vous êtes l'expert local.

Elle posa son téléphone sur ses cuisses et créa un dossier. Elle tapa « Brodie », puis effaça aussitôt son prénom, le remplaçant par « Kinleven, jour 1 ». Elle allait se concentrer sur les lieux, pas sur l'homme assis à côté d'elle.

Samantha la professionnelle allait étouffer Samantha la fougueuse.

Il ajusta le chauffage.

— C'est le seul de nos véhicules qui soit capable d'affronter la neige et les terrains accidentés mais, niveau confort, c'est plutôt basique. Pas de sièges chauffants. Vous avez froid ?

— Non. Je suis bien chaude… j'ai bien chaud, je veux dire. J'ai un pantalon de ski et un haut hypothermique sous mon pull. Je m'y connais en matière de vêtements d'hiver. D'ailleurs, les conseils vestimentaires font partie des services qu'on offre à nos clients. On essaie de ne pas recommander de marques particulières, mais on donne des exemples et…

— Samantha…

Il s'arrêta devant le portail.

— ... pourriez-vous essayer de vous détendre ? Votre nervosité me rend nerveux.

Sans attendre de réponse, il jaillit du véhicule et marcha vers les grilles.

Se détendre.

Comme si c'était quelque chose qu'on pouvait faire sur commande. Comme si elle avait choisi délibérément d'avoir le souffle court et les muscles noués.

Elle le regarda pousser et attacher les grilles, puis piétiner un tas de neige. Il semblait tellement à l'aise dans son environnement qu'elle avait du mal à l'imaginer vivre en ville et passer ses journées devant un écran d'ordinateur.

Un analyste de données...

Il remonta dans la voiture et franchit le portail, avant de s'arrêter de nouveau pour pouvoir le refermer derrière eux.

Comme elle avait besoin d'air, Samantha ouvrit sa portière.

— C'est mon tour.

Tout en tirant sur les grilles pour les refermer, elle savoura l'air glacial qui rafraîchissait sa peau brûlante. Le froid ne l'avait jamais dérangée. Contrairement aux gens qui s'en plaignaient, elle trouvait ça revigorant. Au cœur des Highlands, l'air était sain et vivifiant. Quand il neigeait à Boston, c'était une promesse de tracas, de conduite dangereuse et de neige boueuse. Ici, c'était synonyme de silence.

À leur arrivée en Écosse, la beauté du paysage était baignée par la lumière du crépuscule ; aujourd'hui, ils s'étaient réveillés sous un grand soleil. L'air était limpide et le contour des montagnes se découpait nettement dans le ciel.

Elle avait envie de faire quelques pas, de sentir ses semelles briser la croûte dure qui recouvrait la neige, mais Brodie l'observait, les mains posées sur le volant, attendant qu'elle remonte en voiture.

Après avoir vérifié que le portail était bien fermé, elle le rejoignit.

— Merci, déclara-t-il.

Dès qu'elle eut attaché sa ceinture, il repartit.

— Dans un monde idéal, on aurait des portails électriques. Mais, ici, on n'échappe pas au travail manuel.

— Je suppose que ça explique vos muscles.

Et maintenant, il allait croire qu'elle avait étudié son corps en détail.

— Je veux dire, ça doit être une excellente façon de rester en forme.

Tais-toi, Samantha.

— Vous êtes toujours aussi nerveuse ?

— Nerveuse ? Je suis concentrée, c'est tout. Parfois, ça donne une impression d'énergie fébrile. C'est moi. Voilà qui je suis.

— Alors ce n'est pas lié au coup de fil ?

— Quel coup de fil ? Je pense au travail. Je prends ça très au sérieux. Je présume que c'est pour ça que vous m'avez invitée ici.

— C'est le cas mais, s'il y a un problème, je crois qu'on ferait mieux d'en parler, pas vous ?

Pas elle, non.

— Il n'y a aucun problème.

Comment allait-elle survivre à une journée entière avec lui ? D'un autre côté, si elle rentrait, elle devrait rester avec sa mère, ce qui était une perspective encore moins réjouissante. Elle n'enviait pas sa sœur, contrainte de sourire et de faire un bonhomme de neige comme si tout allait bien.

Une fois de plus, Samantha était heureuse d'utiliser le travail comme stratégie d'évitement.

Elle avait fait de son mieux pour se préparer, avec du maquillage comme armure. Comme Ella le lui avait fait remarquer, elle y avait passé un temps fou, mais ce n'était pas dans l'espoir de séduire Brodie McIntyre. S'habiller de façon professionnelle lui donnait l'impression d'être professionnelle. Les gens se fient aux apparences, c'est un fait. Elle était certaine qu'en la regardant personne ne pouvait deviner que sa vie personnelle était un désastre. Elle avait mis si longtemps à avoir l'air « naturelle » qu'elle avait sans doute vieilli entre-temps. Elle s'était presque attendue à devoir masquer des pattes-d'oie et des rides.

— Parlez-moi de votre troupeau de rennes. Ça va beaucoup plaire aux clients. Est-ce qu'on va les voir ?

— On est en chemin.

Tout en suivant les méandres de la rivière en direction du loch, il poursuivit :

— En été, on les laisse en liberté, mais en hiver on les garde près de nous. On va devoir marcher un peu, mais les bottes que vous m'avez fait mettre dans le coffre ont l'air plutôt robustes.

— La neige ne me dérange pas, répondit-elle, avant de relever les yeux de ses notes. J'aimerais voir les environs le plus possible. Mon objectif du jour, c'est de me faire une bonne idée de l'endroit pour pouvoir évaluer nos options.

— D'accord.

Il hésita.

— C'est plutôt sauvage, par ici. Je suis sûr que tout ne sera pas attractif aux yeux des gens.

— Vous avez peur que ce soit trop isolé ? C'est ce que j'ai cru comprendre hier soir.

— À cause de ma mère ? demanda-t-il en tripotant le chauffage. Elle en a un peu trop fait pour vous convaincre, hein ? Comment a-t-elle qualifié les lieux… ?

— Je crois que son expression exacte était « le centre de la civilisation ».

Il poussa un grognement.

— Elle ne sera pas responsable du marketing, c'est promis.

— Je l'ai trouvée charmante, s'empressa-t-elle de dire pour le rassurer. Et Kinleven n'est peut-être pas le centre de la civilisation, mais je vous certifie que c'est un avantage.

— Vous en êtes sûre ? On est loin de tout, c'est indéniable.

Elle sourit.

— Oui, j'en suis sûre. C'est mon métier. Je m'y connais.

— Les visiteurs ne vont pas être séduits par tous les aspects du domaine. J'ai besoin de savoir ce qui, d'après vous, va leur plaire ou pas.

— Vous seriez surpris par ce qui peut plaire aux gens. C'est pour ça que je voudrais en voir le plus possible. Quand j'aurai eu le temps de digérer toutes les informations, on en discutera. Je préparerai une proposition détaillée. Et, bien sûr, on devra établir des devis.

Elle écrivit quelques mots sur son téléphone.

— On va devoir parler de votre personnel, ainsi que de la logistique en cas de mauvais temps. En attendant, montrez-moi tout, sans filtre, y compris Rudolph et ses petits amis. Même si c'est un peu dommage que Tab ne soit pas là pour cette étape.

Comme le chemin devenait cahoteux, Brodie ralentit et avança avec précaution.

— On veillera à ce qu'elle passe du temps avec eux. Il est censé faire beau au cours des prochains jours. J'ai une idée qui marchera peut-être.

— Si ça implique des rennes, elle va adorer.

Il lui jeta un coup d'œil.

— Vous aimez beaucoup votre nièce.

— Vous l'avez rencontrée. Comment ne pas l'aimer ? Et puis, c'est parfait d'être tante. J'ai tout l'amusement et aucune des responsabilités.

— Vous êtes proches, votre sœur et vous.

— Ça se voit ?

— Oui. Et puis vous l'avez évoqué au téléphone. Vous avez dit que vous vous parliez tous les jours.

N'avait-il donc rien oublié concernant cet appel ? Elle se sentit rougir.

— Ça agaçait un peu Kyle qu'Ella et moi passions notre temps à bavarder.

Brodie ne fit aucun commentaire.

Mais qu'y avait-il à dire ?

— Ella et moi, on a presque le même âge.

Elle ne fit aucune allusion au reste de la conversation.

— On n'a que dix mois d'écart, même si c'est moi l'aînée et la plus autoritaire. Vous aussi, vous êtes l'aîné ?

— J'ai quatre ans de plus que Kirstie, mais c'est elle la plus autoritaire. Alors… je sais que vous êtes la grande sœur protectrice. Je sais que vous dirigez une entreprise qui a beaucoup de succès. Que faites-vous quand vous ne travaillez pas ?

— Quand je ne travaille pas ?

— J'imagine qu'il y a des moments où vous faites autre chose.

Il lui lança un sourire éclair.

— Je sais déjà que vous aimez l'opéra et le champagne.

Elle soupira.

— Monsieur McIntyre…

— Brodie. D'ailleurs, moi aussi, j'aime l'opéra et le champagne.

— Brodie… si on pouvait oublier que cette conversation a eu lieu, je vous en serais reconnaissante.

— Pourquoi ? C'est en partie à cause de cette conversation que vous êtes ici.

— Pardon ?

— Ça avait l'air suggestif ?

C'était au tour de Brodie d'être embarrassé.

— Je suis désolé. Ce que je voulais dire, c'est que vous étiez ouverte et honnête. Authentique. J'ai trouvé ça incroyablement rafraîchissant. De nos jours, les gens filtrent tout, comme si seule la perfection était acceptable, alors qu'on sait tous qu'elle n'existe pas. Les défauts ne sont pas autorisés. Avant que vous ne m'appeliez, j'ai été contacté par une autre entreprise qui souhaitait utiliser le manoir pour des fêtes privatives.

— Vraiment ?

— Oui. J'ai refusé. Ils ne comprenaient pas ce qu'on essaie de faire ici. Kirstie m'accuse toujours d'être insensible et fermé à tout ce qui n'est pas chiffres, mais c'est faux. Pour que ce projet nous rapporte l'argent dont on a besoin, je sais qu'on doit regarder au-delà des chiffres. Il nous faut quelqu'un qui comprenne cet endroit. Qui nous amène les bonnes personnes. Des personnes qui aimeront ce qu'on a à offrir et voudront revenir. Qui apprécieront les lieux tels qu'ils sont. Les entreprises que j'ai contactées n'étaient pas intéressées par nos objectifs ou par l'histoire de ce domaine. Ils ont posé des questions sur le wi-fi, le réseau téléphonique, la façon dont on gère le déneigement, les solutions pour essayer de minimiser l'impact de notre éloignement.

— C'est de là que vient votre inquiétude à propos de l'emplacement ?

— En partie. Je ne veux pas que le domaine soit présenté à travers un filtre, puis avoir affaire à des gens qui s'attendaient à autre chose.

— Judicieux. C'est en montrant une image juste qu'on a la certitude de satisfaire ses clients.

— Et c'est ce dont on a besoin. Je ne connais rien à votre métier, mais je suppose que c'est une relation. Comme toutes les relations, pour que ça marche, il faut que ce soit fondé sur la confiance et l'honnêteté. Si on cache ce qu'on est vraiment, comment cela peut-il fonctionner ?

Parlaient-ils toujours de Kinleven ?

Elle déglutit.

— Vous avez raison.

— Je n'ai pas besoin de quelqu'un pour les calculs numériques. Ça, je sais faire.

Il la regarda.

— J'ai besoin de quelqu'un qui puisse voir l'aspect humain.

Évaluer avec honnêteté nos forces et nos faiblesses, parce que je n'ai pas droit à l'erreur.

— À cause de votre famille ?

— Oui. Inviter des inconnus chez soi, c'est difficile. Il faut s'assurer que tout soit géré avec tact. Dans le cas présent, c'est encore plus important parce que Kirstie est farouchement opposée à l'idée depuis le début, même si elle n'a pas d'autre solution à proposer. Je dois lui prouver que ça va marcher. Que c'est possible de partager ce que notre famille a construit ici, sans avoir à changer quoi que ce soit. Après avoir échangé avec cette entreprise, j'ai douté de ma stratégie. Je me suis posé des questions. Et puis vous m'avez contacté pour me faire part de votre intérêt.

— J'avais lu un article. Il datait de quelques années.

Il hocha la tête.

— Celui sur mon père ? Il me l'avait envoyé. C'était un bon article. Après ce premier contact, j'ai fait quelques recherches sur vous. J'ai lu quelques interviews. Vous parliez de passion et de l'importance de vivre des expériences inoubliables. Vous disiez combien vous aimez organiser ce genre de choses pour vos clients.

— Les souvenirs sont éternels. Ils sont importants.

— C'est vrai, mais j'admets m'être demandé si c'était du baratin marketing. N'importe qui peut employer des mots qui en jettent. Avec vous, je n'ai pourtant pas eu l'impression que c'était de la manipulation verbale.

— Mais vous avez pensé que ça pouvait l'être, remarqua Samantha. C'est pour ça que vous avez insisté pour qu'on se rencontre en personne.

— C'est difficile de se faire une idée sur quelqu'un tant qu'on ne peut pas lui parler les yeux dans les yeux. Et ensuite, au téléphone, votre assistante Charlotte m'a dit qu'elle allait nous mettre en communication, et…

— Pas la peine qu'on revienne là-dessus.

— Vous êtes toujours embarrassée ? Il ne faut pas. Ce coup de fil accidentel m'a prouvé avant même que je ne vous rencontre que vous étiez la bonne personne pour nous conseiller. Vous parliez sans filtre.

— Par pitié, ne m'y faites pas repenser.

Samantha la fougueuse.

La voiture cahota dans une ornière. Avec un juron étouffé, Brodie se rangea sur le bas-côté et s'arrêta.

— Ça arrangerait les choses si je vous disais que cet appel est insignifiant comparé à ce que j'ai déjà vécu ?

Après avoir coupé le contact, il se passa la main sur le front.

— Si je vous disais que l'embarras est un fidèle compagnon ?

— Brodie…

— J'étais le gamin qui n'était jamais choisi en sport. Le dernier sur le terrain, celui qui devait être assigné à un groupe par le professeur. J'étais l'intello. Le coincé. Appelez ça comme vous voulez. Mes tentatives pour être cool et m'intégrer ne fonctionnaient pas, parce que ce n'était pas ce qui me correspondait. Et c'était avant l'explosion des nouvelles technologies, alors je ne pouvais même pas impressionner qui que ce soit en réparant un ordinateur portable ou une imprimante.

Son humour et son honnêteté étaient désarmants.

— Quand j'aidais mon père sur le domaine, j'étais un poids plus qu'autre chose. Si on abattait un arbre, je manquais de nous tuer. Tout ce que je voulais, c'était retourner à l'intérieur et jouer avec les chiffres, parce que les chiffres me parlaient. C'est là que j'ai découvert qu'il faut miser sur ses points forts.

Il observa un oiseau qui sautillait sur la neige, à la recherche de quelque chose à manger.

— C'est à cette époque-là que j'ai compris qu'il valait mieux exceller en étant qui on est qu'échouer à essayer d'être quelqu'un d'autre. J'ai commencé à aider tout le monde pour les devoirs de maths. Et puis mon père a rapporté un ordinateur à la maison. Ça a été le déclic. J'ai fait des études de mathématiques, mais je me suis surtout intéressé à l'informatique et à l'analyse de données. Avant, j'avais toujours l'impression d'être inadapté au monde des autres, et soudain j'ai trouvé mon monde, j'en étais le roi.

Samantha garda le silence un instant, puis esquissa un sourire.

— Vous pouvez réparer mon imprimante ?

Il éclata de rire.

— Peut-être. Même si j'ai parfois l'impression que ces fichues machines sont construites pour se casser.

— C'est évident que vous aimez ce que vous faites. Est-ce que ça a été difficile d'y renoncer pour revenir ici ?

— Je n'y ai pas renoncé.

Il enleva ses lunettes pour se frotter les yeux.

— J'ai simplement emménagé ici et, pour l'instant, je travaille en freelance. Ça signifie que je peux faire ce que j'aime tout en essayant de trouver une solution pour sortir de ce pétrin.

— Alors vous avez un bureau quelque part sur le domaine ?

— Oui, répondit-il en laissant retomber sa main. J'ai besoin de vous, Samantha. Oubliez votre gêne. J'ai besoin de vous parce que, si vous ne m'aidez pas, je ne sais pas qui le pourra. J'ai les connaissances nécessaires pour prédire que, financièrement, on est foutus, mais je n'ai pas les capacités pour résoudre le problème.

Quand il remit ses lunettes, elle vit ses doigts trembler un peu.

— J'attends que vous me disiez que je suis à côté de la plaque et que ça n'a aucune chance de marcher. Je suis peut-être aussi naïf que ma sœur, parce que ce que j'attends, c'est un miracle.

— C'est Noël, Brodie.

Samantha se renfonça dans son siège, détendue pour la première fois depuis des semaines.

— Les miracles arrivent à Noël. Et je peux tout de suite vous rassurer sur une chose : ce domaine a un immense potentiel commercial. Quand vous m'aurez montré tout ce qu'il y a à voir, on discutera des options et on concoctera un projet qui satisfera tous les membres de votre famille.

— Et si vous détestez quelque chose, vous me le direz ?

— Oui.

Elle hésita.

— Toutes mes condoléances pour votre père. Je suis vraiment désolée. Et je suis également désolée que vous traversiez une période difficile.

— C'est la vie, pas vrai ? Ça me fait penser à ce chemin : plein de bosses et d'ornières, de quoi faire éclater un pneu.

Il redémarra et reprit la route.

— Kinleven est magnifique, affirma Samantha. Le paysage est splendide. Ça va faire un tabac, Brodie. Et puis je suis vraiment enthousiaste à propos des rennes. Parlez-moi d'eux. Comment sont-ils arrivés ici ?

— Mon père les a introduits sur le domaine il y a une trentaine d'années.

Il ralentit pour négocier un passage verglacé.

— Au début, ce n'était pas facile, mais il a parlé à plusieurs personnes et, heureusement, notre vétérinaire s'y connaissait et était intéressé. Ils s'adaptent bien au climat écossais. Kirstie et moi avons grandi avec eux. Je ne me souviens pas d'une période sans le troupeau. Kirstie a fait une formation d'auxiliaire vétérinaire, mais elle a toujours rêvé de travailler au domaine, alors elle est revenue ici il y a quelques années. Elle disparaît dans les collines dès qu'elle en a l'occasion.

— Ça doit être dur pour elle de devoir rester à la maison pour donner un coup de main.

— Oui, c'est l'un des problèmes, répondit-il en lui jetant un coup d'œil. Elle préférerait être dehors. Mais c'est un projet familial. Pour que ça marche, on doit tous participer.

— Qui s'occupe des rennes quand Kirstie se trouve au manoir ?

— Il y a James, qui travaillait en ville avant de prendre sa retraite. Il a emménagé ici pour changer de mode de vie à la mort de sa femme. Il y a aussi des bénévoles locaux qui viennent nous aider.

— Et est-ce que les rennes ont des visiteurs ?

— En général, non. Quand mon père allait faire des conférences dans les écoles aux alentours, il amenait deux rennes, les plus sages. Mais ça s'arrêtait là. C'est assez chronophage de les faire sortir du domaine.

— Mais vous pourriez organiser quelque chose ici, dans ce magnifique endroit. Chez eux.

Samantha regarda par la vitre la neige accumulée sur le bas-côté. Elle brillait et étincelait au soleil.

— Imaginez parcourir ce chemin dans un traîneau tiré par des rennes…

— Je n'ai pas besoin de l'imaginer. Je l'ai fait. Et vous voulez savoir ?

Il lui adressa un sourire de conspirateur.

— Ce n'est pas aussi romantique que ça en a l'air, en tout cas pas pour la personne responsable. Les rennes ne sont pas des animaux domestiqués. Ils peuvent être sacrément têtus. Ils n'ont pas toujours l'air de comprendre qu'ils sont en train d'exaucer le rêve de quelqu'un, même si on fait de son mieux pour les raisonner.

Samantha se mit à rire.

— J'imagine. Je suis une vraie citadine. Je n'ai pas beaucoup d'expérience avec les animaux. Je serais bien incapable de négocier avec un renne.

— Vous avez toujours vécu en ville ?

— À New York, et maintenant à Boston.

— Et Ella ?

— Michael et elle ont emménagé dans une petite ville du Connecticut. Ils ont une maison au bord de l'eau, dans un cadre charmant.

Et est-ce qu'elle les enviait ? Oui, absolument.

— Michael était un as du barreau à Manhattan, puis il a rencontré Ella, et ils ont tous les deux décidé de mener une vie différente.

— Du moment que c'est une décision commune, c'est parfait. Vous les voyez souvent ?

— Oui. Elle n'habite qu'à deux heures de chez moi alors, toutes les deux ou trois semaines, je range mes dossiers dans mon sac et je les rejoins le vendredi soir.

C'était ce qui se rapprochait le plus d'une vie de famille pour elle.

— Et vous ? Vous viviez à Londres ?

— J'étais basé à Londres, mais je passais plusieurs semaines d'affilée à Boston. Et puis mon père est mort. Je suis rentré à la maison pour soutenir ma mère et Kirstie. J'avais l'intention de rester jusqu'à ce que l'enterrement soit passé, mais la situation s'est compliquée.

— Financièrement, vous voulez dire ?

— En général.

Il se gara sur l'accotement.

— À partir d'ici, on marche.

Elle sortit de la voiture et claqua la portière.

— On commence par les rennes ?

— Oui. Ensuite, on fera un petit bout de chemin à travers la forêt, parce qu'il y a une vue splendide sur tout le domaine depuis le sommet de la colline. J'aimerais vous la montrer. J'aimerais que vous voyiez tout ce qu'il y a à voir.

Ils mirent leurs bottes de randonnée et remontèrent la fermeture Éclair de leurs blousons. Après avoir endossé leurs sacs à dos, ils empruntèrent le sentier qui serpentait au milieu des arbres.

L'air froid figeait le visage de Samantha et transformait son souffle en vapeur.

Les enjambées de Brodie étaient plus grandes que les siennes. Elle se retrouva à marcher un peu derrière lui, ce qui lui donna une vue parfaite sur ses larges épaules et ses cheveux bruns ébouriffés.

Elle détourna rapidement le regard.

— Pourquoi cette clôture ? Pour garder les hôtes à l'intérieur ou pour empêcher les indésirables d'entrer ?

Il se tourna vers elle et attendit qu'elle le rattrape.

— C'est pour empêcher les rennes d'avoir accès à cette zone. Le surpâturage empêche la forêt de se régénérer. Tenir les rennes à l'écart permet de protéger les jeunes pousses et de donner une chance aux nouveaux arbres.

Il leva les yeux pour scruter le ciel à travers les branches.

— Il y a deux mille ans, la forêt calédonienne recouvrait toute la région. Chênes, bouleaux, trembles, sorbiers, genévriers et pins sylvestres. Aujourd'hui, c'est difficile à imaginer.

Elle s'arrêta pour sortir un bonnet de son sac.

— Mais vous replantez ?

— On participe à un projet qui vise à restaurer la forêt. Il s'agit non seulement des arbres mais aussi de tout l'écosystème. Et les rennes ne sont pas la seule espèce fautive. La forêt a été abattue pour obtenir des terres agricoles et pour répondre à la demande en bois de construction à croissance rapide. Mais, à présent, on plante des arbres indigènes, on enlève les espèces invasives et on met des clôtures. Comme ça suscite beaucoup d'intérêt dans les environs, on ne manque pas de bénévoles.

Ils suivirent les méandres du sentier à travers la forêt. Ils dépassèrent les derniers arbres, et il n'y eut plus devant eux que le loch, encadré par les montagnes.

Samantha sortit son appareil et prit quelques photos.

— C'est incroyable.

— En effet, acquiesça Brodie en s'arrêtant à côté d'elle. Vous voyez le petit cottage ?

— Un cottage ?

Elle baissa l'appareil-photo pour étudier les pentes enneigées.

— Je ne vois rien d'autre qu'un paysage exceptionnel.

— À l'extrémité du loch, sur la gauche. Pas loin du manoir. Une bâtisse en pierre.

Il se rapprocha d'elle et pointa le cottage du doigt. Son bras effleura celui de Samantha. Son corps bloqua une partie du vent cinglant.

— Je le vois, répondit-elle. Niché au milieu des arbres. Il se fond dans le paysage. C'est un cottage ?

— L'un de mes ancêtres l'a construit pour qu'il serve de refuge à l'origine. Les alpinistes et les randonneurs s'y abritaient en cas de tempête. C'était tout simple, à l'époque. Mon grand-père l'a rendu habitable. Mon père l'a aménagé pour en faire quelque chose de spécial. Il envisageait de le louer pour en tirer un revenu supplémentaire. C'est là qu'il a demandé ma mère en mariage.

— C'est romantique.

— Vous trouvez ?

Quand il sourit, elle sentit au fond d'elle son corps répondre par un élancement.

Savait-il à quel point il était séduisant ?

— Ça m'a l'air romantique, oui.

— Il plaisantait toujours en disant qu'il avait fait sa demande là-bas parce qu'elle ne pouvait pas s'échapper. Il avait neigé toute la journée, et ils étaient bloqués sur place. Faites attention où vous marchez… Il y a des rochers sous la neige.

Elle saisit la main qu'il lui tendait et avança avec précaution.

— Et vous envisagez de le louer ?

— Non. Ça ne fait pas partie du marché. Pour l'instant, c'est mon bureau.

— Votre bureau ?

Lâchant sa main, elle s'arrêta de marcher.

— Vous travaillez dans ce cottage isolé ?

— Il n'est pas si isolé que ça. En voiture, il est à cinq minutes de la maison si le chemin est déblayé. Mais c'est assez loin pour que personne ne vienne y faire le ménage, laver les mugs sales ou bouger les papiers.

— Je comprends. Je n'aime pas que les gens déplacent les

objets sur mon bureau. Je suppose que votre mère aime les montagnes autant que votre père ?

— Oui. Elle est née et a grandi dans le coin. Ils se sont rencontrés à l'école quand ils avaient six ans. Ils avaient l'habitude de randonner et de passer la nuit dans ce chalet tous les ans pour leur anniversaire de mariage.

Son regard se perdit au loin.

— Ils l'ont fait l'année dernière encore.

— Ça doit être très dur pour elle. Et pour vous.

Il se tourna vers elle.

— Vous avez toujours votre père ?

— Non. Il est mort quand j'étais bébé.

Ce n'était pas quelque chose dont elle parlait en général, mais ils avaient déjà abordé tellement de sujets que cela semblait plutôt inutile d'esquiver celui-ci.

— Ma mère était enceinte de ma sœur. Ça a dû être une période affreuse pour elle.

Elle n'y avait jamais beaucoup pensé mais, maintenant qu'elle le faisait, elle culpabilisait. Elle se rappelait combien elle avait été protectrice pendant la grossesse d'Ella. Quelqu'un avait-il seulement pris soin de sa mère ?

— Elle ne s'est jamais remariée ? demanda Brodie.

— Non. Elle n'avait pas de métier à l'époque, alors elle est retournée à la fac, puis elle a travaillé pour subvenir à nos besoins.

Comment avait-elle fait pour élever deux enfants tout en pleurant l'homme de sa vie et en s'inquiétant pour son budget ? La culpabilité de Samantha grandit.

— Au moins, elle vous avait, remarqua-t-il. Vous avez la chance d'être une famille unie.

C'était le bon moment pour lui dire la vérité. Pour lui avouer qu'elle avait toujours eu des rapports difficiles avec sa mère. Qu'elles ne s'étaient pas parlé depuis cinq ans. Certes, sa mère ne l'avait pas appelée non plus, mais à présent Samantha regrettait de ne pas pouvoir revenir en arrière pour lui tendre la main. Elle n'arrivait pas à croire que leur brouille ait duré si longtemps, mais apparemment plus on laissait le silence s'installer, plus c'était compliqué de le rompre. Et comment aurait-elle pu reprendre contact sans révéler tout ce qu'Ella avait choisi de lui cacher ? Elle s'était retrouvée dans une position impossible.

— Samantha ?

Elle repoussa ses pensées au fond de son esprit. Ils avaient peut-être discuté de tout et n'importe quoi, mais elle n'était pas prête à parler de ça.

— À quelle distance d'ici se trouve le troupeau de rennes ?

— Ils sont là-bas, répondit-il en tendant le doigt.

Elle s'immobilisa de nouveau. Il faisait tellement froid qu'elle ne sentait plus son nez, mais cela ne l'empêcha pas d'attraper son appareil-photo pour prendre quelques clichés supplémentaires. Des rennes se détachaient sur la neige fraîchement tombée. Difficile de faire mieux…

— Est-ce que j'aurais dû apporter à manger pour leur montrer que je ne suis pas une menace ? Du lichen ? Des herbes ?

— Je suis épaté, répliqua-t-il en tirant la fermeture Éclair de son blouson un peu plus haut. La plupart des gens veulent leur donner des carottes.

— Ah, mais ce n'est pas mon premier troupeau de rennes, même si c'est de loin le plus joli. J'en ai vu en Laponie, et j'ai passé du temps avec un éleveur en Norvège.

— Et moi qui pensais que votre boulot tournait surtout autour des guirlandes lumineuses et du Père Noël…

— Ça en fait partie, bien sûr. C'est toujours magique d'emmener des enfants en Laponie. Mais j'ai beaucoup d'autres clients qui vont là-bas parce qu'ils veulent un aperçu de la vie dans le cercle polaire arctique. Certains rêvent de faire l'expérience des nuits polaires.

— Des vacances dans l'obscurité ?

Elle s'appuya à la barrière, les yeux rivés sur les rennes.

— C'est ce que je m'attendais à vivre la première fois que j'y suis allée à cette époque de l'année, mais ça n'a pas été le cas. Il ne faisait pas nuit noire. C'est difficile à décrire, mais ça ressemblait plutôt au crépuscule. Magnifique, quoiqu'un peu étrange, peut-être. La neige réfléchissait les étoiles et, à certains moments de la journée, il y avait assez de luminosité pour arriver à lire. Et c'est la période idéale pour voir les aurores boréales.

— Alors vous ne vous occupez pas seulement de vacanciers accros à Noël.

Il ouvrit la barrière.

— Voulez-vous les voir de plus près ? Ils sont plutôt amicaux.

— Je n'aurais jamais associé les rennes avec les Highlands.

— Ils vivaient ici il y a des milliers d'années. Aujourd'hui, ils sont rattachés à l'Arctique et aux régions subarctiques.

— *Rangifer tarandus*. On les appelle « caribous » en Amérique du Nord, mais je trouve que « renne » est plus romantique.

Les rennes broutaient, tête baissée. Le soleil faisait étinceler la neige derrière eux. Samantha n'avait pas vu de scène aussi paisible et sereine depuis longtemps.

— Leurs sabots sont vraiment énormes.

— Ça permet à leur poids d'être bien réparti et ça leur évite de s'enfoncer dans la poudreuse, expliqua Brodie en refermant la barrière derrière eux. Avec de tels sabots, ils peuvent aussi creuser dans la neige pour trouver de la nourriture. La nature est bien faite.

— Que lui est-il arrivé, à celui-là ? Il n'a qu'un seul bois.

Elle pointa l'animal du doigt.

— Est-ce qu'il s'est battu ?

— Les mâles perdent leurs bois après la saison des amours en automne. Les femelles les gardent jusqu'à la naissance des faons en mai.

Elle allait peut-être devoir trouver une raison de revenir au printemps, songea Samantha.

— Je peux prendre des photos ?

— Allez-y.

Elle enchaîna les clichés jusqu'à ce que l'un des rennes s'approche d'eux.

Après l'avoir pris en gros plan plusieurs fois, elle rangea son appareil.

— Je peux le caresser ?

— C'est une femelle. On l'appelle Wren, « le roitelet ».

— Vous les reconnaissez tous individuellement ?

— J'ai grandi avec eux.

Il semblait un peu gêné.

— Tous les rennes portent des noms d'oiseaux. Parce qu'ils peuvent voler, évidemment.

— Évidemment.

Elle échangea un regard avec lui, puis tendit la main et caressa le renne d'un geste hésitant. Il savait le nom du renne. Il lui avait dit qu'il n'était pas dans son élément, pourtant il semblait bien connaître le troupeau. Quelque chose fondit en elle.

— Ça doit être la chose la plus exaltante qui me soit arrivée depuis longtemps. J'ai l'impression d'avoir six ans.

Si elle était aussi enchantée, que ressentiraient ses clients ?

— On n'est jamais trop vieux pour apprécier les rennes, affirma Brodie. Et le décor ne gâche rien. Être ici en hiver, ça vaut toutes les séances de méditation.

— La ville ne vous manque pas ?

— Pas particulièrement, même si ça me manque de ne pas être près d'un aéroport quand j'ai besoin de voyager. Et puis ça me manque aussi d'avoir confiance en ce que je fais.

Il frotta l'encolure de l'animal.

— J'estime être plutôt doué dans mon boulot. Mais au milieu de tout ça ? Pas vraiment. Cela dit, être ici présente des avantages. Pas de longs trajets pour aller au bureau. Une excellente qualité de l'air. Il y a une simplicité dans la vie quotidienne qui me manquait quand j'étais en ville.

Samantha sourit tandis que le renne lui donnait un petit coup de nez.

— Et bien des gens seraient d'accord avec vous. Vous vous rendez compte à quel point tout cet univers est spécial ? Je suis sûre que ça demande beaucoup de travail de préparer des événements, mais imaginez que les curieux viennent jusqu'à vous ? Comme ça, vous n'avez pas à déplacer les rennes, et on tire quand même parti de ce paysage fabuleux.

— En plus des fêtes privatives, vous voulez dire ?

— Oui. Ça doit être possible de faire les deux.

Le renne la poussa à nouveau, et elle ôta son gant pour pouvoir enfoncer les doigts dans son pelage. La chaleur de l'animal contrastait avec le froid mordant du vent.

— Ce que vous avez ici est exceptionnel.

— Les rennes ?

— Tout.

Elle sourit en voyant un autre renne approcher.

— Et lui, qui est-ce ?

— Goose.

— Tu ne ressembles en rien à une oie, remarqua-t-elle en lui caressant le cou. Vous avez raison, c'est très relaxant. Pensez-vous que la thérapie par les rennes soit envisageable ?

— À vous de me le dire.

— Je pense que oui. Là tout de suite, j'ai envie de vendre mon appartement pour vivre dans les montagnes avec un troupeau de rennes.

Elle eut le plus grand mal à quitter les bêtes, mais ils finirent par retourner à la voiture. Avec force cahots, ils refirent le chemin en sens inverse jusqu'à la route.

— Et maintenant, on va où ? demanda-t-elle.

— Au village. Ce sera ce qui ressemble le plus à la civilisation, si jamais vos clients ont besoin de ça pendant leur séjour. On a une petite école, une poste qui vend de tout, du thé jusqu'aux chaussures de randonnée, et un pub. Les pubs des Highlands ont une longue tradition d'hospitalité.

Le pub, entouré de pins, surplombait la rivière. Samantha s'arrêta à la porte pour prendre quelques photos : la neige amassée contre un mur de pierre, l'enseigne du pub qui oscillait doucement au gré du vent. Lorsqu'elle franchit le seuil, elle fut accueillie par la chaleur, le brouhaha des conversations et l'odeur de la bonne nourriture. De nombreuses personnes étaient rassemblées autour du bar. Il était évident que presque tout le monde se connaissait.

Les discussions s'interrompirent lorsqu'elle entra. Toutes les têtes se tournèrent vers elle. Elle sourit et rejoignit Brodie à la hâte. Il avait choisi une table près de la cheminée.

— J'ai fait quelque chose de travers ? demanda-t-elle.

— Quelque chose de travers ?

Comme ses lunettes s'étaient embuées, il les ôta et se mit à fouiller dans ses poches.

Elle sortit une lingette de son sac et la lui tendit.

— Ils me dévisagent, dit-elle.

Tout en nettoyant ses verres, il plissa les yeux en direction du bar.

— C'est sûrement à cause de votre pantalon de ski.

— Ce n'est pas ce qu'il faut porter, ici ?

— Non. Le pantalon est super. Il vous va vraiment bien. Vous êtes magnifique dedans. Je veux dire, c'est sûrement pour ça que… Laissez tomber.

Il rougit, tripota ses lunettes, lâcha la lingette.

— Je n'aurais pas dû dire ça. Je ne voulais pas vous mettre mal à l'aise.

— Ce n'est pas le cas. Et merci du compliment.

Sentant une étrange douceur l'envahir, elle récupéra la lingette.

— J'imagine que c'était bien un compliment ?

— Oui. Les menus.

Il se leva promptement et enchaîna :

— Je vais chercher des menus.

Elle le suivit du regard tandis qu'il marchait à grands pas vers le bar. La sensation de gaucherie et d'embarras qui l'avait accompagnée depuis le fameux coup de téléphone s'était dissipée au fil de la matinée, probablement parce qu'il était encore plus gauche et embarrassé qu'elle. La différence, c'était qu'il semblait accepter ça comme faisant partie de lui.

Elle avait un peu chaud et dénoua son écharpe. C'était à cause du feu. C'était forcément à cause du feu. Rien d'autre. L'air était brûlant devant l'immense foyer en pierre.

Elle saisit son appareil et prit quelques photos de l'intérieur du pub pour sa newsletter. Un panier à bûches. Des piolets et d'autres équipements d'escalade accrochés aux murs.

Brodie revint, les menus à la main.

— J'ai oublié de vous demander ce que vous vouliez boire. Un single malt ? Ils en ont quatre-vingt-quatorze, il y a le choix.

— Ça donne envie, mais je ne bois pas au déjeuner. Un Coca light, ce sera parfait, merci.

Alors qu'elle rangeait son appareil-photo dans son sac à dos, elle entendit des éclats de rire.

Brodie était en grande conversation avec trois hommes accoudés au bar. Ils semblaient le taquiner, parce que son visage était plus rose que d'habitude, mais il l'acceptait avec sa bonne humeur coutumière. Il avait l'air complètement à l'aise avec lui-même. Elle le connaissait à peine, mais elle sentait qu'il n'y avait pas de Brodie intérieur et de Brodie extérieur. Seulement Brodie. Il savait qu'il était un peu gauche et maladroit, mais il le prenait avec le sourire. Cela dit, il connaissait aussi ses forces. Il ne minimisait pas ses compétences professionnelles. Voilà un homme qui savait exactement qui il était et qui s'acceptait tel quel.

Elle éprouva une bouffée d'envie. Elle aurait donné beaucoup pour avoir ne serait-ce que la moitié de son aisance avec elle-même.

— Alors… Really Festive Holidays…, commença-t-il en posant

leurs verres sur la table. Racontez-moi comment vous en êtes arrivée là. Comment êtes-vous devenue la spécialiste de Noël ?

Samantha eut une vision d'Ella, âgée de cinq ans, excitée comme une puce au moment d'explorer la « chaussette » que sa grande sœur lui avait fabriquée.

— J'ai toujours aimé cette période de l'année. Petite, je rêvais de la façon parfaite de passer Noël. Quand j'ai commencé à travailler dans l'industrie du tourisme, je me suis rendu compte que je pouvais faire de ce rêve une réalité pour les clients, même si ce que nous proposons n'est pas cantonné à Noël. Certaines personnes n'ont pas envie d'une réunion de famille traditionnelle pour les fêtes mais préfèrent voyager. La Laponie est une destination populaire, tout comme les marchés de Noël européens. J'ai envoyé des clients en Islande, mais aussi à Paris et à Londres s'ils avaient envie d'une escapade urbaine.

— À Londres ? Ce n'est pas que je n'aime pas Londres, mais je n'aurais pas imaginé qu'on puisse vouloir y passer les fêtes. Qu'y a-t-il à Londres qui puisse attirer des touristes à cette période de l'année ?

— Les illuminations de Noël. *Casse-Noisette* au Royal Opera House à Covent Garden. Un *afternoon tea*[1] au champagne dans l'un des palaces londoniens. À vos yeux, Londres est probablement synonyme de foule, de déplacements pendulaires et de stress professionnel, mais ce n'est pas ce que vit un touriste. Mon travail est de découvrir la magie d'un lieu et de la mettre en valeur.

Elle resserra les doigts autour de son verre.

— Je parie que j'arriverais à vous faire retomber amoureux de Londres.

Il sourit.

1. Thé traditionnel servi l'après-midi, accompagné de gourmandises salées et sucrées. (NdT)

— Je crois que vous arriveriez à convaincre n'importe qui de tomber amoureux de n'importe quel endroit que vous avez décidé de lui faire aimer. Ce qui est une bonne nouvelle pour moi. Je suis ravi que vous soyez prête à jouer les bonnes fées pour notre petit coin des Highlands.

— Je ne pense pas qu'il y ait beaucoup d'efforts à faire pour transformer cet endroit en une destination magique.

— Non ?

Il but une gorgée, puis reposa son verre.

— Qu'en dites-vous, jusqu'ici ?

— Je suis emballée, répondit-elle en sortant son téléphone de la poche de son blouson. J'ai pris quelques notes dans la voiture, et je sais qu'on a encore plein de choses à voir, mais je suis déjà amoureuse de ce lieu, et je sais que ce sera le cas pour d'autres personnes.

— Et si on laisse les gens réserver des chambres et qu'ils ne s'entendent pas ?

— D'après moi, l'idéal serait de proposer des locations exclusives à des groupes privés. Ce serait une solution rentable et moins perturbatrice pour vous. On peut vendre le projet comme une expérience intime, authentique, au sein d'une famille écossaise.

— Disputes et mauvaise humeur incluses ?

Samantha rit.

— Je suggère que ces choses-là restent en option.

— Des groupes privés. Est-ce que ça ne va pas leur coûter cher ?

— Si, mais il y a des gens qui seront prêts à payer une belle somme pour une aventure originale qu'ils ne pourront pas vivre ailleurs. Ce que vous offrez ici est unique. Il faudrait qu'on peaufine tout ça, bien sûr, mais votre proposition de base est fantastique.

— Dans ce cas, je vous invite à déjeuner.

— Non, c'est pour moi.

Elle jeta un œil sur le menu.

— Que me conseillez-vous ?

— Tout est bon, mais vous ne mangerez jamais un meilleur hamburger qu'ici.

— Eh bien, voilà un défi que je me dois de relever.

Il se leva.

— En attendant, imprégnez-vous de l'ambiance.

Suivant son conseil, elle laissa courir son regard des bûches en train de flamber aux décorations sur les murs de pierre. Il y avait des photos de montagne en noir et blanc, des clichés du pub au fil des décennies, des journaux encadrés et une paire de vieux skis en bois. Le bruit des conversations se mêlait aux rires, dans une atmosphère chaleureuse et conviviale.

Elle sortit son téléphone de sa poche et vérifia sa boîte mail, surprise d'avoir un bon signal. Elle avait reçu plusieurs messages de Charlotte, auxquels elle répondit rapidement. Plusieurs clients lui avaient aussi écrit pour la remercier et lui envoyer des photos de leurs voyages.

— Qu'est-ce que Kyle a dit quand vous avez fini par lui parler ? demanda Brodie en se rasseyant à leur table. A-t-il relevé le défi ? A-t-il débarqué à votre bureau pour vous emmener dans un hôtel cinq étoiles et déboucher une bouteille de champagne ?

Elle aurait dû se sentir sur la défensive, mais apparemment elle avait dépassé ce stade auprès de cet homme. Ses personnalités intérieure et extérieure avaient fusionné, temporairement en tout cas.

— Rien de tout ça.

Elle reposa son téléphone sur la table.

— Je ne lui ai pas dit tout ce que je vous ai dit. Ce n'était déjà pas facile la première fois, alors je me suis dégonflée.

— Mais vous avez quand même rompu avec lui.

— Oui. J'ai bafouillé quelque chose à propos de nos vies bien remplies, nos priorités différentes… etc.

— Donc tout sauf la vérité.

Elle haussa les épaules.

— C'est fini entre nous, voilà tout. Le « pourquoi » n'avait pas vraiment d'importance.

Elle s'interrompit en voyant leur repas arriver.

— Et voilà, Prof, déclara le chef. Ça devrait donner un coup de fouet aux neurones.

Il posa les plats sur la table, fit un clin d'œil à Samantha et reprit le chemin de la cuisine.

— Prof ?

— C'était mon surnom à l'école, répondit Brodie en salant son bol de frites. Je pourrais vous dire que c'était parce que j'étais le meilleur de la classe, le plus intelligent, mais comme on est honnêtes l'un envers l'autre, je vais avouer qu'on m'appelait Prof parce que j'avais des lunettes cerclées de fer qui se déformaient en permanence. C'est pour ça que je suis passé à quelque chose de plus solide.

Et ces nouvelles montures lui allaient bien. Ella avait tout à fait raison. Ce cadre sombre autour de ses yeux clairs… Pour chasser ses pensées, Samantha mordit dans son burger, puis hocha la tête.

— Vous n'avez pas menti. C'est délicieux.

— Oui. Les gens affrontent neige et verglas pour venir manger ces burgers, affirma-t-il, avant de prendre une bouchée du sien. Pendant combien de temps êtes-vous sortie avec Kyle ?

— Un an.

Il haussa les sourcils.

— Un an, ça fait long pour rester avec quelqu'un qui vous laisse froide.

Elle reposa son hamburger.

— Il y a d'autres choses qui comptent. Les centres d'intérêt mutuels. La fiabilité.

La sécurité affective. Mais elle ne le dit pas à voix haute, gênée d'admettre qu'elle avait peur. Peur de ressentir trop de choses. Peur d'être blessée. Dans tous les autres domaines, elle était la grande sœur forte, mais pas dans celui-là. En matière d'amour et d'émotions, Ella était intrépide. Elle ouvrait ses bras et son cœur en semblant dire : « Me voici, venez me briser. »

— Tout ça, on peut le trouver en s'inscrivant dans une association de randonnée ou dans un club de lecture, remarqua Brodie.

— Qu'est-ce que vous y connaissez aux clubs de lecture ?

— Je sais qu'ils peuvent mettre fin à une relation.

Il lui adressa un bref sourire.

— La femme que je fréquentais a insisté pour que je m'inscrive à son club. Elle estimait que j'avais besoin de diversifier mes lectures. Elle remplaçait constamment mes romans policiers et mes biographies par de la fiction littéraire.

— Vous y êtes allé ?

— Oui. Moi et dix femmes.

Il prit une autre bouchée de son burger.

— Ça n'a pas été aussi folichon qu'on pourrait le croire.

— Ça ne s'est pas bien passé ?

— Eh bien, il y avait du vin…

Il haussa les épaules.

— … alors de ce point de vue-là, ça allait. Mais ensuite, il a fallu parler du livre. J'étais le seul à le détester, et le seul à l'admettre. Apparemment, j'aurais dû garder mon avis pour moi. Je lui ai fait honte, conclut-il en terminant ses frites.

— Parce que vous détestiez le livre ?

— Oui. Il semblerait qu'elle ait fanfaronné à propos de…

Il marqua une pause.

— … mon intelligence.

Visiblement gêné, il rougit. Samantha sourit.

— Et vous avez tout gâché en avouant lire des livres que les gens intelligents ne sont pas censés lire ?

— Quelque chose comme ça. Je ne lis pas pour impressionner qui que ce soit. Ça fait des décennies que j'ai renoncé à épater la galerie. Je lis ce qui me divertit et ce qui m'intéresse.

— Qu'est-ce qui vous intéresse ?

Il releva les yeux et accrocha son regard. Samantha eut soudain du mal à respirer. Sa gorge se serra. Sa peau se mit à brûler. Elle sentait son cœur battre dans sa poitrine. Elle se demanda encore et encore ce que ça ferait de l'embrasser.

Ils gardèrent le silence un long moment. Puis Brodie finit par reporter son attention sur son assiette.

— Ce qui m'intéresse ? En dehors d'un bon polar, la Seconde Guerre mondiale. Les cryptanalystes. Bletchley Park. Je trouve ça fascinant.

Il tendit le bras pour lui voler une de ses frites. Elle poussa son bol au milieu de la table.

Avait-elle imaginé ce moment ? Était-elle la seule à être troublée ? Rêvait-elle d'une liaison torride au point de ne plus pouvoir discuter avec un homme sans fantasmer sur ses baisers ?

Il se figea, la main au-dessus du bol.

— Je suis désolé. Je n'aurais pas dû faire ça sans vous demander la permission.

— Quoi ? Oh ! les frites. Pas de problème. C'est meilleur quand c'est partagé.

— Quand c'est partagé ? Vous voulez dire quand je mange toutes les miennes et la moitié des vôtres ?

— Ça ne me dérange pas. Et elles sont bonnes.

Même si le trac lui avait fait perdre l'appétit.

— Alors cette relation s'est terminée ? reprit-elle.

— Par consentement mutuel.

Il piocha une autre frite.

— Vous êtes sûre ? insista-t-il.

— Allez-y, piochez. Ça ne vous a pas brisé le cœur ?

— Non. Ce qui en dit long, pas vrai ? Comme vous l'avez dit au téléphone, dans une bonne relation, on veut ressentir des choses. En général, on ressentait…

Il s'interrompit pour réfléchir, tout en finissant les frites de Samantha.

— … de l'irritation, je suppose. Et puis mon père est mort, et mes priorités ont changé. Je n'étais pas dans le bon état d'esprit pour réparer une relation alors que j'étais en plein deuil et que je m'occupais de ma mère et de ma sœur. Vous êtes proche de votre mère, bien sûr.

Elle pouvait mentir, ou au moins ne pas s'attarder sur la vérité. Elle pouvait faire une remarque désinvolte sur la distance entre Boston et New York, sur leur charge de travail, sur leurs vies bien remplies. Elle pouvait orienter la conversation dans une multitude d'autres directions, mais les heures qu'ils venaient de passer ensemble l'avaient ramollie, comme du beurre laissé au soleil.

— Avant le mois dernier, on ne s'était pas vues depuis cinq ans.

— Vous étiez fâchées ?

— On peut dire ça. On a toujours eu une relation difficile.

Elle arracha un morceau de son burger.

— On l'a déçue. Elle avait une idée très précise de ce qu'elle voulait pour nous qui ne correspondait pas à ce qu'on voulait, Ella et moi. Je ne m'étais pas rendu compte que ça faisait cinq ans. Le temps passe, on attend que l'autre personne nous contacte, et puis notre vie évolue, on se retrouve à un endroit différent, et on ne sait même pas comment aller de l'avant…

— Alors qu'est-ce qui vous a réunies ?

— Elle a eu un accident.

Samantha lui raconta ce qui s'était passé, et il écouta sans afficher ni surprise ni critique.

— Je n'ai pas lu son livre, même si le titre me dit quelque chose. Ça semble ironique qu'elle écrive sur le sujet du choix alors qu'elle ne vous a pas encouragées à suivre vos propres voies.

— Je sais. C'est ce que j'ai toujours pensé en grandissant, et je suppose que ça m'a empêchée de creuser plus profond.

J'imagine que tout est lié au fait d'avoir perdu mon père aussi jeune. Comme elle n'avait pas de famille pour la soutenir, ça n'a pas dû être simple. Mais elle n'en parle jamais, alors ce ne sont que des hypothèses. Jusqu'à ce que vous lui posiez la question, on ignorait qu'elle avait passé sa lune de miel en Écosse.

— Alors elle a découvert qu'elle avait une petite-fille il y a seulement quelques semaines, et vous êtes passées de rien du tout à ce projet de fêter Noël ensemble.

— C'est exact. Maintenant, vous regrettez sûrement de nous avoir tous invités ici.

— Ce que je pense, répondit-il, c'est que je n'ai pas été aussi détendu depuis un an.

Sa façon de la regarder lui coupait le souffle et lui donnait l'impression d'avoir seize ans.

— On n'est pas une famille ordinaire.

— Mais est-ce que ça existe ? J'aurais pu affirmer que tout allait bien ici et que ma famille était impatiente d'accueillir des inconnus à la maison. Comme je l'ai dit, j'apprécie l'honnêteté. Que ce soit en matière de lectures, de sentiments, de compétences… je préfère les gens qui sont ce qu'ils ont l'air d'être.

Samantha pensa au fait que sa mère n'avait pas été mise au courant pour Michael et Tab. Qu'elle ignorait toujours qu'Ella avait choisi d'être mère au foyer. Et que Gayle ne parlait pas de son mariage. C'était épuisant de filtrer constamment sa vie.

— Vous avez raison. À vrai dire, je m'attends encore à ce que ça tourne mal. Nous sommes très différentes de notre mère sur bien des points.

Elle s'aperçut que ses abdominaux étaient restés contractés depuis qu'elle était descendue de l'avion à Inverness.

— Le style éducatif de ma mère n'a absolument rien à voir

avec celui de ma sœur. À un moment donné, il va y avoir une grosse dispute. J'y suis préparée. J'ai un nœud à l'estomac depuis l'aéroport. Ma sœur est toute dévouée à sa famille. C'est ce qui compte le plus pour elle. Construire son petit nid douillet. Moi ? Je me concentre surtout sur le travail, et... Merde.

Elle repoussa son assiette, son appétit envolé.

— Je crois que je peux remercier ma mère pour ça. On n'est peut-être pas si différentes que je le pensais, après tout.

Ella avait raison. C'était dérangeant de l'admettre.

— Je suis devenue ma mère sans même m'en apercevoir. Tout compte fait, je ne dirais pas non à ce whisky.

— Parce que vous aimez votre travail ? Ça ne vous rend pas comme votre mère. D'après ce que vous m'avez dit, elle a fermé la porte à tout ce qui était relations personnelles. Vous passez vos week-ends à jouer avec votre nièce. Vous êtes là pour votre sœur depuis toujours. Et vous dirigez une entreprise avec une petite équipe qui vous aime et vous suit depuis le début. Vous vous rendez compte à quel point c'est rare ?

— Comment en savez-vous autant sur mon entreprise ?

— Si on veut avoir droit au meilleur, on choisit les meilleures personnes.

Il se racla la gorge.

— Et il se peut que j'aie parlé avec... heu... Charlotte plusieurs fois.

— Vous avez parlé avec Charlotte ? De quoi ?

— On a abordé une étonnante variété de sujets. Elle est très bavarde.

Samantha éclata de rire.

— C'est vrai. Les clients l'adorent. Moi aussi.

— Je peux comprendre pourquoi. Et Amy est à croquer. Elle m'a envoyé une photo.

Il poussa son assiette vers elle.

— Mangez. Il fait froid dehors. Vous avez besoin de nourriture. Je n'aurais pas dû finir vos frites.

Il se souvenait du nom de la fille de Charlotte.

— Je n'ai pas si faim que ça. Parler de ma mère me fait penser à toutes les choses qui risquent de tourner au désastre au cours de notre séjour ici.

— Il est possible que votre mère ait vraiment changé.

— Vous croyez que les gens peuvent changer ?

— « Changer » n'est peut-être pas le bon mot. Je pense que les gens ont la capacité de s'adapter à des circonstances différentes. J'espère que c'est vraiment le cas, sinon je ne sais pas comment ma mère surmontera tout ça.

Il finit son burger et s'essuya les doigts.

— D'après moi, elle s'en sortira tant qu'elle vivra ici, dans un cadre familier, au milieu de tous les souvenirs de mon père. Je suis résolu à rendre ça possible. Ce serait plus simple si je ne devais pas me battre contre ma sœur.

Samantha voulait vraiment l'aider, et pas seulement pour des raisons professionnelles.

— Parlons chiffres.

Elle sortit un bloc-notes et un stylo de son sac.

— On va trouver une solution ensemble. J'en ai assez vu pour comprendre ce que vous avez à offrir et j'ai une bonne idée de ce que les clients seront prêts à payer. De votre côté, vous savez de quoi vous avez besoin. Trouvons le juste milieu. Si vous présentez des éléments concrets à votre sœur, elle aura peut-être moins de mal à accepter ce projet. Elle sera peut-être capable de s'adapter à ces nouvelles circonstances, elle aussi.

Samantha ne put s'empêcher de reconnaître qu'elle devrait probablement suivre ses propres conseils.

C'était indéniable, passer Noël avec sa mère allait demander de l'adaptation, de la part de tout le monde, mais cela ne signifiait pas que c'était impossible.

Parler avec Brodie lui avait rappelé que toutes les familles étaient compliquées, même celles qui semblaient fonctionner.

Peut-être que tout se passerait bien, après tout.

Bien sûr, cela aurait été plus facile si elle avait pu arrêter d'imaginer Brodie dans le plus simple appareil.

Ella

— On va où ?

Tout en attrapant son manteau, Ella étouffa un bâillement. Elle subissait encore les effets du décalage horaire.

— Et qu'est-ce que tu as fait hier toute la journée ? Tu es rentrée tellement tard qu'on n'a pas eu l'occasion de papoter.

— Je travaillais, répondit Samantha en rassemblant ses vêtements d'extérieur. Vous vous êtes bien amusées ?

— Hmm.

Comme Ella ne savait pas comment répondre à la question, elle l'ignora.

— Qu'est-ce qu'on a au programme du jour ?

Michael s'était enfermé dans la chambre avec son ordinateur portable et deux mugs de café remplis à ras bord, aux prises avec une urgence professionnelle. Autrement dit, il n'y avait qu'elle, Samantha et Tab.

— On part en expédition, et il faut s'habiller chaudement.

Agenouillée à côté de Tab, Samantha lui ferma son manteau, puis lui abaissa son bonnet sur les oreilles.

— Où sont tes gants ?

— Dans ma poche.

Tab les présenta avec toute l'emphase d'un magicien sortant un lapin de son chapeau.

— Est-ce que c'est une expédition secrète ?

— C'est une expédition secrète.

— On va voir le Père Noël ?

— Mieux que le Père Noël.

Samantha souleva Tab et la fit tournoyer en l'air. Qu'était-il arrivé à sa sœur ? se demanda Ella. Il s'était passé quelque chose, elle en était sûre.

— Tu piques ma curiosité. Où va-t-on ?

— Patience. Tu es pire que ta fille.

Samantha aida Tab à enfiler ses après-skis, puis se releva. Ses cheveux glissèrent, lisses et soyeux, sur les épaules de son blouson blanc. Elle était pleine d'énergie. Rayonnante.

Intriguée, Ella prit sa sœur à part.

— Que se passe-t-il ?

— Je te l'ai dit, c'est…

— Je ne te parle pas de l'expédition. Je te demande pourquoi tu rayonnes à ce point. C'est comme si quelqu'un avait changé tes piles ou… ou… t'avait réinitialisée. Et où étais-tu hier soir ? Brodie et toi, vous n'êtes pas rentrés pour le dîner.

— Il me montrait les environs. On a atterri à l'autre bout du Loch Ness, alors on s'est arrêtés pour manger.

Samantha pencha la tête sur le côté.

— Je rayonne ? Je suis vraiment emballée par cet endroit. Mes clients vont l'adorer.

Elle souriait, et Ella souriait aussi, même si elle soupçonnait que ce n'était pas vraiment la satisfaction professionnelle qui avait mis sa sœur d'aussi bonne humeur.

— Tu n'es pas fâchée contre moi à cause d'hier ?

Elle jeta un coup d'œil vers Tab, mais sa fille était partie à la recherche de Bear, qui était devenu son nouveau meilleur ami.

— J'ai pensé que tu avais peut-être l'intention de m'enterrer dans une congère après toutes les choses maladroites et blessantes que j'ai dites.

Samantha ramassa l'écharpe de Tab.

— Tu n'as rien dit de mensonger.

— Rien de ce que j'ai dit n'était vrai. J'étais affectée par toute cette histoire avec maman, et j'ai eu l'impression que tu me jugeais, comme si je m'inquiétais pour rien à propos de Tab, et… Je ne sais pas. Je ne sais pas pourquoi j'ai été aussi horrible.

— Tu n'as pas été horrible, tu as été honnête. Les sœurs devraient toujours être honnêtes l'une envers l'autre. Et tu avais raison : je me suis renfermée sur moi-même. Mais j'essaie de changer ça. Raconte-moi ce qui s'est passé avec maman hier. Et ne me dis pas « hmm ». Je veux des détails.

Ella commençait à se demander si sa sœur ne s'était pas cogné la tête. Elle était venue ici à contrecœur, mais elle se comportait désormais comme si elle ne s'était jamais autant amusée.

— Ça a plutôt bien commencé, répondit-elle. Très bien, même. Elle était méconnaissable.

— Elle s'occupait bien de Tab ? Elle n'a rien dit de travers ?

— Elle aurait gagné le prix de « meilleure grand-mère de l'année ».

— C'est super. Il y a de l'espoir.

— C'est ce que je pensais, mais ensuite j'ai mis les pieds dans le plat. Ce qui n'a rien d'inhabituel. On ignore tellement de choses sur elle, alors j'ai essayé de demander… Je me suis dit que ça nous aiderait d'apprendre à nous connaître un peu mieux. Tu savais qu'elle avait vécu dans le Vermont avant de déménager à Manhattan ?

La mine surprise de sa sœur répondit à sa question.

— Moi non plus, poursuivit Ella. Mais ces petites pépites ne cessent d'émerger, comme le fait qu'elle pensait que sa lune de miel était bête. Ou peut-être qu'elle pensait qu'elle-même était bête.

— Bête ?

— Ne me demande pas d'explication, parce que je n'en ai pas. J'essayais d'assembler les pièces d'un puzzle en partant de rien. J'ai tenté de lui poser des questions sur papa, mais elle s'est refermée comme une huître. Vlan ! Comme si une porte se rabattait sur ma main.

— Elle n'a pas l'habitude de nous parler de choses personnelles, remarqua Samantha en laçant ses bottes. Il faut qu'on persiste. Est-ce qu'elle vient avec nous aujourd'hui ?

— Je crois.

Et si sa mère gâchait leur expédition ? D'un autre côté, elle avait été merveilleuse avec Tab la veille. Pour que ce Noël en famille fonctionne, ils allaient tous devoir faire preuve d'une certaine souplesse.

— Ce qui pourrait être une bonne ou une mauvaise chose.

— Elle fait des efforts. Je pense qu'on devrait en faire, nous aussi. Les gens peuvent changer.

Était-ce vraiment sa sœur qui parlait ?

— Tu es très optimiste, tout à coup.

Ella regarda autour d'elle, à la recherche de sa fille. Des gloussements et des aboiements en provenance de la bibliothèque la rassurèrent.

— Que s'est-il passé exactement, hier ? Quand vous êtes rentrés, Brodie et toi, vous étiez en train de rire et vous aviez l'air à l'aise l'un avec l'autre. Vous n'avez éprouvé aucune gêne finalement ?

— Oh si, énormément, en tout cas au début.

— Mais ?

— Mais on a passé une excellente journée ensemble, très productive. On a un projet.

— Un projet ?

— Pour Kinleven. Brodie m'a parlé de ses intentions et de ses ambitions. J'ai évoqué ce qui était possible à mes yeux.

Ella connaissait sa sœur. Il y avait forcément autre chose.

— Et à part ça, de quoi avez-vous parlé ?

— De tout. J'ai hâte d'ajouter cet endroit à notre catalogue. J'ai failli appeler deux de mes clients préférés pour leur annoncer que j'avais trouvé le lieu parfait pour leurs vacances de l'an prochain, mais je me suis dit que j'allais un peu vite en besogne. On a encore beaucoup de choses à régler. Mais Brodie est un génie avec les chiffres, alors je pense qu'à nous deux on bouclera tout ça en un rien de temps.

Une fois sa seconde botte lacée, elle se releva.

— Quand tu parles de choses à régler, j'imagine que tu veux dire : comment vendre l'idée à Kirstie, déclara Ella.

Samantha lui jeta un coup d'œil.

— Tu as parlé à Brodie ?

— Non, j'ai parlé à Kirstie. On a eu une longue discussion hier.

— Ah oui ? Comment c'est arrivé ?

En cherchant à éviter Gayle, songea Ella.

— C'était un peu délicat, en fait. Je suis allée dans la bibliothèque pour essayer de trouver un nouveau livre pour Tab, et elle s'y cachait.

— Elle s'y cachait ?

— Elle était bouleversée. J'imagine qu'elle voulait éviter que sa mère s'en aperçoive. Bref, on a un peu échangé. Son père lui manque mais, comme elle est inquiète à l'idée de faire de la peine à sa mère, elle n'en parle pas. D'où la partie de cache-cache dans la bibliothèque. Toute cette situation lui pèse beaucoup.

Tab réapparut, suivie d'un Bear tout dévoué à elle. Ella changea aussitôt de sujet en demandant :

— Tu es prête pour ta surprise ?

— Oui. Bear peut venir ?

— Je ne sais pas.

Ella lança un regard à sa sœur.

— Il peut ?

— Je pense que oui, mais je vais vérifier auprès de Brodie.

Brodie faisait partie de la surprise ? Elle s'apprêtait à réclamer des détails lorsque Samantha souleva Tab dans ses bras.

— Écoute-moi. J'ai besoin que tu fermes les yeux très très fort. Ne regarde pas.

Tab plaqua les deux mains sur ses yeux.

— Je ne regarde pas.

— Tu en es sûre ? Ferme bien les yeux et ne les rouvre pas avant que je te le dise.

Tandis que Samantha emmenait sa nièce dehors, Ella attrapa tous les vêtements chauds dont elles auraient besoin, avant de les suivre.

— C'est sympa, les virées mystérieuses, mais ça veut dire que je ne sais pas du tout quoi prendre, et… Oh…

Elle se figea sur place.

— Oh !

— Je peux regarder ? Je veux regarder.

Tab avait toujours les mains sur les yeux. Samantha les prit et les baissa.

— Tu peux regarder.

La fillette souleva les paupières, puis sa bouche s'ouvrit en grand, comme si elle était chez le dentiste. Aucun mot n'en sortit.

Ella échangea un coup d'œil avec sa sœur.

— Tu as coupé la chique à ma fille. C'est une première.

La mine satisfaite, Samantha porta Tab en bas des marches, où elle finit par retrouver sa voix.

— Des rennes. C'est des vrais ?

— Oui, ce sont des vrais.

Après l'avoir reposée par terre, Samantha s'accroupit à côté d'elle.

— Celui-ci s'appelle Goose, « l'oie ». Celui qui est derrière s'appelle Sparrow, « le moineau ».

En voyant l'expression de sa fille, Ella sentit une boule se former dans sa gorge.

— Tu es la meilleure tante du monde. La meilleure sœur.

— Je peux les caresser ?

Comme Tab tendait les bras, Samantha regarda Kirstie, qui tenait la bride du renne de tête.

— Bien sûr. Ça leur plairait beaucoup.

Kirstie était nettement plus détendue et amicale que la veille. Lorsque Ella s'approcha d'elle, elle lui sourit :

— Je suis désolée pour hier. Merci de m'avoir écoutée.

— Ne vous excusez pas. Ça faisait du bien de parler. Je suis vraiment désolée que les choses soient si dures pour vous.

Ella lui toucha le bras.

— C'est une situation compliquée.

Pour tout le monde, songea-t-elle.

Samantha souleva de nouveau Tab pour qu'elle puisse caresser l'un des rennes.

La petite fille tendit la main.

— Celui-là, c'est Rudolph ?

— Il s'appelle Finch, « le pinson ».

Kirstie garda l'animal immobile. Elle semblait un million de fois plus heureuse et sereine avec le renne qu'en servant le petit déjeuner.

— Il est né ici.

— Coucou, Finch, murmura Tab en caressant le pelage de l'animal. Je peux m'asseoir dans le traîneau ? On va se promener ?

— Oui, tu peux. On va faire un tour en forêt pour chercher le sapin parfait.

Tab gigota pour échapper aux bras de Samantha, puis se rua vers le traîneau. Bear bondit derrière elle mais, comme personne ne le rappelait, Ella en conclut qu'il avait le droit. Elle se tourna vers sa sœur.

— Je ne sais pas quoi dire. C'est magique.

— J'aimerais m'en attribuer le mérite, mais c'était l'idée de Brodie, répondit Samantha en caressant Finch distraitement. On va proposer ça aux clients. Qu'en penses-tu ?

— Une balade en forêt dans un traîneau tiré par des rennes ? Je pense que les gens vont se ruer pour réserver.

En entendant un rire, Ella regarda par-dessus son épaule. Elle aperçut sa mère et Brodie qui marchaient vers eux.

— Elle est en train de rire. Il fait rire notre mère !

— C'est un type sympathique.

Ella voulait en savoir plus sur la journée de sa sœur avec Brodie McIntyre, mais elle n'eut pas le temps de se renseigner. Elle rejoignit Tab et Bear à l'arrière du traîneau, puis sa mère s'installa à côté d'elle.

— C'est chouette.

— On va aller chercher le sapin parfait, mamie !

Gayle, qui n'avait jamais montré le moindre enthousiasme pour les arbres de Noël par le passé, battit des mains.

— On va bien s'amuser.

Ella en avait le tournis. Elle ne savait pas que sa mère était capable de trouver quelque chose amusant, et encore moins d'en profiter.

Samantha s'assit à son tour dans le traîneau. Brodie et sa sœur se mirent à marcher avec les rennes, les guidant le long du sentier qui s'éloignait du manoir.

Ella se blottit contre sa fille sous la couverture, tandis que le traîneau s'enfonçait dans la forêt. Seul le bruit sourd des sabots des rennes sur la neige rompait le silence.

Il faisait sec et froid, et les arbres se dressaient vers le ciel, créant un canyon enneigé de pins indigènes et d'épicéas.

Comment avait-elle pu penser que venir ici était une mauvaise idée ? C'était parfait.

Aujourd'hui, elle ne pousserait pas sa mère à parler du passé. Elle se contenterait de profiter de la journée.

Convaincue qu'il n'y aurait ni gêne ni dispute, Ella se détendit.

Gayle bavardait avec Tab. Elle l'écoutait avec attention et répondait à sa litanie de questions sans la moindre trace d'impatience.

Ella songea qu'elle avait eu tort de penser que sa mère ne pouvait pas changer. Complètement tort.

Après avoir suivi le sentier pendant environ une demi-heure, ils s'arrêtèrent.

Kirstie saisit un sac à dos à l'arrière du traîneau et l'ouvrit. Elle en sortit un petit paquet joliment emballé qu'elle tendit à Tab.

— C'est pour moi ? demanda Tab.

Elle observa le cadeau d'un air émerveillé, avant de le déballer avec la rapidité et l'empressement de n'importe quel enfant de cinq ans. Il contenait un petit renne en bois sculpté.

— Je l'adore !

— C'est mignon comme tout, déclara Ella en examinant l'objet, puis en regardant Kirstie. C'est vous qui l'avez fait ?

— C'est mon père qui les fabriquait.

La fierté était audible dans la voix de la jeune femme.

— Il les distribuait aux enfants de l'école. Il nous en reste quelques-uns. Je me suis dit que Tab aimerait avoir un souvenir.

— C'est vraiment gentil et attentionné. Merci.

Brodie apparut à côté du traîneau.

— J'ai besoin d'un coup de main pour repérer le sapin parfait. Y a-t-il quelqu'un ici qui pourrait m'aider ?

Sans lâcher son renne, Tab se précipita vers lui. Bear la suivit, aussi épris de la fillette qu'elle l'était de lui.

Cramponnée à la main de Brodie, elle crapahuta dans la neige et examina chaque arbre attentivement.

Le processus de sélection prit une bonne vingtaine de minutes, puis elle finit par en pointer un du doigt.

— Celui-ci.

— Excellent choix, approuva Brodie en étudiant l'arbre. Il fait à peu près la bonne taille.

— Comment on va le rapporter à la maison ?

— On va l'accrocher au traîneau et le faire glisser derrière nous.

Brodie ramena Tab à Ella.

— Il vaut mieux la garder avec vous le temps que j'abatte le sapin.

— Je vais vous aider.

Samantha jaillit de son siège, et Ella la vit échanger un sourire avec Brodie.

Intéressant, se dit-elle en croisant le regard de Kirstie.

— C'est vraiment sympa. Ça fait un bout de temps que je n'avais pas vu ma sœur aussi détendue.

Kirstie caressait un des rennes, mais ses yeux ne quittaient pas son frère.

— Moi non plus, je n'avais pas vu mon frère aussi détendu depuis un moment. J'aime bien votre sœur. Elle a l'air franche.

— En effet.

Ella n'écoutait qu'à moitié, tandis que Tab adressait une autre série de questions à Gayle.

— Pourquoi ce renne n'a qu'un bois ?

Kirstie tourna la tête.

— Ils perdent leur ramure tous les ans. Ça veut dire que leurs bois tombent. Ensuite, de nouveaux repoussent.

— Ça leur fait mal ?

Les questions s'enchaînèrent.

— Pourquoi est-ce que le Père Noël vient la nuit, mamie ? Comment il fait pour voir ? Il y a des lumières dans le ciel ?

— Non, répondit Gayle, qui semblait distraite. Il n'y a pas de lumières dans le ciel.

Ella regardait Brodie abattre l'arbre. Samantha et lui riaient ensemble, échangeant quelques mots de temps en temps, comme s'ils avaient une relation de longue date, amicale et chaleureuse. Non, ça allait plus loin que ça, songea Ella en les étudiant de près. C'était chaleureux, mais avec une énergie sous-jacente. Il y avait une alchimie entre eux qu'elle percevait même à cette distance. Elle n'avait vraiment jamais vu sa sœur aussi épanouie.

— Est-ce que le traîneau a des phares ? demanda Tab, résolue à résoudre le mystère.

— Non, bien sûr que non.

— Est-ce que le Père Noël a une lampe de poche ?

— Je… non. Tab, ça suffit pour l'instant, les questions sur le Père Noël.

— Mais comment il fait pour voir ? Et s'il a un accident comme toi ?

— Il ne va pas avoir d'accident.

Samantha et Brodie se mirent à traîner l'arbre ensemble. Brodie dit quelque chose qu'Ella n'entendit pas, mais elle vit sa sœur rougir et rire. Ils flirtaient, comprit-elle.

Avait-elle déjà vu sa sœur flirter ?

— S'il ne peut pas voir, poursuivit Tab, alors il pourrait avoir un accident. Je ne veux pas qu'il ait un accident.

— Il n'en aura pas ! répliqua Gayle en haussant le ton.

— Mais comment tu le sais ?

— Parce qu'il n'y a pas de Père Noël.

Les mots jaillirent de la bouche de Gayle.

— Il n'y a pas de Père Noël !

— Pas de Père Noël ?

Tab semblait perplexe.

— Tu veux dire qu'il ne vient pas en Écosse ?

— Il ne vient nulle part. Il n'existe pas.

Les cris affligés de sa fille tirèrent Ella de ses pensées, où elle imaginait sa sœur vivre une liaison passionnée.

— Maman !

Atterrée, elle faillit exploser de fureur et de frustration. Elle n'en croyait pas ses oreilles. Elle était tellement en colère contre sa mère qu'elle en avait le souffle coupé, mais elle prit sa fille dans ses bras et essaya de la calmer.

— Arrête de pleurer, ma puce. Arrête de pleurer, et on va discuter.

Elle ne parvenait pas à se faire entendre par-dessus les braillements de Tab. Elle grimaça lorsqu'un hurlement particulièrement aigu lui transperça le tympan et lança un regard furieux à Gayle par-dessus sa fille qui se tordait dans tous les sens.

Juste au moment où elle commençait à se détendre… Au

moment où elle s'était dit que peut-être, peut-être, sa mère avait changé et que ça pouvait marcher… C'était son enfance qui se répétait.

Le remue-ménage finit par atteindre Samantha.

Abandonnant Brodie, elle redescendit le sentier à la hâte, glissant et dérapant sur la neige.

— Que se passe-t-il ? Qu'est-ce qui ne va pas ? Elle est tombée ? Elle s'est fait mal ?

Comme Ella essayait de calmer Tab, Gayle fut la première à répondre.

— Elle va bien. Elle n'a rien du tout.

— Elle n'a pas l'air d'aller bien. Pourquoi pleure-t-elle ?

— Parce que je lui ai dit qu'il n'y avait pas de Père Noël. Elle n'arrêtait pas de poser des questions, et…

— Tais-toi ! l'interrompit Ella, tout en berçant Tab dont les pleurs s'intensifiaient. Arrête de parler. Tout de suite.

Tab hurlait, inconsolable. Ses sanglots résonnèrent dans la forêt jusqu'à ce que toute énergie l'abandonne. Elle se laissa aller, épuisée, sur l'épaule d'Ella, son petit corps toujours secoué de frissons.

— Mamie… a dit… qu'il n'y a pas… de Père Noël, lança-t-elle entre deux hoquets. Il… il n'existe pas.

Ella croisa le regard horrifié de sa sœur pendant une seconde, puis Samantha lui prit Tab des bras.

— Mais bien sûr qu'il y a un Père Noël.

Serrant la petite fille contre elle, elle lança un coup d'œil noir à leur mère.

— Ce que mamie voulait dire, c'est qu'elle ne l'a jamais vu en vrai. Mais ce n'est pas parce qu'on n'a pas vu quelque chose que ça n'existe pas.

Tab frotta ses yeux gonflés.

— Alors comment il fait pour voir ? Mamie dit qu'il n'y a pas de lumières dans le ciel.

— Il y a des lumières dans le ciel, affirma Samantha, et je les ai vues. Il y a les étoiles, et puis la lune, et aussi les aurores boréales. Quand on sera de retour au chaud, je te montrerai des photos sur mon téléphone.

— Alors tu l'as vu ?

— Non, je ne l'ai pas vu. J'étais toujours endormie au fond de mon lit quand il passait. Exactement là où tu seras.

Ella se détendit un peu, mais Tab n'était toujours pas convaincue.

— Mais comment il arrive à faire le tour du monde en une nuit ?

— Exactement, fit Gayle, triste et guindée. Ce n'est mathématiquement pas possible.

— Ça pourrait l'être, intervint Brodie, même si certains facteurs ne sont pas confirmés, bien sûr.

Il sortit un stylo et un bout de papier de sa poche. Après avoir remonté ses lunettes sur son nez, il se tourna vers Tab.

— La Terre est en rotation. Tu le savais, ça ? Elle tourne sur elle-même. Tellement lentement que tu ne t'en rends pas compte.

Toujours agrippée à Samantha, Tab secoua la tête. Il se baissa et ramassa une pomme de pin.

— On va imaginer que, ça, c'est la Terre. C'est là où on vit. Et elle bouge comme ça…

Il tourna la pomme de pin, puis la tendit à Ella et griffonna quelque chose sur le papier dans sa paume.

— Si on calcule bien, en tenant compte de la rotation de la Terre, de la direction du vent et… heu…

Il se racla la gorge, tout en écrivant une série d'équations compliquées.

— … de la vitesse et du poids relatif du véhicule, en l'occurrence un traîneau, c'est possible.

Tab cessa de se frotter les yeux et contempla les gribouillages de Brodie.

— Et le poids des cadeaux ?

— Excellente question.

Brodie corrigea deux nombres.

— Mais le poids de la charge transportée fait partie du calcul du poids total. Alors tout va bien.

Il était si convaincant qu'Ella faillit le croire.

Elle était ébahie de gratitude et d'admiration, mais Tab restait méfiante.

— Alors pourquoi mamie n'y croit pas ?

— C'est… heu… des maths très compliquées.

Il adressa un regard contrit à Gayle.

— Ce n'est pas toujours facile à comprendre.

Gayle ouvrit la bouche, mais Samantha la prit de vitesse.

— Rappelle-moi lequel de ces rennes est Buzzard ?

Tab tendit un bras tremblant.

— La buse, c'est celui avec un seul bois.

— Et si on allait le caresser ?

Samantha entraîna la petite fille vers le renne placé à l'avant, la protégeant de ce que Gayle avait été sur le point de dire.

Brodie leur emboîta le pas, ce qui donna à Ella une chance de s'exprimer.

Elle ne pouvait pas laisser passer ça. C'était impossible.

Elle ne savait pas vraiment par où commencer, mais Gayle lui facilita la tâche :

— Je sais que tu es en colère contre moi, mais je ne pensais qu'à l'intérêt de Tab. Elle pose des questions à n'en plus finir, et tu ne lui rends pas service en lui répondant par des mensonges. Ce n'est pas bien de l'encourager à croire que la vie est un conte de fées.

— Je décide de ce qui est bien ou pas. Je suis sa mère, et c'est moi qui décide.

La voix d'Ella tremblait autant que ses mains.

— Je me moque de ce que tu penses, contra Gayle. Ce que tu penses n'a aucune importance.

Elle n'arrivait pas à croire que sa mère dise une chose pareille, et pourtant, était-ce vraiment si surprenant ? C'était comme revivre son enfance.

Gayle était tendue.

— Tout ce que je dis, c'est qu'en laissant un enfant croire en un être magique et bienveillant on le nourrit de faux espoirs. Tu me trouves rabat-joie, mais j'essaie de protéger Tab.

— La différence entre nous, c'est que tu essaies de supprimer la joie parce que tu as peur de la perdre, alors que je veux savourer la joie partout où je la trouve. C'est vrai, la vie nous envoie des épreuves. Raison de plus pour multiplier les moments heureux et en profiter à fond. Je ne lui apprends pas à croire en un mensonge, je lui apprends à savourer l'instant présent.

— Je pense…

— Ce que tu penses n'a pas d'importance. Tab n'est pas ta fille, et ce n'est pas à toi de décider.

Ella campa sur ses positions. Elle n'avait jamais fixé de limites pour elle-même auparavant, mais c'était incroyablement facile quand il s'agissait de sa fille.

— C'est ma vie, maman. Mes choix. Mes décisions. Tu n'as pas à décider à ma place. Je n'ai ni besoin ni envie d'avoir ton opinion sur mes choix professionnels, mes relations ou ma façon d'élever ma fille.

Sa mère était pâle.

— Mais si tu…

— Il n'y a pas de « mais ». Si je veux faire plaisir à Tab avec une chaussette de Noël, des histoires de Père Noël et de rennes volants, c'est mon choix. Et si, un jour, je regrette d'avoir adopté cette approche, je ne pourrai m'en prendre qu'à moi-même. D'ici là, tu feras avec. C'est toi qui as choisi de passer Noël avec nous, maman. Tu as insisté. Alors ce sont les règles. Voilà tout. C'est comme ça. Si ça ne te plaît pas, ce n'est peut-être pas le bon endroit pour toi.

Son cœur battait tellement fort qu'elle se sentait au bord du malaise. Elle s'attendait à ce que sa mère riposte ou tourne ses choix en dérision, mais Gayle ne fit que déglutir.

— Je crois que je ferais mieux de retourner à l'intérieur, dit-elle. Je suis un peu fatiguée. C'est le froid.

Elle fit volte-face et s'éloigna d'un pas incertain sur le sentier qui menait au manoir. Ella la suivit des yeux, à la fois triste et frustrée. Mais elle se sentait aussi forte. Elle avait dit ce qu'il fallait dire. Cela n'avait pas été facile, mais ne signifiait pas qu'elle avait eu tort de le faire.

Pour la première fois de sa vie, elle avait insisté pour que sa mère respecte ses choix. Elle était furieuse, mais éprouvait aussi un sentiment d'émancipation.

Cependant, elle devait bien reconnaître que les chances de passer un Noël heureux s'amenuisaient un peu plus à chaque instant.

Gayle

Elle avait fait tant d'efforts pour changer, c'était tellement important. Il y avait quelque chose de délicieusement simple à être avec sa petite-fille. Peut-être parce qu'elles n'avaient pas de passé commun. Il s'agissait vraiment d'un nouveau départ, et cette nouveauté – ce sentiment qu'elle avait droit à une seconde chance – avait rempli Gayle d'optimisme. Mais elle avait commis une erreur. En cet instant fatal, elle avait réagi comme l'ancienne Gayle, et non comme la femme qu'elle s'était promis d'être afin de renouer les liens familiaux distendus. Tout compte fait, changer était loin d'être aussi simple qu'elle l'affirmait dans ses livres. Pour le moment, c'était aussi douloureux que d'avoir un objet pointu enfoncé dans le flanc. Son ancienne elle avait écarté la nouvelle elle dès qu'elle avait été confrontée à un sujet aussi explosif que le Père Noël. À présent, elle regrettait de ne pas avoir gardé le silence ou, au moins, de ne pas être restée vague.

Noël avait toujours été un point de rupture dans leur famille.

Elle avait trouvé difficile – impossible, en fait – de faire semblant. Sa fille ne comprenait pas. Comment l'aurait-elle pu ? Gayle n'avait jamais dit toute la vérité. Et puis, Ella avait toujours été rêveuse et impulsive. Inconsciente de l'obscurité qui rôdait autour du plus grand des bonheurs.

Le Père Noël ? Des rennes volants ? Cela ne faisait pas partie de la vie qu'elle avait vécue.

Gayle franchit le seuil du manoir d'un pas lourd, impatiente d'atteindre sa chambre. Sa gorge lui faisait mal. Ses yeux la brûlaient. Elle n'avait pas pleuré depuis des décennies, pourtant elle était prête à fondre en larmes comme un bébé. C'était à cause de la fatigue et de l'abattement. Sa vie familière, construite avec soin, ne lui convenait plus, mais cette nouvelle façon d'être ne semblait pas non plus adaptée. C'était comme si elle essayait de se glisser dans les vêtements de quelqu'un d'autre.

Alors qu'elle posait le pied sur la première marche de l'escalier, elle entendit son nom.

— Gayle !

La voix de Mary résonna derrière elle, grave et chantante, pleine de chaleur.

— Je viens de faire du thé et des cookies. Ça vous dit de venir goûter ?

Le refuge de sa chambre se trouvait en haut de ce grand escalier. Il y avait un verrou sur la porte. Une belle vue sur les montagnes. Elle pouvait profiter de cet espace pour faire le point et trouver comment gérer ce dernier revers.

Était-ce terminé ? Avait-elle tout gâché avant même d'avoir vraiment commencé ?

— Gayle ? Est-ce que tout va bien ?

La gentillesse dans la voix de Mary était plus attrayante que le silence réprobateur de sa chambre. Pour l'instant, elle ne s'appréciait pas beaucoup elle-même. Elle n'était pas sûre de vouloir être seule. Elle cligna des yeux plusieurs fois avant de se tourner vers l'autre femme.

— Vous avez parlé de cookies ?

Mary McIntyre portait un tablier noué autour de sa taille épaisse, et un peu de farine mouchetait la manche de son pull.

Voilà la mère qu'elle aurait dû être, songea Gayle. La mère que ses filles auraient méritée. Douce et conciliante, dégageant autant de chaleur qu'un bon feu de bois. Au lieu de ça, elles avaient eu droit à Gayle, dont la douceur avait été érodée par la vie.

Se sentant faible et fatiguée, elle accompagna Mary en suivant les délicieuses odeurs de pâtisserie. La cuisine se trouvait à l'arrière de la maison. C'était une grande pièce, dont les fenêtres donnaient sur les montagnes. Une pièce pleine de soleil et d'histoire familiale avec des manteaux accrochés à des patères et des bottes alignées près de la porte. Le gros fourneau diffusait une agréable chaleur. Tout dans cet endroit était réconfortant : des herbes aromatiques sur le rebord de la fenêtre à la pile de torchons bien pliés sur le plan de travail immaculé.

D'un seul coup d'œil, Gayle comprit que cet endroit était un havre, le véritable cœur de la maison.

Toutes les surfaces étaient couvertes. Des tourtes à la pâte épaisse et dorée refroidissaient sur des grilles. Des muffins, avec un dessus bombé parsemé de baies, étaient alignés à côté de tranches de *shortbread* saupoudrées de sucre. La cuisine sentait la cannelle et le chocolat, la chaleur et l'amour.

— Vous n'avez pas chômé. Vous attendez d'autres invités ?

— Non. J'ai peut-être un peu exagéré mais, la pâtisserie, ça m'aide.

Ouvrant un placard, Mary en sortit des boîtes à gâteaux et des barquettes de congélation.

— Quand Cameron est mort, les voisins nous ont apporté à manger tous les jours. Ils pensaient que je n'aurais pas envie de cuisiner. Ce qu'ils ignoraient, c'est que, pour moi, la cuisine est la meilleure thérapie. Évidemment, je n'en ai jamais eu d'autre type.

Avec un sourire las, elle agita la main.

— Asseyez-vous, Gayle. C'est agréable d'avoir de la compagnie. Je me sens un peu… fébrile, aujourd'hui.

Elle n'était donc pas la seule.

Gayle s'installa à la grande table et effleura sa surface. Des petites fissures et de minuscules creux indiquaient des années d'usage, et toute une vie de repas de famille. Gayle pensa à la table dans son appartement de Manhattan. Ce meuble n'avait pas d'histoire, elle n'avait pas voulu avoir chez elle quoi que ce soit susceptible de lui rappeler le passé.

Pour Gayle, la cuisine avait toujours été un endroit pratique. Un lieu pour préparer à manger avec le moins de tracas possible. Une tâche nécessaire, une des nombreuses à cocher sur sa check-list. Afin de réussir à tout gérer, elle n'hésitait pas à supprimer ce qui était superflu. Si elle avait eu le choix, elle se serait même passée de manger. Pour elle, la cuisine n'avait jamais été un endroit où s'attarder, ni une source de réconfort. Dans un cas comme dans l'autre, elle aurait jugé ça malvenu. Elle n'aurait sûrement jamais considéré le fait de cuisiner comme une thérapie.

Mary posa un mug rempli de thé devant elle, puis fit glisser plusieurs cookies encore chauds dans une assiette.

— Vous étiez avec les rennes ?

— Oui.

Devait-elle en dire plus long ?

— À en croire votre expression, vous n'avez pas passé un bon moment.

— J'ai… tout fichu par terre.

— Avec les filles ?

Gayle fixa les cookies. Elle n'avait jamais été du genre à papoter avec qui que ce soit. Elle ne bavardait pas. Elle ne se confiait pas. Alors pourquoi trouvait-elle aussi facile de parler à Mary ?

— J'ai toujours eu du mal avec le concept du Père Noël. Est-ce que c'est bien d'encourager les enfants à croire en un être mythique et magique qui livre des cadeaux en passant par la cheminée ?

— Je suppose que la plupart des gens n'y pensent même pas. C'est quelque chose de joyeux et d'amusant. On suit le mouvement, c'est tout.

— Et c'est ce que j'aurais dû faire. J'essaie de toutes mes forces de faire ce qu'il faut, de dire ce qu'il faut…

— Personne ne peut dire ce qu'il faut tout le temps… on en a déjà convenu. Et « ce qu'il faut » change selon le jour et la personne. C'est subjectif.

Mary n'offrit pas de conseil et ne porta aucun jugement, faisant simplement preuve de compréhension.

— Ce n'était pas subjectif, répliqua Gayle. J'ai tout gâché. Quand Tab m'a posé des questions sur le Père Noël, j'ai dit qu'il n'existait pas…

Elle secoua la tête.

— Je n'ai aucune excuse. Je vois bien maintenant que c'est à ma fille et à mon gendre de décider comment gérer Noël. Ce n'est pas à moi de le faire. Ella était furieuse…

— Oh ! ma pauvre. Je comprends mieux pourquoi vous aviez l'air aussi malheureuse quand vous êtes entrée.

— Je ne lui reproche pas sa réaction. Ce qui est ironique, c'est que j'avais tendance à me féliciter d'être une aussi bonne mère dans ce qui semblait être des circonstances désespérées. J'ai si souvent remis en question ma capacité à aller de l'avant. Je me parlais à moi-même. J'attendais que les filles se soient endormies et, ensuite, je sermonnais cette jeune femme pâle et effrayée que je voyais dans le miroir. Je lui rappelais que les grands objectifs s'atteignent par une multitude de petits pas.

Elle ne l'avait jamais révélé à qui que ce soit.

— En résumé, je faisais pour moi-même ce que j'essaie de faire pour les autres aujourd'hui, dans le cadre de mon travail. Je les encourage à regarder à l'intérieur d'eux-mêmes et à en sortir le meilleur. Je leur dis qu'on est presque toujours capable de faire plus que ce qu'on croit. Et tous ces conseils que je donne aux gens maintenant quand on me demande de parler, ce sont des choses que je me suis dites à moi-même.

Elle renifla.

— On peut dire que j'ai transformé le malheur en bonheur.

— Quelle histoire exaltante… Parvenir à faire tout ça alors que vous aviez perdu l'homme que vous aimiez.

Mary reposa sa tasse.

— Vous n'aviez pas de proches pour vous aider ? Pour vous parler ?

— J'avais emménagé dans un nouvel endroit, je ne connaissais personne. Et, de toute façon, je ne suis pas sûre que j'aurais parlé. Je crois que je savais, même à cette époque-là, que j'avais besoin d'écouter ma propre voix.

Mary cassa un cookie en deux.

— Je ne sais pas comment j'aurais pu survivre aux premiers jours de deuil sans mes amis et ma famille. Chaque jour, durant les deux premiers mois, quelqu'un du village passait me voir. C'est vrai que je n'avais pas toujours envie de leur nourriture, et qu'à certains moments j'ai souhaité qu'ils me laissent tranquille pour que je puisse pleurer en paix, mais je suis contente qu'ils ne l'aient pas fait. Ça m'a forcée à me lever et à reprendre le cours de ma vie, même si cette vie s'était réduite à moins de la moitié de sa taille originale.

Mary soupira.

— Vous auriez dû recevoir ce genre de soutien, Gayle. Personne ne devrait affronter seul la mort d'un être aimé.

Changer de sujet. Elle ferait mieux de changer de sujet.

— Il n'était pas mort. En tout cas, pas encore.

Elle n'aurait pas su expliquer ce qui la poussa à évoquer ce dont elle n'avait jamais parlé auparavant. Peut-être la gentillesse de Mary. Peut-être le fait que ce nouveau changement dans sa vie avait libéré quelque chose qu'elle avait gardé tout au fond d'elle.

— Je l'ai quitté.

Elle jeta un coup d'œil vers son hôtesse. Elle s'attendait à voir une expression choquée sur son visage mais n'y trouva que de la compassion.

— Ça n'a pas dû être une décision facile à prendre, répondit Mary.

— En réalité, la décision a été facile à prendre, mais pas si facile à mettre en pratique.

Gayle avait la bouche desséchée.

— La première fois qu'il m'a frappée, c'était ici, en Écosse, pendant notre lune de miel.

— Oh ! Gayle !

La stupeur se lisait désormais sur les traits de Mary, de même qu'une pointe de colère qui ne semblait pas à sa place sur son doux visage.

— J'aurais probablement dû le quitter aussitôt, mais c'est tellement simple de trouver des excuses et de se convaincre que ça ne se reproduira pas. Je l'ai rencontré à l'université. J'étais en deuxième année et je venais de perdre mes parents dans un accident de voiture. On était très proches. La famille la plus unie que vous puissiez imaginer. J'étais fille unique, très choyée. J'étais leur petite princesse.

Comment était-ce possible que ses parents lui manquent toujours après toutes ces années ? se demanda Gayle en se frottant le cou.

— J'ai eu une enfance idyllique, ce qui était merveilleux à l'époque mais ne m'avait pas du tout préparée aux dures réalités de la vie. Les perdre tous les deux comme ça, de façon aussi soudaine, m'a fait l'effet d'être échouée sur une île déserte sans le moindre outil de survie. Je me sentais seule. J'avais peur. Je n'avais aucune idée de comment surmonter cette épreuve. Je suis retournée à la fac, parce que je ne savais pas quoi faire d'autre, mais c'était comme un endroit différent, et je me sentais différente. Je ne savais pas du tout comment fonctionner. J'avais été aimée, profondément, et je n'avais désormais plus personne. C'est alors que j'ai rencontré Ray. Il avait quinze ans de plus que moi. C'est peut-être ce qui m'a attirée chez lui. C'est un cliché, certes, mais aujourd'hui, je me demande si je ne cherchais pas un soutien de type parental.

Elle avait mis des années à le comprendre, mais Mary ne semblait pas surprise.

— C'est tout à fait logique. Vous étiez perdue sans carte pour vous guider. Il vous a offert un abri sûr.

Elle remplit de nouveau la tasse de Gayle et la poussa vers elle.

— Buvez quelque chose.

Gayle sirota quelques gorgées de thé, puis referma les mains autour du mug, tirant un certain réconfort de sa chaleur.

— Je me suis reposée sur lui. Vous avez raison, je me sentais en sécurité avec lui, ce qui est ironique quand on y repense. La plupart des étudiants que je côtoyais me paraissaient aussi immatures que moi, et voilà qu'il y avait cet homme avec de l'argent et un appartement, qui semblait avoir toutes les réponses. Il était patient, gentil et aux petits soins pour moi. Et puis j'ai découvert que j'étais enceinte.

— Ça a dû être terrifiant.

— En effet. Je voulais finir mes études. Je savais que c'était nécessaire. Je devais trouver ma propre voie. Et j'ai compris à ce moment-là que, même si j'allais mieux en apparence, dans le fond, rien n'avait changé. Je ne prenais pas vraiment soin de moi, alors comment pouvais-je prendre soin d'un bébé ? J'étais passée d'une vie choyée à une autre. Notre relation me déchargeait du besoin de prendre ma vie en main et d'être une adulte responsable. Mais ma grossesse l'a enchanté. Il ne voulait pas que je m'embête à finir la fac, il était prêt à s'occuper de moi. Avec le recul, j'aurais dû y voir un signal d'alarme, mais j'étais très émotive et j'ai choisi la facilité. Je l'ai épousé.

— Et vous êtes venus en Écosse.

— Oui. C'était splendide, et je me souviens que j'étais heureuse. Jusqu'au jour où il m'a frappée… Je ne me rappelle même plus pourquoi. À cause de quelque chose que j'avais fait. Que j'avais dit. Et ça m'a choquée. Personne ne m'avait jamais frappée. Mes parents étaient affectueux. Ils étaient peut-être même trop indulgents. Je n'avais pas la moindre expérience de la violence.

— Et, à ce moment-là, vous n'êtes pas partie ?

— Non. Il était mortifié et s'est confondu en excuses. Il a mis ça sur le compte du stress professionnel, d'un excès d'alcool… Je ne sais plus. Ça non plus, je ne me le rappelle pas. Mais j'ai accepté sa promesse de ne pas recommencer.

Elle était gênée d'admettre à quel point elle avait été stupide.

— Je l'ai cru.

— Pourquoi ne l'auriez-vous pas cru ? demanda Mary en reposant bruyamment son mug sur la table. Personne ne vous avait jamais donné de raison de ne pas faire confiance aux gens.

Son indignation manifeste rassura Gayle sur un sujet qui l'avait troublée pendant des décennies.

— En y réfléchissant par la suite, je me suis dit que je m'étais voilé la face délibérément. C'était lui qui m'avait entretenue après le décès de mes parents. Je ne m'estimais pas capable de subvenir à mes propres besoins.

Elle inspira, puis expira.

— Le temps a passé. Il se mettait parfois en colère, mais il ne me frappait pas. Il n'a pas recommencé jusqu'à ce que Samantha ait sept mois. J'étais enceinte de six mois quand il m'a fait tomber dans l'escalier. C'est un miracle que je n'aie pas perdu Ella. J'ignore comment, j'ai réussi à pivoter et à atterrir sur le dos plutôt que sur le ventre. Samantha hurlait. Je l'ai vu la soulever et la secouer. Ça a été le déclic. Le moment où j'ai compris que je devais le quitter. Je n'étais plus la seule à être en danger, ma fille et mon futur bébé l'étaient aussi. Alors je suis partie. C'était Noël, et depuis j'ai toujours associé Noël à cette horrible journée.

Elle souleva son mug, mais sa main tremblait tellement que la moitié du thé se répandit sur la table.

— Je suis désolée. Je…

— Non, non.

Mary attrapa un chiffon d'un geste calme et serein.

— Ne vous excusez pas d'être affectée par quelque chose qui aurait brisé la plupart des gens.

— C'est à ce moment-là, alors que je touchais le fond, que j'ai compris que la seule personne sur qui je pouvais compter était moi-même. Je n'avais plus de parents aimants pour me protéger de la vie. Plus de compagnon… parce que Ray et moi n'étions certainement pas des compagnons. Je n'avais ni diplôme ni perspectives de carrière. J'avais envisagé de travailler, bien sûr, mais Ray avait insisté pour que je reste à la maison avec les enfants. Il trouvait que c'était mieux et que je n'avais pas besoin d'avoir un emploi, étant donné qu'il gagnait beaucoup d'argent. Je n'avais pas fini mes études. Je n'avais même pas pensé que ce serait judicieux de pouvoir être autonome si j'en avais besoin un jour. Sans les filles, je ne sais pas ce que j'aurais fait, mais je les avais et elles m'ont motivée pour tout.

— Alors qu'avez-vous fait ?

— J'avais la chance d'avoir hérité de mes parents une petite somme d'argent. Heureusement, je n'en avais jamais parlé à Ray. Trois mois après que je l'ai quitté, la police est venue me voir. Il avait précipité sa voiture contre un arbre. Il avait bu. Ce soir-là, j'ai commencé à avoir des contractions. Quand ils m'ont mis le bébé dans les bras, j'ai senti à la fois ce petit bout d'être humain et le poids d'une énorme responsabilité. J'avais une fille de dix mois et une nouveau-née. C'est à ce moment-là que j'ai vraiment grandi.

— J'aurais été anéantie par tout ça, murmura Mary. Écrasée.

— C'est ce que je ressentais. Le fait de penser à l'énormité de la tâche, à l'ampleur de ce qui m'attendait, m'a figée sur place. Alors j'ai rétréci mon champ de vision. Je me suis occupée du problème qui était juste devant moi. Puis du suivant. J'ai trouvé une nourrice qui habitait dans le quartier et j'ai pris deux emplois pour réussir à la payer. Je voyais à peine les filles, mais je faisais ce que j'avais à faire. Après avoir fini mes études, j'ai passé la moindre seconde de chaque journée à envoyer des candidatures. Au début, sans résultat, puis on m'a offert un poste dans le cadre d'un programme d'études supérieures au sein d'un cabinet de conseil. Ils avaient décidé d'engager plus de femmes. Il s'agissait de remplir des quotas, mais ça m'était complètement égal. Tout est parti de là. J'ai construit une nouvelle vie sur les ruines de l'ancienne.

Et c'était sans doute quelque chose dont elle pouvait être fière. Tous ses choix n'avaient peut-être pas été mauvais.

Mary ne semblait pas le penser, en tout cas.

— Et vous avez fait ça tout en élevant deux superbes filles.

Elle marqua une pause, puis demanda :

— Leur avez-vous dit la vérité à propos de leur père ?

— Je leur ai dit qu'il était mort. Je ne pensais pas qu'elles avaient besoin de savoir le reste. Je ne l'ai jamais dit à qui que ce soit. Jusqu'à aujourd'hui. Vous attirez les confidences, Mary McIntyre.

Mary lui serra la main.

— Dans votre situation, je crois que j'aurais fait la même chose. Je ne leur aurais pas tout raconté.

— C'est vrai ?

Elle, qui n'avait pas eu besoin de l'approbation de qui que ce soit pendant trente ans, était ridiculement contente que l'une de ses décisions soit validée.

— Leur père était mort, répondit Mary. À quoi bon ?

— C'était mon raisonnement, mais maintenant elles posent des questions. Ella, en tout cas. C'est une romantique. Elle veut en savoir plus sur ma relation de couple, sur ma lune de miel. Elle pense que je suis traumatisée parce que j'ai perdu l'amour de ma vie. Elles croient que je n'ai ni photos ni souvenirs d'aucune sorte pour éviter de penser à lui. Ce qui est vrai, mais pas pour les raisons qu'elles imaginent. Et maintenant, je suis prise au piège de mes propres mensonges.

Mary fronça les sourcils.

— Vous n'avez pas menti. Vous n'avez simplement pas dévoilé la vérité sur ce qu'était votre vie avant sa mort.

— Et j'aurais peut-être dû le faire. Même si je ne sais pas comment, ou quand, j'aurais pu. Comment aborder le sujet ? « Au fait, les filles, ce père que vous n'avez jamais connu, il aimait bien me pousser dans l'escalier. »

Mary secoua la tête.

— Jusqu'où doit-on aller pour protéger ceux qu'on aime ? Telle est la question.

— Une parmi tant d'autres.

Confrontée à une vérité dérangeante, Gayle fit tourner un cookie entre ses doigts.

— C'est peut-être moi que je protège. J'ai réussi à survivre en évitant de regarder en arrière. On pourrait croire qu'après toutes ces années je serais prête à le faire, mais non.

— Pourquoi voudriez-vous vous repencher sur quelque chose d'aussi affreux ? Vous n'avez pas à vous en excuser ni à vous sentir coupable. Vous avez le droit de vous protéger. Je crois que ça s'appelle l'instinct de conservation.

— L'ironie, c'est que j'étais déterminée à être la meilleure mère possible. J'étais résolue à ce que mes filles acquièrent toutes les capacités nécessaires pour survivre. Pas de balades à poney ni de leçons de danse, que je n'aurais pas pu payer de toute façon, mais des choses qui les aideraient. Des cours renforcés de maths, des programmes de lecture. Quand je leur achetais des cadeaux, c'étaient toujours des livres et des puzzles. Je ne les ai pas emmitouflées de la tête aux pieds, même si j'en avais envie. Je leur ai appris à se relever quand elles tombaient. Je leur ai appris à soigner leurs bleus. Je voulais leur apprendre à se débrouiller toutes seules.

Elle se passa la main sur le front.

— Je voulais qu'elles connaissent leurs forces, afin de ne jamais se retrouver allongées dans le noir, tremblantes, avec la peur de ne pas pouvoir relever les défis de la vie.

— Vous êtes une mère merveilleuse, Gayle. Les filles ont de la chance de vous avoir.

Elle était un imposteur. Voilà ce qu'elle était.

— Jusqu'à il y a quelques semaines, les filles et moi n'avions pas parlé depuis cinq ans.

Il y eut un silence, puis Mary tendit le bras par-dessus la table pour lui prendre la main.

— Oh ! Gayle…

— Notre dernière entrevue… Je les ai contrariées. J'ai dit quelque chose que je n'aurais pas dû dire. Ce n'était pas seulement inapproprié, c'était blessant. Mes propres expériences m'ont rendue… inflexible. Et effrayée.

C'était tellement dur de l'admettre. Tellement dur.

— Tout ce que j'ai accompli, tout ce que je suis, résulte de la peur. J'avais peur d'aimer, alors je suis restée célibataire. J'avais peur de faire confiance, alors j'ai tout fait toute seule. J'avais peur de ne pas être en mesure de subvenir aux besoins de ma famille, alors je me suis concentrée sur mon travail. La peur. Tout était la conséquence de la peur. Et, comme si ça ne suffisait pas, j'ai laissé la peur dicter la façon dont j'ai élevé mes filles.

Tout lui semblait tellement clair à présent.

— Je ne le savais pas, mais Ella était enceinte la dernière fois qu'on s'est vues. Comme je me suis toujours montrée critique et désapprobatrice à propos de ses décisions, elle a eu peur de me le dire. Samantha était tellement en colère contre moi. Prête à protéger sa sœur. Je m'en rends compte, maintenant.

Mary se leva et alla chercher un verre d'eau.

— Tenez.

Gayle but une gorgée.

— J'étais bouleversée. Elles étaient bouleversées. Je m'attendais à ce qu'elles se manifestent pour s'excuser, mais elles ne l'ont pas fait. Et j'ai été trop têtue, trop aveugle, pour les contacter. J'étais convaincue que j'avais raison et qu'elles avaient tort.

Les regrets la submergèrent.

— J'ai fait fuir mes propres filles à cause de mon comportement. Le gouffre s'est creusé, et Ella, ma gentille Ella, ne savait pas comment le combler à cause de tout ce qui changeait dans sa vie. À quel moment annonce-t-on à sa mère qu'on est mariée et qu'on a un enfant ? Ça ne devient pas plus facile avec le temps, ça devient plus difficile. Elle aurait dû se sentir libre de me le dire.

Sa gorge se noua.

— Je n'étais pas avec elle lors des événements les plus importants de sa vie. Je n'étais pas avec elle quand elle a épousé Michael, je n'étais pas là pour l'aider quand elle était enceinte et je n'étais pas là quand elle a accouché. Je suis une mère horrible.

— Ce n'est pas vrai, Gayle. Ce n'est pas vrai.

— C'est vrai. Je pensais bien agir, mais maintenant je me rends compte que ce n'était pas le cas.

La boule dans sa gorge doubla de volume. Les émotions l'envahirent, partant de son cœur pour se répandre dans tout son corps.

— J'avais peur, et c'est une sensation terrible, horrible, affreuse. Je ne voulais pas qu'elles ressentent ça.

— En quoi cela fait-il de vous une mauvaise mère ?

Mary lui serra de nouveau la main.

— En tant que parents, notre responsabilité est de rendre nos enfants indépendants. C'est ce que vous avez fait. Vous avez fait de l'excellent travail. Vos filles sont des femmes fortes, capables, admirables.

La poitrine de Gayle était comprimée.

— Hier, j'ai regardé ma fille jouer avec sa fille.

Ses yeux se remplirent de larmes. Le visage de Mary devint flou.

— Le jeu n'avait aucune utilité. Pas d'objectif éducatif. Elles s'amusaient ensemble, tout simplement, chacune profitant de la compagnie de l'autre. Elles riaient. Elles s'enlaçaient. Elles se parlaient de tout et de rien.

Elle faillit s'étrangler sur ces mots.

— Ce n'était pas un moment de pédagogie, c'était de la joie pure. Je n'ai jamais pris le temps de faire ça. Je pensais qu'il n'y avait pas de temps pour ça. Mais comment peut-on être trop occupé pour le bonheur ? Comment ?

Les larmes débordèrent, de grosses larmes de regret qui brûlaient et piquaient. Elle essaya de les retenir, mais la digue qu'elle avait construite s'était effondrée, et plus rien ne les empêchait de couler. Elle se sentait vulnérable et à fleur de peau. Une nageuse sans bouée de sauvetage en train de couler. Une parachutiste sans parachute.

— Gayle…

Elle sentit Mary passer un bras autour d'elle, mais ce simple geste de bonté ne fit qu'accélérer le déferlement d'émotions. Elle ne s'était jamais confiée à personne de cette façon mais, maintenant qu'elle avait commencé, elle ne pouvait plus s'arrêter.

— Je n'ai jamais fait de bonhomme de neige avec elles. Jamais.

Elle se noyait et s'étranglait dans ses larmes. Elle n'arrivait pas à reprendre son souffle. Son esprit était rempli de toutes les choses qu'elle n'avait pas faites et pas dites.

— Pas… une fois. Pas…

Elle eut un hoquet et aspira une goulée d'air.

— Pas de bonhomme de neige. On n'a pas…

Elle avait du mal à respirer.

— … fait de gâteaux ensemble le week-end… On n'a pas dansé… Je ne sais pas danser…

Toutes les choses qu'elle avait manquées se multiplièrent dans son esprit, remplaçant la moindre opinion positive qu'elle avait jamais eue sur elle-même. Elle sentit Mary la serrer plus fort et, au lieu de se dégager, elle se raccrocha à elle, comme si les bras de sa nouvelle amie étaient le seul refuge capable de l'empêcher de couler au fond d'un gouffre sombre tapissé de ses échecs maternels.

Tandis que l'autre femme la berçait comme une enfant, elle pleura jusqu'à s'en sentir malade, jusqu'à ce que son corps s'affaisse.

— Là, là…, fit Mary d'une voix apaisante. Vous avez traversé tant d'épreuves. Franchement, je ne sais pas comment vous avez tenu le coup. Vous êtes une véritable source d'inspiration.

— Comment pouvez-vous penser ça ?

— Comment pouvez-vous ne pas le penser ?

Elle s'assit à côté de Gayle, mais garda sa main dans la sienne.

— Je ne sais pas ce que j'aurais fait dans votre situation, comment je m'en serais sortie, mais je sais que je n'aurais pas accompli ce que vous avez accompli.

— C'est-à-dire deux filles qui m'en veulent ?

— Ça m'étonnerait qu'elles vous en veuillent. J'ai plutôt l'impression qu'elles ne vous comprennent pas. Et si on doit nous reprocher quelque chose dans ce jeu compliqué qu'est la parentalité, c'est peut-être ça.

— Nous ?

— Vous n'avez pas le monopole pour ce qui est de frustrer vos enfants, vous savez.

Mary lui serra la main une dernière fois, puis se leva et traversa la cuisine. Elle ouvrit un tiroir, en sortit un chiffon propre et le passa sous le robinet.

— Vous avez protégé vos filles, et l'inconvénient, c'est qu'elles n'ont aucune idée des raisons qui ont motivé toutes les décisions que vous avez prises. Vous devriez peut-être leur dire.

Elle se rassit et tendit le chiffon mouillé à Gayle.

— Pour vos yeux. Ils sont gonflés.

— Merci.

Gayle pressa le linge contre son visage. Elle avait déjà eu des coups de blues, mais toujours seule. Au début, quand sa vie s'était écroulée, elle n'avait eu personne pour l'épauler. Ensuite, elle s'était tellement habituée à se débrouiller qu'elle avait oublié comment demander de l'aide. Elle avait oublié ce que c'était d'être soutenue.

— Quel est l'intérêt de leur dire maintenant ? J'ai l'impression que ce serait comme me chercher des excuses.

— Vous ne vous cherchez pas d'excuses. Vous dites : « Voici les raisons pour lesquelles j'ai fait ces choix. » Et vous avez fait beaucoup de bons choix. Personne n'est parfait, Gayle. Je ne le suis pas, vous ne l'êtes pas et je suis sûre que vos filles ne le sont pas non plus. Personne n'est parfait et aucune relation n'est parfaite.

— Votre relation avec Cameron avait l'air parfaite. Vous avez passé plus de quarante ans ensemble.

— Parfaite ?

Mary se renfonça dans sa chaise en riant.

— Personne ne peut être parfait pendant quarante ans. Ce n'est pas possible. J'aimais Cameron. Je l'aimais autant qu'il est possible d'aimer une autre personne, et je sais que j'ai eu de la chance. C'était un homme bon, mais il était loin d'être parfait. Quand les gens parlent de lui – pas seulement les amis et les voisins, mais aussi les enfants –, ils n'évoquent que les choses positives. « Vous vous rappelez quand Cameron a fait ça ? » « Papa était doué pour ça, pas vrai ? » Ils ne parlent jamais des choses frustrantes ou agaçantes. Et ça me donne un sentiment de solitude. J'ai l'impression d'être la seule à l'avoir vraiment connu. Ils ne disent jamais qu'il perdait constamment ses lunettes ou qu'on devait souvent faire demi-tour parce qu'il avait laissé son portefeuille à la maison. Ils évoquent son optimisme, racontent à quel point c'était stimulant d'être avec quelqu'un qui croyait toujours que tout allait bien tourner. Ils ne disent jamais combien ça pouvait être frustrant. Peut-être qu'ils ne s'en rendaient même pas compte. « Tout ira bien, Mary », disait-il, même quand je savais avec certitude que ce ne serait pas le cas.

Elle secoua la tête.

— Il refusait d'envisager la possibilité que quelque chose puisse mal se passer. Ça m'a presque poussée vers la boisson. Si nous sommes obligés d'accueillir des hôtes payants, c'est en partie parce qu'il pensait qu'un être magique allait jeter de la poudre de perlimpinpin sur notre maison et résoudre tous nos problèmes financiers. Il savait peut-être qu'il pouvait être comme ça parce que, de mon côté, j'étais bien ancrée dans la réalité. Il savait que je tenais la ficelle de son ballon et que je ne le laisserais pas s'envoler. Vivre dans un pays imaginaire ne prépare pas pour la réalité. Vous comprendrez sûrement ce que je veux dire par là.

En entendant la voix de Mary trembler, Gayle lui prit la main à son tour.

— On dirait que vous aviez une relation formidable malgré ces différences.

— Oui, c'est vrai. Et il y avait aussi plein de choses qui le frustraient chez moi. Je suis précautionneuse. Je ne peux pas sortir de la maison le matin si la cuisine n'est pas bien rangée et immaculée. Je ne jette jamais rien. Mais on se complétait. Notre mariage était-il parfait ? Pas du tout. Mais il était parfait pour nous. Une relation, c'est comme un puzzle, n'est-ce pas ? Que ce soit avec un compagnon, avec des amis ou avec nos enfants, elle est faite de centaines de pièces minuscules, dont certaines sont parfaites et d'autres, imparfaites. Ces caractéristiques qui sont propres à chacun de nous, les gènes qu'on hérite, nos expériences de vie, notre comportement. Des petites pièces aux formes irrégulières qui font de nous ce que nous sommes. Quand on construit une vie avec quelqu'un, on doit trouver une façon pour que toutes ces pièces s'emboîtent. Si on a de la chance, elles finissent par former un tout cohérent. Cameron et moi, nous avions cette cohérence.

Mary se moucha.

— Et vous n'imaginez pas le bien que ça me fait de parler de lui comme ça. De me souvenir de lui comme il faut, sans avoir à ménager les sentiments de la personne avec qui je me trouve.

— Vous l'avez fait revivre pour moi.

Gayle n'avait jamais laissé de place dans sa vie pour l'amitié, mais à présent elle le regrettait.

— Vous avez bien choisi, Mary.

— J'ai eu de la chance.

— Non. Vous avez su reconnaître un homme bon quand vous l'avez vu. Vous avez compris ce qui comptait et ne comptait pas pour vous. Vous avez choisi. Ce n'est pas de la chance.

Gayle plia le chiffon avec soin et le posa sur la table.

— Je ne crois pas que ma famille ait construit quoi que ce soit depuis longtemps.

— Mais ça ne veut pas dire que c'est impossible. Vous êtes ici, à bâtir une relation avec votre petite-fille, même si ça doit être dur pour vous d'être de retour en Écosse.

— J'espérais que ça arriverait. C'est pour cette raison que je suis ici. Mais j'ai tout gâché.

— Et vous ne pensez pas que votre fille vous pardonnera ?

Noël était tellement important aux yeux d'Ella, songea Gayle.

— Je n'en suis pas certaine. J'ai dit ce qu'il ne fallait pas.

Mary se redressa.

— Ça ne vous est jamais arrivé de dire ce qu'il ne fallait pas ?

— Je suis sûre que si. Fréquemment.

— Et quand vous le faites, est-ce que vous baissez les bras ?

Gayle la regarda.

— Non. Au travail, j'en assume la responsabilité. S'excuser, apprendre, essayer d'aller de l'avant. Là, c'est différent. La famille, c'est différent. C'est plus compliqué.

— Restez ici, ne bougez pas.

Mary se leva, quitta la pièce un moment, puis revint quelques minutes plus tard et posa deux livres sur la table.

— Je vous conseille de les lire. Je pense que ça vous aidera.

Gayle jeta un coup d'œil sur les couvertures.

Le Choix, pas la chance et *Le Meilleur de toi.*

Elle ne savait pas si elle devait rire ou pleurer.

— D'où viennent-ils ?

— Je les ai commandés. Brodie a dit que vous étiez une grande femme d'affaires et, franchement, j'ai trouvé ça un peu intimidant.

C'était la première fois que sa réussite mettait Gayle mal à l'aise.

— Mary…

— C'est vrai. Vous êtes une femme impressionnante, Gayle. C'est pour ça que je sais que vous parviendrez à trouver une solution. Que diriez-vous si j'étais à votre place et que vous deviez me conseiller ?

— Je ne sais pas. Je ne sais rien du tout.

— C'est parce que vous êtes un peu abattue, mais si vous lisez le chapitre six de ce livre-là…

Mary poussa *Le Choix, pas la chance* devant elle.

— … vous vous souviendrez de suivre vos propres conseils et de ne jamais prendre de décision quand vous vous sentez fatiguée, déprimée ou pas tout à fait au summum de votre forme.

Gayle posa la main sur l'ouvrage.

— Ça me gêne de l'ouvrir. Ça me semble tellement prétentieux et complaisant, à présent. Tout un livre disant aux gens comment accueillir et gérer le changement, alors que je suis incapable de m'y adapter.

— Je ne vois pas un seul paragraphe dans ce livre suggérant que c'est simple de changer. Vous êtes honnête et vous ne cachez pas combien c'est difficile. C'est en partie ce qui rend ce livre aussi précieux. Il est écrit par quelqu'un qui comprend que le changement est compliqué.

— Vous n'en avez sûrement pas assez lu pour le savoir.

— J'ai lu le livre deux fois, Gayle, et je ne peux pas vous dire à quel point ça m'aide. Ce matin, je me suis réveillée en me sentant plus forte que je ne l'ai été depuis longtemps. Depuis que mon Cameron est mort. Je me suis réveillée en ressentant de l'espoir et une pointe d'enthousiasme à propos de l'avenir. Et c'est grâce à vous. Savez-vous combien de livres j'ai jeté contre le mur depuis un an ?

— Vous avez lu d'autres livres ?

— Oui. Je me suis raccrochée à n'importe quoi, comme une femme en train de se noyer se raccroche à un rondin dans l'espoir de rester à la surface. Je voulais trouver une façon de reconstruire ma vie mais, tout ce que je voyais, c'était ce qu'il y avait derrière moi, et pas ce qu'il y avait devant. Votre livre a changé ça. Et je ne suis pas la seule que vous ayez aidée. Je suis allée sur Internet, j'ai lu les critiques, ainsi que certains commentaires des gens qui vous ont entendue parler. Des femmes dont vous avez changé la vie. Vous devriez être fière. Savez-vous combien de personnes vous avez inspirées ? Vous changez les vies, Gayle.

Elle allait se remettre à pleurer, alors que son visage était toujours gonflé après sa crise de larmes.

— Je crois qu'on va avoir besoin de ces oignons dont vous avez parlé.

— Votre famille est dans la forêt et ne reviendra pas avant un moment. Quand vos filles seront là, on les écoutera. Lisez vos propres livres, Gayle. C'est mon conseil.

Mary lui serra l'épaule.

— Vous parlez beaucoup de vos filles et de votre carrière, mais vous ne dites rien sur vous-même. Votre vie personnelle. Vos besoins.

— Mes filles et ma carrière étaient ma vie.

— Vous n'êtes jamais retombée amoureuse ?

— Je ne me le suis jamais permis, répondit Gayle, avant de se moucher vigoureusement. Je ne dis pas qu'il n'y a pas eu d'hommes. Il y en a eu quelques-uns au fil des années, mais jamais pendant longtemps. Et c'était mon choix. J'ai eu besoin de toute mon énergie et de toute ma volonté pour construire ce que j'avais, et je ne pouvais pas courir le risque de tout perdre.

Elle fit une pause.

— C'est ce que je me dis. Je suppose qu'en réalité j'avais aussi peur des relations.

— Et qui n'en aurait pas peur après avoir traversé ce que vous avez traversé ?

— Je me suis toujours vue comme quelqu'un d'intrépide, mais je ne suis jamais sortie de la petite bulle que je m'étais créée.

— Assez avec les reproches et les regrets, Gayle. Vous vous sentez certainement mal après avoir autant pleuré. Vous devriez manger un peu. Goûtez mon *shortbread*. Ma grand-mère m'a appris à le faire quand j'avais l'âge de votre petite-fille. Elle affirmait que ça pouvait tout arranger. Je passais la voir après l'école, les genoux tout égratignés, et elle me faisait asseoir à cette table avec un verre de lait. J'ai mis des années à comprendre que le *shortbread* n'avait pas de propriétés médicinales miraculeuses.

— C'est une jolie histoire.

Mary mit une part de gâteau sablé sur une assiette et la tendit à Gayle.

— Et il n'est pas trop tard, vous savez.

— Pour ?

— Pour une relation amoureuse. L'intimité. L'épanouissement.

— J'ai une carrière très épanouissante. J'ai de la chance.

Sans enthousiasme, Gayle cassa un coin du biscuit. Même si elle n'avait pas d'appétit, elle ne voulait pas blesser Mary. Elle ne se souvenait pas d'une époque où on avait été si gentil avec elle. Elle n'évoluait pas dans un monde où les gens étaient gentils. Dans son monde, il fallait se battre pour se faire une place, puis se battre pour la garder. Dans son univers, si on montrait ses faiblesses, surtout quand on était une femme, elles étaient utilisées contre vous.

— Mais votre carrière ne rit pas avec vous, ne vous comprend pas et ne vous prend pas dans ses bras quand vous avez peur ou que vous êtes fatiguée.

— J'ai appris à me passer de ce que je ne peux pas faire pour moi-même.

Elle mit un morceau de *shortbread* dans sa bouche et ferma

les yeux. Le sablé était encore chaud, et elle en sentit toute la douceur tandis qu'il s'effritait dans sa bouche. Des images se mirent à défiler dans son esprit : faire de la pâtisserie avec sa mère, les mains dans la farine ; arriver de l'école et foncer dans la cuisine pour grignoter quelque chose. Était-ce la nourriture elle-même qui était réconfortante ou les souvenirs qui s'y rattachaient ? Aimait-on la nourriture parce qu'elle était synonyme d'amour ?

— C'est parfait. Je n'ai jamais rien mangé d'aussi bon. À part peut-être votre porridge. Et aussi la soupe que vous nous avez servie hier soir. Et l'agneau. En fait, tout ce que vous nous avez cuisiné depuis notre arrivée.

Elle avait cru ne pas avoir faim mais, tout compte fait, elle était affamée. Elle rompit un autre morceau de sablé.

— Je crois que votre grand-mère avait raison de parler de propriétés médicinales. Avez-vous déjà pensé à écrire un livre de cuisine ?

Mary se mit à rire.

— Pour apprendre à quelqu'un à faire du *shortbread* ? C'est un grand classique dans les cuisines de la région. Personne n'a besoin de ma recette.

— Je ne suis pas d'accord.

Gayle jeta un coup d'œil sur les gâteaux et les tourtes qui refroidissaient sur le plan de travail.

— Ce que vous faites ici est spécial.

— Je fais de la nourriture ordinaire. De nos jours, personne n'est intéressé par la nourriture ordinaire.

— Je ne suis pas d'accord. Vous pourriez l'appeler *Délices d'une cuisine des Highlands*. Non, attendez…

Gayle fit une pause. C'était un soulagement de sentir une partie de son énergie lui revenir.

— *Contes d'une cuisine des Highlands*. Avec des anecdotes personnelles à propos des recettes, comme celle que vous venez de me raconter. Et peut-être des photos du domaine par-ci par-là.

— Mais ça intéresserait qui ?

— Des recettes traditionnelles savoureuses avec une dimension humaine et des histoires de famille ? Beaucoup de monde. Réfléchissez-y. Si ça vous tente, je peux passer un coup de fil à mon éditeur.

— Votre…, fit Mary en se laissant tomber sur sa chaise. Vous êtes sérieuse ?

— Oui. Je ne vous promets pas que l'idée lui plaira, bien sûr, mais je pense avoir l'œil pour le potentiel, et vous en avez à revendre. Plus tard, quand je me serai lavé la figure et que j'aurai fait quelque chose pour me débarrasser de cette migraine, on pourra peut-être s'asseoir ensemble pour plancher sur des idées. Vous pourrez me faire goûter d'autres plats excellents dont les propriétés magiques sont indéniables, et vous me raconterez d'autres histoires sur votre enfance et votre grand-mère. Et j'ai encore une idée…

L'esprit de Gayle n'était plus léthargique et débordant de regrets mais vif et alerte.

— Que diriez-vous de donner des cours de cuisine ?

— Des cours ?

— Parlez-en à ma fille, parce que c'est plus son domaine que le mien, mais j'imagine que des petits groupes seraient ravis de venir passer quelques jours ici pour cuisiner.

— Une semaine de cuisine ?

— Peut-être pas une semaine. De courts séjours. Ils pourraient cuisiner ce qu'ils vont manger pendant qu'ils seront ici. En résumé, vous auriez de l'aide en cuisine. Ou vous pourrez le proposer en option lorsqu'ils viendront pour une fête privative. *Cuisinez avec Mary.*

Mary se mit à rire.

— Je commence à comprendre comment vous avez si bien réussi dans la vie.

— Je ne crois pas avoir réussi dans les domaines qui comptent.

— Vous vous concentrez sur ce que vous n'avez pas donné aux filles au lieu de voir tout ce que vous leur avez apporté.

— Peut-être.

C'était une leçon d'humilité que d'avoir besoin d'entendre quelqu'un lui dire qu'elle n'avait pas tout raté. Au fond d'elle-même, elle n'était que doutes et incertitudes.

Mary s'en rendit peut-être compte.

— Voici une autre piste de réflexion, déclara-t-elle en lui tendant une autre part de *shortbread*. Il n'est jamais trop tard pour faire un bonhomme de neige, Gayle. Il n'est jamais trop tard pour danser ou rire, faire des cookies ou sortir avec un homme. Il n'est jamais trop tard.

Samantha

— Je ne sais pas du tout où elle est passée, lança Ella. Elle a sûrement pris un taxi pour l'aéroport parce que j'ai refusé de me laisser dicter mes choix. J'ai dû la contrarier.

Samantha serra les mains dans son dos pour cacher leur tremblement. Elle était furieuse contre sa mère. C'était Gayle qui avait insisté pour passer Noël avec eux. Pourquoi le faire si elle ne cherchait qu'à gâcher la joie de sa petite-fille ? Comment avait-elle pu bouleverser la petite Tab aussi délibérément ? Tremblant de plus belle, elle se concentra sur sa sœur.

— Je suis fière de toi. C'est la première fois que tu fixes des limites et que tu l'obliges à accepter ta décision.

— Oui, répondit Ella en se redressant un peu. Et ça fait du bien, sur le principe, mais ça fait aussi mal, si tu vois ce que je veux dire.

Samantha parvint à hocher la tête.

— Bien sûr. On ne change pas en un jour. C'est tout un processus.

— Je n'arrive toujours pas à croire qu'elle ait dit ça. Et toi ?

— Eh bien… si.

Ses lèvres étaient sèches. Sa bouche était sèche. Elle n'arrivait pas à s'ôter de la tête l'expression abattue de Tab. C'était comme revivre tous les Noëls de leur enfance, quand sa mère avait déchiré le voile de mystère qui entourait le Père Noël. Une lutte acharnée les avait opposées, car Samantha voulait que sa sœur vive la même expérience magique que ses amies. En se battant pour Ella, elle avait vécu cette magie, elle aussi. Mais il y avait eu un prix à payer, et c'était elle qui l'avait payé. Elle avait servi de tampon entre les convictions de sa mère et la joie de sa sœur.

Sans se rendre compte de son agitation, Ella poursuivit :

— Brodie a sauvé la situation. Et en parlant de lui… Ce type est un dieu. Comment a-t-il eu l'idée de ce modèle mathématique ? J'ai failli le croire !

— Les maths, c'est son truc. Il est très intelligent.

— Et très sexy, mais on en discutera une autre fois.

Ella se frotta le front d'un geste las.

— Je commençais à penser que les vacances allaient bien se passer, mais je n'en suis plus si sûre. Tu crois que Noël est gâché ?

— Non, rien n'est gâché du tout, répondit machinalement Samantha, rassurant sa sœur comme elle l'avait toujours fait. On va tout faire pour que ça marche. Tab va passer un merveilleux Noël.

Maintenant que sa sœur avait enfin été honnête avec leur mère, c'était à son tour de l'être.

Sa mère et elle n'avaient toujours pas évoqué leur dernière conversation. Elles n'avaient pas réglé le passé, elles l'avaient escamoté. Un échange de mots durs, et puis plus rien. Samantha avait choisi d'ignorer ce qui était arrivé, comme elle le faisait fréquemment, bien sûr. La Samantha extérieure ignorait souvent la Samantha intérieure.

Mais c'était terminé.

— Je vais la retrouver. Il est temps que je lui parle de beaucoup de choses, y compris de ce qui s'est passé il y a cinq ans. Je vais aller voir dans sa chambre.

Lorsque Samantha se dirigea vers l'escalier, Ella lui emboîta aussitôt le pas.

— Je t'accompagne. Et n'essaie pas de m'en dissuader. Je sais que c'est à cause de moi que vous avez pris vos distances.

— C'est moi qui…

— C'est toi qui as prononcé les mots. Je le sais, mais c'est moi que tu défendais. Tu me défendais, comme tu l'as toujours fait. Tu es merveilleuse, mais je n'aurais pas dû te mettre dans cette position. Je ne peux pas changer le passé, mais je peux veiller à ce qu'il ne se répète pas. On va lui parler ensemble. On aura une discussion entre adultes, et si on ne peut pas trouver un terrain d'entente qui convienne à tout le monde, alors il faudra qu'on repense le reste des vacances.

Ella semblait forte et pleine d'assurance, ce qui n'était pas le cas de Samantha, qui se sentait vulnérable et à fleur de peau. En cet instant, elle aurait donné n'importe quoi pour s'enfuir dehors et enlacer un renne. Ou Brodie.

Les bons moments qu'ils avaient partagés la veille semblaient s'être passés dans une autre vie.

Elle s'arrêta devant la chambre de leur mère. La porte était entrouverte.

Ignorant le nœud dans son estomac, elle frappa quelques coups sur le battant, puis le poussa légèrement. Elle vit aussitôt que la pièce était vide.

— Elle n'est pas là.

Un immense soulagement l'envahit. La conversation qu'elle n'avait pas envie d'avoir allait devoir attendre.

— Mais toutes ses affaires sont là, alors je ne pense pas qu'elle soit partie, remarqua Ella en la suivant dans la chambre. Brodie saura peut-être où elle est. À moins qu'il n'ait organisé son départ, elle doit bien être quelque part dans la maison, non ?

— Si.

— Je n'arrête pas de penser à quel point il a été fantastique. Tout ce discours sur les ratios, pi, les angles, la vélocité… Un vrai héros. Je n'ai jamais entendu une explication aussi convaincante pour justifier l'existence du Père Noël. J'y ai cru moi-même. Je vais devoir accrocher une chaussette.

Distraite par les livres posés sur la table de chevet de sa mère, Samantha n'écoutait qu'à moitié.

— Tu accroches toujours une chaussette.

— Je sais. Et tu la remplis toujours. C'est bien pour ça que tu es la Mère Noël. Je crois que… Quoi ? Qu'est-ce que tu regardes ?

Samantha s'empara de la pile de livres et s'assit sur le lit.

— Tu as vu ça ?

— Non. Ne me dis pas qu'elle lit des romans à l'eau de rose sur les Highlands, elle aussi ?

Samantha ne répondit pas. Sa colère s'évacua d'un coup, et elle tendit le premier livre à sa sœur.

— *Soyez le meilleur grand-parent possible*, lut Ella, avant de s'asseoir à côté d'elle. Oh…

— Et il y a celui-ci : *Astuces pour grands-parents débutants*…

Samantha le lui passa, avant de poursuivre :

— Et celui-là : *Mémé ou mamie ? Guide pour construire votre relation avec votre petit-enfant*. Elle fait vraiment des efforts.

C'était à n'y rien comprendre. Dans ce cas, pourquoi n'avait-elle pas fait plus attention avec Tab ?

— Tu as vu ? demanda Ella en feuilletant l'un des livres. Elle a écrit des notes dans la marge.

Samantha regarda par-dessus son épaule.

— Et souligné des passages. « N'oubliez pas que vous n'êtes pas le parent. »

— « Veillez à ne pas imposer votre point de vue. »

— J'aurais dû me souvenir de ce conseil.

La voix de leur mère leur parvint depuis le seuil. Embarrassées, elles se tournèrent vers elle sans lâcher les livres.

Gayle entra dans la pièce.

— Je les ai commandés le jour où vous êtes venues dans mon appartement à Manhattan. J'étais résolue à y arriver, mais j'ai sous-estimé à quel point ce serait dur. Je suis désolée à propos de ce que j'ai dit sur…

Elle s'interrompit et jeta un coup d'œil derrière elle pour vérifier que Tab n'était pas dans les parages.

— … vous savez qui. Je vous promets que je vais trouver comment participer à la magie. Je vais faire plus d'efforts. Je peux le faire.

Ella émit un son étranglé, lâcha les livres sur le lit et se précipita vers leur mère.

— Je sais que tu en es capable, dit-elle. On va trouver une solution. Si je me suis énervée comme ça, c'est parce que je veux protéger Tab.

Elle enlaça leur mère, tandis que Samantha restait assise, raide et mal à l'aise. Elle enviait la capacité de sa sœur à montrer ses émotions aussi facilement.

Complètement dépassée, Sam regarda sa mère tapoter le bras d'Ella.

— Tu n'as pas à être désolée, fit Gayle en se dégageant. Tu voulais offrir un moment magique à ton enfant, et j'ai failli tout gâcher. J'espère que ce n'est pas le cas. Brodie a l'air doté d'une grande vivacité d'esprit.

Sa mère avait-elle pleuré ?

Ses yeux semblaient un peu gonflés.

Ella devait penser la même chose, parce qu'elle ramassa les livres sur le lit avant de les reposer aussitôt.

— Est-ce que ça va, maman ? Tu as l'air… Tes yeux sont un peu rouges.

— Je fais une allergie. C'est probablement le chien. J'ai pris des médicaments.

Gayle se tut, puis ferma la porte de la chambre.

— Ce n'est pas vrai. J'ai pleuré.

— Oh ! maman ! s'exclama Ella d'une voix éraillée. Je suis désolée de t'avoir fait autant de peine.

— Ce n'est pas toi. J'y suis arrivée toute seule. Et je pense qu'il est grand temps que je vous parle à toutes les deux. En toute sincérité.

Gayle s'assit sur la chaise.

— Ça fait longtemps que j'aurais dû le faire.

— Nous parler de quoi ?

— De votre père.

Ella jeta un coup d'œil coupable vers Samantha.

— Tu n'es pas obligée, je t'assure. Je n'aurais pas dû demander. Je…

— Assieds-toi, Ella, demanda Gayle à mi-voix. Ça ne va pas être facile à dire, mais ça ne va pas non plus être facile à entendre pour vous. Laissez-moi parler et, quand je vous aurai tout raconté, vous pourrez m'interroger. Je vous promets de répondre à toutes vos questions. Je vous dirai tout ce que vous voudrez savoir.

Ella se rassit sur le lit à côté de sa sœur.

Samantha éprouvait une sensation désagréable au creux du ventre. Était-elle la seule à trouver la situation inconfortable ? Sa mère s'apprêtait à se lancer dans une sorte de confession, mais étaient-elles vraiment capables de supporter un tel degré d'intimité ? Elle en doutait. Ce serait comme ajouter un autre ingrédient douteux à la soupe d'émotions amères qui bouillonnait déjà en elle.

Gayle avait posé les mains sur ses cuisses. Doigts entrelacés. Jointures blanchies.

— Il y a des choses que je ne vous ai pas dites.

— À propos de papa ? demanda Ella en se rapprochant un peu de sa sœur.

D'instinct, Samantha prit la main de sa sœur et la serra. Veiller sur elle l'empêchait de trop penser à ses propres sentiments.

— On t'écoute, maman.

Elle voulait des faits, afin de mettre tout à plat et d'avancer. Ensuite, elles parleraient du passé. Elle y tenait à tout prix.

— Votre père est mort dans les circonstances que je vous ai racontées, mais ce que je ne vous ai pas relaté, c'est tout ce qui s'est passé avant.

Samantha garda la main de sa sœur dans la sienne, tandis que sa mère entamait le terrible récit de son mariage.

Tout près de Sam, Ella hoquetait de surprise, tressaillait, réagissant avec compassion à tout ce que leur mère leur racontait. À un moment, elle se leva pour verser d'une main tremblante un verre d'eau à Gayle.

Tiens, bois quelque chose, fais une pause, ça doit être tellement difficile pour toi.

Samantha resta immobile, ne sachant que dire. Elle avait l'impression d'être une observatrice plutôt qu'une participante.

Pendant toutes ces années, quand elle avait pensé à son père, elle s'était représenté une figure affectueuse et chaleureuse. Elle avait imaginé comment sa vie aurait pu être différente s'il avait vécu. Elle s'était dit que son père et elle auraient pu être proches. Qu'il aurait été plus accessible que Gayle.

Le choc entre ses rêves d'enfant et la réalité était si violent qu'elle ne savait pas quoi faire des morceaux.

— Je ne voulais pas que vous éprouviez un jour la même peur que moi. Je ne voulais pas que vous vous sentiez vulnérables. Je voulais que vous ayez confiance en vous.

Sa mère prit le mouchoir qu'Ella lui tendait.

— Je voulais que vous vous sentiez prêtes à affronter n'importe quoi.

Samantha imagina sa mère enceinte, avec une fillette à charge, blessée autant physiquement qu'émotionnellement, quittant tout pour l'inconnu.

Toutes ces fois où je lui en ai voulu, songea-t-elle. *Toutes ces fois où j'ai pensé qu'elle était une machine.*

— J'aurais aimé que tu nous le dises, déclara Ella.

Elle s'était mise à pleurer, les bras serrés autour de leur mère. Et Gayle lui rendait son étreinte.

— J'essayais de vous protéger. S'il n'était pas mort très tôt, je vous aurais peut-être dit la vérité, mais après sa disparition je n'en voyais plus l'intérêt. Ça vous aurait fait du mal. Je ne voulais pas faire de mal à mes filles.

— Je comprends, répondit Ella en la berçant. Je comprends tout à fait ce besoin de protéger son enfant. C'est ce que font les mères. Dans ta situation, j'aurais probablement fait la même chose. Je te suis reconnaissante.

Samantha ne dit rien.

En quoi dissimuler la vérité permettait-il de protéger un enfant ? Elle ne se sentait pas protégée. Elle ne se sentait pas reconnaissante. Elle se sentait perdue.

Elle devait dire quelque chose. Mais quoi ?

J'aurais aimé le savoir, maman.

À quoi bon le dire alors qu'il était impossible de changer le passé ?

Elle ressentait tant d'émotions différentes qu'elle avait du mal à les démêler. De la culpabilité, parce que sa sœur et elle n'avaient jamais cherché à creuser davantage, ainsi que de la colère et de la frustration que leur mère ne leur ait rien dit, et donc, ne les ait pas aidées à comprendre. Sa propre histoire en matière de relations aurait-elle été différente si elle avait été au courant du passé de sa mère ?

Et puis il y avait son père.

Samantha déglutit. Elle avait l'impression d'avoir perdu quelqu'un. Elle essaya de visualiser l'homme qu'elle avait imaginé toutes ces années mais, cette fois, son cerveau refusa de coopérer. L'ombre qui avait rôdé dans son esprit pendant si longtemps avait disparu, désormais aussi absente que la vraie personne l'avait été. Elle se sentait endeuillée, ce qui était ridicule : comment pouvait-on avoir l'impression d'avoir perdu quelqu'un qu'on n'avait jamais connu ?

Ella commençait à poser des questions sur le passé, et sur la façon dont sa mère l'avait vécu. Les informations affluèrent jusqu'à ce que Samantha en ait du mal à respirer.

— C'est arrivé à Noël, répondit Gayle d'une voix douce. Je crois que c'est pour ça que je n'ai jamais réussi à y voir de la magie. J'ai associé les fêtes avec le pire moment de ma vie. Mais, en passant du temps avec Tab, je me suis souvenue des Noëls d'avant mon mariage. Ceux que je passais avec mes parents. C'était une époque heureuse. Je ne sais pas ce qui s'est passé aujourd'hui. L'habitude, je suppose. Elle posait beaucoup de questions, et les mots sont sortis tout seuls, sans que je puisse les arrêter. Est-ce que j'ai tout gâché ?

— Non, répondit Ella en secouant la tête. Grâce à Brodie, elle attend toujours avec impatience le passage du Père Noël.

Gayle se détendit un peu.

— Je suis soulagée.

— C'est vrai qu'elle pose beaucoup de questions. C'est parfois épuisant, alors je comprends que tu aies craqué. Mais je suis horrifiée à l'idée que tu aies dû traverser tout ça à Noël. Et tu t'en es sortie en devenant cette personne forte et indépendante. Je n'aurais jamais pu être aussi courageuse que toi, conclut Ella d'une voix étranglée.

Tandis qu'elle s'essuyait les joues, Gayle répondit :

— Je pense que tu es une des personnes les plus courageuses que je connaisse.

— Ce n'est pas vrai. Et pour être honnête, comme tu l'as été, il y a quelque chose que je ne t'ai pas dit…

Ella coula un regard vers sa sœur, mais Samantha se sentait trop épuisée et désorientée pour la conseiller.

À elle de prendre sa décision.

Sa sœur se redressa.

— Je ne travaille pas en ce moment. Je ne travaille plus depuis la naissance de Tab. C'était ma décision. Je voulais être mère au foyer, et Michael approuve ce choix. Il me soutient et il m'aide, ne serait-ce que financièrement. J'ai quand même l'intention de reprendre l'enseignement à l'avenir. Pas parce que je m'inquiète pour notre relation de couple, mais parce que j'adore ça. Et je suis douée.

Il y eut un long silence.

Gayle finit par reprendre la parole.

— Tu ne me l'avais pas dit.

— Non.

— Tu ne t'es pas sentie suffisamment à l'aise pour me le dire. C'est ma faute.

— Non, c'est la mienne, pour avoir manqué de courage et ne pas avoir assumé mes décisions. J'évite les affrontements.

Gayle s'agita de nouveau.

— Il y a de nombreuses formes de courage. Tu aimes sans la moindre hésitation. Tu sautes, même quand rien ne garantit un atterrissage en douceur. Tu encourages ta fille à explorer ce qui l'entoure au lieu de l'en empêcher. Tu lui offres un filet de sécurité au lieu de lui imposer un harnais. Tu as pris des décisions en faisant preuve de certitude, même quand j'ai essayé de te faire douter de toi-même.

— Mais, à présent, je comprends pourquoi tu avais peur pour moi, répliqua Ella en prenant la main de sa mère. C'est logique.

— Peut-être, mais ça n'excuse rien. À partir de maintenant, je vais respecter tes choix, à commencer par ta vie de famille. C'est quelqu'un de bien, ton Michael.

Ella redressa les épaules.

— Oui, c'est vrai. Je l'aime… Je le respecte. J'ai besoin de lui mais, si quelque chose lui arrivait, je survivrais. Ce serait incroyablement difficile, mais je sais que je survivrais. Je n'ai jamais douté de ma capacité à gérer les aléas de la vie. Et c'est à toi que je le dois. J'aurais dû le dire plus tôt. J'aurais dû reconnaître ce que tu nous as apporté.

Samantha se leva brusquement, éprouvant le besoin de garder la tête hors de l'eau avant de se noyer.

Était-elle la seule à avoir du mal à assimiler tout ça ?

— Je dois… Je suis désolée… J'ai besoin d'air.

Ella bondit sur ses pieds.

— Tu vas…

— Bien !

Samantha leva la main pour interrompre sa sœur, puis recula vers la porte. Elle ne voulait pas d'un câlin. Elle ne voulait pas d'une conversation. Elle en avait déjà entendu plus qu'assez et, maintenant, elle voulait être seule. Ella et leur mère allaient se rapprocher et panser leurs blessures, mais elle se sentait très éloignée de tout ça.

— J'ai besoin… J'ai seulement besoin de…

— De temps pour digérer.

Sa mère attrapa Ella par le bras pour l'empêcher de suivre Samantha.

— Prends tout le temps qu'il te faudra. Quand tu seras prête, on pourra parler. Ou pas. Comme tu voudras.

Elle n'était pas habituée à ce que sa mère soit aussi compréhensive.

Elle savait qu'elle lui devait toujours des excuses pour ce qu'elle lui avait dit cinq ans plus tôt mais, pour l'instant, elle s'en sentait incapable. Elle était incapable de faire face à quoi que ce soit.

Toutes ces choses qu'elles n'avaient pas sues…

Toutes ces choses qu'elles auraient pu faire autrement…

Son père…

Après avoir marmonné quelques mots incompréhensibles, elle sortit, laissant sa mère et sa sœur continuer leur conversation. Elle descendit l'escalier sans avoir de destination particulière à l'esprit. Les émotions s'accumulèrent en elle, l'oppressant de plus en plus, jusqu'à ce qu'elle soit au bord de l'explosion.

De l'air. Elle avait besoin de tout l'air dont elle pouvait remplir ses poumons.

La porte d'entrée était comme une trappe de secours au bout d'un tunnel sombre, et elle se précipita vers elle.

— Samantha ?

La voix de Mary l'arrêta.

— Tout va bien, ma chère ? Il se fait tard pour sortir.

La porte n'était qu'à quelques pas. Il suffisait de tendre le bras. Samantha n'avait pas l'énergie de parler. Elle n'avait plus rien à donner à personne. Elle avait atteint son point de rupture.

Elle se serait peut-être effondrée sur place, mais Brodie sortit de la bibliothèque et traversa le couloir à grandes enjambées.

— Oh ! Samantha… Je me demandais où vous étiez. Ne t'inquiète pas, maman. C'est pour le travail. Samantha et moi avons des projets pour ce soir.

Sans s'arrêter, il saisit leurs manteaux.

— Le travail ? Des projets ? demanda Mary d'un ton surpris. Vous sortez ? Et le dîner ?

— On a prévu un dîner de travail. Samantha n'est là que pour quelques jours, et j'ai l'intention de profiter de chaque instant de sa présence. Si on veut que cette aventure soit un succès commercial, on a besoin de tous les conseils qu'elle pourra nous donner.

Tout en enfilant son manteau, il poursuivit :

— Elle se montre très disponible. Je l'emmène manger un bout au village – parce que c'est quelque chose que nos hôtes auront peut-être envie de faire –, puis je lui montrerai le domaine de nuit. Ensuite, on ira faire un peu de compta dans mon bureau. On rentrera tard, alors ne nous attends pas.

— Le domaine… de nuit ?

— Oui.

Brodie drapa le manteau de Samantha sur ses épaules et la poussa vers la porte.

— Je me suis dit qu'on pouvait proposer… des balades au clair de lune.

— Au clair de… Mais, Brodie, ils prévoient plus de neige, et…

— Il fait chaud dans mon bureau. On y sera bien pour travailler. Ne nous attends pas, on a du pain sur la planche.

Brodie propulsa Samantha dehors avant que sa mère ne puisse répondre.

Elle entendit la porte se refermer derrière eux. L'air glacial lui rafraîchit le visage et pénétra ses vêtements.

Elle lui était reconnaissante de lui avoir évité une conversation avec Mary, mais elle avait désormais un autre problème : elle ne voulait pas non plus être avec Brodie. Elle ne voulait être avec personne.

— Je ne peux pas…

— Je sais. Ne parlez pas. Je m'occupe de tout.

Il posa la main sur son dos et la guida fermement vers la voiture.

— Attention à ne pas glisser. Le sol est verglacé ici.

Aveuglée par les larmes, elle tituba. Elle se moquait même qu'il en soit témoin. Plus rien n'avait d'importance.

— Et si vous…

Jetant un coup d'œil sur son visage, il siffla entre ses dents.

— Bon sang… Tenez bon. Encore quelques secondes.

Après avoir déverrouillé le véhicule, il aida Samantha à s'installer sur son siège.

— Ne bougez pas.

Il monta à sa suite, se glissa au volant, puis claqua la portière derrière eux.

— Ceinture.

Il passa le bras devant elle pour l'attraper et l'attacher à sa place. Tout en lui serrant brièvement la jambe, il lança :

— Je nous emmène loin d'ici. Ensuite, on pourra parler… ou ne pas parler, comme vous préférez.

Maintenant que les larmes avaient commencé à couler, elle ne pouvait plus les arrêter. Les sanglots ne tardèrent pas à suivre, de gros sanglots qui la secouèrent violemment.

— Tenez bon… encore un peu…

Il accéléra, braqua le volant, poussa un juron et ralentit.

— Je dois juste passer le portail, et après personne ne vous verra, ou ne nous suivra.

Elle ne pouvait pas se retenir.

Elle sanglota. Elle sanglota pour sa mère. Elle sanglota pour son père. Elle sanglota pour elle-même, la personne qu'elle était et celle qu'elle aurait voulu être.

Elle se noya dans ses larmes, dans ses sentiments, dans un flot de remords et de regrets.

Elle n'avait aucune idée du temps qui passait mais s'aperçut vaguement que la voiture s'était arrêtée, puis qu'il défaisait sa ceinture et l'attirait contre lui.

Il ne dit rien. Il se contenta de la serrer dans ses bras en la laissant pleurer.

Elle sanglota éperdument, jusqu'à en être vidée. Peu à peu, ses larmes se tarirent, et elle s'effondra contre son torse. Elle était tellement épuisée qu'elle n'aurait pas pu bouger même si elle l'avait voulu. Mais elle n'en avait aucune envie. Elle voulait rester ici, au chaud et en sécurité.

Ses bras étaient noués autour d'elle.

Son manteau lui râpait le visage.

Brodie.

Elle avait la migraine. Elle se sentait affreusement mal, pourtant elle était aussi soulagée d'avoir laissé libre cours à ses émotions.

Elle s'obligea à s'écarter de lui.

Elle ne savait pas où ils étaient, ni quelle distance ils avaient parcourue.

— Allons bon…

Elle plongea la main dans sa poche et y trouva un mouchoir.

— Pas très professionnel, tout ça.

— On n'est pas au bureau. Vous n'avez pas à essayer de vous montrer à la hauteur de toutes ces exigences que vous vous imposez. Tenez.

Il lui tendit un autre mouchoir.

— Vous devez avoir sacrément mal à la tête. J'ai de quoi arranger ça au cottage.

— Au cottage ?

— Vous sembliez avoir besoin de tranquillité. Je me suis dit que j'allais vous emmener dans un endroit plus isolé. Quelque part où vous pourrez crier sans que personne ne vous entende.

Elle se moucha.

— On dirait l'accroche d'un film d'horreur, Brodie.

Du pouce, il lui essuya ses larmes.

— Moi, je trouvais que c'était une proposition intéressante.

— Vous utilisez souvent cette phrase avec les femmes ?

— Vous êtes la première. Selon vous, je devrais éviter ?

Elle sortit un autre mouchoir du paquet.

— Je pense que parler d'endroit isolé et de hurlements n'est peut-être pas aussi attrayant que vous le croyez.

— Non ? Parce que, d'un point de vue statistique, les risques d'être assassiné dans un cottage écossais perdu au milieu de nulle part…

— Assez ! Quand j'ai dit que je voulais qu'on me tienne éveillée toute la nuit, ce n'était pas avec des histoires d'horreur.

Mais il avait détendu l'atmosphère, ce qui était sans nul doute son intention.

— Tout ce que je dis, c'est que la probabilité de trébucher et de tomber dans…

— Brodie !

— Ça n'aide pas ?

Il se renfonça dans son siège et remonta ses lunettes sur son nez.

— D'accord. Je me tais. Je vais simplement vous emmener quelque part où personne ne nous dérangera. Où vous pourrez vous laisser aller sans témoins.

— Je viens de le faire. Avec vous comme témoin.

— Je ne suis pas un témoin. Je suis votre chauffeur, c'est tout. Votre guide pour cette balade sous les étoiles.

— Une balade sous les étoiles…

Elle se plaqua les paumes sur les joues dans l'espoir de rafraîchir son visage brûlant. Ses yeux picotaient.

— Ça, ça donne envie. Je réserverais bien tout de suite.

— Pas ce soir. Ce soir, oubliez un peu les besoins et les envies du reste du monde. Là, il s'agit de vous.

— Vous pensez connaître mes besoins et mes envies ?

— Eh bien, j'étais à l'autre bout d'un appel plutôt révélateur. Mais je vous promets de ne pas tirer profit de ces informations confidentielles.

Il était adorablement gauche, mais en même temps incroyablement gentil et attentionné.

— Brodie… pour ce soir… je ne sais pas comment vous remercier.

— Pas la peine, je n'ai rien fait. Si vous êtes sûre que ça va, je vais rouler jusqu'au cottage. Encore un peu de patience.

Tôt ou tard, sa mère et Ella allaient partir à sa recherche. Et elle ne voulait pas qu'on la trouve. Elle avait cru vouloir être seule mais, tout compte fait, elle était heureuse d'être ici avec Brodie.

— Le cottage… c'est le chalet que vous m'avez montré ? Ce qui vous fait office de bureau ?

— Oui. C'est à cinq minutes d'ici. Juste assez loin pour empêcher les gens de venir me déranger quand je travaille.

— C'est grand ?

— Il y a assez d'espace pour hurler, si c'est votre question. Mince, j'ai de la buée sur mes lunettes.

Il freina, puis essuya ses verres avec une lingette.

— Mieux vaut éviter de m'engager comme chauffeur post-braquage.

— C'est noté.

Il ne lui avait même pas demandé pourquoi elle pleurait, et elle lui en était reconnaissante.

La voiture cahota le long du chemin, ses phares éclairant les ornières et les congères.

Le visage brûlant et les yeux douloureux, Samantha demanda :

— Est-ce qu'il peut y avoir des coupures ?

— En théorie, oui, mais pas en pratique parce qu'on déneige. Je travaille là-bas. J'ai besoin que tout marche.

Il quitta le chemin principal pour se diriger vers le loch.

De la lumière brillait à la fenêtre du cottage, constata-t-elle.

— Je comprends mieux pourquoi vous dites que personne ne peut vous entendre crier ici.

— Ça m'arrive régulièrement de hurler quand mon code ne fonctionne pas.

— C'est magnifique. Parfait. Je vois pourquoi vous ne voulez pas le louer.

Il se gara près de la bâtisse.

— C'est plus pour des raisons pratiques que sentimentales. À l'intérieur, il y a du matériel informatique qui vaut plusieurs dizaines de milliers de livres. C'est mon bureau. Je ne partage pas mon bureau avec qui que ce soit. Je me suis senti coupable de m'approprier le cottage, mais j'avais besoin d'un endroit où je puisse me concentrer sans quelqu'un qui ouvre la porte et me propose à manger.

— Vous n'aimez pas manger ?

— En général, si. Quand je travaille, non. Je déteste qu'on me dérange quand je me concentre sur quelque chose.

— Vous ne mangez pas quand vous travaillez ?

— Des casse-croûte. Des cochonneries. Des choses que je peux manger sans quitter l'écran des yeux. Restez ici. Je vais faire le tour pour vous aider.

— Je suis en pleine crise de nerfs, Brodie, pas blessée. Je peux marcher.

Mais ses marques d'attention la touchaient.

— Je ne peux pas vous laisser marcher toute seule par ici dans l'état où vous êtes. C'est dangereux.

Il jaillit de la voiture et réapparut près de sa portière, la main tendue. Elle la saisit, tandis que ses pieds trouvaient prise sur le sol glissant.

— Vous êtes un vrai gentleman, Brodie.

— Ah bon ?

Il se racla la gorge.

— Je pensais peut-être aux risques en termes d'assurance. Vous pourriez tomber dans le loch ou trébucher dans la forêt.

— Vous pensez que j'ai des problèmes de coordination ?

— Non. pas du tout. Je pense que vous avez l'air… Eh bien, d'une personne très compétente. Compétente et agile.

Visiblement troublé, il ajusta ses lunettes et lui lança un sourire penaud.

— Il est possible que je décrive ce qui m'arriverait à moi. Je serais fichu de m'étaler, je me casserais probablement une jambe ou un bras, et mes lunettes n'y survivraient pas. Je suis sûr que, si vous tombiez, ce serait avec beaucoup d'élégance.

Elle ne se serait pas crue capable de sourire étant donné son état d'esprit mais, apparemment, elle s'était trompée.

— J'atterrirais sur le popotin, Brodie. Et ça n'aurait rien d'élégant.

— Vous seriez superbe. Même sur votre… heu… popotin.

Ses joues se colorèrent, et il fit un geste en direction du cottage.

— Mais je vous propose d'éviter toute douleur éventuelle en vous tenant à moi.

— Pourtant, vous m'avez dit que vous aviez tendance à être maladroit.

— Exact. C'est sûrement dangereux d'être près de moi.

Il n'avait pas tort, mais pas pour les raisons qu'il pensait. Il était le seul homme à avoir jamais rencontré la Samantha intérieure.

— En fait, je suis soulagée qu'on n'aille pas au pub, déclara-t-elle en refermant la portière. Ce n'est pas que ça ne m'ait pas plu, mais…

— La dernière chose dont vous ayez besoin, pour l'instant, c'est de croiser les gais lurons du village. Je sais. J'ai seulement dit ça pour éviter que ma mère pose plus de questions sur la façon dont je comptais vous nourrir. Comme si j'avais six ans et que je ne pouvais pas trouver de quoi manger à moins que ce ne soit posé devant moi.

Il lui adressa un bref sourire.

— Et puis vous aviez besoin d'espace, et, en général, c'est un concept que les mères ne comprennent pas. Le mieux, comme je l'ai appris, c'est faire semblant de vouloir quelque chose de spécifique.

— Comment saviez-vous que j'avais besoin d'espace ?

— Votre visage.

— J'avais l'intention d'aller faire un tour.

— Mais alors vous vous seriez concentrée sur vos problèmes plutôt que sur le fait de marcher. Ce qui nous ramène à…

— L'assurance ?

— L'assurance, exactement. Et aux bleus sur… heu… le popotin.

Elle ne parvint pas à dissimuler son amusement.

— Vous n'utilisez pas souvent ce mot, n'est-ce pas ?

— Je l'ai davantage utilisé en deux minutes que dans tout le reste de ma vie, mais c'est en forgeant qu'on devient forgeron. Attendez ici pendant que je prends les cartons et les sacs sur la banquette arrière. J'ai des choses à apporter à l'intérieur.

— Je peux vous aider. Passez-m'en quelques-uns.

Quand il les lui tendit, elle jeta un coup d'œil dedans. Ils contenaient des en-cas et des fruits, ainsi que plusieurs bouteilles, à en juger par le tintement du verre tout au fond.

Les bras remplis de cartons qui lui bouchaient à moitié la vue, Brodie se dirigea vers l'entrée. À tâtons, il glissa la clé dans la serrure, puis la porte s'ouvrit et un flot de lumière inonda la neige.

Samantha le suivit à l'intérieur et posa les sacs par terre. Ils se trouvaient dans un petit salon avec cuisine américaine. D'immenses fenêtres donnaient sur le loch. La pièce était meublée d'un grand canapé, et de pas grand-chose d'autre.

— Vous voulez que je range tout ça ? demanda-t-elle en jetant un coup d'œil vers le coin cuisine.

— Je m'en occupe.

Après avoir refermé la porte, il fit un geste en direction du sofa.

— Asseyez-vous. Faites comme chez vous. Vous avez froid ? Vous avez besoin d'être réchauffée ?

Il toussa, avant de reprendre :

— Je veux dire, il y a des couvertures…

— Je sais ce que vous voulez dire.

Étrangement, elle ne pouvait pas le taquiner.

— J'ai assez chaud, merci. Je ne m'attendais pas à ce qu'il fasse aussi bon ici.

— J'ai un peu bidouillé pour pouvoir régler le chauffage depuis le manoir. Et puis je suis venu ici tout à l'heure. J'ai travaillé deux heures après la balade avec les rennes. Je ne vais pas vous demander ce que vous avez fait. Ça ne s'est clairement pas bien terminé. Je vais juste poser ces cartons…

Il marcha jusqu'à une porte et la poussa du coude.

Samantha était trop intriguée pour ne pas le suivre.

— C'est votre bureau ? Je peux… Oh ! la vache, Brodie.

Elle s'arrêta sur le seuil et regarda autour d'elle. Les murs étaient tapissés de nombreux écrans d'ordinateur, où défilaient des lignes de codes incompréhensibles.

— Vous pourriez diriger un programme spatial de cet endroit.

— J'ai besoin de cette puissance de traitement.

Il posa les cartons, puis attrapa deux mugs sales.

— C'est un peu gênant. Je ne savais pas que j'aurais de la visite quand je suis venu ici tout à l'heure. J'étais concentré sur quelque chose et je n'ai pas rangé.

Samantha aperçut une poubelle qui débordait de papiers et d'autres mugs oubliés par terre. Des feuilles noircies de chiffres griffonnés à la main étaient éparpillées un peu partout.

Elle se moquait du désordre. Elle ne comprenait peut-être rien à l'analyse de données, mais elle savait ce que c'était d'être concentré.

— Qu'est-ce que c'est ?

Le seul mur qui n'était pas couvert de moniteurs était un immense tableau blanc barbouillé d'équations.

— J'étais en train de résoudre un problème. Je devrais aller vous chercher à boire. Vous aviez l'air d'en avoir besoin tout à l'heure. Pas possible… Il y a encore des mugs qui traînent ?

Il s'en empara, passant un doigt dans chaque anse.

— À croire qu'ils se reproduisent… Je vais aller les laver. Je crois qu'il y en a deux autres dans le placard. Tout neufs. Si je promets de me servir de ceux-là, je peux vous proposer du café ? Je sais que vous aimez le café.

— Pas aussi tard dans la journée. Ne vous en faites pas. Je vais bien.

Une pile de papiers était posée à côté d'un clavier, et Samantha remarqua la signature sur l'une des pages.

— Docteur McIntyre ?

— Oh ! ça…

Il fit un geste indifférent de sa main libre.

— Je suis docteur en mathématiques, pas médecin.

— Pourquoi ne pas vous présenter comme « docteur » ?

— Je ne sais pas. Parce que j'ai toujours peur que quelqu'un me demande de sauver une vie ? Parce que la vue du sang me donne la nausée ? Et puis ça fait un peu prétentieux, vous ne trouvez pas ?

— Non. Vous êtes manifestement un homme très intelligent, docteur McIntyre.

Mais elle le savait déjà, bien sûr. Intelligent. Gentil. Sexy. Elle repensa à la façon dont il l'avait propulsée hors de la maison et dans la voiture sans hésiter.

— On peut s'en tenir à Brodie ? S'il vous plaît.

— Je vais essayer. Je ne promets rien.

Elle était fascinée par cette incursion dans son monde. La maquette à moitié terminée d'un vaisseau spatial était posée sur une table collée au mur. L'objet était d'une telle complexité qu'elle en avait la tête qui tournait.

— Alors c'est bien un centre de contrôle. J'en étais sûre.

Il émit un rire embarrassé.

— Manipuler des petites pièces m'aide à réfléchir.

Alors qu'elle pivotait pour ressortir, elle trébucha sur quelque chose.

Elle se serait étalée de tout son long, mais Brodie parvint à la rattraper.

— Il faut que je range, je sais. Il y a mille façons différentes de mourir ici, et aucune d'entre elles ne serait très sexy.

Elle s'accrocha à son bras jusqu'à ce qu'elle ait retrouvé l'équilibre. Elle sentait le renflement de ses muscles sous ses doigts. *Jolis biceps, docteur McIntyre.*

— Vous recommencez, Brodie. Revoilà le thème de l'épouvante. Heureusement que je ne suis pas du genre nerveuse…

— Ici, vous courez plus de risques d'être tuée par des bactéries que par un serial killer.

Il la lâcha, puis agita les mugs.

— Je vais les laver. Vous pouvez… ramasser cette couverture et la balancer dans un coin.

Une couverture ? C'était à cause d'une couverture qu'elle avait failli se rompre le cou ?

— Vous n'avez pas de chambre ?

— C'est la porte d'à côté, mais parfois je n'ai pas envie de faire le déplacement. Je fais une sieste là où je travaille, et ensuite je me remets au boulot. Désolé. Bon sang, je n'aurais pas dû vous amener ici.

— Pourquoi ?

— Parce que, normalement, les gens ne voient pas cet aspect de moi. C'est un peu trop… brut de décoffrage.

Elle repensa au coup de fil.

— Alors je crois qu'on est quittes maintenant.

Il hocha la tête.

— En effet. Si vous ne voulez pas de café, je vais ouvrir une bouteille. En fait, j'aurais dû partir sur du vin tout de suite.

Elle le suivit dans la cuisine et lui prit les mugs de la main.

— Je vais les laver, dit-elle.

— Non, pas question. Je ne veux pas que vous…

— Vous êtes venu à mon secours, Brodie. Vous donner un coup de main est le moins que je puisse faire.

Elle laissa couler l'eau jusqu'à ce qu'elle soit chaude, puis fit tremper les mugs. À travers la fenêtre, elle voyait la pâle lueur de la lune éclairer la surface du loch et les pics enneigés.

— Cet endroit est un vrai joyau.

— Vous n'êtes pas mal à l'aise ? La plupart des gens trouveraient que c'est trop isolé.

— Je ne suis pas mal à l'aise, ce qui est bizarre. À Boston, si un homme voulait m'emmener dans sa tanière au milieu de nulle part, je refuserais sans hésiter.

— Bien. Ce serait sensé de votre part.

Il vida les sacs et rangea la nourriture dans le réfrigérateur. Du jus de fruit, du beurre, des œufs, du bacon.

— J'espère bien que vous avez ce genre d'instinct de survie.

— Alors qu'est-ce que je fais ici avec vous ?

— Vous échappez à votre famille qui vous donne envie de hurler.

Il alluma le poêle à bois.

— C'est une autre façon de se préserver, poursuivit-il. Je suis la moins menaçante de ces deux options.

Il n'avait pas tort là-dessus.

Elle finit de nettoyer les mugs puis, une fois sûre que plus rien de toxique ne subsistait à l'intérieur, les mit à sécher. Après avoir accroché leurs manteaux, elle s'installa confortablement sur le canapé et regarda Brodie allumer des bougies.

— Vous n'avez pas de lampes ?

— Si, mais je suis plus séduisant à la lueur des bougies.

Rougirait-il si elle lui disait qu'il était séduisant à chaque instant ?

— Moi aussi, je suppose.

Elle passa les doigts sous ses yeux.

— Est-ce que j'ai du mascara partout ? Je dois ressembler à un panda.

— Je vous trouve très bien, répliqua-t-il d'une voix rauque. Et c'est incroyable, mais les pandas sont mes animaux préférés.

— Il y a une heure, je voulais hurler, et maintenant j'ai envie de rire. Vous êtes quelqu'un de drôle, docteur McIntyre.

— Pas terrible, hein ? En général, les types marrants n'ont pas de succès auprès des filles.

Elle observa la courbe de sa bouche et la façon dont ses cheveux sombres tombaient sur son front.

— Je suis sûre que vous vous en sortez très bien.

Son cœur battait très fort dans sa poitrine.

— Merci de m'avoir amenée ici, Brodie. C'était gentil.

— C'était égoïste. J'ai besoin que vous passiez un bon moment ici pour que vous puissiez nous recommander à tous vos riches clients.

— Quoi qu'il arrive, c'est ce que je vais faire.

— C'est vrai ?

Il laissa tomber la boîte d'allumettes, puis la ramassa.

— Ce serait mieux que je ne mette pas le feu à cet endroit, alors. Je suis un peu stressé. Vous êtes seulement la seconde femme que j'amène ici. Et ça ne s'est pas bien passé la première fois.

— Qu'est-il arrivé à l'autre invitée ? Laissez-moi deviner… Ses os sont enterrés dans une tombe peu profonde sous le cottage.

— Non, mais je crois que c'est le sort qu'elle m'aurait réservé si elle avait eu les outils.

Une fois les bougies allumées, il remit les allumettes dans le tiroir et ouvrit un placard.

— J'avais imaginé quelque chose de romantique.

— Ça ne s'est pas passé comme ça ?

— Elle a vu une araignée. Elle a hurlé.

Il posa deux verres sur la table basse.

— Son hurlement m'a fait sursauter, et j'ai lâché la bouteille de vin blanc hors de prix que j'avais gardée pour une occasion spéciale.

— Ça a dû terroriser l'araignée, remarqua Samantha avec un grand sourire.

— Je n'ai jamais rien vu détaler aussi vite. Et elle n'était pas loin derrière.

Après avoir rempli leurs verres, il lui en tendit un.

— À nous. Puissions-nous survivre à tout ce que nous font subir nos familles.

Lorsqu'il s'assit à côté d'elle, elle trinqua avec lui.

— Aux balades sous les étoiles et aux techniques de survie. Et à vous, pour m'avoir secourue.

Il but une gorgée de vin, puis reposa son verre.

— Je ne suis pas sûr de comprendre ce que vous voulez dire par là, mais de rien.

— Si vous ne m'aviez pas embarquée dans votre voiture pour m'amener ici, soit je serais partie toute seule et je serais morte de froid, soit j'aurais craqué de façon très gênante dans la maison devant votre mère. Rien de tout ça n'aurait été fabuleux.

En entendant son portable biper, elle soupira.

— J'aurais dû m'y attendre.

Elle alla récupérer son téléphone dans la poche de son manteau et revint se rasseoir.

— C'est ma sœur.

— Elle se demande où vous êtes ?

— Quelque chose comme ça, répondit-elle, avant de taper un message.

Tout va bien. Suis avec Brodie, on travaille. Ne m'attends pas.

La réponse ne tarda pas.

Dans le lit du laird ?

Elle éteignit son portable avant que Brodie ne puisse voir l'écran. Pourvu qu'il ne remarque pas qu'elle rougissait, songea-t-elle en posant l'appareil sur la table.

— Votre sœur va bien ?

— Je crois. On a eu une conversation façon grand déballage avec notre mère ce soir, c'était super sympa.

— Ah.

— Comme vous dites.

Après avoir bu une autre gorgée de vin, elle reprit :

— Ella va sûrement bien. C'est le genre de personne qui aime que les choses s'arrangent et que les gens s'entendent.

— Pas vous ?

— Je pense que je suis plus… compliquée.

Elle vida son verre.

— Parfois, je me dis que je ne comprends pas grand-chose à mes propres sentiments.

— Et ça… heu… ça n'a rien à voir avec le vin ?

— Non. Peut-être que le vin me permettrait d'y voir plus clair.

— J'ai eu l'impression que vous saviez ce que vous vouliez quand on s'est parlé au téléphone ce jour-là.

— Vous ne m'avez pas parlé, à moi. Vous avez parlé à la Samantha intérieure.

Les coins de la bouche de Brodie frémirent.

— J'aime beaucoup la Samantha intérieure. C'est une femme extraordinaire. La Samantha intérieure voudrait-elle parler de ce soir ?

Il la resservit.

— Il n'y a aucune obligation. Mais je serais heureux d'écouter si vous avez besoin d'une oreille bienveillante. On n'est pas obligés de le dire à la Samantha extérieure.

— Comment savez-vous qu'il y a une Samantha extérieure ?

— Je l'ai rencontrée. Elle est extraordinaire, elle aussi. Un peu effrayante, cela dit.

— Effrayante ?

— D'une efficacité sans faille. Compétente. Motivée. Sans défaut. Et elle domine la Samantha intérieure, ce qui est bien dommage.

Elle passa le doigt sur le rebord du verre.

— Alors il n'y a pas de Brodie intérieur et extérieur ?

— À une époque, peut-être, mais ils ont fusionné.

— J'aimerais être davantage comme vous.

Elle se renfonça sur le canapé sans lâcher son verre.

— Quant à ma crise de nerfs de ce soir, je crois qu'elle menaçait depuis longtemps. Ella laisse filtrer ses émotions tout le temps, mais je les emmagasine au fond de moi, là où personne ne peut les voir.

Elle but une gorgée de vin.

— Je me suis construit une vie dont ma mère ne faisait pas partie, et brusquement voilà qu'elle débarque. Mais c'est compliqué parce que ma sœur ne lui avait pas dit qu'elle était mariée, ni qu'elle avait un enfant, ni qu'elle est à la maison en ce moment au lieu de travailler, et moi, je suis censée me rappeler qui sait quoi sur qui à quel moment, ce qui me met le cerveau en ébullition. Et là, ce soir, je découvre que, apparemment, mon père n'est pas mort comme je le croyais. Je veux dire, il est bien mort, mais ça s'est passé après qu'elle l'a quitté parce qu'il était violent avec elle.

— C'est…

Il ajusta ses lunettes.

— Je commence à comprendre votre besoin de vous échapper.

— Je ne peux même pas vous dire pourquoi ça me perturbe autant. C'est un vrai pataquès dans ma tête. Mais j'ai l'impression d'être une mauvaise fille parce que je n'ai pas envisagé que l'histoire de ma mère cachait autre chose. Je me sens égoïste.

— Vous ne lisez pas dans les pensées, Samantha. N'êtes-vous pas un peu sévère envers vous-même ?

— Je ne crois pas. Je pensais que c'était une accro au travail, dure et impitoyable, mais il s'avère qu'elle est devenue comme ça parce qu'elle n'a pas eu le choix. Et puis il y a mon père… Dans mon esprit, je me le représentais d'une certaine façon. Parfois, je l'imaginais m'emmenant au parc, ou me lisant une histoire, ou me rendant visite dans mon bureau. Fier de moi. Ce soir, cette vision a volé en éclats pour toujours. Et j'ai l'impression de l'avoir perdu, ce qui n'a aucun sens parce que, tout ce que j'ai perdu, ce sont les images que je m'étais créées. Vous trouvez ça compréhensible ?

— Tout à fait. Vous n'aviez pas de père, alors vous vous en êtes imaginé un.

— Le moins qu'on puisse dire, c'est que je me suis plantée. En fait, peut-être que je n'ai pas envie d'en parler.

Elle se redressa.

— Je pensais que oui, mais non. Ce soir, j'aimerais tout oublier et faire semblant d'être une personne normale, avec une famille normale.

— Ça existe ?

— Je veux croire que oui.

— D'accord.

Il tendit les jambes devant lui, tout en regardant comme elle la vue par les fenêtres.

— Les réunions de famille ont souvent une dynamique intéressante. Je me souviens de l'année où mon oncle Finlay – qui n'était pas vraiment mon oncle, d'ailleurs, plutôt un ami de mes parents – est arrivé avec sa petite amie de vingt-deux ans.

— Ça posait un problème ?

— Ça posait un gros problème à sa femme, qu'il avait laissée chez eux. Quand elle l'a rejoint dans l'après-midi, on a dû faire sortir la petite amie en douce de la maison.

Samantha éclata de rire, avant d'expliquer :

— On ne fêtait pas vraiment Noël quand on était petites. Vous l'avez sûrement deviné, étant donné que vous avez déjà dû intervenir pour sauver la réputation du Père Noël. En parlant de ça, merci beaucoup.

— Il n'y a pas de quoi.

— Est-ce que cette explication matheuse tenait debout ?

— Pas du tout.

Elle sourit, vida son verre et le reposa sur la table basse.

— Ce vin est bon. Il en reste ?

— S'il en reste ? Je… oui. Il en reste.

Il s'empara de la bouteille et la resservit.

— Vous avez soif.

— J'essaie surtout de m'anesthésier.

— Est-ce que je devrais vous en empêcher ?

— Pourquoi voudriez-vous faire ça ?

— Migraine. Diminution des défenses. À long terme, atteinte hépatique potentielle. Quoi ? Pourquoi riez-vous ?

— J'adore la façon dont vous énoncez les faits sans filtre.

Il vida le reste de la bouteille dans son propre verre.

— Je devrais me taire ?

— Non, parce qu'on dirait que la seule chose qui me distrait de mon insupportable famille est de vous écouter parler. Le vin ne me fait aucun effet.

Elle soupira.

— Changez-moi les idées, Brodie.

— Moi ?

— À moins qu'il y ait quelqu'un d'autre ici dont j'ignore l'existence ?

— Le corps enterré sous le cottage, c'est tout. Vous avez une préférence sur la façon dont je… heu… pourrais vous distraire, ou puis-je faire preuve d'initiative ?

— Je vous laisse le champ libre, mais je dois vous prévenir : ça va être un sacré défi de me détourner l'esprit de mes tracas.

Il posa son verre.

— Vous pouvez continuer à boire, Brodie.

— Je risque d'avoir besoin de mes deux mains.

Dans le lit du laird.

Maintenant, elle avait cessé de penser à sa mère pour penser au sexe.

Il lui prit son verre, puis la mit sur ses pieds.

— Allez, debout.

— Qu'est-ce qu'on…

Le vin lui faisait tourner la tête, et elle chancela un peu lorsqu'il l'aida à enfiler son manteau.

— Où est-ce qu'on va ?

— On va faire une balade sous les étoiles.

— Pourquoi ? Pour que vous n'ayez pas l'impression d'avoir menti à votre mère ?

— Non. Parce que je pense que ça vous plaira.

— Ce qui me plaît, c'est d'être au chaud.

Avec lui. À bavarder comme ça. C'était simple et naturel.

— Une petite balade, répliqua-t-il en ouvrant la porte du cottage.

Elle gémit lorsque l'air froid la frappa en plein visage.

— Brodie…

— Quelques pas. Je veux vous montrer un truc.

Il referma la porte et l'attrapa par la main.

— Ça en vaut le coup, faites-moi confiance. Fermez les yeux.

— Vous plaisantez. Il fait sombre, il neige, et vous voulez que je ferme les yeux. Ça demande un degré de confiance que je n'accorde même pas aux gens que je connais depuis des années.

— C'est la Samantha extérieure qui parle. Faites-la taire. Je m'occupe de vous.

Une onde de chaleur se répandit en elle. *Si seulement.*

Oh ! mais qu'est-ce qui clochait chez elle ? C'était la vraie vie, pas un de ses romans.

Pourquoi acceptait-elle de faire ça ? se demanda-t-elle en fermant les yeux.

— Je suis bien obligée d'indiquer qu'en fermant les yeux je ne vais pas voir les étoiles.

— Arrêtez de parler. Écoutez.

Elle entendit le craquement de la fine croûte de neige immaculée qui se brisait sous leurs pieds. Le bruit sourd des paquets de poudreuse qui tombaient des branches de temps à autre et s'écrasaient sur le sol. Elle entendit son propre souffle, ainsi que les battements de son cœur. Pouvait-il les percevoir ? Il devait forcément les entendre, lui aussi.

Elle marchait avec précaution, cramponnée à la main de Brodie, terrifiée à l'idée de glisser.

— Je n'entends rien.

— Exactement.

Il l'incita à avancer. Au bout de cinq minutes, il s'arrêta.

— Je peux rouvrir les yeux maintenant ? demanda Samantha.

— Pas encore.

— C'est la dernière fois que je vous demande de me distraire.

— OK, arrêtez-vous. Penchez la tête en arrière.

— Brodie…

— Faites-le. Et, ensuite, ouvrez les yeux.

Il posa les mains sur ses épaules pour la stabiliser.

Elle ouvrit les yeux. Et vit des étoiles. Des centaines de minuscules étoiles incrustées dans le ciel au-dessus d'eux. C'était magique. Tellement parfait que, pendant un instant, elle s'attendit presque à entendre des grelots et à voir les rennes du Père Noël traverser le ciel.

— Waouh…

Renversant encore plus la tête, elle observa le firmament sous des angles différents. Elle sentait le poids des mains de Brodie sur ses épaules. C'était étonnamment agréable.

— Eh bien, qui aurait cru qu'une balade sous les étoiles soit une vraie activité…

— Je ne la propose qu'aux invitées d'honneur.

Elle se tourna pour le regarder. Pendant une fraction de seconde, elle vit dans ses yeux la même chaleur que celle qu'elle ressentait. Une bouffée d'anticipation l'envahit, à la fois douce et mordante, puis il l'attira contre lui et l'embrassa.

Il y eut d'abord un instant de choc, avant qu'elle ne sombre dans un monde où plus rien n'existait que les sensations. Elle sentit son pouce lui effleurer la joue, dans une douce caresse qui contrastait avec les mouvements délibérés de sa bouche. Son baiser n'était ni hésitant ni interrogateur. C'était une déclaration d'intention. Une promesse excitante et alléchante de ce qui l'attendait.

Ils s'embrassèrent jusqu'à ce qu'elle perde toute notion de temps et d'espace, jusqu'à ce que son univers entier ne contienne plus que Brodie, et des étoiles, des étoiles, des étoiles.

Mais, au bout d'un moment, le froid la pénétra, et elle ne put retenir un frisson.

Il s'en aperçut et releva la tête. Avec un juron étouffé, il la pressa contre lui et la serra dans ses bras pour la réchauffer.

Tout étourdie, elle posa la main sur son torse pour reprendre l'équilibre. Sa première pensée cohérente fut que Brodie McIntyre était peut-être maladroit dans certains domaines, mais pas dans celui des baisers. La seconde fut qu'elle ne voulait pas que ça s'arrête.

— Ça aussi, c'est seulement pour les invitées d'honneur ?

Il se racla la gorge.

— C'est une activité sur mesure. Tu as dit que tu voulais voir des étoiles quand on t'embrassait. Ce genre d'exigence met beaucoup de pression sur les épaules, alors je me suis dit que j'allais assurer mes arrières. Si tu n'avais pas fermé les yeux pendant que je t'embrassais, tu aurais vu des étoiles par-dessus mon épaule.

En riant, elle posa la tête sur son torse. Puis elle passa les bras autour de son cou et le regarda.

— Alors, dis-moi… où as-tu appris à embrasser comme ça ?

— Je n'ai… Je ne suis pas… ah…

Il lui sourit.

— Tu me taquines.

— Te taquiner est en train de devenir mon activité préférée.

— Je n'ai rien contre. Je pourrais même la pratiquer, moi aussi.

Son regard tomba sur la bouche de Samantha, et il baissa à nouveau la tête, comme attiré par une force magnétique, avant d'interrompre son geste.

— Non, fit-il en reculant. Il faut qu'on rentre.

— Brodie…

Ses yeux s'assombrirent.

— On doit… Oh ! et puis zut…

Il prit ses lèvres dans un baiser rapide et passionné.

— On ne devrait pas…

— Ne t'arrête pas…, ordonna-t-elle.

Mais, comme elle frissonnait de plus belle, il s'écarta et lui remonta sa fermeture Éclair jusqu'au menton.

— Tiens…

Il ôta son écharpe et l'enroula autour du cou de Samantha.

— Tu es gelée… je suis vraiment égoïste… allons-y. On va rentrer. Tout de suite. Ça me serait d'une grande aide si tu ne me regardais pas. Ne t'avise surtout pas de m'embrasser.

Il la prit par la main et la traîna à moitié jusqu'au cottage en suivant les traces qu'ils avaient laissées dans la neige un peu plus tôt.

Heureusement qu'il était raisonnable, parce qu'elle se serait volontiers dévêtue sur-le-champ.

Comment sa peau pouvait-elle être aussi froide alors qu'elle brûlait de l'intérieur ?

Lorsqu'ils atteignirent le chalet, elle tira sur sa main pour le rapprocher d'elle.

— Une minute…, marmonna-t-il.

Il effleura ses lèvres des siennes et poussa un grognement.

— Tu es délicieuse.

Tandis qu'elle glissait la main dans son blouson, il la poussa à l'intérieur, puis referma la porte du pied.

— Bon, on devrait probablement…

Elle l'attrapa par les épaules et l'attira contre elle, se haussant sur la pointe des pieds pour l'embrasser. Il avait les lèvres froides, mais son baiser était brûlant et incroyablement érotique.

Dans un élan de passion et de frustration, elle lui baissa la fermeture Éclair de son blouson, tandis qu'il faisait de même avec la sienne. Bouches collées l'une à l'autre, ils se déshabillèrent, leurs mains se frôlant et s'emmêlant, tout en trébuchant en direction du canapé.

Ils se laissèrent tomber sur les coussins mais, comme ni l'un ni l'autre ne faisait attention, ils évaluèrent mal la distance et s'écroulèrent sur le sol à la place.

Elle atterrit sur lui et entendit sa tête cogner par terre. Avec une grimace, elle s'exclama :

— Brodie ! Ça va ?

— Ça va. Je vais bien. Je me cogne la tête plusieurs fois par jour. C'est parce que je suis grand. Du moment que je suis conscient, ne t'arrête pas…

Il lui encadra le visage de ses mains et le ramena vers le sien. Elle lui mordilla les lèvres, avant de murmurer :

— Mais le canapé… on pourrait…

— Une surface plane, c'est plus sûr.

Sa voix était rauque de désir.

— Aucun risque de chute.

Il enfouit les doigts dans les cheveux de Samantha et l'embrassa, son souffle chaud contre sa bouche, tandis qu'elle bougeait au-dessus de lui. Elle passa les mains sur son corps – *épaules robustes, relief de ses muscles* – puis il l'agrippa par les hanches et la pressa contre lui.

Elle sentit son érection frotter intimement contre son bas-ventre. Il marqua une pause, le souffle court, la mâchoire crispée.

— On devrait probablement…

— Oui…

Elle avait du mal à penser.

— Où…

— Portefeuille…

Ils ne finissaient pas leurs phrases, trop impatients pour se concentrer sur les mots, mais elle trouva ce dont ils avaient besoin, et ils purent laisser libre cours à leur désir.

Leurs corps s'unirent dans un mouvement fluide qui la fit gémir et le fit grogner. Ils se mirent à bouger avec une énergie furieuse, la pression et le plaisir grandissant en eux jusqu'à atteindre un pic, qui s'intensifia lorsqu'ils basculèrent dans l'extase en même temps.

Elle sentit qu'il la soulevait et la déposait sur le canapé. Il se positionna au-dessus d'elle, et cette fois, il prit son temps. Il explora son corps avec sa bouche, l'embrassant de la tête aux pieds, veillant à ne rien oublier sur son passage. Ce fut l'expérience la plus intime et la plus enivrante de sa vie.

Quand il la pénétra à nouveau, elle se cambra et noua les jambes autour de lui. Elle sentit le plaisir monter en elle, jusqu'à ce que chacune de ses terminaisons nerveuses soit en feu. C'était torride et sensuel et incroyablement bon. Elle perdit toute notion du temps, tandis qu'ils faisaient l'amour encore et encore.

Enfin, quand ils furent tous les deux épuisés, il tira une couverture sur eux. Blottie au creux de son bras, elle ferma les yeux, souhaitant ne plus jamais avoir à bouger.

— Je n'avais jamais couché avec quelqu'un par terre.

Il la serra contre lui pour éviter qu'elle glisse du canapé.

— Je peux te poser une question ?

— Hmm, marmonna-t-elle en se frottant le nez contre son cou. Quoi ?

— Est-ce que tu as pensé au travail ?

— Je… quoi ?

— Le travail. J'ai besoin de savoir si tu pensais au travail.

Elle se rappelait à peine qui elle était et où elle se trouvait, et il voulait savoir si elle pensait au travail ?

— Non. Je n'ai même pas… Non, c'est tout.

— Tant mieux.

Levant la tête, elle vit un sourire satisfait se dessiner sur son visage.

— Pourquoi cette question ?

— Parce que, la première fois qu'on s'est parlé, tu as dit que tu voulais une liaison tellement intense que tu en oublierais le travail.

Elle repensa à leur conversation, puis se mit à rire.

— Tu plaisantes ?

— Non. Avec une autre femme, ce serait peut-être placer la barre un peu bas de chercher à lui ôter le travail de l'esprit, mais pas avec toi. Tu manges, tu rêves et tu dors sans jamais cesser de penser à ton boulot. Et puis il y a tout le reste…

— Quoi donc ?

Il se racla la gorge.

— Tes goûts de lecture.

Elle lui caressa le torse avec un sourire malicieux.

— Le titre, c'était *Une nuit avec le laird.*

— C'est ça. J'espère que ça durera plus qu'une nuit mais, en tout cas, tu dois comprendre qu'un livre de ce genre donnerait l'angoisse de la performance à n'importe quel homme.

— Un livre de ce genre ?

Elle fit glisser sa main un peu plus bas.

— Tu ne l'as même pas lu.

— En fait, si, mais même si je ne l'avais pas lu, j'ai eu le plaisir douteux d'entendre ta sœur en lire des passages.

— Tu l'as lu ?

— Je l'ai téléchargé le soir même. Je me suis dit que, si tu avais certaines attentes à propos de ce séjour en Écosse, j'avais besoin de les connaître. J'avoue avoir trouvé ses prouesses sexuelles un peu intimidantes. Il se peut que j'aie passé un certain temps à penser à toutes les raisons pour lesquelles je ne devais pas t'embrasser.

— La principale étant qu'on travaille ensemble ?

— Ça n'apparaissait même pas sur la liste.

— Quoi, alors ?

— Pour commencer, je n'ai pas de calèche.

Il la serra contre lui.

— J'ai bien pensé à en acheter une pour mettre en valeur mon charme canaille, mais un véhicule à quatre roues motrices est nettement plus pratique dans la région. Et je suis aussi censé avoir une relation malsaine avec l'alcool. Je dois avouer que, pour l'instant, mon rapport à l'alcool est tout à fait agréable.

Elle jeta un coup d'œil sur la bouteille et les verres vides sur la table.

— Pareil pour moi.

— Toi, bien sûr, tu devrais faire preuve d'une certaine cruauté envers moi et t'éclipser au milieu de la nuit afin de dissimuler ton identité.

— C'est un peu tard pour ça. Et si je filais en douce de ce cottage, tu trouverais mon cadavre nu dans un fossé demain.

— Ce qui serait une perte tragique. Et aussi difficile à expliquer. J'ai bien pensé à te jeter sur mon cheval pour m'enfuir au galop avec toi, mais Pepper a dix-huit ans et de l'arthrite, alors ça ne serait peut-être pas le happy end romantique dont tu rêves.

— C'est noté.

Elle l'embrassa sur la joue, puis sur la mâchoire.

— Quoi d'autre ?

— Tu devrais probablement dire à ta sœur qu'en général j'enlève mes lunettes avant de faire l'amour.

Elle releva la tête.

— Ça aussi, tu l'as entendu ?

— Ella a une voix qui porte.

Samantha sourit, avant de déposer un baiser sur son épaule.

— Je devrais être embarrassée, mais je crois que j'ai passé le cap.

— Tant mieux.

Il lui caressa doucement le dos.

— Tu veux retourner à la maison ?

— On est obligés ?

— Non. On peut passer la nuit ici, puis nous faufiler à l'intérieur comme des voleurs avant que les autres se réveillent. Maintenant que j'y pense, ça pourrait être une scène tout droit sortie de ton bouquin Régence.

— C'est vrai, sauf que, si on choisit cette option-là, il faudra que tu trouves un moyen pour que je grimpe par la fenêtre de ma chambre sans me faire remarquer.

— Étant donné que la fenêtre de ta chambre est au troisième étage et que je ne suis vraiment pas doué avec les échelles, je te suggérerais de prendre l'escalier, très chère.

Elle se redressa sur un coude pour qu'ils soient face à face. Il avait les yeux endormis et les paupières lourdes. Comme il ne portait plus ses lunettes, elle voyait ses cils sombres et épais.

— Pour l'instant, tu as l'air plus charmant et viril que n'importe quel héros de mes livres.

— Je vais donc éviter de bouger ou de parler, afin de ne pas casser cette image.

Il passa le bras autour d'elle et l'attira vers lui jusqu'à ce que leurs lèvres se frôlent.

— J'aurais dû mettre du champagne au frigo. On aurait pu s'occuper de tous tes fantasmes d'un coup.

— Cette soirée a surpassé n'importe quel fantasme. Je voudrais seulement qu'on n'ait pas à revenir à la réalité.

Il borda la couverture autour d'elle.

— On pourrait aller dans la chambre. Malgré la couverture qui traîne par terre dans mon bureau, j'ai un lit.

— Je préfère rester ici.

— Tu n'as pas froid ?

— Je suis bien.

Elle resta immobile un instant.

— Tu as dit que, si tu tombais, tu casserais tes lunettes. Ça arrive souvent ?

— Hmm…

Il avait les yeux fermés.

— C'est ma quatrième paire en deux ans.

— Waouh, me voilà intriguée, remarqua-t-elle en gardant les bras autour de lui. Comment tu fais ton compte ?

Il tourna la tête vers elle.

— La dernière paire a été endommagée il y a un mois alors que je sortais du Stag's Head.

— Le pub où tu m'as emmenée déjeuner ? Que s'est-il passé ?

— J'ai eu un petit désaccord.

— Une bagarre, tu veux dire ?

Elle avait du mal à l'imaginer.

— Pas exactement, répondit-il, avant de se racler la gorge. Enfin, c'était une bagarre d'un certain genre, bien qu'aucun humain n'y ait été mêlé. Seulement moi. Et une plaque de verglas. On a fait quatre rounds.

— Du verglas ? Tu as glissé ?

Comme elle éclatait de rire, il lui adressa un regard sévère.

— C'est comme ça que tu montres ta compassion ? Parce que, si c'est le cas, tu as des efforts à faire.

— Y a-t-il eu des dégâts ?

— À part mes lunettes ? Oui. Ma fierté en a pris un sacré coup. C'est une partie de moi particulièrement tendre et sensible, et les dégâts ont été incommensurables.

Elle ne pouvait plus s'arrêter de rire.

— Ton honnêteté est…

— Un tue-l'amour ?

— J'allais dire « rafraîchissante ».

Elle se pencha et l'embrassa au coin des lèvres, puis sur la bouche.

— Et adorable.

— Adorable ? Et c'est bien, ça ?

Il resserra son étreinte, la collant contre lui. Il n'y avait rien de doux ou de sensible dans la façon qu'il avait de la tenir.

— Je suis au lit avec toi, toute nue, et je te connais depuis… En fait, oublions ça. Je vais éviter de me rappeler depuis combien de temps je te connais. Ça va m'angoisser. Je ne fais jamais ça. Je veux dire, il n'y a rien de mal avec le sexe, mais en général j'ai vraiment besoin de connaître quelqu'un avant de coucher avec.

— Je sais. Tu me l'as dit.

— Ne m'en parle pas… Je n'arrive toujours pas à repenser à ce moment sans avoir envie de mourir. C'était la pire conversation de ma vie, la plus embarrassante de toutes.

— C'est sans nul doute la meilleure conversation que j'aie eue de *ma* vie.

— Toi aussi, tu étais embarrassé.

— Non. J'ai souvent rêvé d'une femme qui affirmerait vouloir boire du champagne au lit toute nue. Tu as vraiment troublé mon sommeil.

Il repoussa quelques mèches du visage de Samantha.

— Surtout après t'avoir cherchée sur Internet. Jolie photo, d'ailleurs.

— Tu as regardé ma photo ?

— J'y ai peut-être jeté un coup d'œil. Une fois ou deux.

— Ça manque tellement de professionnalisme, tout ça.

— On ne travaille pas. Et, techniquement, on n'a pas encore décidé de collaborer, alors il n'y a pas de raison d'être professionnels.

Il fit une pause, avant d'ajouter :

— Moi non plus, je ne fais jamais ça.

— C'est vrai ?

— Ma dernière relation a été un désastre. À côté de nous, Kyle et toi, c'était Roméo et Juliette.

— Ils sont morts tous les deux.

— Ah… Voilà pourquoi je devrais éviter les références littéraires.

— Pourquoi était-ce un désastre ?

Il garda le silence un instant, avant de répondre :

— Je suppose qu'on ne s'appréciait pas beaucoup.

— Ce n'est pas une base solide pour avoir une relation durable et heureuse.

Elle se glissa hors de ses bras et marcha nue dans la cuisine pour se servir un verre d'eau. Tout en buvant, elle contempla le reflet de la lune sur le loch.

— Tu sais à quel point c'est étrange ?

— Quoi, exactement ?

— Moi, qui te dis la vérité toute nue. Je suis la Samantha intérieure à cent pour cent. Je ne fais jamais ça.

Mais apparemment, si, elle faisait ça.

Alors il avait peut-être raison. C'était peut-être possible de changer.

Le Meilleur de toi.

Elle remplit un autre verre d'eau et le lui rapporta.

— Incroyable.

— On parle toujours de nudité ?

— Non. On parle du fait que je pense vraiment avoir besoin de lire le livre de ma mère.

Ella

— C'est la première fois que je te vois faire de la pâtisserie.

Assise à la table de la cuisine, Ella regardait sa mère et Tab tamiser de la farine dans un grand saladier, avec des mouvements maladroits qui manquaient de coordination.

— Et c'est peut-être la dernière, répondit Gayle. Même si l'idée de cuisiner est réconfortante, je dois bien admettre que je n'ai pas les talents de Mary.

— Mais tu as fait ces délicieux bonshommes en pain d'épices quand on est venus te voir à Manhattan, ceux que Tab a décorés.

— Mmm. Tu veux la vérité ?

Gayle lui lança un coup d'œil avant de poursuivre :

— J'ai dû jeter deux fournées avant de réussir à obtenir quelque chose de mangeable. La pâtisserie, c'était quelque chose que je faisais avec ma mère, et c'était il y a bien longtemps. Je n'ai jamais volé de mes propres ailes. Je ne vais pas faire semblant d'être douée pour ça.

Et aucun observateur n'aurait cherché à la contredire. Elle était gauche et malhabile dans ce domaine qui ne lui était pas familier, essayant de toutes ses forces d'être la meilleure grand-mère possible. Il y avait quelque chose de touchant dans sa façon d'agripper la passoire, comme si elle hésitait entre la tenir comme une arme et s'en servir comme d'un ustensile.

C'était une nouvelle version de Gayle. Pas seulement parce

qu'elle était dans la cuisine, mais parce qu'elle manquait d'assurance. En général, sa mère débordait d'assurance.

— L'important, c'est de suivre la recette.

Mary essuya avec délicatesse une partie de la farine qui avait atterri ailleurs que dans le saladier.

— Quand on cuisine avec des enfants, ce qui compte, c'est que ce soit simple et amusant. Le résultat n'a pas d'importance.

Connaissant le perfectionnisme de sa fille, Ella aurait pu indiquer que le résultat serait sûrement important, mais elle garda le silence. C'était étonnant de voir à quel point Tab avait hérité de quelques-uns des traits de personnalité de sa grand-mère.

L'essentiel, c'était qu'elles soient toutes réunies, à faire des choses ensemble. Rire. Échanger des anecdotes. Créer des souvenirs. *Tu te souviens du Noël en Écosse, quand on a fait des gâteaux avec mamie ?*

Dehors, la température avait chuté et il neigeait. Les montagnes n'étaient plus visibles par la fenêtre, dissimulées par une masse blanche tourbillonnante.

Heureusement, il n'y avait aucun risque que sa fille curieuse et pleine d'énergie en vienne à s'ennuyer.

Ici, dans cette cuisine où flottait un parfum de cannelle, il y avait amplement de quoi se divertir et se distraire.

La scène semblait tout droit sortie des « fantasmes familiaux » d'Ella, comme les appelait Samantha. Cela dit, elle trouvait toujours ça un peu étrange. Son monde paraissait plus grand que quelques semaines plus tôt. À cette époque, sa vraie famille, c'était eux trois, plus Samantha. Aujourd'hui, les murs s'étaient écartés pour inclure leur mère. Leur longue discussion de la veille, franche et ouverte, avait permis de créer un lien et une proximité qu'elle n'avait jamais ressentis auparavant. Elle ne se sentait plus crispée et sur ses gardes. Elle n'appréhendait plus les réponses de sa mère, car elle savait qu'en cas de propos malheureux elles sauraient aller de l'avant. Elles avaient parlé jusqu'au petit matin sans rien retenir. Elles n'avaient pas été mère et fille, mais deux femmes adultes. Et Ella avait découvert que le fait de comprendre une personne, de la connaître et de savoir le chemin qu'elle avait parcouru, changeait tout.

Mary battait des blancs d'œufs pour une recette plus complexe, tout en supervisant le reste.

— Vous vous débrouillez bien. Vous pourriez ajouter une cuillerée de farine pour compenser ce qui est tombé sur la table.

Comme un chef d'orchestre, elle coordonnait les tâches. Elle était la reine de la cuisine, et Gayle pensait manifestement la même chose.

— Ne dénigrez pas vos talents, Mary. Vous avez un incroyable don. Et on va s'en servir. Dès que Samantha sera là, on lui en parlera. D'ailleurs, où est-elle ?

Gayle ajouta du beurre à la pâte.

— Ça ne lui ressemble pas de dormir aussi tard. On ne devrait pas aller voir ? Je suis un peu inquiète.

Elle jeta un coup d'œil vers Ella, la seule autre personne dans la pièce à savoir qu'il y avait un motif d'inquiétude.

— Non, répondit-elle.

Elle savait avec certitude que sa sœur n'était pas dans sa chambre, parce qu'elle avait vérifié au cours de la nuit. Le lit n'avait pas été défait. Après un instant d'hésitation, Ella avait ouvert les couvertures, au cas où leur mère aurait décidé d'avoir un tête-à-tête au beau milieu de la nuit.

— Elle travaille dur.

Elle trouva des excuses et esquiva les questions, couvrant sa sœur comme Sam l'avait toujours fait pour elle. Sa relation avec sa mère n'était pas la seule chose à avoir changé, comprit-elle. Sa sœur l'avait toujours protégée en livrant ses batailles à sa place mais, à présent, c'était elle qui protégeait Samantha. À partir de maintenant, elle allait mener ses propres combats.

Cette toute nouvelle confiance en elle et en sa force plairait sûrement à sa mère, songea-t-elle.

Quand Samantha s'était enfuie de la chambre la veille, Ella s'était inquiétée pour elle. Elle avait été déchirée entre sa mère et sa sœur. Elle avait choisi sa mère mais, ce faisant, elle avait eu l'impression de laisser tomber sa sœur. Un immense soulagement l'avait envahie lorsqu'elle avait reçu le SMS de Samantha, la prévenant qu'elle travaillait.

Elle avait senti d'instinct que, si Samantha était avec Brodie, rien de grave ne pouvait lui arriver. D'après ce qu'elle avait vu, il était le genre d'homme capable de gérer n'importe quelle situation. Avec un peu de chance, ce talent s'étendrait à sa sœur.

— Je suis sûre qu'elle est fatiguée et qu'elle fait la grasse matinée, déclara Mary en sortant un paquet de sucre d'un placard. Elle travaille dur, votre Samantha. Brodie et elle sont sortis tard hier soir. Ils parlaient de proposer comme activité des balades au clair de lune. Je n'en vois pas vraiment l'intérêt, mais ils avaient tous les deux l'air de penser que ça aurait du succès.

Ella garda une expression neutre. *Des balades au clair de lune* ?

Autrement dit, Samantha avait été pressée de quitter le manoir. Elle avait eu besoin d'air frais et d'espace, comme c'était toujours le cas quand elle était stressée.

Comment Brodie s'était retrouvé mêlé à ça, mystère.

Gayle rapprocha le saladier de Tab.

— À toi de jouer. Maintenant, il faut tout mélanger.

Tab se mit au travail avec joie. Quelques instants plus tard, elle était enfoncée dans la farine jusqu'aux coudes et souriait à pleines dents.

Pendant qu'elles étaient occupées, Ella envoya un SMS à sa sœur.

Où es-tu ? ? Et pourquoi tu n'as pas dormi dans ton lit cette nuit ? Je dois m'inquiéter ?

Elle allait lui laisser une demi-heure pour répondre, puis elle partirait à sa recherche.

Entre-temps, elle allait détourner la conversation.

— Ta mère… ma grand-mère, commença-t-elle en relevant la tête vers Gayle, elle cuisinait bien ?

— Certaines personnes ont le coup de main, répondit-elle. Elle était de celles-là. Comme Mary.

Gayle sourit à la mère de Brodie.

— Avez-vous toujours cuisiné ?

Mary avait fini de battre les blancs en neige ferme.

— Depuis toute petite, côte à côte avec ma mère. Il n'y a pas de meilleur endroit pour passer du temps qu'une cuisine bien aménagée.

Gayle se lava les mains et commenta :

— Je vous admire, Mary, mais sur ce sujet vous n'arriverez pas à me convaincre. Il y a beaucoup d'autres pièces où je préfère être.

Après avoir rangé son portable dans sa poche, Ella demanda :

— Comment était-elle ? Ta mère.

— Maintenant que j'y pense, elle te ressemblait beaucoup. Créative, chaleureuse. Elle avait la capacité de mettre les gens de meilleure humeur quand elle leur parlait.

Le compliment réchauffa le cœur d'Ella.

— Est-ce qu'elle travaillait ?

— Non, répondit Gayle en se séchant les mains. Elle a préféré rester à la maison avec moi, comme tu as choisi de le faire avec Tab. Et Tab semble adorer passer du temps avec toi, tout comme j'aimais passer du temps avec ma mère.

Ella n'avait plus besoin de l'approbation de sa mère, mais cela ne signifiait pas qu'elle n'était pas contente de l'avoir.

— Je pense que tu peux ajouter le gingembre maintenant, indiqua Mary à Tab.

Elle mesura l'épice, puis lui tendit la cuillère remplie.

— Des cours de cuisine pour enfants, lança Gayle. On devrait ajouter ça à notre liste d'idées.

— Au lieu de bonshommes en pain d'épices, on peut faire des

rennes en pain d'épices ? demanda la petite fille en mélangeant et en tapotant la mixture.

— Bien sûr. J'ai même l'emporte-pièce idéal quelque part.

Mary plongea dans un placard et en ressortit victorieuse.

— Et voilà !

Ella vérifia discrètement son téléphone, mais sa sœur n'avait pas répondu.

Elle était sur le point d'inventer une excuse pour quitter la cuisine quand la porte s'ouvrit en grand. Samantha entra, munie d'une liasse de papiers et de son ordinateur, Brodie sur les talons.

Pas un cheveu ne dépassait de sa queue-de-cheval, et son maquillage était impeccable. En surface, elle avait l'air de quelqu'un qui avait eu une bonne nuit de sommeil, mais ses joues colorées et ses yeux brillants amenèrent Ella à penser que ce n'était pas le cas.

La dernière fois qu'elle avait vu Samantha, elle l'avait crue au bord de la crise de nerfs, mais voilà que sa sœur semblait forte et maîtresse d'elle-même.

Ella était soulagée. Et perplexe.

— On a un plan, annonça Samantha.

Elle choisit l'extrémité de la table qui n'était pas utilisée pour l'élaboration des rennes en pain d'épices.

Brodie s'assit à côté d'elle.

Ils paraissaient éviter de se regarder. Était-ce bon signe ou mauvais signe ?

Kirstie passa la tête par la porte de la cuisine.

— Vous aviez besoin de moi pour quelque chose ?

— Viens t'asseoir, répondit Brodie en tirant la chaise à côté de lui. On a des choses à vous dire, et tu es concernée.

Samantha tourna son ordinateur portable pour que tout le monde puisse voir l'écran.

— Un hiver à Kinleven, lut Mary en s'installant à la table. Cette photo est superbe. C'est la première fois que je la vois.

— C'est Samantha qui l'a prise. C'est une photographe de talent.

Brodie agita les papiers qu'il tenait, dont la plupart semblaient couverts de chiffres.

— Montrons-leur le reste.

— C'est vraiment un brouillon pour l'instant. Et c'est privé... Le public n'a pas accès à cette page. Mais je veux vous donner un aperçu de ce qu'on propose. Je veux que vous voyiez le projet du point de vue des clients.

Samantha fit défiler les photos. Le lever de soleil sur le loch, la lumière donnant des nuances dorées à la neige. Un renne qui se détachait sur le paysage enneigé. Le manoir, avec ses tourelles de conte de fées. Tab, en plein éclat de rire, assise à l'arrière du traîneau. Il y avait même une photo de Bear, ses poils noirs contrastant avec les flocons qui tombaient autour de lui. Un pub, à l'aspect chaleureux et accueillant. Une photo qui englobait le sol de la forêt et les sapins aux branches surchargées de neige. Et puis il y avait les clichés intérieurs : le sapin de Noël dans la bibliothèque ; le *shortbread* de Mary saupoudré de sucre ; un verre de whisky, dont la couleur était intensifiée par les reflets du feu en arrière-plan, avec des notes de tartan et l'éclat satiné d'un ruban rouge.

Tout en passant d'une photo à l'autre, Samantha se mit à commenter les activités qu'elle proposerait aux vacanciers. Les randonnées autour du loch, les balades en traîneau, les rencontres avec les rennes et les expéditions dans la forêt pour couper le sapin de Noël idéal.

Puis elle évoqua ses clients, décrivant le genre de personnes qu'ils étaient et ce qu'ils attendaient de la saison des fêtes.

Kirstie fut la première à reprendre la parole :

— Vu comme ça, ça paraît génial, mais que se passe-t-il si les gens ne s'entendent pas ? Ce n'est pas un hôtel.

— Et c'est ce qui fait l'originalité de Kinleven, répondit Samantha, concentrant son attention sur la sœur de Brodie. Tout le monde n'a pas envie d'un hôtel. Ce qu'on propose ici est plus intimiste. Et on s'adressera exclusivement à des familles ou à des groupes d'amis. Ils devront réserver toute la maison. J'ai fait quelques projections de prix en m'appuyant sur des prestations similaires dans d'autres régions. C'est difficile de trouver un équivalent à ce que vous avez ici, ce qui, bien sûr, contribue à sa valeur.

Mary semblait submergée.

— Vous avez abattu un travail considérable, remarqua Ella. Vous avez dû passer une bonne partie de la nuit dessus.

Samantha ne réagit pas, mais Brodie rougit jusqu'aux oreilles.

Attendrie, Ella le prit en pitié et changea de sujet :

— J'ai déjà envie de réserver. Je veux faire toutes ces choses pendant mes vacances. Je t'ai dit récemment que tu étais incroyablement douée pour ce travail ?

— C'est vrai. On a beaucoup de chance, déclara Brodie en passant les papiers à sa mère. Tiens, j'ai tout imprimé. J'ai encerclé les chiffres que tu as besoin de regarder. C'est à toi que revient la décision finale, maman.

— Il me faut mes lunettes.

Mary se leva, les trouva près du grille-pain et les mit sur son nez. Elle s'empara des papiers, étudia les chiffres que Brodie avait entourés en rouge, puis releva la tête.

— C'est impossible que les gens acceptent de payer une somme pareille.

Samantha releva les yeux.

— Je vous assure que si. Faites-moi confiance.

— Mais vous ne…

— J'ai déjà contacté de façon confidentielle deux de mes plus anciens clients, afin d'évaluer leur intérêt. L'un est prêt à réserver dix jours à la Saint-Valentin, l'autre voudrait deux semaines début décembre.

Mary regarda Brodie, qui hocha la tête.

— On a fait les calculs ensemble. Le projet est viable.

Kirstie était figée sur sa chaise.

— On aurait des inconnus à la maison tous les Noëls.

Elle était la seule à ne pas avoir l'air enthousiaste.

— Si c'est vraiment Noël le problème, on peut éviter ces dates, répondit Samantha. Mais de fin novembre jusqu'à la veille de Noël, on peut proposer des vacances hivernales.

Kirstie prit une profonde inspiration.

— Je déteste être à l'intérieur, lâcha-t-elle. Ça me tue à petit feu.

— C'est pour ça que vous aurez la responsabilité de l'extérieur, avec les rennes en particulier.

Samantha tira deux feuilles de la pile et les fit glisser sur la table.

— C'est seulement un point de départ. Vous aurez beaucoup d'autres idées, j'en suis sûre, mais ce qu'il faut retenir, c'est qu'il y a un énorme potentiel ici. Ça va se développer. Vous aurez de quoi faire.

— Vous voulez que je m'occupe des rennes ? demanda Kirstie en lisant rapidement les papiers. Vous ne voulez pas que je travaille au manoir ?

— Ce serait gâcher vos talents. Et puis, pour que ça fonctionne, il faut que vous aimiez ce que vous faites.

Ella n'écouta qu'à moitié pendant que Samantha détaillait le reste de leurs projets pour Kinleven. Elle était beaucoup plus intéressée par la relation naissante entre sa sœur et Brodie. À les entendre, c'était quelque chose qu'ils avaient planifié ensemble et dont ils avaient longuement discuté. Ils se passaient des feuilles de notes en se frôlant les doigts. Ils échangeaient de temps en temps de brefs regards qui semblaient exclure le reste du monde. Ella était prête à parier que, si elle regardait sous la table, elle verrait la jambe de Brodie pressée contre celle de sa sœur.

— Il y a autre chose dont on voudrait te parler, Samantha, déclara Gayle, prenant la parole pour la première fois. Ce que Mary concocte dans cette cuisine est tout simplement magique. Est-ce que c'est quelque chose dont on peut tirer parti ?

— En plus d'avoir de la nourriture délicieuse, tu veux dire ?

demanda Samantha en tapotant la table de son stylo. Tu penses à des cours de cuisine ?

— Oui. En petit comité…

— Pour que ce soit personnalisé.

— Un week-end dans une cuisine des Highlands…

— Ils mangent ce qu'ils préparent. Avec une dégustation de whisky en plus.

Samantha hocha la tête.

— Ça pourrait marcher. On pourrait le proposer en option aux clients, mais aussi organiser des week-ends thématiques tout au long de l'année.

— Et, pour les hôtes qui séjournent ici, peut-être prévoir une matinée de cuisine pour les enfants. En présence d'un adulte de leur famille, parce que Mary ne peut pas passer son temps à empêcher les enfants de mettre leurs doigts sur les plaques de cuisson. Et Mary et moi avons défini le projet d'un livre de cuisine, ajouta Gayle avec simplicité. Mon agent a déjà trouvé un éditeur qui serait intéressé.

Mary poussa une exclamation et lâcha les papiers qu'elle tenait.

— C'est vrai ?

— Ce n'est que le début, bien sûr, mais on est en train de préparer une proposition, et j'ai bon espoir, déclara Gayle.

Mary plaqua la main sur sa poitrine.

— C'est… Je ne sais pas quoi dire… C'est tellement exaltant !

— On pourrait en offrir un exemplaire aux invités, poursuivit Samantha, ne tardant pas à voir le potentiel commercial. Incluant les recettes de plats cuisinés et servis par Mary au cours de leur séjour.

— Ça te ferait beaucoup de travail, maman, remarqua Kirstie en rendant les documents à Samantha. Mais c'est ce qui te plaît, hein ?

— Je suis déjà tout excitée.

Tab, qui s'ennuyait, enfonça l'emporte-pièce dans la pâte à pain d'épices.

— C'est bon, on peut les faire cuire ?

Mary se leva.

— Absolument. On va les mettre au four.

Gayle se leva à son tour.

— Maman ? demanda Samantha en rabattant l'écran de son portable. Je pourrais te parler quelques minutes ?

— Bien sûr.

Gayle ôta son tablier.

— Dans la bibliothèque ?

— Je veux aller avec mamie, s'exclama Tab, abandonnant ses rennes au pain d'épices.

Ella voulait accompagner sa mère, elle aussi. Elle voulait être présente au cas où sa sœur serait bouleversée. Au cas où elle aurait besoin d'elle. Mais ce n'était pas la bonne chose à faire. En fin de compte, chacun devait mener ses propres combats et trouver sa propre force. Sa mère avait eu raison là-dessus.

Elle souleva Tab.

— On a beaucoup de choses à faire ici, et mamie va bientôt revenir.

Sa sœur avait besoin de passer du temps avec leur mère en privé.

Gayle

La bibliothèque était probablement la pièce qu'elle préférait dans cette maison. Les étagères s'étendaient du sol au plafond, tandis que des couronnes de verdure élaborées encadraient la cheminée. Du lierre entrelacé avec du houx. Des branches de sapin aux aiguilles duveteuses.

Ici, l'atmosphère chaleureuse vous enveloppait comme une douce couverture et vous entraînait dans un autre monde, ce que Gayle trouvait logique. Après tout, n'était-ce pas le rôle des livres ? Elle s'était glissée plusieurs fois dans cette pièce au cours des derniers jours, s'était installée dans l'un des fauteuils confortables, avait mis ses écouteurs pour écouter son Puccini adoré tout en regardant inlassablement la neige tomber par la fenêtre. De temps en temps, elle avait fait une pause pour répondre à des e-mails, mais Simon s'en sortait très bien tout seul, et il ne s'agissait la plupart du temps que de mises à jour. Après y avoir mûrement réfléchi, elle avait écrit à Cole : elle lui avait présenté ses excuses pour lui avoir fait manquer l'enterrement de sa grand-mère et avait promis d'être plus souple à l'avenir. En repensant à certaines des choses qu'ils avaient dites lorsqu'elle gisait sur le sol de son bureau, à moitié consciente, elle en rougissait encore. Elle ne voulait pas être cette femme pour laquelle ils la prenaient. Elle devait encore trouver comment adapter son travail à cette nouvelle version d'elle-même mais, pour l'instant, ce n'était pas sa priorité.

Deux profonds canapés se faisaient face de part et d'autre d'un tapis, mais Samantha marcha jusqu'à la fenêtre sans s'y arrêter.

Remarquant combien ses épaules étaient crispées, Gayle referma la porte derrière elle. Quelle que soit la nature de leur conversation, elle devait avoir lieu en privé.

Samantha était perturbée lorsqu'elle avait quitté la pièce la veille. Contrairement à Ella, dont les réactions avaient été spontanées, franches et immédiates, elle n'avait rien laissé transparaître.

C'est ma faute, songea Gayle en observant sa fille lutter pour entamer une discussion qu'elle ne voulait pas avoir. *Tout ça, c'est ma faute. Je lui ai appris à être prudente. À ne dépendre de personne. À se protéger.*

Maintenant, elle se protégeait de sa mère.

Il y avait un mur entre elles. C'était à Gayle de le démonter, brique par brique, et de s'assurer, d'une façon ou d'une autre, que leur relation ne reste pas prisonnière des décombres.

— Tu n'as pas à peser tes mots, Samantha. Dis-moi ce que tu veux dire, c'est tout. Je t'écoute.

Cette proposition arrivait-elle trop tard ? Pourvu que non.

Samantha se tourna vers elle. La femme d'affaires compétente, qui avait conçu un plan d'ensemble visant à faire de Kinleven une entreprise rentable au lieu d'un gouffre financier, avait disparu. On ne lisait plus en elle que le stress et la vulnérabilité.

— Je suis désolée d'être partie comme ça hier soir. Tu as dû penser…

— J'ai pensé que tu avais besoin de temps. Tu étais déjà comme ça quand tu étais petite. Tu devais réfléchir attentivement avant de prendre une décision. C'est une qualité.

Écoute, c'est tout. Laisse-la parler.

Elle n'avait pas de conseils en réserve pour régler cette situation.

Elle ne pouvait pas ouvrir un livre à un chapitre donné et suivre une recette.

Samantha resta immobile, les mains serrées devant elle, comme si elle s'apprêtait à faire un exposé face à un public.

— On n'a pas reparlé de la dernière fois qu'on s'est vues.

Devaient-elles remonter aussi loin dans le passé ? Maintenant qu'elle avait commencé à aller de l'avant, Gayle voulait continuer sur cette voie.

— Si c'est ce que tu veux, alors bien sûr, commençons par là.

— Je suis désolée pour ce que j'ai dit ce jour-là.

Les doigts de Samantha étaient entrelacés. Crispés, noués, comme le ventre de Gayle.

C'étaient les excuses qu'elle avait attendues, pourtant elle se rendait compte qu'elle n'en voulait plus.

— Tu n'as pas à être désolée de quoi que ce soit.

— J'ai dit…

Samantha déglutit, avant de reprendre :

— Je t'ai traitée de mère horrible.

Comme si elle avait oublié… Ces mots avaient arraché le fil ténu qui les reliait l'une à l'autre. Une barrière impénétrable s'était dressée entre elles, et elle avait laissé sa peine et son orgueil l'empêcher de trouver comment la franchir.

— J'ai peut-être été une mère horrible.

Elle pensa à Mary et à leur conversation sur la complexité de la parentalité. Il fallait peut-être avoir des enfants pour comprendre.

— Ce n'est pas une excuse, mais ce n'était pas mon intention, expliqua Gayle. Je n'ai voulu agir que dans ton intérêt dès l'instant où tu es née.

— Je m'en rends compte maintenant. On ignorait tant de choses sur toi. Je n'aurais pas dû dire ce que j'ai dit.

— Non, au contraire, tu as eu raison. J'étais inflexible et moralisatrice. J'ai fait beaucoup de peine à Ella et, au lieu de m'excuser, je vous ai fait fuir toutes les deux. Tu protégeais ta sœur.

— C'est ce que je croyais mais, à présent, je me demande si je lui ai vraiment rendu service en agissant ainsi. J'y ai beaucoup réfléchi. J'aurais dû l'encourager à être honnête avec toi à propos de sa vie, et puis la soutenir après.

En somme, Samantha sous-entendait que sa sœur aurait eu besoin de soutien après avoir dit la vérité à sa mère.

Ce n'était pas flatteur.

— C'était entièrement ma faute. Je n'avais pas à te mettre dans cette position. C'était à moi de voir ce qui se passait.

— J'aurais dû me manifester par la suite, poursuivit Samantha en butant un peu sur les mots. Je t'aurais contactée, mais c'est devenu… compliqué.

— Parce que ta sœur avait un bébé. Et un mari.

Gayle s'efforça de détendre un peu l'atmosphère.

— « Compliqué » est un euphémisme.

— Il n'y a pas que ça.

Samantha fit une pause, puis reprit :

— Je ne suis pas douée pour parler de ce que j'éprouve. Je trouve ça… difficile. J'en ai, des sentiments. Je ressens plein de choses…

En voyant son sourire timide, Gayle se demanda si ce n'était pas une découverte récente.

— Évidemment. Et c'est à cause de moi que tu as du mal à les exprimer, alors ne te fais pas de reproches.

Samantha secoua la tête.

— Je suis adulte. Peu importe ce qui est arrivé par le passé, je suis responsable de mon comportement actuel. C'est un choix, n'est-ce pas ?

Gayle sourit.

— Peut-être, même si ça donne l'impression que c'est simple, alors que ce n'est pas le cas, comme on le sait toutes les deux.

— Je me sens affreusement mal, maman.

— Pourquoi te sentirais-tu mal ?

Samantha se passa la main sur la nuque.

— Parce que ça a été très dur pour toi, et qu'on n'en avait pas la moindre idée. On pensait que tu étais une espèce de robot, froid et professionnel, et qu'on ne deviendrait jamais ce que tu attendais de nous. Et puis il y a aussi le fait que, pendant des années, j'ai imaginé à quoi ressemblait mon père, et il s'avère qu'il n'était pas du tout comme ça…

Elle pressa les paumes sur ses joues et inspira profondément.

— On ne… comprenait pas. Je regrette que tu ne nous aies rien dit.

— Je pourrais dire « moi aussi », mais je ne suis pas sûre que ce soit vrai. Je ne pense pas que j'aurais été capable un jour d'imposer le fardeau de mes problèmes à mes filles.

— Ce que tu as accompli…

Les yeux de Samantha étaient remplis de larmes.

— C'est incroyable, maman. J'ai lu ton livre.

— Lequel ?

— Les deux. Je les ai lus hier soir. Tu dois être surprise que je ne les aie pas lus avant.

Était-elle surprise ? Pas vraiment. Par moments, elle avait eu l'impression que Samantha rejetait tout ce qui venait d'elle.

— Ça n'a pas d'importance. Tu n'as pas à te justifier.

Elle ne lui dit pas qu'après son accident elle avait perdu toute confiance en ce qu'elle croyait et disait. Ni que c'était son amitié naissante avec Mary qui avait fait renaître quelques bribes de sa confiance en elle. Le fait qu'elle soit ici en ce moment, capable d'avoir cette conversation, était en partie dû à Mary.

— Toutes mes amies te vouaient un culte. Elles trouvaient que tu étais une source d'inspiration. Une championne acharnée de la cause des femmes et une mère cool.

Samantha esquissa un sourire.

— Elles m'enviaient. Elles voulaient ce que j'avais. Et, moi, je voulais ce qu'elles avaient. Des mères dont les accomplissements n'étaient pas aussi quantifiables. Qui ne leur donnaient pas de sentiment d'infériorité. Je m'en voulais de ne jamais réussir à être ce que tu attendais de moi malgré tous mes efforts. Je n'arrêtais pas de me comparer et de conclure que je n'étais pas à la hauteur. Je pensais que tout le monde te plaignait parce que tu avais une fille comme moi.

— Oh ! Samantha…

Apprendre qu'elle avait blessé l'enfant qu'elle avait tenté de protéger lui causa une douleur indescriptible. Elle n'en avait eu aucune idée. Elle n'avait pas vu à quel point Samantha était vulnérable.

Elle avait donné des conseils sur de nombreux aspects de la vie et du changement, mais elle ne savait pas comment se convaincre elle-même. Elle devait cesser de vouloir changer les décisions qu'elle avait prises autrefois. De vouloir se servir de tout ce qu'elle avait appris au cours de sa vie pour l'appliquer dès le début. Avoir du recul n'était pas qu'une question de timing. La sagesse et l'expérience intervenaient aussi.

S'approchant de Samantha, Gayle prit ses mains entre les siennes. Elle lui dénoua les doigts et les massa.

— J'étais fière de toi. Même quand tu t'opposais à moi, j'étais fière, parce que je voyais que tu étais forte et que tu serais capable de supporter ce que la vie te ferait subir. J'aurais dû te le dire tous les jours, pour que tu n'en doutes jamais. J'ai toujours été fière de toi, et je suis fière de la façon dont tu aimes ta sœur et de tes efforts pour essayer d'aider cette famille.

— J'aurais aimé m'y prendre autrement.

Moi aussi, j'aurais aimé m'y prendre autrement.

— Tu t'es protégée, et c'est moi qui t'ai toujours encouragée à le faire. Et tu as protégé Ella. Tu es une sœur merveilleuse.

Sans lâcher la main de sa fille, elle poursuivit :

— Quand on devient mère, on nous parle de l'alimentation et du sommeil, mais personne ne nous dit jamais qu'un jour on aura peut-être envie de revenir en arrière pour prendre des décisions différentes.

— Je n'en sais rien, répondit Samantha en secouant la tête. Je n'ai pas d'enfants. Je n'arrive même pas à concevoir ce que tu as vécu. Ça a dû être tellement dur. Je suis fière de toi, maman. J'aurais dû te le dire plus tôt.

Quand les larmes se mirent à couler sur les joues de Samantha, Gayle la prit dans ses bras, ce qu'elle n'avait pas fait depuis que sa fille était petite.

— Là, là…

Elle la serra contre elle et lui caressa doucement les cheveux, jusqu'à ce que Samantha s'écarte en reniflant.

— Est-ce qu'on peut tourner la page sur tout ça ? J'y tiens vraiment.

Gayle, qui avait pourtant l'habitude de maîtriser ses émotions, découvrit qu'elle avait perdu cette capacité.

— C'est aussi ce que je veux.

— Je suis désolée…

Samantha renifla de nouveau et se frotta la joue.

— Tu m'as élevée dans l'idée de ne jamais pleurer.

— Et j'avais tort. Je t'ai appris à ne pas laisser tes émotions guider tes choix…

Gayle sortit un mouchoir dans son sac et le lui tendit.

— Tiens. Heureusement, ta sœur a ignoré mes conseils et a vécu sa vie. Mais, de ton côté, tu as du mal à dévoiler tes sentiments.

Samantha se moucha.

— J'essaie de changer ça. Encore un choix.

— En effet. Et c'est ce que je fais aussi.

Gayle désigna son pull mauve pâle.

— J'apprends à porter autre chose que du noir.

— Ça te va bien.

— Et tu étais superbe dans ce manteau rouge que tu portais à l'hôpital l'autre jour. Éblouissante.

— Tu as dit…

— Je sais ce que j'ai dit, et ça me gêne de m'en souvenir. Tu as un excellent sens du style.

Elle se redressa.

— Si tu acceptais de m'accompagner pour choisir de nouveaux vêtements, ça m'aiderait beaucoup. J'ai adopté le thème « sirène » pour ce voyage, mais j'ai besoin de tenues professionnelles qui ne donnent pas l'impression que je vais nager dans l'océan ou me rendre à un enterrement après le travail.

— Bien sûr.

Samantha esquissa un sourire.

— Tu devrais venir passer quelques jours chez moi à Boston, et on irait faire les magasins.

Gayle dut réprimer ses émotions. Elle allait faire les magasins avec sa fille. Elle allait séjourner chez sa fille.

— Ça me plairait beaucoup. Tu vis seule ? Ella m'a dit que tu avais récemment rompu avec quelqu'un.

— C'est exact. Mais cette rupture était plutôt mutuelle et on n'a jamais vécu ensemble. Cet homme… ce n'était pas le bon.

Gayle pensa aussitôt à Brodie, mais garda le silence. Sa relation avec sa fille ne l'autorisait pas encore à poser ce genre de questions. Un jour peut-être, avec un peu de chance.

Samantha la regarda.

— Et toi ? As-tu déjà envisagé de fréquenter quelqu'un ?

— Au début, je n'y pensais même pas. Ce n'était pas possible. J'étais trop occupée à construire une vie pour nous trois.

Elle marcha jusqu'à la fenêtre.

— Et puis je n'avais aucune confiance en moi. J'avais pris la pire des décisions par le passé. Comment être sûre que je n'allais pas recommencer ? Ça aurait été trop risqué. Pas seulement pour moi, mais aussi pour vous. Et après votre départ de la maison… eh bien, je suppose que j'ai perdu la main.

La vie qu'elle s'était bâtie n'incluait personne d'autre.

Samantha souleva la carafe posée sur l'une des tables basses et se versa de l'eau.

— Si tu dis ça à Ella, elle va t'inscrire sur un site de rencontres en ligne.

Gayle se mit à rire.

— Ça semble terrifiant.

— Je suis contente que tu sois venue passer Noël avec nous, déclara Samantha en reposant son verre.

— Moi aussi.

Malgré quelques moments délicats, ces vacances étaient une réussite.

Pour la première fois depuis son arrivée, Gayle était vraiment optimiste. Ses filles et elle se parlaient. Avec honnêteté. Pour la première fois de leurs vies. En admettant que le dialogue continue, l'avenir s'annonçait prometteur.

Elle allait peut-être contacter ses éditeurs pour leur suggérer d'ajouter un chapitre au *Choix, pas la chance*. Elle devait apporter des précisions sur le fait que les choix pouvaient évoluer au fil de la vie. Peut-être ajouter un chapitre sur les choix éducatifs. Mary partageait ce sentiment. Il y avait certainement d'autres personnes qui s'interrogeaient sur les décisions qu'elles avaient prises. La culpabilité était peut-être un sentiment inévitable dans la parentalité. La culpabilité quant aux choix qu'on avait faits et quant à ceux qu'on n'avait pas faits. Les mères qui travaillaient, les mères au foyer. Les parents stricts, les parents progressistes. Existaient-ils des gens qui avaient l'impression d'avoir tout réussi ? Et comment en être sûr ? Il n'y avait aucune façon de savoir comment les choses auraient tourné si on avait pris une autre décision. On ne pouvait pas emprunter la même route deux fois. Et, au milieu de tout ça, il y avait l'enfant. Un être indépendant. Un individu unique.

C'était peut-être le sujet d'un autre livre. Une bouffée d'énergie l'envahit, comme chaque fois qu'elle se lançait dans un nouveau projet. Quel en serait le titre ?

Elle fut tirée de ses pensées par l'irruption de Tab dans la bibliothèque. Elle tenait le renne en peluche que Gayle lui avait donné. Bear surgit derrière elle, agitant la queue.

— Mamie ! Tu m'achèteras un chien pour Noël ?

— Non, mamie ne t'achètera pas de chien pour Noël, s'exclama Ella, qui la talonnait. Désolée de vous déranger. Elle est excitée comme une puce. Samantha, Mary veut te parler avec Kirstie et Brodie. Elle a des questions à poser.

— Pas de problème.

Samantha était à nouveau en mode professionnel. Après avoir souri à Gayle, elle sortit de la pièce.

— Tu peux garder Tab une demi-heure, maman ? demanda Ella.

Elle semblait éreintée.

— Michael et moi, on doit emballer quelques cadeaux.

— Des cadeaux ? demanda Tab en se mettant à sautiller sur place. Je veux emballer des cadeaux !

— Tu vas rester avec mamie.

— Mais…

— Ça nous arrive de négocier, mais pas maintenant.

Ella embrassa sa fille sur la tête.

— Reste avec mamie. Sois sage.

Alors qu'Ella sortait en refermant la porte derrière elle, Gayle choisit un livre sur une étagère. Quelques minutes de tranquillité avec sa gentille petite-fille étaient exactement ce qu'il lui fallait.

— Viens t'asseoir avec mamie. On va lire ensemble.

— Je ne veux pas lire. Je veux emballer des cadeaux.

Tab courut vers la porte, et Gayle l'attrapa juste avant qu'elle ne l'ouvre.

Elle souleva l'enfant dans ses bras.

Sa fille lui avait demandé de s'occuper de Tab, et c'était ce qu'elle allait faire.

— Mais il y a plein de choses amusantes que j'ai envie de faire avec toi.

— Je veux emballer des cadeaux !

Tab gigota et se débattit jusqu'à ce que Gayle n'ait plus d'autre choix que de la lâcher ou de la poser.

Elle lança la première chose qui lui vint à l'esprit :

— Si tu ne veux pas lire, on peut peut-être faire une carte pour papa et maman.

— Je ne veux pas faire de carte.

Tab se rua de nouveau vers la porte. Cette fois, quand Gayle l'attrapa, elle se jeta à terre en hurlant.

Gayle était atterrée. Un monstre avait pris la place de sa douce petite-fille.

En essayant de la relever, elle reçut un coup de pied sur le visage.

— Aïe…

Elle se frotta la mâchoire.

— Tab, arrête ça tout de suite.

— Je veux maman !

En se tortillant, la fillette frappa du pied l'une des décorations du sapin. L'objet éclata en morceaux sur le parquet en chêne.

— Tab ! Calme-toi. Tu vas te couper.

Elle devait balayer les débris avant que l'un des éclats ne blesse Tab ou le chien. Elle essaya de soulever Tab, mais l'enfant était une cible mouvante, et qui plus est étonnamment forte. Gayle prit un coussin sur le canapé et le posa sur l'ornement brisé.

Elle était dépassée. Elle n'avait pas affronté d'enfant de cet âge depuis des décennies. En général, Tab était enthousiaste et coopérative, mais aujourd'hui elle était fatiguée et grincheuse.

Ignorant sa mâchoire douloureuse, Gayle essaya l'amour.

— Ma pauvre petite puce… Viens faire un câlin à mamie.

— Je veux que Noël soit maintenant.

— Eh bien, demain, c'est le réveillon, alors ce n'est pas dans longtemps.

Le visage de Tab se décomposa.

— Je veux que le Père Noël passe maintenant.

Gayle aussi. Elle voulait que quelqu'un vienne la sauver. N'importe qui. Le Père Noël ferait l'affaire. Elle ne s'était jamais sentie aussi impuissante de sa vie. Elle n'avait pas la moindre idée pour calmer Tab, et elle ne voulait pas déranger Ella. Quel genre de grand-mère était-elle si elle ne pouvait pas occuper une enfant de presque cinq ans pendant trente minutes ?

— Je veux maman !

— Maman est occupée pour l'instant, mais…

Tab lui donna un nouveau coup de pied, cette fois assez fort pour que Gayle manque perdre l'équilibre.

— Ça suffit ! Tab, tiens-toi bien. Tu es très vilaine.

La petite fille se mit à pousser des cris qui firent revenir Ella au pas de course.

— Mais qu'est-ce qui se passe ici ? C'est quoi, tout ce bruit ?

Les braillements de Tab augmentèrent en volume.

— Mamie est fâchée. Mamie dit que je suis vilaine.

Une vague de désespoir submergea Gayle. Juste au moment où elle pensait que tout allait bien… Si elle disait à sa fille que Tab l'avait frappée, elle aurait tout l'air d'une petite fille elle-même.

C'est elle qui a commencé.

Elle brûlait du besoin de montrer à Ella qu'elle pouvait gérer la situation.

— Tab…

— Va-t'en ! Je te déteste, mamie. Je te déteste et je ne veux plus jamais jouer avec toi.

Gayle eut l'impression de se faire transpercer le cœur.

— Tab, fit Ella.

Elle s'agenouilla à côté de sa fille et l'enlaça, ignorant les poings qui volaient et les talons qui martelaient le sol.

— Fais attention à la décoration brisée… J'ai peur pour tes genoux et pour les pattes du chien.

Gayle essaya de ramasser les débris, tandis que Tab frissonnait, puis s'affalait contre sa mère.

— Je ne veux pas jouer avec mamie.

— Chut, répondit Ella en la berçant.

Avec la sensation d'avoir tout raté, Gayle sortit de la pièce en silence.

Elle ne savait pas vraiment ce qu'elle avait raté, mais elle avait dû faire quelque chose de vraiment mal puisque Tab la détestait à présent.

Alors qu'elle pensait que tout allait bien… Alors qu'elle commençait à éprouver de l'espoir… Elle avait fait tellement d'efforts pour retisser les liens familiaux, et maintenant ils étaient à nouveau rompus, et c'était sa faute. Elle avait été une mère horrible et, apparemment, elle était aussi une grand-mère horrible.

Trente minutes. Était-ce vraiment si compliqué de s'occuper d'un enfant pendant trente minutes ?

Quelle opinion Ella devait-elle avoir d'elle ? Et maintenant, que faire ? Devait-elle partir ? Était-ce même possible, si près du réveillon ? Elle ne voulait pas gâcher leur Noël en famille, mais elle ne supportait pas l'idée de les quitter et de passer les fêtes toute seule dans son appartement.

Après avoir fermé la porte de sa chambre, elle lâcha les fragments de la décoration dans la poubelle et s'assit au bord du lit.

Les livres qu'elle avait achetés pour apprendre à être une bonne grand-mère la narguaient depuis le rebord de la fenêtre.

Je te déteste, mamie.

Elle resta assise à ressasser ses échecs pendant ce qui lui sembla être des heures.

Partir ? Rester ? Que faire ?

Elle pesait encore le pour et le contre lorsqu'on frappa à la porte.

— Maman ?

La porte s'ouvrit. C'était Ella. Gayle se redressa un peu, se préparant pour ce qui allait suivre.

— Entre, Ella. Je ne sais pas quoi dire. Je…

— Tab a d'abord quelque chose à te dire.

Elle poussa le battant et fit quelques pas dans la pièce. Tab était à ses côtés, le visage tout marbré d'avoir pleuré.

— Tab ? lança Ella d'une voix calme. Qu'est-ce que tu voulais dire à mamie ?

Tab se mit à courir et se jeta sur Gayle, manquant de la renverser sur le lit.

— Je suis désolée, mamie.

Elle enfouit le visage dans le cou de Gayle et s'accrocha à elle.

— Pardon d'avoir dit des choses méchantes.

Ella attendit un instant, avant de demander :

— Quoi d'autre, Tab ?

La petite se blottit contre Gayle.

— Pardon de t'avoir tapée et de t'avoir fait mal. Ce n'était pas bien.

Profondément soulagée, Gayle la serra contre elle.

— Ce sont de jolies excuses. Tu es vraiment une grande fille.

— Je t'aime, mamie. Tu m'aimes ?

— Oui. Oui, absolument.

Tab regarda sa mère, qui lui sourit.

— Tu peux aller voir papa, maintenant.

L'enfant fila en trombe, laissant Gayle seule avec sa fille.

— C'est sûrement moi qui devrais m'excuser. Tu avais besoin d'une demi-heure, et je n'ai réussi à te donner que dix minutes.

Ella s'assit à côté d'elle en riant.

— Tu as déjà réussi à tenir dix minutes, alors bravo. Ce n'est pas facile de gérer une Tab surexcitée par l'approche de Noël.

— Mais tu y arrives tellement bien. Tu n'en fais pas une montagne et tu restes très calme.

— Ce n'est pas facile. Je me demande tout le temps si ça va marcher, si c'est la bonne stratégie. La seule chose qu'on peut faire, c'est essayer de prendre la meilleure décision possible dans une situation donnée.

Ella fit une pause.

— Ce qui est exactement ce que tu as fait avec nous.

— Mais est-ce que j'ai fait ce qu'il fallait ? Je me suis peut-être trompée. J'ai peut-être été une horrible mère. Peut-être que je vais être une horrible grand-mère.

— Non ! s'exclama sa fille en lui serrant la main. Je sais que Tab t'a fait de la peine, et j'en suis désolée, mais ce n'est qu'une enfant, maman. Elle débite ces choses-là quand elle est fatiguée. Elle est encore très jeune et elle a du mal à contrôler ses émotions. Tu ne dois pas attacher trop d'importance à ce qu'elle dit. Parfois, le mieux, c'est d'attendre que ça passe et de ne pas examiner ça de trop près.

— Je n'arrête pas de me dire que j'aurais dû…

— Eh bien, ne le fais pas. Ce n'est pas facile de s'occuper de jeunes enfants. J'adore être mère, mais ça ne signifie pas que, certains jours, je n'attends pas Michael avec impatience pour pouvoir respirer cinq minutes. Comment as-tu pu gérer tout ça toute seule ? Je n'en ai aucune idée. Je suis épuisée. Je vais avoir besoin que le Père Noël m'apporte de l'aspirine.

Ella s'affala sur le lit et ferma les yeux.

— Tu es une mère merveilleuse, Ella. Tab a de la chance, affirma Gayle en frottant l'épaule de sa fille. Tu veux que j'aille te chercher des cachets ?

— Non, ça ira, mais merci.

Ella se redressa.

— Cinq minutes de tranquillité avec ma mère, et ça partira tout seul. Je suis vraiment contente que tu sois venue. Et toi ? Ou est-ce que cette affreuse rencontre avec l'autre personnalité de ma fille t'a poussée à réserver un billet de retour ?

— Je suis ravie d'être venue.

— Quand on rentrera aux États-Unis, tu viendras passer

quelques jours chez nous ? On vit dans une grande maison au bord de la rivière. Avec un grand jardin.

Ella se tut quelques secondes, avant de reprendre :

— Je ne t'oblige à rien. Tu seras sûrement très occupée à te remettre au travail après ta blessure. Je sais que tu as déjà pris plus de congés que tu ne l'as fait en dix ans.

— J'adorerais venir chez vous. Merci. J'ai hâte de voir votre maison. Et le travail ne sera pas un problème. Je crois que j'ai gagné le droit de lever un peu le pied. J'ai déjà décidé de déléguer plus de tâches. J'aimerais prendre le temps d'apprendre à être une grand-mère. J'aimerais être là pour toi, pour que tu puisses prendre cinq minutes pour aller aux toilettes sans que Tab t'inonde de questions à travers la porte. Je vais me renseigner sur ce qu'on doit faire quand les enfants sont fatigués. Qu'en dis-tu ?

Ella sourit.

— Je pense que Tab a beaucoup de chance d'avoir une grand-mère qui s'intéresse à elle autant que toi.

L'approbation audible dans sa voix balaya les doutes et l'incertitude que Gayle avait ressentis.

— Je l'espère, déclara-t-elle, assise tout près de sa fille. Je vais tout faire pour.

Kirstie

Ils étaient dans la cuisine, comme ils l'avaient si souvent été, petits, et que le mauvais temps les obligeait à rester à l'intérieur. Debout au fourneau, sa mère mélangeait quelque chose dans une poêle, tandis que son frère, tête baissée, se concentrait sur ses calculs. L'air sentait le pain chaud, ce qui la ramena à son enfance.

Tout était tellement familier, et pourtant ça ne l'était pas parce que son père aurait dû être là, lui aussi, assis à sa place habituelle en bout de table, son journal ouvert devant lui, un mug de thé fumant à portée de main.

Kirstie n'était pas encore habituée au fait qu'ils ne seraient plus jamais quatre. Son père était mort depuis presque un an, mais c'était toujours un choc de ne pas le voir quand elle entrait dans la cuisine.

Elle n'aurait jamais imaginé que quelqu'un puisse autant lui manquer.

— Mange quelque chose, Kirstie, déclara sa mère en posant une assiette devant elle. Tu n'as rien avalé tout à l'heure, et tu as besoin de toute ton énergie.

L'assiette contenait des œufs brouillés bien crémeux, saupoudrés de poivre noir, et des toasts, découpés dans le pain qui embaumait encore la cuisine.

Sa mère pensait que la nourriture guérissait tout.

Pour ne pas la blesser ou attirer l'attention sur elle, elle leva sa fourchette jusqu'à sa bouche sans enthousiasme. Mais, devant une telle perfection, elle décida que sa mère avait peut-être raison.

— Elle a l'air de savoir de quoi elle parle, je te l'accorde.

Elle prit une autre bouchée.

— Mais si je passe mon temps à l'extérieur avec les rennes…

Et elle en rêvait. Elle voulait retourner s'occuper de ses animaux au lieu d'avoir affaire à des gens.

— … ça va te faire beaucoup de travail, maman.

Elle se sentait coupable. Elle devait rester au manoir avec sa mère et se retrousser les manches. À cette pensée, elle eut l'impression qu'un énorme poids s'écrasait sur sa poitrine. Dès qu'elle était à l'intérieur, elle ne cessait de regarder par la fenêtre, brûlant d'envie d'être dehors.

— J'ai déjà parlé à Eileen, au village, répondit sa mère en les rejoignant à table, une tasse de café à la main. D'après elle, sa nièce serait ravie de venir m'aider. Si elle fait ses preuves, on officialisera.

— Ça va être dur.

— Tu crois vraiment que j'ai peur de travailler dur ? Je n'ai jamais voulu d'un emploi de bureau, c'est vrai. Un métier avec des horaires classiques, très peu pour moi. Tu le comprends, puisque tu n'as jamais voulu ça non plus. Je n'imagine pas ma vie sans cet endroit et sans ces montagnes. De cette façon, j'ai les deux. Et tu peux être avec les rennes. On dirait qu'ils vont tenir une place importante dans le futur projet.

— Bon, si tu en es sûre…

Libérée de la pression de la culpabilité, Kirstie se laissa aller à éprouver un début d'enthousiasme. Plus de lits à défaire. Plus de fenêtres à nettoyer, de coussins à gonfler ou de vaisselle à faire. Elle allait être dehors. Elle aurait les orteils gelés au lieu d'avoir les mains fripées, ce qui lui convenait tout à fait.

Sa mère posa sa tasse sur la table et commenta :

— J'en suis sûre, même si j'apprécierais que vous preniez les choses en main pendant quelques semaines en avril si on accueille des gens à ce moment-là.

Kirstie mordit dans sa tranche de pain grillée.

— Que se passe-t-il en avril ? Où vas-tu ?

— Je vais à New York, chez Gayle. Elle m'a invitée et j'ai accepté.

— New York ? s'exclama-t-elle en reposant son toast. Mais…

Elle échangea un regard avec son frère.

— … tu n'as jamais voyagé ailleurs qu'en Europe. Papa et toi, vous avez toujours…

— On ne s'est jamais beaucoup éloignés. Je sais. Mais il n'y a plus que moi. Et je vais aux États-Unis pour voir Gayle. Elle va me faire visiter la ville. On va passer du temps ensemble. Elle va organiser un rendez-vous avec son éditeur pour discuter de notre projet de livre. Je vais probablement devoir confectionner quelques mets écossais que j'apporterai à ce rendez-vous.

Elle serra sa tasse entre ses mains.

— Est-ce que ça me rend nerveuse ? Oui, mais je vais quand même le faire.

Brodie sourit.

— Bravo, maman. C'est super. Inspirant.

— Gayle est une femme qui inspire.

Mary abandonna son café pour sortir un livre de son sac.

— *Le Meilleur de toi.* Je l'ai lu par politesse, parce que je voulais en savoir plus sur la famille, mais j'ai fini par souligner des passages entiers.

Elle le poussa sur la table en direction de Kirstie.

— Tu devrais le lire. Mais j'aimerais le récupérer quand tu auras fini.

Kirstie prit l'ouvrage sans le regarder. Elle était trop occupée à dévisager sa mère.

— Tu as l'air différente. Hier encore, tu étais tellement triste…

— Je suis toujours triste. Une partie de moi sera toujours triste, et il y a des jours où cette tristesse m'écrase. Mais la vie nous contraint parfois à des changements qu'on n'aurait pas choisis, et c'est ce qui s'est passé. Je n'ai pas choisi de perdre Cameron, mais j'ai la possibilité de décider de ma vie à partir de maintenant. Il me manque terriblement, mais j'ai la ferme intention de sortir de mon lit et de continuer à vivre, même si c'est très dur. Et tous mes souvenirs peuvent m'accompagner.

Ils vivaient tous leur deuil de façon différente, songea Kirstie. Elle le gérait en s'immergeant dans le travail physique. Ses activités lui avaient manqué, et elle avait hâte de retrouver ses habitudes.

— Est-ce que ça va marcher, Brodie ? Vraiment ?

Elle s'était opposée à l'idée mais, à présent, elle voulait vraiment que ça fonctionne.

— Tu parles du côté financier ? demanda-t-il en remontant ses lunettes sur son nez. Tu as vu les chiffres. Oui, ça va marcher, à condition que les clients paient ce que Samantha prévoit. Et à condition qu'il y ait assez de réservations.

— Et ce sera le cas ?

— Il n'y a rien de garanti, mais elle sait ce qu'elle fait. Elle est impressionnante.

— Tu es bien placé pour le savoir. Tu as passé assez de temps avec elle ces derniers jours pour te faire une idée.

Elle fut ravie de le voir rougir. Pas parce qu'elle avait un fond sadique – même si c'était toujours agréable de taquiner son frère –, mais parce que cette réaction prouvait qu'elle ne s'était pas trompée. Les échanges de regards qu'elle avait observés, les doigts qui s'effleuraient lorsqu'ils se passaient les papiers… tout cela signifiait quelque chose. Il tenait à cette femme, et c'était une bonne nouvelle. Elle savait tout ce qu'il avait sacrifié pour revenir ici et ne voulait que son bonheur.

— Détends-toi. Je l'aime bien. Beaucoup, même. Et tu as raison : elle est impressionnante. Elle sait de quoi elle parle, elle n'a pas peur de se casser un ongle et elle ne s'est pas énervée quand Bear lui a pissé sur la jambe parce qu'il était tout excité. Alors elle a mon vote.

— Ton vote pour quoi ?

— Pour…

Elle devait faire attention à ne pas tirer sur la corde parce qu'elle ne voulait pas le braquer.

— … la fonction que tu décides de lui donner, quelle qu'elle soit.

— Consultante.

Brodie laissa échapper les papiers qu'il tenait. Visiblement troublé, il les ramassa.

— Elle est notre partenaire dans cette aventure, je suppose, ajouta-t-il.

— Partenaire. C'est ça.

Kirstie essaya de cacher son sourire, tandis qu'il soupirait et reposait les documents.

— Ça va être comme ça, maintenant ? Des sous-entendus et des clins d'œil coquins ? Parce que, si c'est ça, tu vas te prendre une boule de neige dans le cou.

— C'est possible. Trop tôt pour le dire.

Elle termina son petit déjeuner, puis repoussa son assiette.

— Ça dépend si ça m'amuse un peu ou beaucoup.

— Je ne trouve pas ça amusant du tout.

— Mais ça fait du bien à mon petit cœur romantique.

— Tu as un petit cœur romantique, toi ? Je n'étais pas au courant. Promets-moi que tu ne vas pas me mettre la honte le jour de Noël.

Savourant ce moment, Kirstie réfléchit.

— Je ne te promets rien.

Elle vit sa mère sourire.

— Qu'est-ce qu'il y a de drôle ?

— C'est de vous voir vous chamailler, comme avant. Ça me réchauffe le cœur.

— Ça te réchauffe le cœur de nous voir nous disputer ?

— Oui, parce que c'est normal. C'est comme ça que ça doit être. Ça me manquait.

Les taquineries entre frère et sœur, comme ils en avaient l'habitude avant que le chagrin et les aléas de la vie ne changent la donne.

— Alors c'est confirmé. Ça va être comme ça, maintenant, parce que ça fait du bien à maman.

Brodie eut un rire résigné.

— J'accepte de me sacrifier pour l'équipe, mais je t'en prie, évite de dire ça devant Samantha.

Mary se leva et retourna près du fourneau.

— Tant qu'on parle de ça, tu devrais savoir que, moi aussi, je l'aime bien, dit-elle.

— Parce qu'on parlait de ça ? Je croyais que c'était Kirstie qui monologuait. Mais si on parle de ça, c'est peut-être le bon moment pour rappeler qu'elle vit à Boston. Et puis elle vient de rompre avec quelqu'un.

Kirstie lui adressa un grand sourire.

— Elle est donc disponible pour une autre relation.

— Et tu aimes Boston, renchérit Mary en sortant du four une plaque de cookies à la cannelle. Tu as toujours aimé Boston.

— Même si on ne veut pas que tu déménages là-bas, s'empressa d'ajouter Kirstie. Tout ce qu'on dit, c'est que tu peux lui rendre visite.

— Je suis vraiment soulagé d'avoir votre permission.

Elle n'avait pas éprouvé une telle sensation de légèreté depuis longtemps et elle entrapercevait un avenir qui recelait peut-être des changements positifs. Des changements qui n'étaient pas synonymes de chagrin.

Elle attrapa *Le Meilleur de toi* et lut la quatrième de couverture. Elle lirait peut-être un chapitre. Où était le mal ?

Samantha

Tendue et nerveuse, Samantha attendait dans sa chambre. Tous les occupants de la maison s'étaient endormis depuis longtemps. Elle avait laissé son téléphone allumé, mais elle avait beau lui jeter de fréquents coups d'œil, l'écran ne s'illuminait pas.

Allait-il venir ? Aurait-elle dû lui signaler explicitement que c'était ce qu'elle voulait ? Mais quand ? Toute la journée, ils avaient été entourés de gens, occupés à cuisiner, à faire des projets, à jouer à des jeux.

À une ou deux reprises, elle avait croisé son regard et il avait souri. Mais elle, qui n'était pas douée pour les relations, ne savait pas ce que signifiait ce sourire. Elle ne comprenait rien à rien.

Pourtant, ce n'était pas comme si elle manquait complètement d'expérience. Elle était sortie avec d'autres hommes. Elle avait fréquenté Kyle pendant un an et elle n'avait jamais ressenti ça. Pas même au début de leur histoire, la période censée être la plus excitante. Elle n'avait jamais éprouvé une fraction de ce qu'elle éprouvait quand elle était avec Brodie.

Elle se laissa retomber sur le lit, repassant dans son esprit chacun de leurs moments de passion, parce que, apparemment, il risquait de ne jamais y en avoir d'autres. Pour la première fois de sa vie, elle s'était laissée aller, elle n'avait rien retenu. Elle lui avait donné accès à tout ce qu'elle ressentait, à tout ce qu'elle était. La

Samantha intérieure. Elle avait cru qu'il avait fait de même, mais elle s'était peut-être trompée, après tout ?

Les questions se bousculèrent dans sa tête jusqu'à ce que, épuisée, elle finisse par s'endormir.

Quand elle ouvrit les yeux, c'était le jour du réveillon, et elle était toujours seule dans son lit. Personne n'avait frappé à sa porte dans l'obscurité. Ce qui s'était passé dans le cottage au bord du loch ne s'était pas répété.

Elle se frotta le visage et regarda par la fenêtre.

La tempête était passée, laissant une couche de neige fraîche et un grand ciel bleu. Samantha devait se lever et reprendre le fil de sa vie, sans montrer aucune des émotions qui se déchaînaient en elle.

Elle le ferait, parce que c'était dans sa nature.

La journée passa dans un tourbillon d'activités bruyantes et joyeuses : construction de bonhomme de neige, balades en traîneau et emballage de cadeaux.

Le niveau d'excitation de Tab grimpa jusqu'à la stratosphère. C'était en partie dû à la perspective du passage du Père Noël, mais aussi à la quantité de gourmandises sucrées que Mary ne cessait de préparer en cuisine. Ella, Michael et Gayle s'amusèrent avec la petite fille, tandis que Kirstie s'occupait des rennes.

Brodie resta invisible toute la journée.

Kirstie avait mentionné qu'il était allé chercher quelque chose au village et travaillait désormais dans le cottage au bord du loch. Samantha l'imagina dans son bureau, tellement concentré qu'il en oubliait de boire son mug de café. Elle envisagea de marcher jusque là-bas pour lui faire la surprise, mais son bon sens l'en empêcha.

Ce serait incroyablement gênant. Il serait trop poli pour la rejeter. Quant à elle, elle avait trop de fierté et de dignité pour les mettre tous les deux dans cette position. Elle ne voulait pas passer le jour de Noël à se cacher derrière le sapin pour tenter d'éviter une rencontre embarrassante. Elle ne voulait pas se sentir mal à l'aise chaque fois qu'ils s'appelleraient à l'avenir à propos d'un client.

Le fait qu'il ne soit pas venu dans sa chambre la veille était probablement sa façon d'indiquer que, pour lui, cela n'avait été qu'une aventure d'un soir.

Il ne l'avait emmenée dans son chalet que parce qu'elle était bouleversée.

Il était gentil et bien élevé. Il n'avait fait que l'aider.

Elle lui avait dit qu'elle voulait voir des étoiles, et il lui avait donné des étoiles. Elle n'oublierait jamais ce moment. Ni la clarté du ciel nocturne, ni l'habileté de son baiser. Toutes ses sensations s'étaient confondues, et elle ne savait plus si certaines étoiles étaient de véritables astres ou si son corps brûlant de désir les avait imaginées.

Au lieu de se sentir triste, elle aurait dû être reconnaissante pour cette nuit avec lui. C'était une expérience inoubliable. Ce serait sa référence pour toutes ses autres relations. Elle savait désormais que ce qu'elle voulait n'était ni un rêve, ni un fantasme, ni quelque chose qui n'existait que dans les pages d'un roman.

Si on avait la chance de trouver la bonne personne, cela pouvait aussi arriver dans la vraie vie, comme c'était le cas pour sa sœur.

Fatiguée de sourire, elle alla se cacher dans la bibliothèque en expliquant avoir des cadeaux à emballer. Après avoir consulté ses e-mails, elle se mit au travail, tout en s'efforçant d'écouter la voix de la raison dans sa tête.

La nuit qu'ils avaient passée ensemble n'avait été que ça : une seule nuit.

Elle posa un cadeau sur le papier, l'emballa soigneusement et coupa une longueur de ruban.

Deux adultes consentants. C'était un type de relation tout à fait légitime.

Elle écrivit un nom sur l'étiquette, disposa le cadeau sur le côté et s'attaqua au suivant. Elle ne tarda pas à avoir une pile bien ordonnée, prête à être déposée sous l'arbre, dans le salon, où ils avaient décidé d'ouvrir leurs cadeaux le lendemain matin.

Tab avait déjà accroché sa chaussette, tandis que Samantha en avait rempli une pour sa sœur, comme elle le faisait tous les ans depuis la naissance d'Ella.

Comme elle n'avait plus de cadeaux à emballer, elle était tentée d'aller à la fenêtre pour essayer d'apercevoir le cottage. Mais elle s'obligea à rester assise et ouvrit son ordinateur portable.

Elle envoya des messages à son équipe et à ses clients, régla les problèmes urgents et lista les autres dans un mémo, pour s'en occuper après la période des fêtes. À travers la porte close, elle entendait les cris suraigus de Tab et les aboiements de Bear, sa nièce et le chien se pourchassant dans toute la maison.

Elle entendit aussi la voix de sa mère.

— Tab ? On laisse quelque chose à manger au Père Noël ? Un des gâteaux de Mary, peut-être ? Quelque chose à boire ?

Samantha leva les yeux de son e-mail. Sa mère venait-elle vraiment de dire ça ? Embrassait-elle enfin la magie de Noël ? Les miracles existaient peut-être, après tout.

Mais pas pour elle.

Résolue à ne pas s'apitoyer sur son sort, elle retourna à ses e-mails, n'écoutant qu'à moitié les réponses d'Ella aux questions de Tab.

— Vois-tu, je suis sûre qu'il aura faim.

— Mais il aura le temps de s'arrêter pour manger ? Ça ne va pas le mettre en retard ?

— Ça ne le mettra pas en retard.

— Il n'a pas un emploi du temps ?

Samantha referma son ordinateur, incapable de se concentrer pour la première fois de sa carrière.

Ça pouvait attendre. Tout pouvait attendre. Il y avait autre chose que le travail dans la vie.

Elle se leva, effrayée. D'où lui était venue cette pensée ? Que lui arrivait-il ? Pour une fois, la Samantha intérieure semblait prendre le dessus sur la Samantha extérieure.

Elle alla s'asseoir sur la banquette de fenêtre et se mit à contempler la neige. Pendant quelques minutes, elle fit semblant de ne pas espérer voir Brodie marcher à grands pas vers le manoir, pressé de venir lui parler.

De quoi avait-il eu besoin à la veille de Noël, qui l'oblige à se rendre au village de façon aussi urgente ?

Mettant un terme à sa contemplation, elle rejoignit les autres au salon. Elle joua avec Tab jusqu'à ce que la petite fille aille au lit. Un silence serein tomba alors sur la maison.

— À boire ! s'exclama Ella en s'affalant sur le canapé et en agitant la main. Michael, sers-moi un verre.

Il obéit en souriant et le lui tendit.

— Fatiguée ?

— Après toutes ces sorties au grand air et ces courses-poursuites ?

Visiblement heureuse, Ella replia les jambes sous elle. D'une main, elle se mit à taper un message sur son téléphone.

— C'est déjà le meilleur Noël possible, alors que le jour de Noël n'est même pas encore passé. À mamie. Et au Père Noël.

Elle leva son verre en direction de Gayle, qui s'était laissée tomber dans un fauteuil en face d'elle.

Samantha enviait le contentement de sa sœur. Elle n'avait jamais éprouvé ça. Elle avait passé sa vie à se battre et à se motiver pour aller de l'avant, à essayer de se dépasser, à travailler pour atteindre un objectif qu'elle n'avait même pas défini. Elle avait été là pour tout le monde, sauf pour elle-même.

Au moins, grâce à Brodie, elle savait désormais ce qu'elle voulait.

Son téléphone bipa, et elle vérifia l'écran. C'était un SMS de sa sœur.

Alors ? C'était aussi bon que dans les livres ?

Samantha lui lança un regard. Ella sourit et leva son verre pour un toast silencieux qui n'était réservé qu'à elles deux.

— Tab a insisté pour qu'on mette du lait pour le Père Noël, déclara Mary. Mais je pense qu'il préférerait probablement un bon verre de single malt.

Elle remplaça le lait par un verre d'alcool et fit un clin d'œil à Michael.

Gayle se leva.

— Il nous faut une botte, lança-t-elle. Et des cendres de la cheminée.

— Pardon ?

— On doit faire une grosse empreinte de botte sur le foyer, pour que Tab voie où le Père Noël a marché après sa descente par la cheminée.

Ella l'observa avec curiosité.

— C'est une excellente idée… Qu'est-ce qui t'a…

— Mon père avait coutume de le faire. Une année, je l'ai surpris en pleine action. Il n'avait même pas enfilé la botte. Il se contentait de l'appuyer fort sur le foyer avec la main pour faire quelques empreintes.

Ella sourit.

— Et, en un clin d'œil, la magie s'est envolée. Tu lui as dit quelque chose ?

— Non, répondit Gayle en secouant la tête. Je pouvais lire sur son visage qu'il adorait chaque minute de ce qu'il faisait pour moi. C'était ça, la magie.

L'amour.

La gorge de Samantha se noua, et au même instant, alors qu'elle crispait tous ses muscles pour contenir les émotions qui menaçaient de la submerger, Brodie entra dans la pièce. Il portait un jean et un pull qui rendait ses yeux encore plus bleus que d'habitude. Samantha n'avait jamais vu un homme aussi incroyable et délicieux.

Elle voulait revivre leur nuit. Elle voulait recommencer du début pour pouvoir savourer chaque instant et se délecter du moindre baiser, de la moindre caresse.

Comme elle avait envie de se jeter sur lui, elle se renfonça dans son fauteuil et agrippa l'accoudoir.

Mary était aux petits soins pour lui. Elle lui tendit un verre et lui conseilla de se rapprocher du feu pour se réchauffer. Samantha n'avait qu'une pensée en tête : si son corps se réchauffait d'un degré, elle allait sûrement prendre feu. Elle entendit la discussion s'engager à distance et fit semblant d'y prêter attention, s'efforçant d'avoir l'air aussi normale que possible.

Il était en grande conversation avec Michael. Ils parlaient et riaient ensemble comme s'ils se connaissaient depuis toujours. Quand Brodie jeta un coup d'œil vers elle, elle accentua son sourire, tout en se répétant qu'elle allait bien, très bien.

Tandis qu'elle buvait une gorgée de sa boisson, elle vit Ella traverser la pièce pour dire quelque chose à Brodie. Il s'empourpra aussitôt.

Elle n'avait aucune idée de ce que sa sœur lui avait dit, et elle décida qu'elle ne voulait pas le savoir parce que c'était forcément quelque chose de très embarrassant.

Lorsqu'elle retrouva enfin sa chambre, l'effort pour paraître normale lui avait donné mal à la tête.

Elle avala deux cachets avec un verre d'eau, prit une longue douche chaude, puis se pelotonna sous les draps. Elle avait à peine ouvert son livre depuis le premier soir, mais il lui offrirait peut-être la distraction dont elle avait besoin.

En bas, elle entendit les marches grincer et les portes qui se fermaient, indiquant que ses proches s'apprêtaient eux aussi à se coucher. Quelque part à l'autre bout du manoir, Brodie se préparait pour la nuit.

Samantha s'allongea sur le côté, ouvrit son roman et s'obligea à se concentrer sur les mots qu'elle avait sous les yeux.

Elle allait refermer la porte, partir et l'oublier. Elle allait prétendre que ce n'était jamais arrivé…

Samantha reposa le livre. Eh bien, bonne chance. Elle souhaitait à l'héroïne d'y arriver mieux qu'elle.

Renonçant à lire, elle s'apprêtait à enfiler un peignoir pour descendre dans la cuisine lorsqu'un léger coup fut frappé à la porte.

C'était sûrement sa sœur, songea-t-elle. Elle faillit ne pas réagir mais, après tout, parler à Ella était peut-être exactement ce qu'il lui fallait. Elle n'avait rien gagné à tout garder pour elle, alors il était temps de faire le contraire.

Elle ouvrit la porte.

Brodie se faufila dans la chambre et referma la porte derrière lui.

Un frisson d'excitation la traversa.

— Brodie…

— Chut…

Lorsqu'il tourna la clé dans la serrure, elle s'aperçut qu'il tenait une bouteille de champagne dans son autre main.

— Qu'est-ce que tu…

Elle s'interrompit lorsqu'il pressa les doigts sur ses lèvres. Baissant la tête, il remplaça ses doigts par sa bouche et l'embrassa jusqu'à ce qu'elle en oublie sa question.

Il l'embrassa comme il l'avait embrassée sous les étoiles. Et, cette fois, c'était encore mieux. Et elle eut la confirmation que quelques-unes des étoiles qu'elle avait vues ce soir-là provenaient de son propre ressenti. Elle ne savait pas ce qu'elle faisait, ni ce qu'il faisait, ni où tout ça allait les mener, ni même ce qu'elle voulait, mais si quelqu'un lui avait demandé si elle voulait ressentir ça pour l'éternité, elle aurait répondu oui.

— Je n'arrive pas à croire que tu aies acheté du champagne.

Il avait plongé les doigts dans ses cheveux et la regardait dans les yeux.

— J'ai dû faire une heure de route pour en trouver.

— C'est pour ça que tu t'es rendu au village ?

— Finalement, j'ai dû aller encore plus loin. J'ai décidé que, quand on essaie de concrétiser le rêve de quelqu'un, on ne se contente pas du champagne du village. On vise la meilleure qualité possible.

Il baissa les mains, traça du bout des doigts le contour de ses épaules, puis les glissa sous les fines bretelles de sa nuisette en soie ivoire. Les bretelles cédèrent sous la pression, et la nuisette, qu'elle n'avait jamais portée en présence de quelqu'un d'autre, glissa. Il ne l'arracha pas de son corps, mais elle découvrit qu'un lent déshabillage pouvait être tout aussi excitant.

— Qu'est-ce que tu fais ? demanda-t-elle.

— Tu voulais boire du champagne au lit toute nue. J'ai trouvé que c'était un projet très tentant, alors réalisons-le.

L'idée de protester ne lui vint même pas à l'esprit. Elle l'aida à se déshabiller, aussi impatiente que lui, puis elle l'entoura de ses bras. Tout en l'embrassant, il essayait d'ouvrir la bouteille.

— Attends… laisse-moi…

Il s'écarta assez longtemps pour la déboucher.

Le bouchon sauta bruyamment et percuta le plafond, tandis que le champagne jaillissait sur eux. Ils s'effondrèrent sur le lit, étouffant leurs rires avec des baisers et des mots tendres, pendant qu'il s'efforçait de garder la bouteille droite.

Il restait un peu d'alcool dedans.

— Tu n'as pas de verres ?

— Tu sais déjà que je n'ai pas besoin de mes lunettes pendant l'amour.

— Je parlais de verres dans lesquels on boit.

— Oh…

Il releva la tête.

— « Je veux boire du champagne au lit toute nue. » C'est ce que tu m'as dit. Aucune allusion à des verres. Tu dois être plus précise dans ton communiqué.

Elle se tortilla pour se redresser, puis s'adossa aux oreillers.

— Je n'ai jamais bu à la bouteille de toute ma vie.

Mais l'idée lui semblait excellente. Elle voulait que sa vie soit remplie de choses qu'elle n'avait jamais faites auparavant, et c'était une bonne façon de commencer.

— Il n'en reste presque plus, de toute façon, remarqua Brodie. On a reçu la quasi-totalité sur nous.

Il l'embrassa sur l'épaule.

— Ce fantasme me fait beaucoup d'effet. Et pour toi, c'est comment ?

— Humide.

Elle leva la bouteille à deux mains, gloussant comme une adolescente. C'était une grande première, là aussi. Depuis quand n'avait-elle pas ri jusqu'à en avoir mal aux côtes ? Elle n'en avait aucun souvenir.

— Tu dois rire plus doucement, sinon les gens vont venir taper à la porte. J'aime bien ta famille mais, pour l'instant, je n'ai aucune envie de recevoir de la visite.

— En parlant de famille, qu'est-ce que ma sœur t'a dit tout à l'heure ?

— Ah… Ça, c'est entre ta sœur et moi. Mais elle a menacé de s'en prendre à plusieurs parties de mon anatomie si je devais te causer ne serait-ce qu'une seconde de chagrin.

— Elle t'a menacé ? Je suis vraiment désolée !

— Ne le sois pas. Elle t'aime.

Il prit la bouteille, but une gorgée de champagne, puis la reposa près du lit.

— Qu'est-ce que tu fais ? demanda Samantha.

— On arrive à la partie « faire l'amour de façon torride et intense » de notre programme.

— On a déjà fait ça.

— Je n'ai pas besoin que tu me le rappelles. Je n'ai pas réussi à me concentrer de toute la journée.

Il parsema de baisers son cou, son épaule, puis sa gorge, et descendit plus bas, jusqu'à effleurer de la bouche la pointe de son sein. Un désir irrépressible les envahit, et ils se jetèrent l'un sur l'autre, pris de frénésie et de passion.

Elle bougea sous lui, le sang en ébullition, le cœur battant la chamade, et ce fut aussi fabuleux que la première fois.

Ensuite, elle se blottit dans ses bras. Si elle avait eu le choix, elle y serait restée pour toujours.

— Je n'arrive pas à croire ce qui arrive. Hier soir, j'ai pensé…

— Oui. Hier soir. Je suis resté éveillé à t'attendre.

Il tourna la tête.

— Où étais-tu ?

— Moi ? J'étais ici. Éveillée. À espérer que tu frappes à ma porte.

— J'ai failli venir, et puis je me suis convaincu de ne pas le faire. J'ai pensé que tu avais peut-être des regrets. Je n'ai pas arrêté de me demander si je n'avais pas profité d'une femme émotionnellement instable.

— Pardon ? s'exclama-t-elle en se redressant sur un coude. Tu es en train de me qualifier d'émotionnellement instable ?

— Pas la peine d'être gênée ou sur la défensive. Ma famille me rend émotionnellement instable, moi aussi.

Elle se rallongea et soupira.

— Tu as raison. J'étais émotionnellement instable. Ça a été un Noël bizarre. Mais ce n'est pas pour ça que j'ai couché avec toi.

— Tant mieux. Dans ce cas, pourquoi n'es-tu pas venue taper à ma porte ?

Pourquoi ne l'avait-elle pas fait ?

— Premièrement, parce que j'ai réussi à me convaincre que tu avais couché avec moi par pitié.

— Par pitié ?

— Oui. Tu me plaignais et tu essayais de me remonter le moral.

— Je suis prêt à faire beaucoup d'efforts pour être hospitalier, mais je n'irais quand même pas aussi loin. Il n'y avait aucune pitié dans l'histoire.

Il effleura la pommette de Samantha, comme s'il mémorisait son visage.

— Tu as dit « premièrement ». Quel est le deuxièmement ?

— Je ne sais pas où est ta chambre.

Il marqua une pause.

— Ah bon ?

— Non. Tu ne m'as jamais montré le côté privé de la maison. Si j'avais trouvé le courage de déambuler dans le manoir en peignoir – ce que je n'aurais probablement pas fait –, je n'aurais même pas su à quelle porte frapper. Je me serais peut-être retrouvée dans la chambre de ta mère.

Il se rallongea et la serra contre lui.

— Je vais mettre une note sur ma porte. Au cas où.

— J'aimerais qu'on puisse rester comme ça.

Elle avait l'impression d'être comme une enfant, à souhaiter que Noël dure toujours, sauf que, dans le cas présent, ce n'était pas Noël qu'elle voulait.

— Je voudrais qu'on puisse figer le temps.

— Mais alors on raterait tous ces moments à venir qui seront encore meilleurs que celui-ci.

— Tu crois qu'on a un avenir ?

Sitôt la question posée, Samantha se sentit embarrassée et tenta de se rattraper :

— Oublie ça. Tu n'as pas à répondre.

— Pourquoi je ne répondrais pas ?

Il lui caressa doucement le bras.

— Je suppose que la réponse dépend de nous. Est-ce que tu en as envie ?

— Mon côté logique dit que ce n'est pas pratique.

— Ah… La Samantha extérieure. Je l'aime bien mais, pour l'instant, je parle à la Samantha intérieure. Que dit-elle ?

— Elle dit : fonce, fais le nécessaire.

— Alors où est le problème ?

— En général, je ne l'écoute pas. Mon côté logique a la voix la plus forte…

Elle l'embrassa sur l'épaule.

— J'ai peur.

— Moi aussi. Mais c'est bon signe.

— Tu crois ?

Elle aimait le contact de ses doigts sur sa peau. Doux, mais possessif. D'une façon agréable. Très agréable. Elle n'avait jamais été capable de rester immobile assez longtemps pour envisager un massage, mais elle resterait assise une semaine entière s'il la touchait comme ça.

— Oui, parce que ça indique qu'on en a vraiment envie. Ça compte pour nous. On est investis du point de vue émotionnel.

— Oui.

Elle n'avait jamais eu peur avec Kyle. Elle n'avait jamais redouté que cela ne fonctionne pas.

— Je suis contente que tu ne fasses pas ça par pitié.

— Ça m'arrive de casser mes lunettes et de perdre mon portefeuille, mais ça ne signifie pas que je ne sais pas ce que je veux.

— Tu vis en Écosse et moi, à Boston.

— Et alors ?

— Je te donne des raisons expliquant pourquoi ça ne marchera probablement pas.

— Et si tu me donnais des raisons expliquant pourquoi ça va marcher ? Comme le fait qu'on y tient tous les deux et qu'on est prêts à tout faire pour y arriver. Je peux venir à Boston. Je suis prêt à te faire de la place dans mon bureau pour que tu puisses travailler quand tu viendras passer du temps ici. Je laverai même quelques mugs.

Ce n'était pas logique. Ce n'était pas raisonnable. Mais cela semblait tellement prometteur, songea-t-elle en se lovant un peu plus près de lui.

— Tu me ferais de la place dans ton bureau ?

— Tant que tu promets de ne rien toucher.

— Toi, je peux te toucher ?

— Ça, c'est permis.

Il la fit passer sous lui et l'embrassa de nouveau. Ils ne finirent le champagne qu'une heure plus tard.

— Ça doit être le meilleur Noël de tous les temps, affirma-t-elle.

Elle but une autre gorgée, puis lui tendit la bouteille.

— C'est le meilleur pour l'instant, répondit-il. Il y en aura beaucoup d'autres. Boire du champagne au goulot la veille de Noël, ça peut être notre première tradition.

L'avenir leur appartenait. Quoi qu'ils décident d'en faire. À un moment donné, ils devraient prendre des décisions, mais ils n'avaient pas à le faire ce soir. Ce soir, ils n'avaient qu'un objectif : profiter de l'instant présent ensemble.

Et c'est ce qu'ils firent.

Gayle

— Mamie ! Réveille-toi.

Gayle ouvrit les yeux et vit Tab qui sautait sur son lit. La petite fille tenait une chaussette bien remplie. Bear, son compagnon omniprésent, était assis sur le seuil et attendait patiemment.

Ella apparut à la porte.

— Désolée maman ! Tab, je t'ai dit de ne pas réveiller mamie.

— Mais je veux ouvrir ma chaussette avec elle.

Gayle s'assit, puis attira Tab sous les draps pour qu'elle n'ait pas froid.

— Ella, tu devrais regarder au bout du lit, tu y trouveras quelque chose.

Elle avait fini d'emballer ses cadeaux après minuit. Pourvu qu'elle ne soit pas à côté de la plaque…

Tab se chargea de la mission et brandit les deux chaussettes.

— Elles sont pour maman et tata Sam. Le Père Noël a dû venir dans ta chambre, mamie. Tu l'as vu ?

— J'ai dormi à poings fermés toute la nuit.

Samantha apparut à son tour sur le seuil.

— Quelqu'un a parlé du Père Noël ?

— Il vous a apporté une chaussette ! s'écria Tab en poussant la sienne vers elle.

Samantha regarda sa sœur, puis Gayle.

— Le Père Noël nous a rempli une chaussette ?

Consciente que Tab les regardait, Gayle imita l'enthousiasme d'Ella. Elle n'allait pas tout gâcher.

— On dirait bien.

— Une chaussette, fit Ella en s'asseyant au bord du lit et en la posant sur ses cuisses. Je n'arrive pas à croire…

— Je peux l'ouvrir pour toi ? demanda Tab en sautant sur le lit. Je peux ?

— Non, répondit Michael, qui venait d'arriver. Tu as la tienne à ouvrir. Celle-ci est pour maman.

Pendant que Tab commençait à déballer ses cadeaux, Ella sortit plusieurs paquets de la chaussette qui portait son nom.

— J'ai l'impression d'avoir six ans. Je n'arrive pas à croire que le Père Noël ait fait ça pour nous.

Un paquet en forme de dôme à la main, elle adressa un regard complice à sa mère.

— Je n'arrive pas à y croire non plus, renchérit Samantha en fouillant dans la sienne.

Elle était remplie de présents tout à fait extravagants. En observant leurs visages, Gayle se demanda pourquoi elle avait cru un jour que s'amuser pour le simple plaisir de s'amuser revenait à gaspiller son temps et son argent. Elle ravala ses regrets. Le passé était le passé.

— Une boule à neige ! s'exclama Ella.

Elle la sortit de l'emballage, puis la secoua, regardant les flocons virevolter sur le petit paysage hivernal à l'intérieur.

— J'en ai toujours voulu une.

— Et je prédis que tu vas jouer avec pendant cinq minutes, murmura Michael.

Il l'embrassa dans le cou, puis ressortit de la chambre pour aller s'habiller.

Après le petit déjeuner, Gayle prit ses filles à part.

— Il y a quelque chose que j'aimerais qu'on fasse ensemble.

Elle y pensait depuis sa conversation avec Mary dans la cuisine.

— On va faire un bonhomme de neige.

Ella sourit.

— Excellente idée. Je vais appeler Tab…

— Sans Tab. Pas cette fois. Rien que nous. Nous trois.

Samantha fronça les sourcils.

— Tu veux faire un bonhomme de neige ?

— Oui, parce qu'on ne l'a jamais fait et qu'on aurait dû. Et vous pensez probablement que c'est trop tard maintenant, qu'on ne peut pas remonter le temps…

— Ce n'est pas ce qu'on pense, n'est-ce pas ?

Ella jeta un coup d'œil vers Samantha, qui secoua la tête.

— Il n'est jamais trop tard.

Quelque chose dans son ton interpella Gayle. Sa fille parlait-elle seulement du bonhomme de neige ? Il y avait une légèreté chez Samantha que Gayle n'avait jamais vue auparavant. Et, même si elle n'était pas une experte en matière de relations amoureuses, elle était sûre que c'était lié à Brodie.

— Allons-y pendant que Tab joue avec Michael.

Ella leur tendit leurs manteaux, puis elles sortirent du manoir. Elles se mirent à marcher dans la neige, frissonnant dans l'air froid et limpide.

— Cet endroit est fantastique, affirma Ella en ouvrant les bras et en tournant sur elle-même. On ne peut pas réserver pour nous tous les ans ?

— J'ai déjà fait les devis et on ne pourrait pas se le permettre. Ironique, non ?

Samantha ramassa de la neige et la jeta sur sa sœur.

— Oh ! toi…, s'exclama Ella, avant de riposter.

Très vite, elles se livrèrent une bataille acharnée, et Gayle se retrouva au milieu.

— Et moi qui craignais que vous soyez trop adultes pour avoir envie de jouer dans la neige, lança-t-elle en secouant ses cheveux. Je suis contente de voir que je me suis trompée.

Toute grelottante, Ella enleva de la neige du col de son blouson.

— C'est elle qui a commencé.

Puis elle s'aperçut de ce qu'elle venait de dire et éclata de rire.

— Faisons ce bonhomme de neige avant de mourir de froid.

Elles le firent ensemble, toutes les trois, empilant les couches de neige les unes après les autres. En voyant le tas grossir, Gayle comprit qu'elles construisaient beaucoup plus qu'un bonhomme de neige.

— J'ai pensé à quelque chose…

Elle s'interrompit pour reprendre son souffle, pendant que Samantha ajoutait de la neige sur la tête de leur création.

— Si vous voulez voir une photo de votre père, je pourrai probablement en trouver une.

Gayle avait décidé que ce n'était pas ce qu'elle voulait qui comptait, mais ce qu'elles voulaient, elles.

Ella se figea, de la neige au creux des mains, les joues rouges de froid.

— Je ne crois pas que j'en aie envie.

Elle jeta un coup d'œil vers sa sœur et ajouta :

— Mais si, toi, tu veux…

— Non, répondit Samantha en secouant la tête. Je croyais le vouloir, mais en fait, non. Ça ne me paraît plus important du tout maintenant. Je préférerais me concentrer sur l'avenir plutôt que sur le passé.

— Moi aussi. Et il y a de la neige dans ton avenir proche.

Ella commença à bombarder sa sœur au moment où Tab accourait vers elles, une carotte dans une main et des branches dans l'autre.

— Je vous apporte des bras et un nez.

Lorsqu'elles rentrèrent enfin, elles étaient toutes glacées, mais Gayle ne se rappelait pas s'être autant amusée avec ses filles.

Mary avait raison : il n'était jamais trop tard.

Quand ils se réunirent tous autour du sapin de Noël, elle en eut la certitude.

Mary se tenait près d'elle. Elles regardèrent de l'autre côté de la pièce, où Michael s'amusait avec Tab, qui portait désormais le costume de sirène que Gayle lui avait acheté. Samantha et Brodie étaient assis côte à côte, en pleine conversation, pendant que Kirstie et Ella continuaient à jouer avec la boule à neige.

— Je n'aurais jamais cru que Noël puisse ressembler à ça.

— Moi non plus.

Gayle vit Samantha rire à quelque chose que Brodie venait de dire et remarqua tous ces petits contacts qui signifiaient : *Je te connais. Tu es à moi.*

Mary s'en était aperçue, elle aussi.

— Vous avez une merveilleuse famille, lui dit-elle.

— Oui.

Et elle éprouvait une immense gratitude pour ce qu'elle avait. Pour les secondes chances. Pour les nouveaux amis. Elle était même reconnaissante envers cette récompense et ce coup sur la tête, parce qu'elle ignorait où elle en serait si elle n'avait pas eu cet accident.

Elle n'avait peut-être pas toujours pris les bonnes décisions. Elle n'avait aucune façon de le savoir, et c'était inutile de s'attarder sur cette question. Ce qui comptait, c'étaient les décisions qu'elle prenait à partir de maintenant.

L'avenir lui appartenait, à elle de le concevoir à son goût.

Remerciements

De temps en temps, j'ai la chance d'aller dans les bureaux de mon éditeur pour trinquer avec l'équipe à la publication d'un nouveau roman. À chacune de ces occasions, je reprends conscience du nombre de personnes qui contribuent au processus complexe permettant à mes livres d'atteindre leurs lecteurs. Je suis très touchée par leur enthousiasme collectif, ainsi que par le soin et l'attention dont elles font preuve, alors merci à tous les membres de HQ Stories et HQN Books. Vous êtes les meilleurs.

J'éprouve une immense gratitude à travailler avec ma merveilleuse éditrice, Flo Nicoll, mon agente Susan Ginsburg et toute l'équipe de Writers House.

Quand j'écris une histoire de Noël, cette phase s'étend souvent au-delà de la saison des fêtes. Merci à ma famille de tolérer mon mini sapin jusqu'en mars, et de ne pas trop râler quand j'impose un film de Noël alors que tout le monde mange des œufs de Pâques.

Je suis reconnaissante envers mes amis, écrivains ou pas, qui réussissent parfois à me faire quitter mon univers imaginaire pour retrouver le monde réel.

Je remercie tout particulièrement mes lecteurs, qui continuent à acheter mes livres, à m'envoyer des messages de soutien, et qui sont d'une patience incroyable quand je me filme dans le mauvais sens sur Facebook Live. J'ai beaucoup de chance de vous avoir. J'espère que ce roman vous a fait sourire.

Je vous embrasse très fort,

Sarah

Retrouvez tous les romans
de Sarah Morgan en poche

Harper
Collins
POCHE

Mettez des paillettes dans votre Noël
avec notre sélection de romances parfaites
pour la fin d'année !

HarperCollins POCHE

Composé et édité par HarperCollins France.

Achevé d'imprimer en septembre 2021.

CPI

FIRMIN-DIDOT

à Mesnil-sur-l'Estrée (Eure)

Dépôt légal : octobre 2021.

Pour limiter l'empreinte environnementale de ses livres, HarperCollins France s'engage à n'utiliser que du papier fabriqué à partir de bois provenant de forêts gérées durablement et de manière responsable.

Imprimé en France